Hanna et ses filles

Marianne Fredriksson

Hanna et ses filles

FRANCE LOISIRS
123, boulevard de Grenelle, Paris

Titre original : *Anna, Hanna och Johanna.*
Traduit du suédois par Anna Gibson.

Une édition du Club France Loisirs, Paris,
réalisée avec l'autorisation des Éditions Ramsay.

ISBN : 2-7441-1848-6

ANNA

Introduction

Les crimes des pères poursuivent les enfants jusqu'à la troisième et quatrième générations. Voilà ce qu'on nous enseignait à l'école, à l'époque où on allait encore au catéchisme. Cela nous paraissait, je m'en souviens, terriblement injuste, primitif et risible à la fois. Car nous faisions partie des premières générations élevées dans l'intention explicite de devenir des êtres humains « autonomes », des gens qui prennent en charge leur destin.

Par la suite, à mesure que nous en apprenions davantage sur l'importance de l'héritage social et psychologique, la parole biblique a repris tout son poids. Cela n'a pas été facile à reconnaître et à accepter, tant de choses ont été « oubliées », englouties dans l'inconscient lorsque nos grands-parents ont quitté les fermes et les villages ancestraux.

La Bible ne dit rien des crimes des mères, bien qu'ils aient sans doute plus d'importance que ceux des pères. Des schémas archaïques se transmettent de mère en fille, et les filles à leur tour les transmettent à leurs filles qui à leur tour...

C'est peut-être une des raisons pour lesquelles les femmes ont eu tant de peine à se défendre et à profiter des droits que leur accorde notre société égalitaire.

Je dois un grand merci à Lisbeth Andréasson, intendante de Bengtsfors Gammelård, qui a examiné le livre de Hanna à la lumière de ses connaissances historiques et m'a conseillé de nombreux ouvrages consacrés au Dalsland. Je tiens aussi à remercier Anders Söderberg, mon éditeur, de ses critiques, ses encouragements et son formidable enthousiasme pour ce projet. Merci également à mes amis Siv et Johnny Hansson qui m'ont aidée chaque fois que mon ordinateur tout neuf ne comprenait plus ce que je lui demandais, ce qui est arrivé fréquemment.

Enfin, je voudrais remercier mon mari pour l'endurance dont il a fait preuve !

Il régnait une clarté d'hiver dans son âme, un jour silencieux et sans ombre comme après une chute de neige. Quelques bruits durs, parfois : le choc d'une cuvette tombant au sol, des cris. Cela l'effrayait. Tout comme les pleurs dans le lit voisin, cisaillant la blancheur.

On pleurait beaucoup, dans cet endroit.

Elle avait perdu la mémoire quatre ans auparavant. Ensuite, les mots furent engloutis à leur tour. Elle voyait et entendait mais ne pouvait rien nommer, pas plus les objets que les personnes. Il n'y avait plus de sens.

Elle entra dans le pays blanc où le temps n'existait pas. Quel âge avait-elle ? Où était son lit ? Elle l'ignorait. Mais elle avait trouvé une façon de se comporter, quémandait la compassion avec d'humbles sourires. Comme une enfant. Et, comme l'enfant, elle était ouverte aux sentiments, à tout ce qui vibre sans paroles entre les personnes.

Elle allait mourir. C'était une certitude, pas une pensée.

Seuls les proches la retenaient.

Le mari venait chaque jour. Avec lui, une rencontre était possible, dans le silence. Il avait plus de quatre-vingt-dix ans, il était donc proche de l'échéance, lui aussi. Mais il refusait à la fois de mourir et de le savoir. Il avait toujours contrôlé sa vie et celle de sa femme, et livrait un dur combat contre l'inévitable. Il lui massait le dos, pliait et étirait ses membres, lui lisait le journal à voix haute. Elle n'avait rien à lui opposer. Il existait entre eux une intimité ancienne et complexe.

Le plus difficile, c'était sa fille, celle qui vivait au loin dans une autre ville. La vieille, qui ignorait tout du temps et des distances, était toujours inquiète avant ses visites. Comme si, dès le réveil, à l'aube, elle devinait la voiture qui traversait le pays et la femme, au volant, qui nourrissait un espoir déraisonnable.

Anna avait conscience du côté enfantin de son attente. Mais cela ne l'aidait en rien ; dès qu'elle se laissait aller, les pensées reprenaient leur dérive : une autre visite, une seule, et peut-être obtiendrai-je une réponse à l'une des questions que je n'ai jamais eu le temps de poser. Mais lorsqu'elle garait la voiture, cinq bonnes heures plus tard, sur le parking de l'hôpital, elle avait accepté le fait que sa mère ne la reconnaîtrait pas plus que les fois précédentes.

Elle poserait ses questions malgré tout.

Je le fais pour moi, pensait-elle. Pour maman, de toute façon, c'est égal.

Elle se trompait. Si Johanna ne comprenait pas les mots, elle ressentait la douleur de sa fille et sa propre impuissance. Elle ne se rappelait pas que c'était son devoir de consoler l'enfant qui avait toujours posé des questions déraisonnables. Mais l'exigence demeurait, tout comme le souci coupable de ne pouvoir y satisfaire.

Elle voulut fuir dans le silence, ferma les yeux. Impossible : le cœur cognait et, derrière les paupières closes, l'obscurité était rouge et douloureuse. Elle fondit en larmes. Anna tenta de la réconforter : « Allons, allons. » Elle essuya les joues de la vieille, eut honte.

Mais le désespoir de Johanna était inconsolable. Anna prit peur, sonna pour appeler de l'aide. On mit du temps à venir, comme d'habitude, puis la fille blonde apparut à la porte. Elle avait les yeux de la jeunesse, des yeux sans profondeur, pleins de mépris. L'espace d'un instant, Anna se vit dans le regard de l'autre : une dame entre deux âges, anxieuse et empêtrée, à côté de l'ancêtre, mon Dieu !

« Allons, allons. » L'autre avait employé les mêmes mots, mais la voix était dure, aussi dure que les mains qui caressaient les cheveux de la vieille. Pourtant, elle réussit là où Anna avait échoué. Johanna s'endormit si soudainement que cela semblait irréel.

— Nous ne devons pas inquiéter les malades, dit la fille blonde. Maintenant il faut vous taire un peu. Dans dix minutes, nous viendrons la langer et changer les draps.

Anna se faufila comme un chien honteux dans le couloir, traversa la salle commune jusqu'à la terrasse, trouva ses cigarettes et inhala profondément. Elle se calma un peu, et eut aussitôt une pensée de colère : « Quelle garce ! Dure comme un silex. Belle, évidemment, et affreusement jeune. » Maman lui avait obéi par peur ; existait-il ici une discipline que les vieux, dans leur impuissance, redoutaient et devant laquelle ils s'inclinaient ?

Puis le remords la saisit : cette fille faisait le travail qui aurait dû être le sien, selon les lois de la nature. Mais qu'elle ne pouvait accomplir, qu'elle n'aurait pas eu la force d'accomplir, même si elle avait disposé du temps et de l'espace nécessaires.

Enfin, elle constata avec surprise que ses questions avaient, d'une manière ou d'une autre, affecté maman.

Elle écrasa son mégot dans le bidon rouillé qui faisait office de cendrier, concession réticente aux fumeurs. Dieu qu'elle était fatiguée... Maman, pensa-t-elle, merveilleuse petite maman, pourquoi ne pourrais-tu pas faire preuve d'un peu de compassion et mourir ?

Honteuse, elle jeta un regard au parc de l'hôpital où les érables en fleur répandaient un parfum de miel. Elle inspira, comme si elle cherchait un réconfort dans le printemps. Mais ses sens restaient muets. Moi aussi, je suis comme morte, songea-t-elle ; elle tourna les talons et se dirigea d'un pas décidé vers le bureau de l'infirmière en chef. Frappa à la porte, eut le temps de penser : « Pourvu que ce soit Märta. »

C'était Märta, la seule qu'elle connût dans cet endroit. Elles se saluèrent comme de vieilles amies, Anna s'assit dans le fauteuil réservé aux visiteurs. Elle voulait l'interroger, mais l'émotion la submergea.

— Je ne veux pas pleurer, commença-t-elle. Les larmes jaillirent aussitôt.

— Ce n'est pas facile, dit l'infirmière en lui tendant la boîte de mouchoirs en papier.

— Je veux savoir ce qu'elle est en mesure de comprendre.

Elle évoqua son espoir d'être reconnue, les questions sans réponse, sa mère qui ne réagissait pas mais semblait saisir malgré tout...

Märta l'écoutait sans manifester d'étonnement et répondit :

— Je crois que les vieux comprennent, d'une manière qui nous échappe. Comme les nouveau-nés. Tu as eu toi-même deux enfants, tu sais qu'ils absorbent tout, l'inquiétude comme la joie, oui, tu dois t'en souvenir, je pense ?

Non, elle ne s'en souvenait pas, se rappelait seulement une écrasante sensation de tendresse et d'incompétence. Mais elle comprenait malgré tout, car ses petits-enfants lui avaient appris beaucoup de choses.

Puis Märta parla de l'état général de la malade en termes réconfortants ; ils avaient réussi à venir à bout de ses escarres, elle ne souffrait donc pas physiquement.

— Mais la nuit, elle est un peu inquiète. On dirait qu'elle fait des cauchemars, elle se réveille en criant.

— Elle rêve... ?

— Bien sûr, comme tout le monde. Malheureusement, nous ne saurons jamais à quoi ils rêvent, nos patients.

Anna pensa au chat qu'ils avaient eu, un bel animal qui se réveillait en sursaut pour se mettre à cracher, toutes griffes dehors. Puis elle eut honte de cette pensée. Märta ne remarqua rien.

— Étant donné la fragilité de Johanna, nous préférons ne pas lui donner de calmants. Je crois aussi qu'elle a peut-être besoin de ses rêves.

— Comment cela ?

Märta ignora la question et poursuivit :

— Nous envisageons de lui donner une chambre individuelle. Elle dérange les autres malades.

— Une chambre individuelle, c'est possible ?

— Nous attendons Emil de la sept, dit l'infirmière en baissant la tête.

Tandis qu'elle manœuvrait pour sortir du parking, elle comprit soudain le sens de cette réflexion à propos d'Emil, le vieux pasteur pentecôtiste dont les psaumes résonnaient à chaque visite. Elle n'avait pas prêté attention, aujourd'hui, au silence venant de sa chambre. Pendant des années, elle l'avait entendu qui chantait la vie dans la vallée des ombres, et le Seigneur qui attendait avec ses jugements terribles.

Le monde secret de Johanna était réglé sur l'horloge. Il s'ouvrait à trois heures du matin et se refermait à l'aube, vers cinq heures.

Il était saturé d'images, rempli de couleurs, de parfums et de voix. D'autres bruits aussi... Le torrent grondait, le vent chantait dans les érables et la forêt débordait de chants d'oiseaux.

Les images se mettent à trembler. C'est l'été, tôt le matin, rayons de soleil obliques et ombres allongées.

— Tu as perdu la tête, ma parole, crie la voix qu'elle connaît le mieux, celle du père.

Il est écarlate et effrayant dans son indignation. Elle prend peur, lui entoure les jambes de ses bras, il la soulève, lui caresse les cheveux :

— Ne crois pas ce qu'il raconte, fillette.

Mais son frère aîné se tient au milieu de la chambre ; il est beau avec son uniforme aux boutons étincelants et ses bottes montantes, et il crie, lui aussi.

— À la grotte, tous, et pas plus tard qu'aujourd'hui. Si ça se trouve, ils seront là dès demain.

Une autre voix s'élève :

— Du calme, mon gars. Tu veux me faire croire qu'Axel et Ole de Moss débarqueraient ici avec les garçons d'Astrid de Fredrikshald pour nous tuer ?

— Oui, mère.

— Tu as perdu la tête, répète la voix, mal assurée à présent.

Le père dévisage le soldat, leurs regards se croisent, et le vieux ne peut résister à la gravité qu'il lit dans celui du plus jeune.

— On fera comme tu dis, alors.

Les images changent, deviennent mobiles. Des pieds qui bougent, des charges qu'on soulève. Elle voit qu'on vide la réserve et l'appentis. Le grand tonneau de lard salé est roulé au-dehors, la caque de harengs, la caisse de pommes de terre, la jarre de mûres polaires, le beurre dans son seau de bois, les galettes de pain dur, on transporte tout jusqu'à la barque. Des sacs remplis de couvertures et de vêtements prennent le même chemin, celui du lac, au bas du talus. Elle voit les frères ramer : gestes lourds lorsqu'ils s'éloignent vers la pointe, gestes légers au retour.

— La lampe à pétrole !

C'est la mère qui crie, depuis le seuil de la maison. Mais le soldat l'interrompt, en criant lui aussi :

— Non, mère, faudra vous passer de lumière.

L'enfant ouvre de grands yeux d'effroi. Mais ensuite, un papillon jaune vif atterrit sur sa main.

L'image se déplace, la lumière décroît et elle est assise sur les épaules du père qui grimpe, comme souvent au crépuscule, vers les lacs du haut. Secrets, repliés sur eux-mêmes, si différents du grand lac qui scintille en contrebas. Mais le plus grand d'entre eux, juste au-dessus du moulin, défie le silence et se jetterait de toute sa fougue dans le torrent si le barrage n'était là pour le contenir.

Le père contrôle les vannes, comme toujours à la tombée de la nuit.

— L'eau de Norvège, dit-il, d'une voix sombre. Souviens-toi, Johanna, l'eau qui nous donne le pain vient de Norvège. L'eau, ajoute-t-il, est beaucoup plus sage que les hommes, elle se fout des frontières.

Il est hors de lui. Mais elle n'a pas peur, tant qu'elle peut rester sur ses épaules.

La nuit tombe. Péniblement, à lourdes enjambées, il redescend vers le moulin, vérifie que toutes les portes sont bien fermées. La fillette l'entend marmonner de vilains jurons avant de reprendre sa marche jusqu'au bateau, en bas du talus. Dans la grotte, tout est silencieux, les frères sont endormis mais la mère s'agite, inquiète, sur la couche dure.

La fillette est autorisée à dormir contre son père, aussi près de lui que possible. Il fait froid.

Plus tard, autres images. Elle a grandi, elle court vers la grotte, chaussée de sabots, car les pentes sont glissantes à présent.

— Père, crie-t-elle. Père !

Il ne répond pas, c'est l'automne, la nuit va bientôt tomber. Alors elle voit la lumière à l'entrée de la grotte et s'inquiète, car il en sort un grand vacarme et elle comprend que Rudolf est là, le forgeron qui lui fait si peur. Elle voit qu'ils titubent tous deux, le père et lui.

— Rentre donc, morveuse, crie-t-il, et elle court et sanglote, court et trébuche, elle se blesse mais la douleur aux genoux n'est rien comparée à la douleur dans sa poitrine.

— Père, crie-t-elle. Père !

Puis l'infirmière de nuit apparaît, soucieuse :

— Allons, allons, Johanna. Ce n'était qu'un rêve, dors maintenant.

Elle obéit comme elle en a l'habitude. Une heure plus tard, elle est réveillée par l'équipe de jour, les voix lui transpercent le corps, c'est de la glace charriée dans ses veines. Elle tremble de froid mais personne ne s'en aperçoit, les fenêtres s'ouvrent, on la change, elle n'a plus froid et ne ressent plus de honte.

Elle est de retour dans le néant blanc.

Anna passa la nuit à ressasser des pensées compliquées et lumineuses. Elle retrouva le sentiment de tendresse et d'incompétence qui l'avait submergée lorsque Märta lui avait parlé des nouveau-nés. Comme toujours, l'émotion lui ôtait toutes ses forces.

Elle s'endormit sur le coup de trois heures. Elle rêva. De sa mère, du moulin, du torrent qui se jetait dans le lac clair, lisse et immobile.

Le rêve la réconforta.

Dieu sait si maman était douée pour dire des histoires ! Elle lui racontait les elfes qui dansaient sur le lac au clair de lune, et la femme du forgeron, une sorcière capable de rendre fou avec ses sortilèges aussi bien les bêtes que les hommes. À mesure qu'Anna grandissait, les contes se transformèrent en longs récits de vie et de mort qui avaient toujours pour héros les habitants du pays magique, là-haut près de la frontière. À onze ans — l'âge où l'on devient critique —, elle se dit que c'était un tas de mensonges, que le pays extraordinaire n'existait que dans l'imagination de maman.

Lorsqu'elle obtint son permis de conduire, Anna installa sa mère dans la voiture et la conduisit jusqu'au torrent au bord du grand lac, qui n'était qu'à deux cent quarante kilomètres de Göteborg. En mesurant la distance sur la carte, elle s'était emportée contre son père. Il avait longtemps possédé une voiture, n'aurait-il pas pu leur sacrifier quelques heures et les conduire là-bas, Johanna et la fillette qui avait tant entendu d'histoires à propos de ce pays d'enfance ? Bien sûr que si. S'il en avait eu la volonté. Et l'intelligence.

Mais lorsqu'elles touchèrent au but, sa mère et elle, par ce jour d'été ensoleillé trente ans plus tôt, la colère s'évanouit. Anna, étonnée et solennelle, dut se rendre à l'évidence : il existait bel et bien, le pays des contes et des légendes, avec le torrent qui dévalait une hauteur de plus de vingt mètres, le grand lac scintillant en contrebas et les lacs norvégiens immobiles là-haut, dans les montagnes.

Le moulin avait été rasé au profit d'une centrale hydraulique, désaffectée à présent que l'énergie nucléaire avait pris l'avantage. La belle maison peinte en rouge était toujours là, transformée depuis longtemps en résidence d'été par un inconnu.

Elles étaient bien trop émues pour parler. Maman pleura un peu et s'en excusa : « Je suis si bête. » Elles retournèrent à la voiture pour chercher le pique-nique et s'installèrent sur un rocher plat, au bord du lac, avec leur Thermos de café et leurs tartines. Alors Johanna retrouva l'usage de la parole. Les mots se mirent à couler tout comme autrefois, quand Anna était petite. Elle avait choisi l'histoire de la guerre qui n'eut jamais lieu :

— Je n'avais que trois ans au début de la crise de l'Union, quand nous avons emménagé dans la grotte. C'était là-bas, derrière la pointe. Je m'en souviens peut-être pour l'avoir entendu raconter tant de fois par la suite, tout au long de mon enfance. Pourtant, les images sont si nettes. Ragnar est rentré à la maison dans son bel uniforme bleu aux boutons brillants, et il nous a expliqué qu'il y aurait la guerre. Entre les Norvégiens et nous !

L'étonnement perçait encore dans sa voix, après toutes ces années : l'incrédulité d'une fillette de trois ans face à l'incompréhensible. Ils avaient de la famille de l'autre côté des lacs norvégiens, comme tout le monde dans les régions limitrophes ; la sœur de sa mère s'était mariée avec un poissonnier de Fredrikshald. Les cousins passaient souvent leurs vacances au moulin, et elle-même avait accompagné sa mère, un mois plus tôt, à la ville où se dressait le grand château fort. Elle se souvenait de l'odeur forte du poissonnier et de ce qu'il avait dit, tandis qu'ils contemplaient l'enceinte de la forteresse :

— C'est là qu'on l'a descendu, ce salaud de Suédois.

— Qui ?

— Le roi de Suède.

La fillette prit peur mais la tante, qui était d'une nature plus douce que la mère, la prit dans ses bras :

— C'était il y a bien longtemps, dit-elle pour la consoler. Les gens étaient bêtes en ce temps-là.

Mais les paroles de l'oncle durent se graver dans sa mémoire car, peu de temps après la visite en Norvège, elle interrogea son père. Il rit et répondit, à peu près comme la tante, que c'était il y a longtemps, à l'époque où les gens se laissaient diriger par des rois et des officiers déments.

— Mais ce n'est pas un Norvégien qui a tiré. C'était un Suédois, un héros inconnu de l'Histoire.

Elle ne comprit pas, mais retint cette conversation. Et, bien plus tard, à l'école de Göteborg, elle songea qu'il avait raison. C'était bien un coup de feu béni, sans doute, qui avait mis fin à la vie de Charles XII...

Elles s'étaient attardées longtemps sur le rocher, ce jour-là, la mère et la fille. Puis elles avaient contourné la baie, par la forêt, jusqu'à l'école qui était encore debout, mais beaucoup plus petite que dans le souvenir de Johanna. Au milieu de la forêt, elles avaient découvert un bloc rocheux : le Géant, pensa Anna aussitôt. Maman l'avait regardé longuement, incrédule :

— Il était donc si petit ?

Anna, qui avait elle-même chargé de magie les rochers de son enfance, n'avait pas ri.

Pendant toute cette longue journée de samedi, Anna réussit à rester une bonne fille. Elle prépara les plats préférés de son père, écouta sans impatience visible ses interminables histoires, le conduisit jusqu'au ponton où était amarré le bateau et resta assise à frissonner tandis qu'il inspectait défenses et soufflets, testait le moteur et nourrissait les eiders avec des miettes.

— Que dirais-tu d'un petit tour ?

— Non, il fait trop froid. Et puis je dois aller voir maman.

Il la dévisagea, goguenard. Anna n'avait jamais appris à hisser une voile, ni à faire démarrer un hors-bord. Lui-même, d'ailleurs... mais il valait mieux être prudente.

— Toi, dit-il, tu n'as jamais rien fait d'autre que rester collée à tes livres.

Il cherchait à la blesser, et il y parvint.

— Ils m'ont permis de bien gagner ma vie, dit-elle.

— L'argent ! dit-il d'une voix pleine de sarcasme. L'argent n'est pas tout.

— C'est vrai. Mais il compte pas mal pour toi, à voir la manière dont tu te plains de ta pension et dont tu comptes le moindre centime.

Adieu masque de la fille vertueuse, pensa-t-elle en maudissant sa vulnérabilité et en se recroquevillant à la perspective de l'inévitable dispute. Mais il se montra imprévisible, comme à son habitude. C'est cela qui le rend si difficile, songea-t-elle.

— Tu ne pourras jamais comprendre ce que c'est que d'être pauvre et d'avoir faim, dit-il. J'ai dû apprendre de bonne heure à faire attention au moindre sou.

Elle parvint à sourire : je plaisantais, cher papa. La menace s'éloigna, elle l'aida à retourner à terre, à monter en voiture.

Il n'a que deux registres, pensa-t-elle : la rage et la sentimentalité. Quand il a suffisamment mijoté dans l'un, c'est au tour de l'autre. Puis elle songea qu'elle était injuste. D'ailleurs, il avait raison, elle n'avait jamais eu faim.

À l'hôpital aussi, les choses se passèrent mieux ce jour-là. Anna fit ce qu'elle était censée faire, cajola la vieille, lui tint la main, lui donna la becquée lorsque le déjeuner arriva : une cuillerée pour papa, une cuillerée pour maman. Au milieu de la comptine, elle s'interrompit, honteuse de cette humiliation.

La vieille s'endormit après le repas ; Anna resta assise à la contempler. Dans le sommeil, elle retrouvait presque son visage d'autrefois. Anna, qui se sentait sur le point d'exploser de tendresse et d'impuissance, sortit sur la terrasse et alluma une cigarette. Elle essaya de penser aux mauvais côtés de sa mère, à son esprit de sacrifice et à sa façon de culpabiliser son entourage. Une femme au foyer avec une enfant unique, et tout le temps du monde pour l'aduler.

C'était idiot, cela ne l'aidait pas. Rien ne fait aussi mal que l'amour, pensa-t-elle. Ma difficulté à moi, c'est que j'ai trop reçu, c'est pour cela que je ne peux pas me maîtriser, dès qu'il s'agit de maman ou de Rickard, et surtout pas quand il s'agit des enfants.

La pensée de ses deux filles était source de douleur. Sans raison, car elle n'avait aucun motif de s'inquiéter. Elles aussi, elles avaient eu une mère incompétente. Et rien de ce qui avait été fait ne pouvait être défait.

Lorsqu'elle revint dans la chambre, sa mère se réveilla, la regarda, tenta de sourire. Cela ne dura qu'un instant, et peut-être n'était-ce qu'un mirage. Mais Anna en fut heureuse comme si elle avait croisé un ange.

— Bonjour petite maman, dit-elle. Veux-tu que je te dise ce dont j'ai rêvé la nuit dernière ? J'ai rêvé de l'eau de Norvège, et de tout ce que tu m'as raconté.

L'instant était passé depuis longtemps, mais Anna continua de parler, calmement, en faisant de longues phrases. De la manière dont on parle aux adultes.

— Cela m'a rappelé le jour où on y est allées pour la première fois, toi et moi. Tu t'en souviens sûrement, c'était une belle journée d'été et j'étais si étonnée de tout ce que tu me racontais. Nous étions assises sur le grand rocher, au bord du lac, tu t'en souviens ? Tu me parlais de la grotte où vous vous étiez réfugiés quand vous pensiez qu'il y aurait la guerre avec la Norvège, de votre vie là-bas, et du froid qui vous tenaillait. Sauf toi, qui avais le droit de dormir au creux de l'aisselle de ton père.

C'était peut-être un vœu pieux, mais Anna crut voir le visage de la vieille s'animer et passer brièvement de l'étonnement à la joie.

Elle sourit.

« Je me fais des illusions, ce n'est pas possible, et pourtant... Reste, maman, reste encore, accroche-toi. »

Elle continua de parler du torrent et de la forêt, mais le visage disparut à nouveau. Puis elle dit :

— Je me suis souvent demandé quel effet cela pouvait faire de dormir dans la grotte. Alors qu'il faisait si humide et que vous ne pouviez pas faire de feu, que vous étiez obligés de prendre vos repas froids.

Il n'y avait plus de doute à présent, le visage avait changé d'expression, cette fois dans le sens de la bonne humeur.

Elle essaya de sourire ; cela lui demandait beaucoup d'effort et elle n'y parvint pas, ce ne fut qu'une grimace. Mais après, le miracle se reproduisit, le regard brun plongea dans celui d'Anna, un regard droit et chargé de sens.

L'instant d'après, elle s'était rendormie. Anna resta longtemps assise sans bouger. Une demi-heure plus tard, la porte s'ouvrit et la fille aux yeux bleus annonça : « Nous venons langer les patients. »

Anna se leva, chuchota un merci à l'oreille de sa mère. Alors qu'elle quittait la pièce, la vieille allongée dans le lit voisin se mit à crier.

Anna fit un détour par la plage, resta un moment dans la voiture à contempler la pointe où elle avait appris à nager. La prairie côtière, où le lotier et l'aspérule se mêlaient autrefois au sable, parmi les rochers, servait à présent de chantier naval, et les petites maisons individuelles, rénovées à grand renfort de briques artificielles, étaient méconnaissables. Du côté des falaises de son enfance, où les vaches paissaient au milieu des bleuets et des fraises sauvages, les pavillons accolés, tous identiques, se serraient en rangées compactes, tels des gratte-ciel renversés.

Seule la mer restait semblable à elle-même. Et les îles, qui se profilaient sur l'horizon gris.

Terre perdue, enfance perdue.

Tu te souviens, maman ? Nous traversions autrefois cette prairie, main dans la main, avec nos serviettes de plage et nos tartines. Café pour toi, sirop pour moi... Je suis en train de devenir adulte, pensa-t-elle. Le chagrin la frappa de plein fouet, en même temps que la rage. Comment les choses avaient-elles pu devenir si laides, si... barbares ?

Ma mère était aussi belle que le paysage d'ici. À présent elle se délabre. Et j'essaie de l'accepter. Il serait temps, parce que je suis vieille moi aussi, bientôt vieille.

Il faut rentrer.

Mais elle aurait pu prendre son temps, car le père dormait.

Elle se mit à rôder dans la maison comme une voleuse et finit par trouver ce qu'elle cherchait. Des albums de photos. Mais les images n'éveillaient aucun souvenir, suscitaient simplement un constat objectif. Oui, nous avions bien cette tête-là.

Avec précaution, elle ouvrit le tiroir pour y ranger le vieil album, mais il se retrouva tout de guingois. Elle mit un moment à en comprendre la raison : sous le papier à fleurs dont maman avait autrefois tapissé les tiroirs se cachait une autre photographie, sous verre et encadrée. Grand-mère !

Elle dégagea le portrait, regarda avec étonnement le mur où il avait toujours eu sa place, à côté des grands-parents paternels, des enfants et des petits-enfants ; une tache plus claire sur le papier peint signalait son ancien emplacement.

C'était bien étrange. Pourquoi son père avait-il enlevé le portrait de sa belle-mère ? Ne l'aimait-il pas ? Bien sûr que si. Ou bien ?

Que sais-je vraiment ? Que sait-on des parents ? des enfants ?

Et pourquoi est-ce si important ? Pourquoi ressent-on comme une faute le fait de ne pas se souvenir et de ne pas avoir compris ? Chez moi, c'est comme un trou qu'il faudrait remplir. Comme si je n'avais pas eu d'enfance, mais seulement un récit qui en tiendrait lieu.

Ils étaient tous doués pour raconter des histoires dans cette famille, surtout maman avec sa faculté de tout mettre en images.

Des images d'Épinal ?

Papa enjolivait, ajoutait des détails qui faisaient de l'effet et en omettait d'autres qui auraient compliqué son récit ; cela, elle l'avait compris, petite déjà. Et l'avait excusé, parce qu'elle appréciait son sens de la mise en scène et ses chutes drôles et inattendues.

Elle monta furtivement l'escalier jusqu'à son ancienne chambre de jeune fille, au premier étage, s'allongea sur le lit, sentit à quel point elle était fatiguée. Au bord du sommeil, elle s'imagina qu'elle venait de faire une découverte importante. Si elle avait si peu de souvenirs d'enfance, c'était peut-être qu'elle avait toujours vécu dans une description. Un récit où elle ne se reconnaissait jamais vraiment.

Était-ce pour cela qu'elle se sentait toujours... étrangère ?

Elle se réveilla en entendant le vieux malmener la bouilloire dans la cuisine et se hâta de descendre, taraudée par la mauvaise conscience.

— Ah te voilà, dit-il en souriant. Je croyais avoir rêvé que tu me rendais visite.

— Tu avais oublié ?

— J'oublie si facilement ces temps-ci.

Elle lui prit la cafetière des mains, dit :

— Assieds-toi, je m'occupe du café.

Elle trouva des brioches à la cannelle dans le congélateur, les passa au four, observa, immobile, l'eau qui traversait le filtre de papier en faisant des bulles, respira l'odeur du café sans écouter le vieux, tout absorbé dans le récit du jour où il avait croisé une baleine en revenant à la voile de Skagen, au Danemark. C'était une très vieille histoire, elle l'avait entendue tant de fois. Avec plaisir.

À présent, il avait perdu la capacité de maintenir le suspense. Son récit se traînait comme un escargot, faisait des détours, se perdait.

— Où est-ce que j'en étais ?

— Au large de Varberg.

— Ah oui, dit-il avec reconnaissance, mais Varberg appartenait en fait à une autre histoire, à propos d'une fille et d'un bal dans la cour du vieux château fort.

Au beau milieu de l'histoire, il s'interrompit, désorienté, se rappela que c'était sans doute plutôt dans la forteresse de Kungälv qu'il avait dansé par cette nuit d'été lumineuse. Et qu'il s'était battu avec le fiancé de la fille.

Sa voix était claire et distincte lorsqu'il entreprit de décrire son éclatante victoire sur le fiancé. Son récit reprit vie et se couvrit momentanément de gloire pour retomber peu après dans une pelote embrouillée d'autres souvenirs de bagarres et de victoires, d'épisodes où il avait réussi à arrêter un cheval emballé et sauvé la vie d'un enfant qui était tombé à l'eau dans un port, quelque part.

Elle sortit les brioches du four avec un sentiment de désespoir insoutenable. C'était horrible, cette vantardise sans pudeur et ce cerveau délabré qui crachait des souvenirs en vrac.

Des souvenirs ? Peut-être n'étaient-ce que des légendes qui s'étaient affermies et développées au fil des ans.

Je ne veux pas devenir vieille, pensa-t-elle. Et tandis qu'elle versait le café dans les tasses : comment pourrais-je jamais devenir vraie ? Mais à haute voix, elle dit :

— La toile cirée commence à être usée. Il faudra en acheter une autre demain.

Après le café, le vieux alluma la télévision, l'affreuse télé bénie. Là, dans le fauteuil aux ressorts fatigués, il s'endormit comme d'habitude, lui laissant le temps de préparer le dîner et même de faire une courte promenade dans le bois de chênes entre les falaises et la maison.

Ils mangèrent en silence : des steaks hachés à la crème et aux airelles.

— Je ne mange bien que quand tu es là, dit-il. Les filles qu'on m'envoie n'ont pas le temps de cuisiner correctement.

C'était censé être un reproche. Comme elle ne semblait pas réagir, il enfonça le clou :

— Rien ne t'empêche de travailler ici, après tout.

— J'ai un mari et des enfants.

— Ils peuvent te rendre visite.

Elle songea qu'il avait objectivement raison. Je pourrais très bien finir de rédiger mon rapport là-haut, dans ma vieille chambre. Vraie, se dit-elle, en souriant au milieu de sa détresse, comment devient-on vraie ? Et si je lui disais la vérité : je n'ai pas un instant de tranquillité dans ta maison, papa, à l'instant je ne comprends même pas comment je vais faire pour te supporter deux jours encore sans devenir folle.

— Je ne te dérangerai pas, dit-il.

Quelque chose de suppliant dans sa voix lui fit monter les larmes aux yeux. Mais elle préféra évoquer les ordinateurs dont elle avait besoin pour son travail, ces machines impossibles à transporter.

Vraie, pensa-t-elle encore pendant qu'elle mentait effrontément à son père. Lorsqu'il se leva de table et la remercia pour le dîner, sa voix était friable, comme bordée de givre. Je ne l'aime pas beaucoup, se dit-elle. J'ai peur de lui, je ne le supporte pas, je le déteste. Ce qui complique les choses, c'est que je l'aime.

Elle lava la vaisselle. Un voisin passa, un homme plein de bonté qu'Anna aimait bien. Il était joyeux comme à son habitude et lui caressa la joue : « Ce n'est pas facile, je comprends. » Elle éprouva une panique incompréhensible lorsqu'elle croisa son regard, comme si une ombre avait traversé la cuisine.

— Va donc voir papa pendant que je vous prépare un grog, dit-elle.

Elle tremblait en disposant sur le plateau la bouteille de gin qu'elle avait apportée, le tonic, un bol de cacahuètes. Un mauvais pressentiment ? Non ! Je suis fatiguée et idiote. Elle le dit à voix haute, plusieurs fois : fatiguée et idiote. Papa est encore jeune, en bonne santé, il est de ceux qui vivent longtemps. Elle les rejoignit au salon, dit comme en passant : « Et comment vas-tu, Birger ? » Il parut surpris et répondit qu'il allait bien, comme toujours. Elle hocha la tête mais n'osa plus croiser son regard.

La soirée, d'ailleurs, ne se prolongea guère ; vers neuf heures, le vieux déclara qu'il avait sommeil. Elle l'aida à se coucher, avec le plus de douceur et de respect possible. Il était très sourcilleux quant à sa dignité.

Elle emporta une tasse de thé dans sa chambre, cela faisait partie du rituel. Maman insistait toujours à ce sujet : un thé sucré au miel avant de dormir. Lorsqu'elle le porta à ses lèvres, ses sens retrouvèrent d'eux-mêmes le chemin de l'enfance. Le goût du miel, une tasse à fleurs bleues et les cris des mouettes au-dehors, qui tombaient du ciel, leur joie de vivre impertinente.

Elle ouvrit la fenêtre et suivit du regard leur nuée stridente. Les mouettes s'éloignaient vers le large, par-dessus les îles d'Asperö et de Köpstadsö. Au même instant, le chant du merle s'éleva dans le chêne où le mois de mai venait tout juste d'éclore.

C'en était trop, une telle mélancolie était impossible à supporter. D'un geste résolu, elle prit un somnifère.

La lumière dorée la réveilla de bonne heure. Peut-être n'était-ce pas seulement la lumière, car au cours des rêves de la nuit, elle avait entendu le chant des oiseaux dans le jardin, beau et puissant comme le printemps lui-même. Elle resta allongée, immobile, en essayant de reconnaître les différents sons, l'extase du pinson, les signaux joyeux des mésanges et le vibrato des hirondelles atterrissant sous les tuiles du toit.

Les hirondelles sont arrivées et construisent leurs nids sous les tuiles, se dit-elle. L'espace d'un instant, elle put sentir que tout était en ordre.

Elle descendit l'escalier, se glissa dans la cuisine où elle prépara sans bruit une tasse de café et, volant au passage une brioche à la cannelle, elle remonta silencieusement les marches, se rappela que la septième grinçait et l'évita de justesse. Le vieux ronflait dans la chambre à coucher.

Elle s'offrit une séance de méditation ; le chant des oiseaux l'aidait à entrer dans son propre silence et dans la certitude que rien n'est dangereux bien que tout soit douleur. Elle réussit même à se persuader brièvement que maman ne souffrait pas, qu'elle était au-delà de la souffrance. Et que la mémoire de papa était trop courte pour retenir l'amertume. Puis elle prit la photographie de grand-mère et la contempla longuement.

Hanna Broman. Qui étais-tu ? Je ne te connais, curieusement, que par ouï-dire. Tu étais une légende, grandiose et douteuse. D'une force incroyable, disait maman.

Je dois bien avoir mes propres images, tu vivais encore quand je suis devenue adulte, quand je me suis mariée et que j'ai eu des enfants. Mais ce portrait ne ressemble pas aux souvenirs que je garde de toi. C'est normal, la photo date de ta jeunesse. Je ne t'ai jamais vue que vieille, comme une étrangère, grande et grosse, enveloppée dans des robes noires aux plis innombrables.

Voilà donc à quoi tu ressemblais du temps de ta force, lorsque, chargée d'un sac de cinquante kilos, tu parcourais les dix kilomètres qui séparaient le moulin du village frontalier où tu échangeais ta farine contre du café, du pétrole, du sel et autres denrées de première nécessité. Est-ce possible ? Tu portais ton sac sur le dos, disait maman. Mais seulement au printemps et à l'automne. L'été, tu y allais en barque. Et en hiver, tu tirais un traîneau sur la glace.

Nous sommes nées dans des mondes différents, toi et moi. Pourtant, je vois maintenant que nous sommes semblables. Le même front, la même implantation des cheveux formant une ligne sinueuse, la même bouche allongée et le même nez court. Mais ton menton est puissant et volontaire. Ton regard est ferme, tes yeux gardent leurs distances. Je me rappelle qu'ils étaient bruns.

Nous nous regardons longtemps. Pour la première fois, nous nous regardons !

Qui étais-tu ? Pourquoi n'avons-nous jamais appris à nous connaître ? Pourquoi t'intéressais-tu si peu à moi ?

Soudain Anna entend une voix. Celle de l'enfant qui demande :

— Pourquoi n'est-elle pas une vraie grand-mère ? qui prend les enfants sur ses genoux et leur raconte des histoires ?

Et la voix de la mère :

— Elle est vieille et usée, Anna. Elle a eu assez d'enfants comme ça, et il n'y avait pas de place dans sa vie pour les contes de fées.

Y a-t-il une amertume dans cette voix ? Je dois chercher dans mes propres souvenirs.

Grand-mère venait parfois en visite dans la matinée, quand j'étais petite et qu'elle avait encore la force de marcher depuis l'arrêt du bus jusqu'à notre maison, au bord de la mer. Elle s'installait sur le banc de la cuisine, dans l'odeur des gâteaux et du pain de froment, devant la table couverte d'une nappe et des plus belles tasses. Elle avait un sens très prononcé du confort, un peu comme les chats qui se lovent en ronronnant dans un coin de canapé. Elle ronronnait, d'ailleurs, je m'en souviens ; un raclement plutôt, comme celui du râle d'eau dans la nuit. Le reste du temps, elle parlait. Un bavardage agréable, dans un patois étrange, à moitié norvégien, léger, parfois incompréhensible. Elle s'étonnait elle-même, et étonnait les autres, car ses paroles précédaient souvent sa pensée. Elle prenait alors un air surpris, se taisait d'un coup, avait honte ou éclatait de rire.

De quoi parlaient-elles, maman et grand-mère ? Des voisins. Des enfants qui tournaient mal, des hommes qui buvaient et des femmes qui étaient malades. Mais aussi de mariages, de naissances, de fêtes, de recettes de cuisine et où donc les gens trouvaient-ils l'argent... ?

Pour l'enfant, c'était comme soulever le toit d'une maison de poupées et apercevoir une foule de personnages. Un jeu. Mais pour les deux femmes, c'était réel et sérieux au plus haut point. Elles s'intéressaient vivement aux gamins rachitiques des Höglund comme aux cuites de Johansson, le peintre en bâtiment. Pour ne pas parler de l'étrange maladie de Mme Niklasson.

Commérages ; pas méchants, pas bienveillants non plus. Pour la première fois, Anna songe que ces bavardages interminables étaient l'occasion d'une orgie de sentiments. Les deux femmes se vautraient dans les malheurs des autres et se déchargeaient ainsi à bon compte de leur misère personnelle. Parler de soi était impossible. C'était honteux.

Grand-mère rougissait facilement.

— Tu ne pleures jamais, grand-mère ?

— Non. Ça sert à rien, répliquait-elle en s'empourprant.

Maman était gênée, elle aussi, et grondait l'enfant. Il y avait tant de questions qu'on n'avait pas le droit de poser à grand-mère, qui estimait sans doute que les gamines impertinentes devaient se taire et que Johanna manquait de poigne avec sa fille trop gâtée.

— Tu étais tellement pragmatique, dit Anna à la photographie.

Je me trompe peut-être, se reprit-elle ensuite en cherchant du regard la mer de l'autre côté de la fenêtre. Il fallait la chercher loin désormais, au-delà de toutes les petites maisons où les nouveaux habitants anonymes se serraient, clôture contre clôture, et connaissaient à peine le nom de leurs voisins. Peut-être aviez-vous toutes les deux la nostalgie et le chagrin de votre village ? Peut-être était-ce cette ambiance, celle du village, que vous cherchiez à recréer dans la grande ville ?

Cette explication aurait fait ricaner grand-mère. Elle aimait la ville, la lumière électrique, l'eau courante, les magasins de quartier tout proches et le droit de fermer sa porte, d'être tranquille chez soi.

Grand-mère venait déjeuner le dimanche ; papa allait la chercher en voiture. Elle portait de longs colliers en jais sur un col plissé blanc, ne parlait à table que lorsqu'on lui adressait la parole et se montrait déférente envers son gendre.

Soudain, Anna se souvint. Avec une netteté qui l'étonna elle-même. Autour de la table du déjeuner, des voix perplexes s'interrogeaient sans fin sur les propos de la maîtresse d'école, qui avait déclaré qu'Anna était douée.

Douée ? Quel mot étrange. La maîtresse avait évoqué le lycée. Grand-mère rougit, puis ricana, ce discours lui semblait indécent. Elle jeta un long regard à la jeune fille :

— À quoi ça servirait ? C'est rien qu'une fille. Ça en fera une prétentieuse, et ça l'empêchera pas d'y passer comme les autres.

Ce furent peut-être ces paroles qui décidèrent de l'avenir d'Anna. « Rien qu'une fille », l'expression éveilla la colère de papa, lui qui jamais n'aurait avoué le chagrin que son unique enfant ne fût pas un garçon.

— C'est à Anna de décider, trancha-t-il. Si elle veut étudier, elle étudiera.

Comment ai-je pu oublier cette conversation ? se demanda Anna en revenant vers le lit et en regardant à nouveau la photographie. Tu avais tort, vieille sorcière. J'ai étudié, j'ai passé mes examens, j'ai eu du succès et j'ai fréquenté des milieux dont tu ne soupçonnais même pas l'existence.

Prétentieuse, oui, ça aussi je le suis devenue, comme tu l'avais prédit, comme tout le monde le prédisait. Et toi, tu es devenue un fossile, vestige primitif d'une époque disparue. Je t'ai chassée de ma vie, tu n'étais que le rappel pénible d'une origine qui me faisait honte.

C'est pour cette raison que je n'ai aucun souvenir de toi. Et que ta photo me parle autant. Parce qu'elle exprime très clairement que tu étais, toi aussi, une fille douée.

Tes préjugés étaient autres que les miens, c'est vrai. Mais tu avais raison parfois. Surtout lorsque tu disais que j'y passerais comme les autres. Moi aussi, la vie de femme m'attendait.

Je n'ai pas porté les sacs de farine du moulin au village, grand-mère. Pourtant, à ma manière, je l'ai fait.

HANNA

(1871-1964)

La mère de Hanna avait donné naissance à quatre enfants que la phtisie emporta au cours de la grande famine à la fin des années 1860. Maja-Lisa s'abîma dans sa détresse et osa espérer que de nouvelles grossesses lui seraient épargnées.

Mais en 1870, le printemps fit ce qu'on attendait de lui : il apporta de la pluie, la terre brûlée refleurit et il y eut à nouveau du pain sur la table. Il n'était pas question d'abondance, mais à l'automne, ils avaient des rutabagas et des pommes de terre en quantité suffisante dans la réserve. Les vaches donnaient à nouveau du lait.

Et Maja-Lisa était enceinte.

Elle maudit son sort mais August, le mari, lui dit qu'ils devaient être reconnaissants. Les mauvaises années ne les avaient pas chassés de la ferme, ils n'étaient pas contraints de mendier sur les routes comme tant d'autres petits paysans de la région.

Hanna vint au monde — l'aînée de cette deuxième nichée. Venaient ensuite une autre fille et trois garçons. Leur mère avait tiré la leçon des malheurs passés. Ne pas s'attacher aux enfants, d'une part. Se méfier de la crasse et de l'air vicié, d'autre part.

À l'époque de la famine, on leur avait envoyé un jeune prêtre aux yeux doux qui cherchait de son mieux à suivre l'exemple du Christ. Il partageait son pain avec les vieux et n'oubliait jamais d'apporter du lait pour les enfants, bien que la nourriture fît défaut même au presbytère. Le jour, il inhumait bébés et vieillards, et rédigeait des certificats paroissiaux pour ceux qui émigraient vers l'ouest, vers la Norvège et l'Amérique. La nuit, il priait pour les pauvres gens.

Comme ses prières semblaient ne pas avoir d'effet, il prit le parti de les remplacer de plus en plus par les recommandations de son frère, médecin à Karlstad. D'où ses sermons sur la propreté. La phtisie vivait dans la saleté, prêchait-il, et le rachitisme dans le noir. Tous les enfants devaient profiter de la lumière du jour. Ce n'était pas le froid qui les tuait, mais l'obscurité et la crasse. Et il leur fallait du lait.

En temps normal, ses paroissiens auraient reniflé avec mépris devant de pareilles sornettes. À présent, les mères l'écoutaient anxieusement ; Maja-Lisa était de celles qui prenaient ses discours au sérieux.

Il y eut beaucoup de cris et de scènes avant que le mari accepte de ne plus cracher sur les tapis en lisière. Mais elle se montra inflexible, car elle se rendait bien compte que le prêtre avait raison : les derniers-nés étaient étonnamment sains et robustes.

Puis le prêtre aux yeux doux disparut et fut remplacé par un autre qui avait une passion immodérée pour l'eau-de-vie. Il en alla de cet échange de prêtres comme du reste, dans la région : de mal en pis. La peur s'était installée à demeure au village, et la mesquinerie régnait d'autant plus que la joie était rare. De plus, la distance entre voisins croissait à mesure que la forêt reprenait ses droits sur les champs et les pâturages des fermes abandonnées.

L'hiver, les troupes de mendiants traversaient les villages et rappelaient à chacun de mauvais souvenirs.

Hanna avait dix ans lorsque le nouveau pasteur débarqua à la ferme pour la visite domiciliaire et leur expliqua qu'ils devaient rendre grâce à Dieu de vivre dans un endroit aussi beau. Hanna jeta un regard étonné aux lacs et aux montagnes. Qu'est-ce qu'il racontait, ce prêtre ? Elle comprit encore moins lorsqu'il leur assura que Dieu veillait sur Ses enfants — alors que Dieu n'aidait à l'évidence que ceux qui savaient se défendre âprement et tirer parti de la moindre miette.

À douze ans, on l'envoya servir dans la ferme de Lyckan, à l'embouchure de la rivière. Elle quitta l'école, où elle avait tout juste appris les rudiments du calcul et de l'écriture. C'était bien suffisant, estima son père.

Lovisa — célèbre pour sa pingrerie, sa dureté et son arrogance — régnait en maîtresse sur la ferme. C'était une grosse exploitation, à l'échelle de cette région pauvre, même si, dans la plaine, on l'aurait jugée modeste. Lovisa n'avait pas eu de chance avec ses gamins. Elle avait accidentellement étouffé dans son lit deux fillettes en bas âge ; un fils était mort de rachitisme. Il ne lui restait qu'un enfant : un beau gars, habitué à se servir et à être servi, qui se distinguait d'ailleurs des gens ordinaires par ses cheveux foncés et ses yeux noirs.

Les mauvaises langues évoquaient une troupe de gitans qui avait écumé le pays l'été avant sa naissance. Mais les personnes sensées se rappelaient que le grand-père paternel de Lovisa était espagnol, un naufragé recueilli à Orust.

Les deux maisons étaient apparentées, car Joel Eriksson, le maître de Lyckan, était frère de la mère de Hanna. Leur père occupait encore la ferme principale de Framgården, mais il avait réparti les métairies entre ses enfants. Celle de Lyckan était revenue au fils, Joel, tandis que Maja-Lisa et son mari avaient dû se contenter de Bråten, plus petite et plus pauvre.

À croire qu'il existait malgré tout une justice dans la vie, Maja-Lisa avait épousé un homme capable et travailleur, August Nilsson, originaire de Norvège, alors que Joel, pour son malheur, s'était lié à l'acariâtre Lovisa, qui venait du Bohuslän.

Lovisa était pieuse. Comme beaucoup de ses semblables, elle prenait plaisir à faire vivre les autres dans la crainte du Seigneur et se réservait au quotidien le droit d'être cruelle avec bonne conscience.

Hanna avait l'habitude des longues journées, des tâches ingrates et des brimades continuelles. Elle ne se plaignait donc pas et ne sut jamais que les voisins s'apitoyaient, racontant que Lovisa la traitait comme une bête. Elle mangeait à sa faim et, une fois par mois, elle était heureuse : c'était le jour où on l'autorisait à rentrer chez sa mère avec une pinte de lait.

En octobre, elle eut ses premières règles. Elle eut mal, saigna beaucoup, prit peur, mais n'osa se confier à Lovisa. Elle choisit le chiffon le plus usé qu'elle possédait, le déchira en lanières et serra les jambes de son mieux pour maintenir le linge à sa place. Lovisa, en la voyant, la toisa avec méfiance :

— Regardez-moi cette génisse cagneuse ! Bouge-toi donc, empotée !

En rentrant chez sa mère le samedi suivant, elle put enfin pleurer. Quelques larmes seulement, car la mère dit à son habitude que ça ne servait à rien. Elle l'aida cependant, lui donna de vraies bandes, réalisées au crochet, et une sangle à fixer autour de la taille. Puis elle alla chercher sa boîte à ouvrage et en retira deux précieuses épingles à nourrice. Hanna se sentait bien fortunée, jusqu'au moment où la mère dit :

— Il y a danger, ma fille. Laisse jamais un homme t'approcher à moins de deux mètres, tu m'entends ?

Vint la nuit où Hanna s'endormit dans le fenil. Sa couche se trouvait dans la cuisine mais elle n'y trouvait guère le repos, car le soir, on s'y disputait. Au sujet du fils, la plupart du temps, que la mère gâtait et dont le père entendait faire un homme. Hanna était si fatiguée qu'elle aurait pu s'assoupir malgré les injures qui volaient par-dessus sa paillasse. Mais ce soir-là, les maîtres se battaient dans leur chambre. Des bruits de coups et des cris affreux lui parvenaient à travers la porte. Hanna eut le temps de penser : cette fois, il va la tuer, le Joel. Puis elle entendit une autre voix, un cri horrible et surexcité, comme un hurlement surgi de l'enfer : Rickard !

Ils ont réveillé le fils, Dieu nous protège.

Ce fut à ce moment-là qu'elle se glissa dans l'étable. Elle avait une peur bleue du garçon qui ne perdait pas une occasion de la tripoter dès que la mère avait le dos tourné.

Elle s'endormit dans le foin comme un animal épuisé, et ne se réveilla qu'au moment où il lui arracha sa jupe. Elle voulut crier, mais il l'empoigna à la gorge et elle comprit qu'elle allait mourir. Elle s'immobilisa. Il se vautra sur elle avec la brutalité d'un taureau et lorsqu'il s'enfonça et qu'elle se brisa en mille morceaux, elle eut la présence d'esprit, malgré la douleur atroce, de demander à Dieu de la recevoir.

Puis elle mourut, et ce fut avec étonnement qu'elle se réveilla une heure plus tard, ensanglantée et déchirée. Elle réussit à bouger d'abord les mains, puis les bras, enfin les jambes. Après un moment, elle put prendre une décision, ou du moins formuler une pensée : maman !

Elle se mit lentement en route à travers la forêt, en laissant une traînée de sang derrière elle. Le dernier kilomètre, elle rampa plus qu'elle ne marcha, mais lorsque enfin elle fut devant la porte, elle trouva la force de crier assez fort pour réveiller la maisonnée.

Ce fut la première et unique fois de sa vie que Hanna vit sa mère pleurer. Maja-Lisa étendit la fillette sur la table de la cuisine et entreprit de laver la blessure de son mieux, mais elle avait beau éponger et éponger encore, les saignements continuaient.

— Dieu puissant, marmonnait Maja-Lisa. Dieu puissant !

Puis elle rassembla ses esprits et envoya l'aîné des garçons chercher Anna, la sage-femme qui l'avait aidée au cours de ses nombreuses couches et qui savait aussi étancher le sang.

— Vite, vite, cria-t-elle au garçon qui détala à toutes jambes.

Elle voulut déshabiller la petite, lui ôter ses vêtements en lambeaux, mais elle s'interrompit. Au beau milieu de sa rage et de sa détresse, elle venait de se rappeler qu'Anna n'était pas seulement la sage-femme, mais aussi celle qui colportait de ferme en ferme les lourds secrets du village.

Hanna s'était endormie, ou évanouie peut-être. La cuisine ressemblait à un étal de boucherie, Maja-Lisa implorait la miséricorde divine avec des cris de plus en plus stridents tandis que les enfants se terraient dans les coins en se bouchant les oreilles.

Anna arriva enfin, solide et tranquille. Elle avait apporté de la racine de consoude finement râpée et de la capselle, qu'elle mélangea à du saindoux pour obtenir une pommade dont elle enduisit la blessure. Hanna se réveilla tandis qu'on la soignait et se mit à pleurer sans bruit. La sage-femme se pencha vers elle :

— Qui ?

— Rickard de Lyckan, murmura la petite.

— Je m'en doutais, dit Anna sombrement.

Puis elle lui fit avaler une décoction de gui et d'ortie blanche.

— Pour arrêter les saignements et provoquer un sommeil profond comme la mort, dit-elle avant d'ajouter : Dieu sait si elle pourra jamais avoir des enfants. Quant au mariage, elle peut mettre une croix dessus.

Ces nouvelles ne semblèrent pas attrister Maja-Lisa, qui ignorait bien sûr que ces deux prédictions seraient démenties. Elle envoya les petits se coucher, prépara du café, remit un peu d'ordre dans la cuisine. Tout à coup, elle s'aperçut que le fusil n'était plus à sa place, au mur, et que le mari aussi avait disparu.

Elle se remit aussitôt à crier. Les enfants accoururent, mais Anna, qui avait suivi son regard, renifla avec mépris :

— Les bonshommes ! Calme-toi, on y peut rien.

— Mais il sera condamné aux travaux forcés ! hurlait Maja-Lisa.

— Il arrivera rien du tout.

Cette fois, Anna avait vu juste. Lorsque August arriva à la ferme de Lyckan, Rickard avait déjà filé. Les deux paysans se calmèrent à coups d'eau-de-vie et décidèrent qu'on obligerait le garçon à épouser Hanna dès qu'elle aurait l'âge et que, d'ici là, Joel la traiterait comme sa propre fille.

Mais ce projet n'eut pas de suite. Hanna déclara qu'elle aimait mieux se jeter dans la rivière qu'épouser Rickard ; Maja-Lisa, impuissante, ne put que serrer les dents, et Lovisa trouva un moyen secret d'avertir son fils de ne jamais remettre les pieds à la ferme, pour l'amour du Christ. La vieille Anna parlait de prévenir le commissaire de la police rurale et racontait à qui voulait l'entendre une histoire qui avait fait beaucoup de bruit dans son enfance : un bonhomme qui avait été condamné à mort et pendu pour avoir abusé d'une journalière.

Mais August et Maja-Lisa ne voulaient pas causer de tels embêtements à la famille de Lyckan.

Les commérages allaient bon train, et les gens commencèrent à éviter aussi bien Lovisa que sa ferme. Jusqu'au jour où il devint impossible d'ignorer le fait que Hanna était enceinte. Alors on commença à murmurer qu'il ne l'avait peut-être pas tant contrainte que ça, la petite. Et dire qu'elle avait été horriblement abîmée, c'était bien un mensonge, la preuve ! La vieille Anna avait exagéré, à son habitude.

Deux mois plus tard, la fillette n'avait toujours pas eu ses règles, et Maja-Lisa se répétait cent fois par jour que c'était parce qu'elle avait eu le ventre déchiré... Mais un matin, Hanna vomit.

Maja-Lisa l'emmena chez Anna. La sage-femme lui tâta le ventre et ouvrit des yeux ronds en disant qu'elle ne comprenait rien aux voies du Seigneur. Puis elle se rendit à la clairière où poussait le persil sauvage et prépara un remède qui n'eut aucun effet.

— C'est trop tard, dit-elle.

Le 5 juillet, alors que Hanna venait d'avoir treize ans, elle donna naissance à son bâtard, un beau garçon aux yeux noirs. Il refusait de lâcher prise, si bien que la délivrance fut longue et difficile. Lorsqu'il sortit enfin de son ventre, une étrange tendresse la submergea. Alors même qu'il ressemblait à son père.

Ses propres sentiments la prirent tellement au dépourvu qu'elle s'inclina devant l'inévitable décision. Ses parents, elle le savait, n'étaient pas en mesure de nourrir deux bouches de plus. Elle devait retourner à Lyckan. Le maître jura sur ce qu'il avait de plus cher qu'il la traiterait désormais comme sa propre fille et tint parole dans la mesure de ses moyens. Il s'attacha au garçon qui grandissait vite et riait volontiers. Curieusement, c'était un enfant heureux et plein de vigueur.

Hanna travaillait aussi dur qu'avant et Lovisa n'était pas devenue plus aimable, même si elle parlait beaucoup de charité chrétienne depuis qu'elle avait été « sauvée » par un représentant des Missions qui rassemblait ses brebis une fois par mois dans la grange de la ferme voisine.

Tous trois attendaient le retour de Rickard, bien que son nom ne fût jamais prononcé. Et un jour, la rumeur courut qu'on l'avait aperçu dans la région.

Hanna décida alors de se rendre chez le maître des runes, qui vivait dans la forêt derrière la Gorge du Diable, en amont de la rivière. Elle y songeait depuis longtemps, mais hésitait à cause des horreurs qu'on racontait à propos du vieux et de sa sorcière.

Elle attendit le dimanche pour demander au patron s'il pouvait garder l'enfant. Elle voulait aller à l'église, dit-elle. Il hocha la tête. Il était bon que quelqu'un dans cette maison rende visite à Dieu dans Sa demeure, insinua-t-il avec un regard mauvais à l'intention de sa femme. Lovisa cria à Hanna de ne pas oublier son fichu de putain.

Elle parcourut à pied les dix kilomètres jusqu'à l'église, avant de bifurquer et de remonter le long du torrent. La pente était raide, mais elle trouva le gué, après quoi il ne restait plus qu'à suivre le sentier de forêt qui aboutissait, après une demi-heure de marche, à la cabane. Elle la trouva sans difficulté ; elle y était déjà venue autrefois avec sa mère, qui lui avait fait jurer de n'en parler à personne. Son cœur battait la chamade, tellement elle avait peur, mais les deux vieux l'accueillirent sans étonnement. Elle voulait un bâton runique, sans doute ? Hanna n'osa pas répondre, mais hocha la tête en jetant un regard terrifié vers le fond de la cabane où était conservé, disait-on, le membre viril d'un assassin qui avait été pendu bien des années auparavant.

Elle vit tout de suite que le membre en question ne provenait pas d'un homme mais d'un étalon. Il n'y avait pas de quoi avoir peur. Elle en avait déjà vu de semblables, dans les recoins obscurs de certaines fermes où la maîtresse restait sans enfants.

La vieille femme posa les mains sur le front de Hanna, puis sur son cœur. Pendant ce temps, elle ne cessait de marmonner des choses à son homme, dans une langue sauvage et étrangère. Il hochait la tête, gravait les runes les unes après les autres sur le petit bâton. Lorsqu'il eut fini, il paraissait content et sourit en lui disant que ce qu'elle redoutait le plus ne se produirait pas et que sa honte serait effacée.

Elle paya avec ses pauvres économies, fit une profonde révérence et s'enfuit avec le bâton dissimulé dans son corsage, entre les deux seins. Elle courut tout au long du chemin du retour. À l'arrivée, Lovisa la gifla parce qu'elle s'était absentée trop longtemps. Hanna ne broncha pas, même quand l'autre insinua qu'elle était à nouveau en chaleur, sans doute.

— Une putain reste une putain, conclut Lovisa, qui avait remarqué l'étrange éclat du regard de Hanna.

Deux jours plus tard, Rickard était de retour, plus fanfaron que jamais et rutilant comme un coq dans son uniforme aux boutons étincelants et ses bottes montantes. Il était devenu soldat. Il se moqua de l'étonnement de ses parents et leur annonça qu'il ne serait jamais paysan, qu'il n'avait pas l'intention de s'user la carcasse dans cette ferme de misère. Quant à Hanna, elle pouvait l'oublier, il n'épousait pas les putains.

Il ne flancha qu'une seule fois : lorsque le petit, du haut de ses quatre ans, apparut à la porte de la cuisine et lui rit au nez. Alors le soldat tourna les talons, et disparut.

Lovisa cessa aussitôt de pleurer et poussa un hurlement. Joel jeta un coup d'œil à Hanna. Tous deux avaient du mal à dissimuler leur soulagement et ne firent rien pour consoler Lovisa.

Hanna serra discrètement le bâton caché dans son corsage. À compter de ce jour, elle se réveilla chaque matin avec le sentiment que quelque chose d'extraordinaire allait lui arriver.

À l'époque de la Saint-Jean, un homme vint au village, un natif du Värmland. Ceux qui lui avaient parlé affirmaient qu'il était meunier et qu'il avait l'intention de remettre en état le moulin du torrent. Les jeunes disaient qu'il était trop vieux, les anciens rétorquaient qu'il était dans la force de l'âge, mais tous s'accordaient à le trouver taiseux et renfermé.

Il s'était cependant confié à la vieille Anna : depuis que sa femme et sa petite fille étaient mortes, il ne supportait plus la solitude là-haut, dans son moulin.

Et il buvait pour oublier.

À présent, il faisait le tour des fermes pour évaluer la demande. Partout, les paysans lui juraient qu'ils viendraient moudre leur grain au torrent comme autrefois, ainsi que leurs pères et leurs grands-pères l'avaient toujours fait. Et il comprit qu'en restaurant le moulin il leur redonnerait courage.

Il hésitait néanmoins. Les gens d'ici étaient plus rustres et plus taciturnes que dans le Värmland. Ils manquaient vraiment de gaieté, et le café qu'on lui servait lors de ses visites ressemblait à de l'eau sale, sans parler de son goût de seigle brûlé.

Lui-même était issu d'une région plus riche, où les gens étaient plus loquaces. Il avait voulu échapper à la mesquinerie envieuse, celle qui observe, mesure et compare, mais dans ce pays-ci, où la nature était plus chiche et la pauvreté plus rude, voilà qu'il la retrouvait amplifiée, nourrie par les années de disette, empoisonnant chaque rencontre.

Et puis il y avait le moulin. Le remettre en état serait un rude travail. La passerelle qui enjambait le torrent était pourrie, le garde-fou cassé et l'escalier intérieur dans un piètre état. D'un autre côté, le tambour de chêne, la roue à aubes et l'abée avaient tenu le coup. Les deux paires de meules en pierre de Lugnås étaient neuves et apparemment bien affûtées. Il évaluait la hauteur de chute du torrent à soixante pieds, ce qui promettait un bon rendement.

Il y avait aussi un magasin à provisions et une étable. La maison d'habitation était bien entretenue, solide. Elle comportait une pièce avec vue sur le lac, une petite chambre et une grande cuisine.

Enfin, il y avait le site.

Certes, il avait vu de beaux paysages dans les forêts du nord du pays et dans la vallée de Klarälven, mais jamais encore une région d'une telle splendeur sauvage. Il contemplait les montagnes dressées vers le ciel, les nids des faucons pèlerins accrochés aux parois, le vol de l'aigle royal au-dessus des à-pics. Il écoutait le fracas du torrent et le murmure tranquille des lacs norvégiens, observait pensivement les collines en pente douce où broutaient les moutons. Il ne se cachait pas que les champs étaient pauvres et la forêt mal entretenue, en grande partie impénétrable. Intacte depuis la nuit des temps.

Rien à faire, c'était beau.

Il avait l'ouïe fine ; les montagnes lui parlaient d'une voix mystérieuse, tout comme le lac, le torrent et les grands érables du moulin.

Le seul voisin proche était le forgeron, un type apparemment honnête. Et il était important d'avoir accès à une forge, à cause des battants.

L'argument décisif restait cependant l'argent. Il avait vendu son moulin dans le Värmland et il pourrait louer celui-ci. Erik Eriksson de Framgården était avare, comme tous les paysans, mais il avait accepté à contrecœur de participer aux réparations nécessaires.

La seule personne dont il se fût un peu rapproché dans le coin était la vieille Anna, la sage-femme. Elle préparait aussi un meilleur café, si bien qu'on le voyait de plus en plus souvent dans sa cuisine. Ce fut elle qui formula la pensée qu'il nourrissait depuis longtemps sans oser se l'avouer :

— Il lui faut une femme. Une travailleuse, qui ne rechigne pas à la tâche. Il s'en sortira pas tout seul, là-haut dans la forêt.

Un long silence suivit ces paroles. Il sentit soudain à quel point il était fatigué. Et vieux, beaucoup trop vieux pour refaire sa vie.

— Je n'ai sans doute plus la force qu'il faut, dit-il enfin.

— Mais il est encore jeune !

— Quarante ans.

— La force de l'âge.

— Je n'ai pas de chance avec les femmes.

Lorsqu'il revint le lendemain soir, Anna avait réfléchi. Elle était rusée et se garda bien d'aborder le sujet directement. Mais enfin, elle parla un peu de la pauvre Hanna, qui avait eu tant de malchance dans la vie. C'était une grande honte, vu qu'elle était tout de même la petite-fille d'Erik de Framgården. Le meunier fut ému par la terrible histoire du viol, elle le vit bien.

Il finit son eau-de-vie et ce fut un peu chancelant qu'il se leva enfin pour rentrer chez lui dans le noir. Il n'avait rien révélé de ses pensées, mais Anna eut le sentiment honteux que ses desseins avaient été percés à jour.

En arrivant dans la maison désaffectée, le meunier vit pour la première fois à quel point la cuisine et la chambre étaient sales. Cette découverte engendra des pensées d'ordre pratique. Il lui fallait bien une femme, sans doute... Lorsqu'il fut couché, le besoin se mua en désir, le sang se mit à cogner dans ses veines et durcit son membre. Ça faisait si longtemps, nom d'un chien, si longtemps qu'il n'avait pas eu une femme.

Il songea à Ingrid et le désir s'évanouit aussitôt. Ils ne s'entendaient pas bien, tous les deux. Ni au lit, ni ailleurs. De quoi avait-elle l'air ? Il ne s'en souvenait pas, se rappelait seulement ses éternelles jérémiades à propos de l'argent. Et de l'eau-de-vie qu'il se permettait le samedi.

Si l'image de sa femme était floue, celle de Johanna était aussi claire que si elle s'était tenue devant lui. Sa fille avait été emportée par la phtisie alors qu'elle venait d'avoir huit ans.

Bon Dieu qu'elle lui manquait, cette gamine.

Lorsqu'il se réveilla le lendemain matin, il avait retrouvé son sens pratique. La petite lui serait grandement redevable. Il la dominerait sans peine. C'était bien qu'elle eût déjà un gamin, car il aimait bien les enfants mais ne voulait plus jamais en avoir. Ce n'était pas mal non plus qu'elle fût apparentée aux patrons de la grande ferme.

En début de matinée, il prit le chemin de Lyckan.

Hanna se réveilla, comme chaque matin, accompagnée de son étrange pressentiment. Elle effleura son bâton, le serra comme en prière. Puis elle se tourna vers l'enfant qui dormait à ses côtés sur la paillasse de la cuisine.

— Petit Ragnar...

Elle était contente de ce prénom qu'elle avait réussi à imposer malgré les objections des deux familles : personne n'avait jamais porté ce nom-là chez eux ! Puis ils avaient réfléchi, et n'avaient plus protesté. C'était dans l'ordre des choses, après tout, puisque c'était un bâtard.

Mais pour Hanna, ce nom évoquait le souvenir d'un garçon de l'école. Elle ne s'était pas trompée, car le fils, avec son humeur ensoleillée et égale, ressemblait bien à ce camarade. Elle venait de le réveiller, à l'aube, et lui, pourtant, riait déjà aux éclats.

Elle rangea la cuisine et prépara le petit déjeuner. Le maître arriva dès que la bouillie fut prête et s'attabla lourdement. Elle se tenait derrière lui, à côté du fourneau, et mangeait debout comme à son habitude, le garçon dans ses bras : une cuillerée pour Ragnar, une cuillerée pour maman.

Tous deux appréciaient cet instant matinal. Lovisa n'y participait jamais, elle avait trop de prières à réciter.

L'étranger arriva environ une heure plus tard. La jeune fille qui l'observait à la dérobée lui trouva belle allure, avec ses larges épaules et sa barbe courte, taillée en biais. Comme un monsieur. Mais qu'est-ce qu'il avait à la regarder comme ça ?

Il la regardait, en effet ; constata qu'elle était belle fille, alerte, l'œil aux aguets. Intelligente, pensa-t-il. Rien ne lui échappe.

Robuste, aussi. Curieusement épargnée, malgré la douleur et la honte.

Si jeune, songea-t-il, dix-sept ans. À peine plus âgée que Johanna, si celle-ci avait vécu.

Il eut soudain honte des rêves de la nuit et des calculs du matin. Mais il oublia son embarras lorsque l'enfant déboula dans la cuisine, les yeux grands ouverts, pleins de curiosité et dénués de toute peur. Ragnar regarda sa mère et éclata de rire. D'un rire ouvert, très inhabituel dans cette région pauvre, au point d'en paraître presque provocant.

Le meunier s'accroupit et lui tendit la main :

— Bonjour. Je m'appelle John Broman.

— Bonjour bonjour bonjour, fit Ragnar en posant ses deux mains dans la paume offerte.

C'était la première fois que quelqu'un s'adressait gentiment au garçon et les yeux de Hanna se mirent à briller. Puis Joel Eriksson entra lourdement dans la cuisine :

— Et les raves ? Dépêche-toi, file. Et emmène le gamin.

Lovisa surgit au même instant en criant que Hanna avait oublié de faire réchauffer le café.

La jeune fille s'éclipsa. John Broman la suivit du regard et remarqua qu'elle se tenait bien droite tandis qu'elle s'éloignait en tenant l'enfant par la main. À cet instant, il prit sa décision : ils quitteraient la ferme tous les deux, le petit et elle.

Puis il but la lavasse qu'on lui offrait et Joel lui assura que le grain de Lyckan irait lui aussi au moulin du torrent.

Sur le chemin du retour, il passa chez Anna et lui dit sèchement :

— Tu arriveras sans doute à tes fins, vieille sorcière. Mais il faut que je parle à la fille.

L'affaire n'était pas facile à arranger, car Hanna n'avait plus de jour de congé depuis que Joel Eriksson l'avait « adoptée ». Alors Anna se rendit chez Maja-Lisa, qui envoya aussitôt l'un des garçons prévenir les patrons de Lyckan que Hanna devait rentrer chez ses parents le dimanche suivant.

Le samedi matin, Broman se leva de bonne heure pour mettre un peu d'ordre chez lui. Le mobilier se réduisait à une table et à une banquette, et le ménage fut vite fini. C'est modeste, mais propre, constata-t-il.

À côté du fourneau se trouvait une vieille cruche en terre. Il la prit, la récura et sortit cueillir des fleurs. On était déjà en septembre, mais il trouva des touffes d'achillée blanc et rose, coupa une branche du bouleau qui poussait devant la maison et monta vers les lacs où il avait aperçu des campanules. Elles étaient en fin de floraison, mais il ôta de son mieux les feuilles flétries et les clochettes fanées.

Il était content de son bouquet.

À midi, la vieille Anna alla chercher la jeune fille chez ses parents, en expliquant à Maja-Lisa qu'elle voulait emmener Hanna en forêt, car elle avait besoin de plantes pour ses remèdes.

Maja-Lisa s'étonna mais Hanna partit de bon cœur. Elle aimait vagabonder dans les bois.

Elles arrivèrent ainsi au moulin où les attendait John Broman. Anna disparut : elle devait cette fois cueillir de l'herbe aux poules au bord du ruisseau.

Broman fit visiter la maison à Hanna. Elle trouva tout magnifique, la cuisine, la chambre et la pièce dont les deux fenêtres donnaient sur le lac. Elle découvrit aussi un grenier et une petite chambre à l'étage.

John parlait ; elle n'écoutait pas très attentivement ses paroles, mais ses intentions étaient claires. Il avait besoin d'une femme dans la maison ; elle serra discrètement son bâton.

Lorsqu'il évoqua le mariage, elle en resta pétrifiée d'étonnement.

— Mais le petit..., fit-elle après un long silence.

Il hocha la tête, il avait réfléchi. Le petit pouvait venir, lui aussi, il aimait bien les enfants. Dès qu'ils auraient pris leur décision, il s'arrangerait pour en obtenir la garde.

Elle ne comprit pas, et il lui expliqua patiemment qu'il parlerait à son père et au prêtre, et qu'on signerait un document qui ferait de John Broman le tuteur du garçon.

— On ne se connaît pas, dit-il après un silence.

Hanna sourit, pour la première fois :

— On a bien le temps...

— Ce sera une vie dure. Il faudra trimer.

— J'ai l'habitude. Et puis je ne mange pas beaucoup, ajouta-t-elle avec précipitation, comme si elle craignait qu'il change d'avis. Il s'en rendit compte et répondit un peu sèchement :

— Tu mangeras à ta faim, et le garçon aussi.

Hanna sourit à nouveau. Un proverbe de son enfance lui revint en mémoire : « On ne manque jamais de pain au moulin. » Puis son regard tomba sur la passerelle pourrie et elle se souvint de la mort du vieux meunier. Une planche avait cédé, une nuit, il était tombé dans le torrent.

Anna revint et leur recommanda de bien garder le secret. Pas un mot à quiconque avant la publication des bans. À cette date, le papier de tutelle serait signé et Eriksson ne pourrait plus mettre la main sur Rickard et le persuader de reconnaître l'enfant.

— Il faudra te dépêcher d'en parler à August, dit-elle à Broman. C'est un taiseux, cet homme-là.

En retournant à la ferme de ses parents par le sentier de la forêt, Hanna fut prise d'un sentiment vertigineux. C'était trop de bonheur ! Elle allait devenir maîtresse d'une maison aussi grande et aussi belle que celle de Lyckan. Broman avait dit qu'il traiterait le garçon comme son fils. C'en était fini de la honte. Personne ne pourrait plus les traiter de putain et de fils de putain.

C'est trop beau, pensa-t-elle. Car le bonheur était mesuré, elle le savait, et quiconque en recevait trop le payait cher, tôt ou tard. Puis elle se redressa et rejeta la tête en arrière : elle avait déjà payé.

— Justice, dit-elle à haute voix. Jamais j'aurais cru que Dieu pouvait être juste.

Elle s'inquiéta des meubles qui manquaient dans sa future maison, des tapis, du linge et de toutes les autres choses qu'elle ne possédait pas. Elle n'accorda pas une seule pensée à l'homme dont elle allait partager la vie et le lit.

En arrivant chez ses parents pour chercher l'enfant, elle crut qu'elle allait exploser sous la pression de son extraordinaire secret. Il fallait partir, vite, vite, retrouver l'enfer de Lyckan.

Là-bas, il lui fut plus facile de contenir sa joie et, lorsqu'elle eut préparé la paillasse dans la cuisine et couché le petit, elle se permit d'anticiper sur son triomphe et même de jurer un peu :

— Nom de Dieu, murmura-t-elle. Nom de Dieu que je vais rire le jour où je pourrai enfin leur dire ce que je pense, à ces porcs prétentieux.

Puis elle prit peur et supplia Dieu de lui pardonner ses mauvaises pensées.

Juste avant de s'endormir, elle songea au bouquet qu'elle avait vu au moulin. Jamais elle n'avait vu ou entendu parler d'un homme qui cueillait des fleurs et les mettait dans un vase. C'était bizarre, mais en même temps, elle se rendait compte que c'était important. Elle veillerait à ce qu'il y ait toujours des fleurs sur la table de John Broman. Du moins en été.

Cette nuit-là, elle rêva de géraniums, de ces fleurs en pots qu'elle avait vues sur les rebords des fenêtres du presbytère.

Quelques jours plus tard, la rumeur affirmait que le meunier était retourné dans le Värmland et qu'il ne reprendrait pas le moulin du torrent.

Menteurs, pensa Hanna.

Mais lorsqu'une semaine se fut écoulée sans nouvelles de John Broman, elle perdit courage. Pour la première fois de sa vie, elle s'abandonna au désespoir. Ce qui lui arrivait à présent était pire que la honte, et elle comprit que c'est l'espoir qui rend vulnérable. Il ne fallait rien attendre. Ni croire que Dieu pouvait être juste.

— Bouge-toi donc ! hurlait Lovisa. On dirait un fantôme. Si tu veux tomber malade, rentre chez ta mère.

Mais Hanna n'avait pas la force de traverser la forêt avec l'enfant.

L'automne était arrivé tôt cette année. Les tempêtes secouaient les frênes et le tapis de feuilles bruissait sous ses pas tandis qu'elle se dirigeait vers l'étable, en ce jour de dimanche, pour la traite matinale. August l'attendait dans la pénombre.

— Père ! Que faites-vous ici à cette heure ?

Il indiqua la ferme du doigt.

— Ils dorment, murmura-t-elle.

Elle apprit alors que John Broman était passé le voir le lundi pour parler du mariage. Il s'était aussitôt rendu chez le prêtre, pour le papier de tutelle.

— J'ai signé. Quand ils publieront les bans, Broman sera tuteur, dit August d'une voix adoucie par le miel de la vengeance.

Entre-temps, Broman était retourné dans le Värmland afin de chercher des meubles pour la maison du moulin. Il serait de retour dans quelques semaines, alors, Hanna et lui feraient publier les bans.

— Pourquoi ne m'avez-vous pas prévenue plus tôt ?

— On n'a pas une minute, la mère et moi. À la vitesse où arrive l'automne, on n'ose pas laisser les patates en terre.

Elle hocha la tête, elle ne pouvait le lui reprocher. Puis elle s'assit lourdement sur son tabouret et hocha à nouveau la tête lorsqu'il se retourna une dernière fois pour lui dire de se presser. Mais elle pleurait ; les larmes coulaient le long de ses joues et se mêlaient au lait chaud.

La semaine écoulée lui avait appris une chose : elle n'espérerait jamais plus.

Sur le chemin du retour, dans la faible lueur de l'aube, August songea soudain qu'il avait oublié de dire que les garçons et lui auraient du travail pour l'hiver. Broman lui avait demandé de l'aider à réparer le moulin.

— Il s'y connaît en menuiserie ?

— Oui.

Et August disposait d'une réserve de bois, des troncs bien secs abattus avant la grande famine, à l'époque où il croyait encore qu'il aurait les moyens de construire une vraie étable.

Hanna s'acquitta de ses corvées comme d'habitude. Après le petit déjeuner, elle annonça calmement à Joel Eriksson qu'elle comptait rendre visite à ses parents ce même jour, et qu'elle emmènerait le garçon. Il hocha la tête d'un air bourru en lui disant de filer avant le réveil de Lovisa.

— Et arrange-toi pour être de retour à l'heure de la traite.

Il faisait un froid mordant, mais Hanna ne sentit pas le fouet du vent dans la forêt, la gratitude lui tenait chaud.

Pour la première fois, elle pensa à Broman et se demanda comment elle pourrait le remercier. Elle était robuste et ordonnée, elle connaissait toutes les tâches qui incombaient à une fermière. Elle n'avait jamais géré l'argent, mais elle savait compter. L'instituteur avait même dit qu'elle était douée pour ça. Elle s'occuperait de tout, il serait fier d'elle et de son foyer.

Les meubles ! songea-t-elle ensuite. Quels pouvaient bien être ces meubles qu'il était parti chercher dans le Värmland ? De belles choses, sûrement, plus belles même qu'à Lyckan. Puis elle se rappela qu'elle s'était juré de ne plus rien espérer.

Le garçon pleurnichait, il avait froid ; elle le souleva dans ses bras et l'enveloppa dans son châle de laine pour gravir la montée, après laquelle la forêt cédait la place aux champs d'August. Les parents étaient déjà au travail, malgré l'heure matinale, mais la mère abandonna ses pommes de terre en l'apercevant et vint à sa rencontre.

— Ils t'ont laissée partir, je vois, dit Maja-Lisa.

Mais sa voix était plus chaleureuse que ses paroles et, en scrutant le visage usé de sa mère, Hanna y lut de la joie. Et de la fierté. C'était si inhabituel qu'elle ne sut que dire, hormis son « Bonjour, mère » traditionnel.

Elles firent du café et s'attablèrent dans la cuisine, en laissant fondre avec gourmandise le morceau de sucre qui se dissolvait dans la bouche sous l'effet du breuvage brûlant.

Puis la mère prononça ces paroles terribles :

— Avec un peu de chance, tu t'en tireras avec trois ou quatre gamins.

Hanna se redressa, le souffle court. Quelle idiote ! Bien sûr ! John Broman ferait avec elle ce qu'avait fait Rickard Joelsson. Chaque nuit, dans la chambre.

Il l'avait presque dit :

— Ici, nous aurons un lit, ma fille.

Il avait rougi un peu et à cet instant, elle avait senti comme une menace flotter dans l'air. Mais elle n'avait pas compris, pas réfléchi. Pourtant, elle savait.

La mère remarqua sa terreur et voulut la rassurer :

— C'est rien, ça fait partie des choses qu'on doit subir, quand on est une femme. D'ailleurs, on s'habitue. Pense que tu vas être maîtresse dans ta propre ferme et que ton bonhomme a l'air plus gentil que bien d'autres.

— Pourquoi moi ?

— Tu es jeune et belle. Et travailleuse.

Malgré sa terreur, Hanna jeta un regard surpris à sa mère. Jamais encore elle ne lui avait fait de compliment. Les compliments étaient dangereux, il ne fallait pas défier le destin. Maja-Lisa poursuivit :

— Il va falloir te faire des vêtements convenables pour tous les jours. Pour les noces... je m'étais dit qu'on pourrait retailler ma vieille robe de mariée.

Elle parut hésiter, Hanna se taisait, et finalement Maja-Lisa reprit :

— On a du mal à savoir ce qu'il pense... Il ressemble un peu à un monsieur.

Elle en appelait à Hanna.

On me respecte ! Même mère... Mais cette pensée fut vite recouverte par l'horreur qui l'attendait dans la chambre du moulin.

— Mère ! Ça n'ira jamais. Je pourrai pas.

— Bêtises ! répliqua Maja-Lisa, sans aucune trace de respect à présent. Et pourquoi donc, alors que toutes les femmes respectables le peuvent ? On s'habitue, comme je t'ai dit. C'est pas le pire, Hanna. Le pire, c'est les couches.

Hanna se souvenait de l'accouchement. Il n'avait pas été facile, mais sans aucune commune mesure avec l'horreur de la mort dans le fenil en compagnie de Rickard Joelsson.

— Il faut fermer les yeux et se faire le corps souple, dit la mère en rougissant. C'est pas honteux, une fois qu'on est passé devant le prêtre. Maintenant tu vas essayer ma vieille robe.

La robe se trouvait dans le coffre, enveloppée de papier de soie. Elles constatèrent tout de suite qu'il n'y avait rien à faire : elle était trop petite. Hanna était bien plus grande et plus robuste que Maja-Lisa.

— Tant pis. Faudra ravaler son orgueil et dire la vérité à John Broman.

Maja-Lisa était amère :

— Nous n'avons jamais eu un sou.

Hanna ne l'écoutait pas, encore toute raide et glacée malgré la chaleur de la cuisine. En retournant à Lyckan ce soir-là, elle envisagea pour la première fois de s'enfuir, de partir avec l'enfant, de rejoindre les bandes de mendiants qui erraient dans la région depuis la grande famine. Puis elle regarda le garçon, se souvint aussi de leurs gamins squelettiques, et comprit qu'elle ne le pourrait jamais.

On s'habitue peut-être, comme dit mère. On ferme les yeux et on se fait souple.

Quand elle fut couchée ce soir-là, elle essaya de penser plutôt aux beaux meubles que John Broman était parti chercher dans le Värmland. Mais c'était difficile, elle dut y renoncer et finit par s'endormir.

Le lendemain matin, le plus gros de l'épouvante était passé. Elle se leva pour attiser le feu et traîner les lourds seaux jusqu'à l'étable, en essayant de se persuader que tout serait différent le jour où elle pourrait allumer le feu dans son propre fourneau et traire ses propres vaches.

Elle s'assit sur le tabouret de l'étable. Le front appuyé contre le flanc des grandes bêtes, elle prit une décision : John Broman ne devait jamais deviner à quel point elle avait peur, jamais. Elle se ferait souple et docile, exactement comme l'avait dit mère.

Il neigeait lorsqu'elle ressortit dans la cour, de gros flocons mouillés qui fondaient aussitôt. Elle s'immobilisa en songeant qu'on n'était qu'au début du mois d'octobre. Un long hiver venait de commencer, et une terreur ancestrale effleura la jeune fille. Long hiver, hiver de fer, famine. Oui, elle serait gentille avec John Broman.

Vers midi, la neige se transforma en pluie et, quelques jours plus tard, le soleil brillait à nouveau. L'hiver était parti aussi vite qu'il était venu, l'automne faisait flamber les érables, la chaleur était de retour et les vieillards soulagés évoquaient l'été de la Saint-Martin. Comme toujours, à l'automne, les femmes partirent en forêt cueillir les airelles. Hanna les accompagna, après avoir annoncé franchement qu'elle avait promis à sa mère de l'aider. Elle s'éloigna, poursuivie par les cris et les insultes rageuses de Lovisa.

À un moment donné, Hanna se retourna et lui rit au nez.

John Broman revint à la fin du mois d'octobre, à la surprise générale. Avec un cheval et une carriole lourdement chargée. Un cousin du Värmland l'accompagnait. Bien vite, la rumeur courut que les deux hommes repeignaient le moulin, à l'intérieur comme à l'extérieur. Blanc dedans, rouge dehors. C'en était trop, dans cette région où même le presbytère n'était pas peint en rouge, et on parlait de l'arrogance qui précède toujours la chute.

Deux jours plus tard, Broman surgit à l'improviste dans la cuisine de Lyckan et annonça aux Eriksson qu'il leur fallait à présent dire adieu à Hanna et au garçon. Dimanche, on publierait les bans de son mariage avec Hanna. Lovisa, pétrifiée, en resta muette pour la première fois de sa vie. Mais Joel Eriksson engagea le combat.

— Le garçon reste ici, c'est le petit-fils de la maison.

— Le garçon est à moi, répliqua calmement John Broman. J'ai un papier qui le prouve.

Ils quittèrent la ferme. Hanna fondit en larmes. John, qui portait le garçon, ne le remarqua pas, et ce fut vite passé. Hanna, pourtant, était surprise ; elle ignorait qu'on pût pleurer de joie.

Ils se rendirent directement chez le prêtre qui les reçut tranquillement, leur souhaita tout le bonheur possible et leur serra même la main.

— Il a pas eu l'air surpris, dit Hanna en quittant le presbytère.

— Il est au courant. Il doit me signer le papier pour le garçon. Tu as le courage de faire le détour par le moulin ?

Hanna ne put s'empêcher de rire. Ils avançaient lentement dans la forêt, en flânant presque, comme s'ils songeaient l'un et l'autre à tous les silences qui existaient entre eux. Mais ils avaient du mal à trouver les mots. Plusieurs fois, Hanna prit son élan pour demander : « Pourquoi m'avez-vous choisie ? » mais aucun son ne franchit ses lèvres.

Ils se reposèrent près du Rocher au Loup, étanchèrent leur soif à même le ruisseau. La montagne se dressait telle une ombre bleu nuit, immense, dans un silence immémorial. Les feuilles des bouleaux tombaient en tourbillonnant comme des pièces d'or et les faucons pèlerins planaient dans les courants d'air ascendants.

— C'est bien beau, dit Broman, et Hanna sourit, comme toujours lorsqu'elle ne comprenait pas. Elle s'éloigna un instant, se rinça le visage et les bras. Puis elle revint et s'assit silencieusement en face de lui.

Il prit la parole. Il se lança dans un récit hésitant, sur la vie qu'il avait quittée, l'épouse qui le querellait à propos de l'eau-de-vie.

— Il faut que tu saches que je me soûle le samedi.

Elle répliqua sans frayeur ni surprise :

— Mon père aussi. Joel Eriksson aussi.

Il sourit et continua en évoquant la fillette qui était morte, et qu'il aimait de façon si démesurée.

— Ce n'est pas possible de mettre toute sa joie dans un enfant comme je l'ai fait.

— La phtisie ?

— Oui.

Il passa sous silence l'avarice de l'épouse qui lésinait sur la nourriture. Mais Hanna dit, comme si elle avait deviné sa pensée, que la maladie emportait les gamins qui ne mangeaient pas à leur faim. Et qu'il fallait faire attention à la propreté, car la maladie vivait dans la crasse et l'air vicié.

Il hocha la tête, songea que sa femme n'avait pas été jolie. Puis il rougit et dit à Hanna qu'elle devait comprendre que c'était difficile de refaire sa vie.

— Parfois je me dis que je n'ai pas la force, dit-il.

Hanna avala sa salive et répondit :

— Il faudra s'entraider.

Alors il dit qu'il était content de cette nouvelle maison et de cette jeune et belle épouse.

Hanna sentit la peur l'envahir à nouveau.

Ce fut malgré tout l'un des jours les plus heureux de sa vie. La maison repeinte à neuf était aussi belle que le tableau qui ornait le mur de l'école de son enfance. Hanna joignit les mains de bonheur en l'apercevant.

Le cousin du Värmland était reparti avec le cheval et la carriole, et les meubles remplissaient maintenant l'étable. Broman dit qu'ils allaient les transporter dans la cour pour qu'elle puisse tout examiner et décider de l'emplacement de chaque chose. Si certains meubles ne lui plaisaient pas, il les monterait au grenier.

Elle écarquilla les yeux d'étonnement.

Il entra dans la cuisine et montra à Ragnar les jouets qu'il avait mis de côté à son intention : un petit cheval en bois avec une carriole et une boîte remplie de cubes.

— Ça, c'est pour toi, dit-il. Maintenant, tu restes ici sagement pendant qu'on travaille, ta mère et moi.

Mais Ragnar, ivre de bonheur, se précipita vers Hanna :

— Regardez, mère, regardez ce que j'ai reçu !

Hanna versa des larmes de joie pour la deuxième fois ce jour-là. Puis elle lui ordonna sévèrement de retourner à la cuisine. Ils ressortirent dans la cour, et John regarda autour de lui d'un air soucieux :

— Il y a beaucoup de coins dangereux pour les gamins, par ici.

Puis il remarqua les larmes de Hanna, qui s'empressa de dire :

— Je pleure jamais d'habitude. Seulement quand je suis contente.

Il tendit la main et lui effleura maladroitement la joue.

Les meubles étaient plus beaux que dans ses rêves les plus insensés, certains étaient même cirés et garnis d'appliques de cuivre. Il y avait un canapé en bouleau au dossier incurvé, tendu d'une étoffe à rayures bleues en... Non, ce n'était pas possible...

— En soie ! s'exclama-t-elle.

Elle caressa l'étoffe avec d'infinies précautions, comme si elle redoutait de la déchirer rien qu'en la touchant. Mais le visage de Broman s'assombrit.

— Il ne vaut rien, dit-il. On peut ni s'y asseoir ni s'y coucher. On le jette.

— Vous êtes fou ? cria Hanna, qui se couvrit aussitôt la bouche. Je veux dire, reprit-elle plus doucement, je n'ai jamais vu un si beau meuble, pas même au presbytère. Je peux bien le mettre au salon ?

Il éclata de rire :

— J'ai déjà dit que c'est toi qui décides.

Il rit à nouveau lorsque le secrétaire, les bibliothèques, la commode et les chaises au dossier incurvé comme celui du canapé se retrouvèrent entassés dans la pièce d'apparat.

— Maintenant tu n'as même plus la place d'y mettre des gens, dit-il.

À son grand regret, Hanna dut lui donner raison : il faudrait bien monter une partie des beaux meubles au grenier.

La commode trouva sa place dans la chambre.

— Je n'ai pas emporté le lit, dit John, je pensais nous en construire un tout neuf. Mais tu trouveras les tapis, le linge et le reste dans les coffres.

Ils installèrent enfin la table à rabats, les bancs et la banquette dans la cuisine. Hanna examina le contenu d'un des coffres. Il y avait beaucoup de beau linge, mais l'humidité y avait fait de vilaines taches de moisissure. Elle poussa des cris de désespoir, avant de décider qu'elle porterait tout chez sa mère et qu'elle ferait une grande lessive. Elle découvrit en dernier la caisse contenant la porcelaine et pleura encore un peu.

Il restait un peu de pain et de fromage dans le garde-manger. Ils se restaurèrent avant de retourner, lourdement chargés, chez les parents de Hanna. John portait le coffre à linge, Hanna le garçon et le garçon ses jouets.

Pendant la semaine qui suivit, les frères de Hanna traînèrent le bois sec jusqu'au moulin, tandis que sa mère et elle s'occupaient de la grande lessive. Les voisines, curieuses et jalouses, se pressaient dans la buanderie en jacassant. Le jeudi, la vieille Anna leur rendit visite en disant que les gens n'avaient pas eu un tel sujet de conversation depuis des années. Elle avait croisé Broman qui se plaignait de toutes ces bonnes femmes qui avaient soudain des commissions urgentes à faire au moulin. Maja-Lisa s'offrit le luxe d'un grand rire édenté et Hanna récita en silence tous les vieux dictons pour conjurer le sort : « Ton bonheur fait le malheur d'un autre », « Ne te prends pas pour plus que tu n'es... »

— Les vieux murmurent que Hanna a usé de la magie noire pour ensorceler l'étranger, dit soudain Anna.

Maja-Lisa et elle s'esclaffèrent de plus belle et ne virent pas Hanna sortir de la buanderie. Elle resta plantée dans la cour, serrant son bâton de toutes ses forces, tandis que des pensées d'effroi se bousculaient dans sa tête : était-ce donc possible ? Le maître des runes et sa sorcière avaient-ils vraiment un tel pouvoir ?

Elle devait retourner au moulin le lendemain avec des provisions pour la fête des fiançailles. Oserait-elle parler à Broman du bâton ?

Vendredi après-midi, Hanna se mit en route à travers la forêt. Le soleil continuait de briller, bien qu'on fût à la fin du mois d'octobre, et l'air était limpide, léger. Mais Hanna ne se réjouissait pas du beau temps. Cette histoire de sorcellerie l'inquiétait bien trop. Sans compter les paroles murmurées par sa mère, alors qu'elle s'apprêtait à partir :

— Reste donc au moulin pour cette nuit...

La mère avait éclaté de rire. Hanna ne voulut pas le croire, mais c'était un rire étrange et excité.

Elle dépassa le Rocher au Loup et prit brusquement sa décision. Elle allait se débarrasser du bâton ici même. Elle escalada la paroi, enveloppa le bâton dans des feuilles de chêne, ficela le tout avec une tige et jeta le paquet dans l'une des marmites de géants.

— Tu as fait ton devoir, dit-elle.

Par mesure de sécurité, elle ajouta :

— Pour cette fois. Si jamais j'ai à nouveau besoin de toi, je sais où te trouver.

Puis elle continua, traversa le gué et commença à grimper en direction du moulin. Le chemin était carrossable, de ce côté, la montée n'était donc pas trop pénible.

Bientôt, elle entendit le fracas du torrent.

Un peu après, elle distingua un autre bruit, presque inaudible, noyé sous le grondement des masses d'eau tourbillonnantes. Un violon ! Hanna s'immobilisa, pétrifiée de terreur. Le génie des eaux... Le mauvais génie était de sortie pour attirer John Broman dans le torrent. À cette pensée, elle retrouva l'usage de ses jambes. Elle courut à perdre haleine, attrapa un point de côté mais continua, le poing pressé contre la poitrine, jusqu'au moulin où elle découvrit Broman installé sur un rocher avec un crincrin dont il tirait des sons plaintifs.

— C'est toi ?

Il leva les yeux avec étonnement vers la fille qui accourait, jupes au vent. Elle s'arrêta devant lui en essayant de reprendre son souffle.

— Quelque chose t'a fait peur ?

— J'ai cru que c'était le génie des eaux.

Il éclata de rire, lui passa le bras autour des épaules.

— Petite fille ! Le génie des eaux, et quoi encore ? Toi qui es si raisonnable...

Elle rougit, mais se rendit compte qu'il y avait de la gaieté dans ses paroles.

— Je joue pour les montagnes et pour le torrent, dit-il. Et pour les arbres et pour le lac aussi. Ils jouent pour moi, tu comprends, et il me semble que je dois leur répondre. Mais je ne trouve pas les notes.

Il se tut avant de reprendre d'un air pensif :

— Trouver la mélodie juste, c'est aussi difficile que se souvenir de ses rêves.

Il est fou, se dit Hanna. Il s'est échappé de l'asile là-bas dans le Värmland. Seigneur Jésus, que faire ?

Puis elle aperçut la cruche d'eau-de-vie posée contre le rocher et comprit avec soulagement qu'il était soûl. Les hommes ivres ont besoin qu'on les approuve, voilà ce que lui avait appris sa mère. Surtout ne pas les contredire. Broman, qui avait suivi son regard, empoigna le cruchon avec défi :

— Tu vas boire un coup, ça va te calmer.

Il remplit le gobelet à moitié et le lui tendit ; de son côté, il porta le cruchon à ses lèvres.

— À ta santé, Hanna.

Elle n'avait encore jamais goûté à l'eau-de-vie et manqua s'étouffer à la première gorgée. Comme il insistait, elle essaya à nouveau et sentit bien vite une étrange chaleur se répandre dans tout son corps. Une légèreté inhabituelle l'envahit. Elle gloussa. Puis elle se mit à rire, le visage levé vers le ciel. Elle ne pouvait plus s'arrêter, d'ailleurs elle n'en avait pas envie. Pour la première fois de sa vie, Hanna était libre, sans souci. C'est comme au paradis où on n'a plus à s'inquiéter de rien, pensa-t-elle. Comme le racontait le prêtre. Puis elle remarqua que les grands arbres se balançaient :

— Qu'est-ce qu'ils ont à bouger comme ça ?

— Ils dansent pour tes noces.

Cette fois, elle oublia de penser qu'il était fou. Lorsqu'il la porta dans ses bras jusqu'à la chambre et commença à la déshabiller, elle se sentait encore légère ; rien n'était plus honteux ni dangereux. Quand il lui embrassa les seins et le ventre, elle prit plaisir à ses caresses. Elle n'eut pas mal lorsqu'il s'enfonça en elle, il lui sembla même que cela se finit beaucoup trop vite.

Après, elle dut s'assoupir, et dormit sans doute longtemps car lorsqu'il la réveilla, il faisait nuit noire au-dehors.

— Tu as la migraine ?

Hanna comprit que ce devait être ça, cette douleur lorsqu'elle bougeait les yeux, ça ne lui était encore jamais arrivé. Elle hocha la tête, eut encore plus mal.

— Je vais faire du café, dit-il pour la consoler mais alors, elle eut un haut-le-cœur et dut se précipiter dehors pour vomir.

Lorsqu'elle s'aperçut soudain qu'elle était nue, la honte la submergea et elle essaya tant bien que mal de s'envelopper dans sa longue chevelure en se faufilant dans la cuisine où il avait allumé les deux bâtons de bois résineux.

— Tu es belle comme une faunesse, lui cria-t-il, mais elle avait déjà disparu dans la chambre où sa longue jupe et son corsage neuf gisaient éparpillés sur le sol.

Tout en se rhabillant, elle éprouva un grand soulagement : ça n'avait pas été si terrible après tout.

— J'avais quand même raison, pour le génie des eaux, lui cria-t-elle à travers la porte. C'est votre cousin, sans doute.

— Oh, un vague arrière-cousin, dans ce cas...

Elle a de l'humour, pensa-t-il avec surprise, et elle n'est pas aussi farouche que je l'aurais cru. Il ignorait qu'il n'aurait plus jamais l'occasion de la voir nue.

Puis il lui apprit à préparer le café comme il l'aimait : une bouilloire propre, de l'eau fraîche qu'il fallait porter à ébullition avant de l'ôter du feu et d'y verser le café avec précaution.

— Mon Dieu, quel gâchis, dit Hanna. Mais après avoir goûté, elle dut admettre qu'il valait mieux boire du café fort de temps en temps que de la lavasse souvent.

— Où est la hotte ? cria-t-elle soudain. Je devais faire un gâteau, au cas où on aurait de la visite demain.

Hanna commença à se lamenter car elle l'avait oubliée dehors et, entre-temps, il s'était mis à pleuvoir à verse. John alla chercher la hotte ; elle était en peau et la farine n'avait pas trop souffert.

Hanna aligna les ingrédients : la farine et la levure, les raisins secs et le sucre. Elle tressa rapidement une grande couronne qu'elle recouvrit d'un linge pour laisser lever la pâte. Il la regardait faire, admirant l'agilité de ses mains et l'assurance avec laquelle elle se déplaçait dans la cuisine.

— J'ai de la chance, dit-il mais Hanna ne comprit pas à quoi il faisait allusion.

Elle alluma le fourneau en prévision du lendemain. Elle avait apporté de la crème, il restait du sucre et du café dans le garde-manger, ainsi que du pain sec et un morceau de fromage. Ils avaient faim.

— Si vous aviez un peu de lait, je pourrais faire une panade, dit-elle.

Oui, il avait du lait dans la réserve.

Après le souper, ils s'endormirent côte à côte dans le grand lit. Il ne la toucha pas, et elle eut le temps de penser qu'il n'était peut-être pas si porté sur la chose, après tout.

Le lendemain matin, lorsque Hanna se leva pour attiser les braises, il dormait encore. Elle ne put résister à la tentation de sortir la belle porcelaine, se réjouissant de la surprise que ça leur ferait, à toutes ces bonnes femmes. Il se réveilla de mauvaise humeur, les yeux chassieux, et Hanna, qui savait reconnaître une gueule de bois, prépara le café de la manière qu'il lui avait apprise. Elle avait prélevé un peu de pâte pour faire des galettes et lorsqu'il eut mangé et bu, il annonça :

— Je suis allé au marché dans la semaine. J'ai acheté une vache.

Elle joignit les mains et il poursuivit :

— J'ai aussi un cadeau de noces pour toi.

C'était un fichu en soie, vert avec des roses rouges.

— J'ai pensé qu'il irait bien avec tes cheveux, dit-il, et elle comprit qu'elle pourrait désormais se rendre à l'église comme les autres. Avec sa belle coiffe de femme mariée. Le fichu de putain, c'était bien fini.

Les larmes embarrassantes lui brouillèrent à nouveau la vue et John la regarda avec étonnement. Il mettrait longtemps à comprendre que Hanna ne pleurait que lorsqu'elle était heureuse, jamais dans le malheur ou la détresse.

Toute la journée du samedi fut consacrée à récurer l'étable, les cabinets extérieurs, le magasin de vivres et la réserve. Il se fatiguait vite, remarqua-t-elle. En début d'après-midi, le fourneau avait atteint la bonne température et elle mit la grande couronne à cuire.

Ils se tenaient très droits sur le banc de l'église lorsque le prêtre proclama solennellement leur future union et Hanna ne se sentit jamais plus fière que ce jour-là. Comme elle l'avait prévu, les visiteurs se pressèrent au moulin, couvant jalousement du regard toutes les merveilles. Hanna resplendissait. Ils reçurent des présents, conformément à la coutume ; ses parents avaient apporté quatre sacs de pommes de terre et la vieille Anna leur offrit trois poules pondeuses et un coquelet.

Joel Eriksson lui-même fit son apparition avec une carriole chargée de foin. Le vieil Erik avait dit qu'il en restait d'autre à la ferme en cas de besoin, précisa-t-il, et Hanna poussa un long soupir de soulagement. Elle s'était beaucoup inquiétée de la question du fourrage pour la vache qu'avait achetée John.

Ils reçurent des marmites de cuivre, une cafetière, et même une horloge de la part de tante Ingegerd. Tous rivalisaient de largesses, car le mariage de Hanna avait réparé l'honneur de la famille.

Hanna servit du café fort et John de l'eau-de-vie. Ce fut un après-midi joyeux, les allusions grivoises fusaient de toutes parts. Hanna n'avait jamais compris le sens de ces plaisanteries. À présent, elle riait avec les autres.

Le prêtre les unit trois semaines plus tard, au presbytère. La sœur de Hanna se trouvait en couches à Fredrikshald et ne pouvait donc pas se déplacer. Mais elle avait envoyé une belle robe, achetée dans un magasin ! Maja-Lisa se réjouit. Cela lui épargnait la honte de marier sa fille dans une robe qui avait déjà servi. La sœur de John débarqua du Värmland avec son mari et sa fille. Hanna avait pris peur, au début, lorsque John reçut le message annonçant qu'ils viendraient :

— Que lui avez-vous dit à propos du garçon ?

— Je lui ai raconté ce qui t'était arrivé.

Ce n'était guère réconfortant mais lorsque Alma arriva, Hanna fut tout de suite rassurée par sa fermeté et sa gentillesse.

— Il a l'humeur noire, mon frère, dit Alma. Depuis toujours.

Hanna s'étonna, elle n'avait jamais entendu parler des gens ainsi en leur présence. Mais John hocha la tête et dit :

— Vaut mieux que tu le saches, Hanna.

« Pour que t'ailles pas croire que c'est ta faute, quand ça m'arrivera.

Là encore, elle ne comprit pas.

Hanna laissa la belle robe de mariée suspendue au salon longtemps après la noce.

— Pour se réjouir, dit-elle.

Mais elle ne se réjouissait pas, elle avait trop de souci. Il fallait labourer le champ de pommes de terre avant les premières gelées, et Broman n'avait pas le temps de l'aider, maintenant que les travaux de réparation battaient leur plein. Je pourrais demander à père de me prêter le bœuf, songea-t-elle. Mais ça me prendrait des jours de le traîner jusqu'ici. Et il reste peu de temps, parce qu'il faut remplir la réserve et rentrer le foin avant l'hiver.

Un soir, John la regarda bien en face et lui demanda :

— Qu'est-ce qui te chagrine ?

Elle lui parla précipitamment du champ envahi par les mauvaises herbes et du temps que ça prendrait de tirer le vieux bœuf de labour à travers la forêt. Il songea une fois de plus qu'elle était une enfant.

— J'en parlerai demain à ton père et il mènera le bestiau lui-même.

Elle se couvrit la bouche :

— Suis-je bête de pas y avoir pensé !

— Moi, je m'inquiète plutôt pour la vache, dit-il. Je dois aller la chercher à Bötteln mercredi. Mais ça va être difficile. Tu crois que tu pourras t'en charger ?

— Sans doute. Je peux laisser le garçon chez mère.

Elle partit avant l'aube. Broman lui avait remis la quittance du marchand et une bourse qu'elle portait dissimulée sous son corsage.

— L'argent, c'est pour le cas où tu serais pas satisfaite de la vache, avait-il dit. Dans ce cas, tu en choisis une autre et tu paies la différence.

La responsabilité de cette grande décision lui pesait, mais lorsque le jour parut, son pas s'allégea. Elle s'en tirerait bien, sans doute.

Le marché était noir de monde. Elle n'avait jamais vu autant de gens réunis dans un même endroit. Mais elle trouva Anders Björum et découvrit que la vache achetée par Broman était jeune et venait de mettre bas ; ils auraient du lait pour tout l'hiver.

— Tu prendras bien la génisse aussi, dit le marchand. La tentation était énorme, mais Broman n'avait rien dit à ce sujet. Pourtant, c'était une belle bête, Hanna la regarda longuement avec convoitise, en songeant qu'elle avait du fourrage pour l'hiver, qu'ils pourraient la mener au taureau au printemps, ça leur ferait du lait cru et un veau pour la boucherie. Avec deux vaches à l'étable, elle ne manquerait pas de lait pour le garçon ni pour Broman. La question jaillit d'elle-même :

— Combien il en veut ?

Il dit son prix, elle avait de quoi payer. Elle marchanda néanmoins, rabattit d'un tiers. Björum éclata de rire :

— Tu as beau être jeunette, tu n'es pas née de la dernière pluie, à ce que je vois !

Ils parvinrent à un compromis, et Hanna reprit le chemin du moulin avec ses deux bêtes, terriblement inquiète de ce que dirait le mari. La route fut longue, car la génisse s'égarait sans cesse et devait se reposer souvent. Lorsqu'elle arriva vers minuit, John Broman l'accueillit avec une joie non dissimulée.

— J'ai acheté la génisse en plus de la vache, dit-elle pour se débarrasser de la terreur au plus vite.

— Tu as sans doute bien fait. Tu t'y connais mieux que moi.

Alors elle put donner libre cours à son soulagement. Elle s'assit au beau milieu de la cour, tandis que John conduisait les bêtes à l'étable et leur donnait du foin et de l'eau.

Hanna ferma les yeux sitôt qu'elle se retrouva au lit, et dormit d'un sommeil de plomb jusqu'au matin.

— Tu devais être bien fatiguée, dit Broman le lendemain.

Elle hocha la tête. Comme à son habitude, elle ne regardait pas son mari, mais un point vague quelque part derrière lui.

— La fatigue, c'est rien. Le pire, c'est que j'ai acheté cette génisse sans votre permission, avec vos sous.

— Mais tu ne l'as pas gaspillé, cet argent !

Elle sourit, les yeux dans le vague.

— Hanna, dit-il. Regarde-moi.

Elle obéit l'espace d'une seconde, avant de rougir et de se lever en disant :

— Faut que j'aille traire.

Lors de la fête déjà, John Broman avait remarqué sa réticence à regarder les gens en face. Comme il avait pu le constater le jour de leur première rencontre, elle observait tout, mais en cachette. Dès qu'on essayait de capter son regard, elle se détournait.

Le temps que Hanna revienne de l'étable, August et ses fils étaient arrivés, si bien qu'il n'eut pas l'occasion de poursuivre la conversation. Mais au repas du soir, il l'interrogea :

— Pourquoi ne regardes-tu pas les gens dans les yeux ?

Son visage s'empourpra aussitôt.

— Je sais pas, dit-elle pour finir. J'y ai jamais réfléchi. C'est sans doute parce que je suis si vilaine.

— Mais tu es belle !

Elle rougit encore plus.

— Vous êtes bien le seul à le penser, dit-elle enfin, en cherchant ses mots. Et vous avez une façon bizarre de voir les choses. Comme ces affreuses montagnes que vous trouvez jolies.

Broman en resta sans voix.

Hanna s'occupait de ses bêtes à croire que c'étaient des nourrissons, et d'après la rumeur, son étable était si propre qu'on aurait pu y manger à même le sol. La vache répondait au nom de Lyre mais la génisse n'en avait point, jusqu'au jour où Broman dit :

— On l'appellera Étoile.

C'est bien, pensa Hanna en regardant amoureusement la génisse brune dont le front s'ornait d'une tache blanche irrégulière.

Les travaux étaient presque finis au moulin lorsque Broman reçut une lettre de sa sœur disant que leur mère était au plus mal et souhaitait le voir. Il voulut emmener Hanna, mais elle le supplia sur un ton si misérable qu'il finit par l'autoriser à rester.

Il était d'humeur sombre au moment de partir.

— Vous vous faites du souci pour votre mère ?

— Non. Ce n'est pas la première fois qu'elle se meurt.

Il parvint à la grand-route. Un charretier qui conduisait ses moutons à l'abattoir de Fredrikshald s'arrêta pour le prendre et le déposa à la frontière. Il fut content de se retrouver seul, il voulait réfléchir.

Les vieux disaient : « Le pire, avec une femme difficile, c'est qu'on cesse jamais de penser à elle. » Et c'était bien son cas, il ruminait beaucoup au sujet de sa jeune épouse. Mais Hanna n'était pas difficile. Tandis qu'il coupait à travers bois pour rejoindre le Värmland, il découvrit qu'il aurait pu dresser une longue liste de ses qualités. Elle était obéissante et silencieuse, elle ne cancanait pas, elle cuisinait bien et la maison était toujours propre. Surtout, elle ne se plaignait jamais et ne lui faisait aucun reproche. Elle était ordonnée et avisée, gérait l'argent du ménage avec prudence. Et puis elle était belle à regarder et pas récalcitrante au lit.

À ce point de ses pensées, il se souvint d'un soir où le garçon avait crié, alors qu'ils étaient à leur affaire. Elle avait ouvert les yeux, et son regard exprimait une telle terreur qu'il en perdit tous ses moyens.

— Qu'est-ce qui te prend ?

— Rien, c'est le garçon qui m'a inquiétée, sans doute.

Elle mentait à l'évidence, et ça ne lui ressemblait guère.

Il avait mis longtemps à oublier son regard, cette nuit-là, et ne l'avait pas touchée de la semaine. Il avait perdu l'envie.

Elle était pleine de mystère et lui, il était de ceux qui ont besoin de comprendre. Cette affaire de Dieu, par exemple. Chaque dimanche, elle parcourait à pied la longue route jusqu'à l'église. Il arrivait à Broman de l'accompagner, une parole divine de temps en temps ne pouvait pas lui faire de mal. Mais la cérémonie du culte renforçait son vide intérieur, même s'il fallait reconnaître que le sacristain jouait bien de l'orgue. Hanna se tenait très droite sur son banc, attentive et recueillie. Pourtant, il était presque sûr qu'elle s'ennuyait autant que lui. Une fois, il avait essayé d'engager la conversation sur le chemin du retour :

— Tu crois en Dieu, toi.

— Croire ? fit-elle avec surprise. Y a pas à croire puisqu'il *est*.

Comme s'il s'agissait d'une évidence, au même titre que la terre sur laquelle elle marchait. Broman insista :

— Comment est-il alors, à ton avis ?

— Le pire, avec lui, c'est qu'on sait jamais comment il va réagir. On doit se soumettre, quoi qu'il arrive.

— Tu veux dire... que Dieu est cruel ?

Il hésita parce que ces paroles lui faisaient l'effet d'un blasphème.

— Oui. Et aveugle avec ça, et injuste. Il se soucie guère de nous. Ceux qui prétendent autre chose racontent des fadaises.

— On dirait que tu parles du destin.

Elle plissa le front et réfléchit longuement avant de répondre :

— C'est vrai. Il est comme le destin, parce qu'on peut pas lui échapper.

John Broman lui demanda ce que dirait le prêtre, à son avis, s'il apprenait qu'elle nourrissait de pareilles pensées. Alors elle éclata de rire :

— Le prêtre est un niaiseux.

John Broman rit, lui aussi, en repensant à cette conversation. Mais ce n'était pas un rire joyeux, car la foi de sa femme avait quelque chose d'effrayant, un côté païen, sorcier. Puis il écarta cette pensée, Hanna n'était pas une sorcière. Elle était seulement plus honnête que la plupart des gens.

Peu avant d'arriver au village, il se reposa et mangea ses galettes. C'était bon, Hanna n'avait pas lésiné sur le beurre ni sur le lard, et s'il avait eu le choix, il se serait volontiers attardé au bord du ruisseau. Il soupira et reprit le chemin de la ferme familiale. En apercevant le corps de logis, il songea soudain qu'il n'avait peut-être tant pensé à Hanna que pour éviter de penser à sa mère. Il s'immobilisa à la lisière de la forêt en essayant de regarder Brogården comme l'aurait fait un étranger, songea que la ferme paraissait plus imposante qu'elle ne l'était en réalité. Puis il rassembla ses esprits, remonta le chemin de gravier jusqu'à la maison et frappa à la porte.

Le beau-frère qui gérait la ferme lui faisait peur, presque autant que son père autrefois. Le vieux était mort depuis quinze ans, mais la mère continuait de régenter la famille depuis son lit de malade. Ses parents étaient de ceux envers qui on ne réglait jamais sa dette.

Le beau-frère était sorti, mais Agnès l'accueillit avec sa résignation habituelle. Comme on accueille un chien dont on sait qu'il va mal se tenir.

— Alma m'a écrit..., commença-t-il.

— Je sais. Mais l'état de mère n'a pas empiré. Elle dort. Je vais te préparer un café.

Il se rinça le visage et les mains dans le tonneau de la cour et but le café, qui était aussi pâle et désolé qu'Agnès. Lorsqu'il voulut se rendre dans la chambre de sa mère, elle murmura :

— Ne la réveille pas. Ça vaudrait mieux pour nous tous si elle pouvait dormir jusqu'au matin.

— Comment va tante Greta ? demanda-t-il à voix basse.

— Elle loge chez Alma, et elle a encore toute sa tête.

Il resta longtemps assis à regarder sa mère. Elle respirait par à-coups comme si elle était à deux doigts de la mort. À part cela, elle paraissait paisible et, l'espace d'un instant, il aurait voulu pouvoir ressentir de la tendresse pour elle. Puis l'amertume prit le dessus et il pensa : « Si Dieu était clément, il te ferait mourir. Je serais libre. Je pourrais disposer de mon héritage. Dieu sait si j'ai besoin de cet argent. »

Comme si elle avait deviné ses pensées, la mère se réveilla et dévisagea son fils unique avec un tel air de reproche qu'il dut baisser la tête.

— Te voilà enfin ! Mais ta femme, tu ne l'as pas amenée. Ta putain de chez les romanichels de Dal. Elle n'ose pas rendre visite à sa belle-mère, j'imagine.

Il ne répondit pas, sachant par expérience qu'une parole raisonnable n'aurait fait qu'aggraver les choses. Mais, cette fois, le silence du fils l'exaspéra jusqu'à la fureur, elle se mit à hurler comme une folle et Agnès accourut.

— Je t'avais dit de ne pas la réveiller.

Alors il se leva. Arrivé à la porte, il se retourna et dit d'une voix soumise :

— Adieu, mère.

Elle se remit à hurler de plus belle, répétant qu'il avait attiré la honte sur la famille et sur la ferme, comme l'avait prédit son père. John Broman se hâta de sortir, traversa la cour et prit le sentier qui conduisait à la maison d'Alma. La succession était indivise et, dans l'attente de la mort de la mère, Alma et sa famille vivaient comme métayers dans la petite ferme du côté de la forêt.

— Quelle tête tu fais ! dit-elle en l'accueillant. Ça s'est mal passé, j'imagine.

Ils se turent l'un et l'autre, comme on se tait devant l'inévitable.

— Pourtant elle a tellement insisté pour que je t'écrive, murmura Alma. Je pensais qu'elle voulait se réconcilier avec toi.

Il n'eut pas la force de répondre, sentit que l'humeur noire était toute prête à l'engloutir. Mais Alma commença à l'interroger sur Hanna et sur le garçon et, pendant un moment, il put tenir l'ombre à distance en racontant combien ils se débrouillaient bien là-haut au moulin, combien Hanna était active et dégourdie et combien il s'était attaché au garçon.

Il l'interrogea sur Greta, la tante auprès de laquelle il trouvait autrefois refuge avec ses sœurs, la gardienne des contes de fées et de la joie.

— Elle dort, dit Alma. En voyant son frère s'assombrir, elle se hâta d'ajouter :

— Va donc la voir. Ça lui fera plaisir. Mais réveille-la doucement. Elle est dans la chambre, contre le mur du fourneau, c'est là qu'il fait le plus chaud.

Ils ouvrirent la porte avec d'infinies précautions, mais Greta était éveillée ; elle les accueillit assise dans son lit, en disant qu'elle avait rêvé que John venait lui rendre visite.

— Ce n'était pas un rêve, dit John en serrant les vieilles mains dans les siennes.

Il contempla longuement son sourire édenté, ses rides innombrables. Elle n'avait guère changé, sa force rayonnait, à travers ses mains, jusque dans son corps à lui. Ils parlèrent du passé, elle ne l'interrogea pas sur sa visite à la ferme de Brogården, comme si elle en devinait l'inutilité. Puis elle voulut prendre un café, mais Alma rit en disant qu'on avait fait assez de folies pour ce soir. Ils allaient souper et ensuite, ils iraient dormir.

À son propre étonnement, John ferma les yeux dès qu'il eut posé la tête sur l'oreiller. Il dormit d'une traite jusqu'au matin et, au réveil, il ne pensait plus à sa mère. Lorsqu'il reprit le chemin de la forêt, il était lourdement chargé : une lampe à pétrole neuve et un miroir ancien au cadre doré astiqué par Alma.

— Encore quelques cadeaux de mariage pour Hanna, avait-elle dit et il songea, tout en marchant, que l'épouse se réjouirait. Mais surtout, il pensait à l'accord conclu avec le mari d'Alma, qui comptait brandir la menace du commissaire de la police rurale pour toucher une avance sur l'héritage. La prochaine fois, John reviendrait de Brogården avec un cheval et une carriole.

Lorsqu'il fut en vue du grand lac, il fit une halte. Il gravit un raidillon pour contempler ce pays qui était désormais le sien : une vallée étroite de terre pauvre bordée de hautes montagnes, les lacs qui brillaient comme autant de miroirs éparpillés dans l'immensité déserte... La commune en comptait près de cent. De l'endroit où il se trouvait, il en apercevait une dizaine.

Cette terre n'était pas faite pour les paysans, mais pour les bêtes sauvages et les chasseurs intrépides. Pourtant, un peuple obstiné s'était accroché à ces champs de misère. Ils avaient construit une église et une école, s'étaient mariés, avaient fait des enfants. Trop d'enfants.

Il se souvint des paroles d'August : « Ça a toujours été dur par ici, mais la misère est arrivée seulement quand les gens ont commencé à se reproduire comme des lapins. »

Les nuages qui couraient dans le ciel, au sud, depuis le début de sa marche se rassemblaient à présent à l'horizon, du côté du moulin où l'attendait l'épouse.

Il se leva, souleva sa charge et continua en direction de la pluie, qui eut le temps de le tremper jusqu'aux os avant que le soleil ne consacre les dernières heures du jour à sécher la forêt, les hommes et les bêtes. John Broman ne s'étonna guère, il avait appris que le temps, ici, était aussi changeant que le paysage.

Il était tard lorsqu'il arriva chez lui. Mais les bâtons de bois résineux brûlaient dans la cuisine où Hanna repassait du linge.

Elle doit avoir peur toute seule, songea-t-il. Il prit soin de crier avant de frapper à la porte : « Hanna, c'est moi. »

Elle se précipita à sa rencontre et il la vit, dans la pénombre, essuyer ses larmes d'un geste furtif.

— Seigneur Dieu que je suis contente !

— Tu as eu peur ?

— Non, bien sûr. Mon frère dort au grenier.

John se rappela alors qu'il s'était entendu avec August pour que Rudolf passe la nuit au moulin en son absence. Au même instant, il sentit que l'humeur noire s'était envolée. Pour cette fois.

— Tu fais du repassage à cette heure ?

— C'est que les heures du jour ne me suffisent pas.

Ils ne se touchaient pas, mais la joie illuminait la cuisine. Du coup, Broman se souvint de la lampe.

— Enlève ces vêtements de la table, Hanna, et assieds-toi.

Il évita de la regarder tandis qu'il assemblait les différentes pièces et versait le pétrole. Mais au moment d'allumer la mèche, il leva la tête et ne la quitta plus des yeux, pour mieux jouir de sa surprise et de sa joie vertigineuse lorsque la cuisine se trouva soudain baignée de lumière.

— On se croirait en été, murmura-t-elle lorsqu'elle eut retrouvé l'usage de la parole.

Il faisait si clair que Ragnar se réveilla et ouvrit de grands yeux.

— C'est déjà le matin ?

Puis il aperçut John et se précipita dans les bras de son beau-père, qui l'embrassa comme il aurait voulu embrasser sa femme, sans oser le faire.

— J'ai encore un cadeau de la part d'Alma, dit-il le lendemain au réveil. Il alla chercher le beau miroir et le suspendit au mur du salon, tandis que Hanna poussait des cris de joie. Elle caressa longuement le cadre doré, en évitant soigneusement son propre reflet.

— Mais regarde-toi donc ! Regarde comme tu es belle.

Elle obéit, devint toute rouge, cacha son visage dans ses mains et s'enfuit.

En lui servant son café du matin, elle lui demanda :

— Comment allait votre mère ?
— Comme d'habitude.
Ce fut leur seul échange à propos de la visite dans le Värmland.

La semaine suivante, le moulin fut inauguré, et le fracas du torrent diminua. Les aubes de la roue tenaient le coup, ainsi que l'abée. Broman se déclara satisfait ; il lui restait même de quoi payer August et ses fils pour le travail accompli.

Mais il dit la vérité à Hanna : cette fois, la bourse était vide. Elle répondit comme il l'avait espéré :

— On s'en sortira.

Elle était sûre d'elle, elle se trouvait riche : deux vaches à l'étable, des pommes de terre et des rutabagas dans la réserve, des airelles et de la confiture de baies polaires dans le garde-manger. Les poules donnaient des œufs, un cousin lui avait fait cadeau d'un cochon. La bière fermentait dans les tonneaux et Broman distillait son eau-de-vie au grenier. Ils auraient toujours de la farine en abondance, on ne manquerait pas de pain dans la maison du meunier.

Puis il y avait la pêche. John Broman connaissait beaucoup de choses qui étonnaient les paysans du coin. Sa faculté de tirer des poissons de l'eau, par exemple. Les villageois avaient rarement vu un bateau et jamais, même pendant les années de disette, ils n'avaient songé au poisson pour améliorer l'ordinaire. Broman de son côté s'était procuré une barque à fond plat et, chaque soir, il partait à la rame et posait sa nasse.

Hanna, qui ne connaissait guère que le hareng salé, se méfia au début. Tous ces brochets, perches et autres lavarets ne lui disaient rien qui vaille. Mais lorsque John lui expliqua que c'était bon pour la santé, elle le crut et apprit bien vite à cuisiner les bestioles et à les manger.

La vie quotidienne au moulin était faite de travail. Hanna eut tôt fait de comprendre que les paysans voulaient du café en attendant que le grain soit moulu. Et de préférence aussi un bout de pain ou de brioche.

— On croirait une auberge, dit-elle à sa mère.

Mais cela lui plaisait : le monde, les bavardages, les plaisanteries et les rires.

La première chute de neige apporta une autre sorte de visiteurs au moulin. Comme chaque hiver, les mendiants se pressaient à la porte des cuisines ; leurs yeux étaient si enfoncés dans les orbites qu'ils en paraissaient noirs. Et leurs gamins ! C'était terrible, Hanna ne parvenait pas à s'endurcir, elle pétrissait, enfournait, donnait, pétrissait à nouveau...

— Je n'ai pas le courage de les renvoyer, dit-elle à John qui hocha la tête, compréhensif.

Mais plus elle en faisait, plus sa réputation s'étendait et plus le flot de mendiants augmentait.

— Tu t'épuises, disait-il en la voyant récurer tous les soirs le sol, la table et les bancs de la cuisine. Elle ne craignait pas seulement les puces et les poux, elle croyait sincèrement que la maladie habitait dans la saleté laissée par les mendiants. Broman laissait faire. Il avait compris qu'il ne pouvait rien contre ses superstitions.

Le plus difficile pour Hanna, en ce premier hiver où elle faisait son apprentissage de meunière, fut de constater la faiblesse grandissante de Broman. La fatigue et la poussière le faisaient tousser, une toux persistante qui l'empêchait de dormir la nuit.

— Vous vous tuez à la tâche, disait Hanna.

Il fallait monter les sacs jusqu'à la meule ; quand il y en avait trop, Hanna l'aidait à les transporter. Mais cela embarrassait Broman.

— Occupe-toi de ton travail, je m'occupe du mien, disait-il.

Alors, Hanna en parla à sa mère et elles ourdirent un complot. Le frère cadet de Hanna, qui ne se rendait plus utile à la maison, serait employé au moulin. Il avait quatorze ans et il était robuste. On le paierait en farine.

Hanna fut ainsi initiée à la rouerie féminine. Elle devait dire à Broman, comme en passant, que ses parents s'inquiétaient pour Adolf qui fainéantait à la maison. Maja-Lisa dirait de son côté à August qu'elle craignait de manquer de farine pour l'hiver.

— C'est la vérité, d'ailleurs, dit-elle.

August eut alors la bonne idée d'aller trouver Broman ; Adolf fut embauché au moulin et toucha son salaire en farine, comme convenu. Mais il lui fut épargné de dormir à la cuisine, car Hanna, qui avait une bonne réserve de bois, lui prépara la chambre du grenier.

Broman s'épuisait donc un peu moins. Mais la mauvaise toux l'assaillait le soir et inquiétait Hanna.

Elle avait un autre souci. Les paysans payaient le meunier selon l'ancienne coutume : deux boisseaux de farine pour un tonneau de grain. Cette farine, il fallait la transporter jusqu'au village frontalier, à dix kilomètres de là, pour la convertir en café, en sel, en sucre. Et en espèces sonnantes et trébuchantes. Dès que la glace recouvrit le lac, Hanna prit sur elle de tirer le lourd traîneau jusqu'au magasin d'Alvar Alvarsson avant de revenir par le même chemin avec l'argent et les denrées.

Broman avait honte, c'était un dur travail pour une femme, même si celle-ci était jeune et robuste. Mais il se réjouit lorsqu'il put verser à son frère une rixdale par mois, en plus de la farine. Chaque jour, il attendait des nouvelles du cheval du Värmland, mais le message tardait et Hanna dit que ce n'était pas plus mal, car ils manquaient de fourrage.

Le matin de Noël, après la messe, ils se rendirent chez August et Maja-Lisa pour le petit déjeuner traditionnel. Hanna prépara le café car Maja-Lisa s'était attardée au cimetière pour orner les tombes des enfants de couronnes de sapin. John Broman l'accompagnait, et ce fut peut-être cette attention qui l'incita à évoquer pour la première fois le souvenir des enfants. Elle aborda le sujet sur le chemin du retour :

— Ça me fait encore mal. Je les aimais tellement, ces petits-là. Beaucoup plus que les gamins qui sont venus après. Anders et Johan, ils étaient presque comme des jumeaux. Et heureux de vivre, avec ça ! Puis il y avait Elin. Elle était si petite qu'on a pas eu le temps de faire connaissance. D'ailleurs ç'aurait servi à rien, car la mort veillait sur son berceau.

Elle essuya ses larmes sur son tablier de fête. Il ne dit rien mais lui effleura discrètement le dos.

— Le plus dur, ç'a été de perdre Maria. Elle était si joyeuse, et puis elle était aussi belle dedans que dehors.

Elle se moucha dans son poing et lança la morve dans la neige.

— Je l'ai jamais dit à personne, mais je vais le faire à présent. Quand Astrid est née, un an seulement après Hanna, elle... c'était comme si Maria était revenue. On appelle ça des bêtises. Mais je crois que c'est vrai, parce qu'elle lui ressemble, au physique comme au moral.

Ils approchaient de la ferme, et Maja-Lisa disparut pour se rincer le visage tandis que John se glissait dans la chaleur de la cuisine et s'asseyait à la table de Noël. Il avait besoin de boire un coup, ça se voyait à l'œil nu, et Hanna lui tendit un plein gobelet d'eau-de-vie.

Un samedi à l'approche du printemps — la neige avait fondu mais les nuits étaient encore froides —, John Broman apprit que Rickard Joelsson avait été tué d'une balle perdue au cours d'une chasse à l'ours à Trösil.

— Et voilà, dit John. Il est mort, le père de Ragnar.

Hanna pâlit.

— C'est vrai ou c'est du boniment ? murmura-t-elle.

— C'est bien vrai. Le garde champêtre est allé à Lyckan pour l'annoncer aux vieux. Ils sont effondrés.

Hanna devint toute rouge et se mit à trembler. Soudain elle hurla :

— Bien fait pour eux, ces charognes !

Broman, sidéré, vit sa femme se précipiter dans la cour comme une tornade. Toute pudeur l'avait quittée, elle semblait avoir perdu la raison. Tantôt elle hurlait, tantôt elle riait comme une folle. Les jurons s'envolaient de sa bouche, des mots qu'il ne l'aurait jamais crue capable de prononcer.

— Nom de Dieu, cette chienne de Lovisa a eu ce qu'elle méritait, ah ! c'est bien fait. Prends-toi ça, prends-toi ça, chère tante.

Puis elle repartit d'un rire si dément que les oiseaux s'envolèrent des arbres.

— Ragnar, Ragnar, où es-tu, mon garçon ? Tu es libre, libre ! Tu m'entends ? Le diable est parti.

John la suivit, effrayé, jusqu'au lac où elle continua de courir en hurlant :

— Je suis libre ! Ragnar, on est libres, ç'en est fini de la terreur, ton père brûle en enfer.

Elle remonta en courant vers la maison et se jeta sur le talus, cul par-dessus tête, jupes retroussées. Ses parties intimes se trouvèrent dévoilées, mais elle ne s'en rendit pas compte, ou alors cela lui était égal. Puis elle se redressa et brandit les poings vers le ciel en hurlant :

— Je ne te pardonnerai jamais si tu lui pardonnes, Dieu maudit. Tu m'entends, tu m'entends !

Brusquement elle se calma, remit de l'ordre dans sa tenue, se recroquevilla sur le flanc et fondit en larmes. Il s'avança vers elle, lui caressa la tête.

— Je ne pleure jamais, murmura-t-elle entre deux sanglots. Sauf quand je suis contente.

— Je sais, dit Broman.

Après un silence, il ajouta :

— Je n'avais pas compris que c'était si dur pour toi.

Les sanglots débridés cessèrent et ce fut d'une voix ferme qu'elle répliqua :

— Vous, John Broman, vous êtes beaucoup trop bon, vous pourrez jamais comprendre.

— Tu te trompes, répondit-il après un autre silence. Moi aussi je me suis réjoui quand mon père est mort.

Elle se redressa, s'essuya le visage à son tablier et dit avec beaucoup d'étonnement :

— Alors nous sommes pareils, vous et moi. Au moins un petit peu.

Pour la première fois, elle le regarda droit dans les yeux et ne se détourna pas lorsqu'il répondit qu'il en était bien ainsi, sans doute. Il vit qu'elle avait froid.

— Rentre vite avant d'attraper le mal.

Elle obéit et, sitôt dans la cuisine, elle se lava les mains et le visage. Puis elle se rendit au salon et, pour la première fois, contempla longuement son reflet dans le miroir.

— Je ressemble à n'importe qui, dit-elle pour finir. Puis la honte la rattrapa :

— Où est le garçon ?

— Il joue chez le forgeron.

— Tant mieux.
— Oui, tant mieux.
— J'ai fait la folle, ajouta-t-elle d'une voix tremblante.
— Valait mieux que ça sorte.
À la grande surprise de Broman, elle comprit ce qu'il venait de dire et renchérit :
— Sans doute. Vous direz à personne que...
— Ne sois pas bête, répliqua-t-il.
Au même instant, le garçon fit irruption dans la cuisine en criant que le forgeron racontait que Rickard de Lyckan avait été assassiné dans la forêt.
— Non, dit John Broman d'une voix ferme. Il a eu un accident. L'homme qui a tiré l'a pris pour un ours.
— Il s'est trompé ?
— Oui, ça arrive. Ça s'appelle une balle perdue.
— Je sais, dit le garçon à voix basse.
Mais lorsque John annonça qu'il devait aller relever la nasse, il retrouva ses esprits.
— Je peux y aller aussi, mère ?
— Mais oui, intervint Broman. Ta maman n'a pas le temps de venir, donc il vaut mieux que tu rames pour moi pendant qu'elle prépare à souper.
Dans le bateau, le garçon redevint grave et, prenant son courage à deux mains, il posa la question :
— C'était mon père ?
— Oui, dit Broman.
Ce soir-là, pour la première fois, Hanna s'approcha de son mari de sa propre initiative. Puis elle s'endormit d'un coup, mais John resta longtemps éveillé en se faisant du souci pour sa femme. Elle lui avait fait peur, bien plus qu'il n'avait voulu l'admettre. Il se dit qu'elle était folle, qu'il aurait pu arriver n'importe quoi. Puis il songea que lui-même était devenu fou de joie en apprenant que le vieux Broman était tombé dans un trou dans la glace. La famille s'était même inquiétée, à l'enterrement, de voir John verser tant de larmes...
Était-il donc capable de pleurer de joie, comme Hanna ?
En attisant les braises le lendemain matin, Hanna eut un signe du destin. J'attends un petit, se dit-elle.

Lorsque ses parents arrivèrent à l'improviste le jeudi avec la nouvelle affreuse que Joel Eriksson avait étranglé sa femme avant de se rendre à l'étable et de se tirer une balle dans la tête, Hanna parvint à feindre un effarement convenable. Mais son regard était rivé à celui de Broman, comme si elle cherchait à lire au fond de ses pensées.

Il ne détourna pas les yeux, mais se sentit étrangement coupable.

Le vendredi, ils labourèrent le champ de pommes de terre. Hanna tirait la charrue et John Broman avait honte de marcher derrière sa femme en égalisant les sillons. Il fallait qu'il se procure un cheval, d'une manière ou d'une autre.

Il avait reçu une lettre d'Alma peu après Noël. La tentative d'obtenir une avance sur la succession avait échoué, et la mère se montrait intraitable. « Elle nous enterrera tous », écrivait Alma et il acquiesça intérieurement. La toux aurait raison de lui bien avant que la vieille ne se décide à abandonner la partie.

La lettre de sa sœur ne contenait pas un mot de reproche, mais John lisait entre les lignes. S'il avait repris la ferme, en tant que fils unique, on aurait fait le partage de la succession et la famille d'Alma aurait eu une vie meilleure. Au lieu de cela, il avait quitté la ferme très tôt pour entrer en apprentissage au village voisin et conclure un mariage malheureux.

Les suicidés ne jouissaient pas d'une grande considération dans la région, mais il vint malgré tout beaucoup de monde à l'enterrement de Joel Eriksson. Et, comme si de rien n'était, il fut enseveli aux côtés de l'épouse, et du fils dont le corps avait été ramené de Trösil. Erik Eriksson se tint très droit au bord de la tombe et après. Ensuite, à la maison lorsqu'on eut fini de boire le café et que les invités furent partis, il rassembla les membres de la famille et leur fit part de ses projets : August reprendrait la ferme de Lyckan, et le fils aîné d'August, celle de Bråten. Mais, pour la première fois de sa vie, le vieux paysan fut contredit. August déclara qu'il ne voulait pas emménager à Lyckan ; il voulait devenir propriétaire de Bråten. Quant au fils, il dit qu'il comptait émigrer en Amérique.

La vérité, dirent-ils, c'était que personne ne voulait vivre dans une maison hantée par des revenants : les spectres de Joel et de Lovisa, pour ne pas parler du malheureux Rickard. Ce discours effraya Hanna, qui saisit le bras de John Broman.

Erik Eriksson courba le dos et se recroquevilla sur sa chaise. Soudain, chacun put voir qu'il était vieux et que le malheur l'avait affecté durement. Comme d'habitude, ce fut Ingegerd qui trouva les mots justes. Elle proposa de réunir les deux fermes au nom d'August, qui déciderait à son tour de la répartition de l'héritage.

— Ça te fera de longs trajets si tu t'obstines à rester à Bråten, dit-elle à son beau-frère. Mais c'est ton affaire.

August s'efforça de dissimuler sa satisfaction. C'était la solution qu'il avait espérée. Hanna regarda tante Ingegerd avec des yeux ronds et pensa, comme tant de fois auparavant, qu'elle était bien droite et bien belle, la fille aînée d'Erik Eriksson. Elle avait cinquante ans, sept ans de plus que Maja-Lisa. Mais elle paraissait beaucoup plus jeune.

On parlait avec mépris des filles qui restaient chez leurs parents, mais dans le cas d'Ingegerd, les gens ne trouvaient pas grand-chose à dire. On avait longtemps murmuré qu'Erik Eriksson ne prenait jamais une décision sans consulter sa fille.

Voilà le résultat, pensa Hanna, quand on a la chance d'échapper aux bonshommes et aux gamins. Puis elle eut honte. Elle savait que les femmes devaient s'incliner devant le destin. Fallait bien que les gamins naissent.

Après le départ d'Erik Eriksson et de sa fille, August célébra son triomphe avec ses fils et John Broman, à grand renfort d'eau-de-vie, si bien qu'il ne fut pas question de rentrer au moulin cette nuit-là. Hanna aida sa mère à traîner les hommes au grenier ; elles les couchèrent à même le sol, sous des couvertures. Puis elles redescendirent à la cuisine pour remettre un peu d'ordre après la beuverie. Elles parlaient d'Ingegerd, qui avait toujours été belle et sage.

— Elle ne manquait pas de prétendants, dit Maja-Lisa. Ils se pressaient en foule mais elle leur riait au nez. Et le père était content, car il voulait pas la perdre. Le pauvre Joel arrêtait pas d'entendre qu'il était une femmelette, qu'Ingegerd était l'héritière qu'il aurait fallu à la ferme et que c'était un grand malheur qu'elle soit pas un garçon.

Maja-Lisa se lamenta et Hanna crut qu'elle pensait à la vie malheureuse de son frère. Mais soudain, la mère cria qu'elle ne pardonnerait jamais à ce double assassin de Joel d'avoir attiré le déshonneur sur la famille.

Cinq grands érables se dressaient au-dessus de la maison, au bord des lacs norvégiens. Lorsqu'ils fleurirent au printemps et que leur parfum de miel envahit le moulin, Hanna dit qu'elle aurait bien aimé boire la sève à même le tronc. Mais Broman, qui regardait les fleurs pleuvoir sur les eaux noires comme une dentelle vert pâle, se moqua d'elle et ne vit pas qu'elle le prenait mal.

— Vous devez m'aider à monter le canapé au grenier, dit-elle. Il me faut de la place pour le métier à tisser au salon.

— Tu sais ce que j'en pense, de ton canapé.

Elle marmonna que c'était provisoire, et qu'elle comptait bien récupérer son beau meuble.

— Meuble prétentieux où on peut même pas s'asseoir, répliqua-t-il.

Alors elle entra dans une colère noire et lui cria qu'il y avait des choses plus importantes dans la vie que s'asseoir. Il la toisa avec étonnement :

— Tu es nerveuse ces temps-ci.

— J'attends un petit, cria-t-elle et se couvrit aussitôt la bouche en pensant : « Ça, c'est tout moi. » Depuis des semaines qu'elle ruminait en se demandant comment elle lui annoncerait la nouvelle !

Elle vit bien qu'il n'était guère réjoui, mais après un silence, il lui passa le bras autour des épaules.

— Fallait s'y attendre.

Elle eut le temps d'arracher ses pommes de terre et de remplir la réserve avant l'arrivée du garçon en novembre. Broman faillit devenir fou de peur au moment de l'accouchement. Et ça ne s'arrangea guère lorsque la vieille Anna sortit de la chambre pour boire un café et lui dit :

— Elle a le ventre déchiré, ta femme, pas étonnant que ça se passe mal.

— Va donc faire un tour, ajouta-t-elle, et il s'en alla en songeant que Rickard Joelsson avait de la chance d'être mort. En cet instant, il l'aurait volontiers tué de ses propres mains. Puis il se rendit au moulin, se couvrit de quelques sacs et s'endormit à même le sol.

Anna le réveilla à l'aube et annonça d'une voix solennelle :

— Il t'est né un fils, John Broman.

— Comment va Hanna ?

— Elle dort pour guérir. Elle est forte, ta femme.

John éprouva un immense soulagement. Inspiré par la solennité d'Anna, il se lava soigneusement et enfila une chemise propre avant de se glisser dans la chambre. Hanna était pâle, mais dormait d'un sommeil profond et paisible.

L'enfant se trouvait déjà dans le berceau au pied du lit, laid comme un pou, pauvre petit, avec une touffe de cheveux roux au sommet du crâne. Broman le regarda longuement, vit à qui il ressemblait et songea qu'il aurait du mal à aimer ce garçon. Puis il entendit la première carriole monter vers le moulin et sortit pour commencer le travail du jour.

Vers le soir, Maja-Lisa et August arrivèrent en compagnie de Ragnar que John Broman avait traîné chez eux au moment des premières douleurs en disant qu'il ne fallait pas effrayer le garçon. Maja-Lisa avait accepté de le garder tout en pensant que c'était une drôle de lubie ; fallait bien que les gamins apprennent la vie, pourtant. Elle l'avait dit à August, qui avait acquiescé. Il trouvait depuis longtemps que le meunier manquait de poigne avec le petit ; et quand il arrivait à Broman de caresser la joue de Hanna, August avait honte.

Ils venaient à présent admirer le petit-fils. Ils s'accordèrent à trouver qu'il ne ressemblait à personne de la famille. Personne, chez eux, n'avait un visage aussi rond, un nez aussi retroussé et des cheveux aussi rouges. Broman dut alors avouer qu'il ressemblait à son père. Hanna fut la seule à remarquer sa tristesse.

— On dirait une grenouille, dit Ragnar. Hanna et Maja-Lisa le houspillèrent toutes les deux, mais Broman prit le garçon sur ses genoux et dit pour le consoler que les nouveau-nés ont toujours une drôle de tête.

— Il sera bientôt aussi beau que toi, dit-il en sachant que c'était un mensonge. Ce garçon-là n'aurait jamais la beauté de son demi-frère.

Il fut décidé qu'on l'appellerait John, en l'honneur de son père.

— On le fera baptiser dimanche, dit Maja-Lisa avec tant de détermination que personne n'osa lui dire que, cette fois, il n'y avait pas d'urgence.

Hanna eut droit à une longue mise en garde. Pas de visiteurs imprévus pendant la semaine à venir. Et attention à Malin la boiteuse, l'épouse du forgeron qu'on soupçonnait d'être coureuse et qui pouvait avoir le mauvais œil.

Après le départ des beaux-parents, John prépara une couche dans la cuisine. Ragnar et lui s'endormirent aussitôt, épuisés par toute cette tension. Mais Hanna resta longtemps éveillée dans la chambre, à regarder l'enfant.

— Petit laideron, murmura-t-elle.

Elle ressentait la même tendresse étonnante qu'elle avait eue pour Ragnar. Puis elle remercia Dieu : c'était fini, et c'était un garçon. Soudain, elle se rappela avec inquiétude les paroles de Broman disant qu'il était presque devenu fou de joie à la mort de son père. Ce devait être un bien mauvais homme, songea-t-elle en regardant encore le nouveau-né.

— Il ne lui ressemble pas au moral, sans doute, dit-elle à haute voix, comme pour conjurer le sort. Et ce ne fut peut-être pas inutile, car le vilain petit crapaud se transforma en un enfant doux et obéissant.

La neige arriva à la fin du mois, mais elle fut heureusement chassée par les pluies venant de Norvège. John Broman ravala son orgueil et alla trouver Erik Eriksson pour lui emprunter cheval et carriole. Le vieux était alité, dit Ingegerd. Il avait de la fièvre et des douleurs à la poitrine. John eut honte de son propre soulagement.

Il aimait bien Ingegerd, l'une des rares personnes avec lesquelles il pouvait parler, dans cette vallée. Elle l'invita à prendre le café, ils restèrent longtemps attablés dans la cuisine à parler de choses et d'autres. Elle dit, à propos de Rickard, que le pauvre garçon devenait fou quand son père battait Lovisa.

— J'ai bien essayé d'aider Hanna, dit-elle. Mais mon père s'y opposait. On sait bien ce que pensent les vieux : une putain est une putain, peu importe comment ça s'est passé. Et c'est vrai que les enfants de Maja-Lisa ont quelque chose de bizarre.

— Comment ça ?

Ingegerd regrettait déjà ses paroles, il le vit bien. Mais il insista et elle lui parla alors d'Astrid, la sœur de Hanna qui avait fait un beau mariage à Fredrikshald.

— Un jour, elle a eu une attaque, dit Ingegerd. Elle était comme folle. Elle est partie en courant jusqu'au cimetière où elle s'est mise à arracher les fleurs et les croix de la tombe des frères et sœurs qui étaient morts, en expliquant au prêtre qu'ils étaient vivants et que c'était une erreur de les avoir mis en terre.

Ingegerd frissonna, but une gorgée de café.

— Broman peut s'imaginer comme ça a jasé dans les chaumières. Mais je me suis arrangée pour que père n'en sache rien et j'ai fait venir la fille, qui était travailleuse et douce. Et belle. Chez nous, elle n'a pas eu une seule attaque. Je me suis attachée à elle. J'aurais bien voulu la garder, mais il courait tant de méchantes rumeurs au village que je me suis estimée heureuse quand j'ai pu lui trouver une place de bonne en Norvège. Je l'ai accompagnée moi-même à Fredrikshald, je peux donc dire que c'était une bonne famille. Pas des paysans, non. Un négociant. Puis le poissonnier s'est entiché d'elle et on a célébré le mariage à Fredrikshald. Son mari, c'est un homme qui a les pieds sur terre. La folie, il n'y connaît rien.

— Ça s'est bien terminé, alors.

— Oui. Les lettres qu'elle m'envoie sont joyeuses. Je crois que les idées bizarres lui ont passé dès qu'elle s'est éloignée de sa mère.

— D'après Maja-Lisa, elle ressemble à l'un des enfants morts.

— C'est vrai. Mais ça n'a rien d'étrange, les sœurs se ressemblent souvent comme deux gouttes d'eau.

John se sentit rassuré par cette voix calme et cette explication raisonnable. Il nourrissait lui-même des pensées étranges depuis

Noël, lorsque Maja-Lisa lui avait parlé d'Astrid et de la petite morte.

Pour finir, il exposa l'objet de sa visite. À son propre étonnement, il lui parla de sa mère qui refusait de mourir, de la succession dont on ne pouvait faire le partage et du cheval qu'il attendait depuis si longtemps.

— On ne peut pas s'en sortir sans cheval, dit-il. Ici, aucun paysan ne paie comptant, et une fois par mois il faut que j'aille vendre ma farine. Alvarsson ne m'en donne pas grand-chose, il s'y entend pour tirer parti de mes difficultés.

— Broman peut prendre le cheval et la carriole pour se rendre à Fredrikshald, répliqua Ingegerd. Père n'en saura rien, il en a pour plusieurs semaines à se rétablir. Pendant ce temps, je trouverai bien une solution.

Tant de bonne volonté étonnait Broman, tandis qu'il attelait le cheval, qui était jeune et fort et un peu récalcitrant. Mais au moment de prendre congé, il comprit mieux.

— On est logé à la même enseigne, Broman et moi, dit Ingegerd. C'est bien triste d'en venir à souhaiter la mort des vieux.

Hanna ouvrit des yeux ronds en le voyant revenir avec le cheval. Mais l'inquiétude l'emporta sur la joie lorsqu'il dit qu'il avait l'intention de se rendre jusqu'à Fredrikshald.

— Vous serez parti plusieurs jours !

— Mais tu as ton frère.

— C'est pas pareil. Il parle guère, ce garçon-là.

Broman songea que tous les enfants de Maja-Lisa étaient des taiseux, et Hanna tout particulièrement.

— Je croyais que mes bavardages et mes histoires ne te plaisaient pas, dit-il.

— Faut bien !

Il éclata de rire et se rendit compte trop tard qu'elle en fut attristée.

— Hanna, explique-moi. Pourquoi doit-on faire semblant de ne pas aimer ce que l'on aime ?

— Ça sert à rien.

— Raconter des histoires au garçon et bavarder avec toi, ça ne sert à rien ?

— Non, répondit-elle, en colère à présent. C'est pas ça qui mettra du pain sur la table.

— Ah bon ? Je croyais que tu ne manquais pas de pain, pourtant.

Il sortit en claquant la porte si fort que la maison trembla. Hanna prit peur. Mais Ragnar, qui jouait par terre avec ses cubes, la regarda d'un air pensif et déclara soudain :

— Vous êtes bête, mère.

Elle essaya de s'emporter contre son fils, mais n'y parvint pas plus que d'habitude, et se contenta de siffler :

— Les gamins doivent pas parler de ce qu'ils comprennent pas.

— C'est vous qui ne comprenez pas, dit Ragnar et, l'espace d'un instant, la pensée qu'il pouvait avoir raison lui traversa l'esprit. Mais le garçon s'était déjà glissé au-dehors pour rejoindre son beau-père qui pansait le cheval et lui faisait place dans l'étable. Petit-John se mit à hurler dans son berceau et Hanna se calma en lui donnant la tétée. Lorsque le mari et le fils revinrent et qu'elle les entendit rire dans la cour, elle pensa : « Ils se moquent de moi. » C'était douloureux. Mais elle n'était pas au bout de ses peines. Tout au long de sa vie, les fils ne perdraient jamais une occasion de se payer sa tête.

Un an et demi après la naissance de Petit-John, un autre garçon vint au monde et combla les attentes de la famille : un vrai Eriksson aux grands yeux sombres, au nez droit et aux cheveux presque noirs. Maja-Lisa resplendissait, à croire qu'elle l'avait enfanté elle-même, et décida que le garçon s'appellerait Erik en l'honneur de son propre père.

L'accouchement avait été difficile, cette fois encore. En voyant les souffrances de Hanna, Broman jura solennellement de ne plus jamais toucher son épouse. Mais il faut croire qu'il ne put tenir cette promesse, car Erik avait tout juste deux ans lorsque le troisième garçon naquit. On le baptisa August en l'honneur du père de Hanna.

Ce dernier enfant était plus faible que les deux autres. Hanna le constata tout de suite, avant même que la sage-femme ait eu le temps de le laver. Et lorsqu'elle le coucha contre son sein pour la première fois, elle sentit qu'il manquait d'envie de vivre.

Il tient de son père, pensa-t-elle.

Elle vivait dans une crainte perpétuelle pour ce mari qui toussait de plus en plus, parfois au point de devoir se précipiter dans la cour pour trouver un peu d'air. Dans les pires moments, la vieille Anna venait le voir, lui posait des emplâtres de bouillie sur la poitrine et lui parlait longuement, d'une voix rassurante.

— Il devrait voir le docteur, dit-elle.

Au printemps, alors que l'activité était au plus bas au moulin, Broman partit pour Vänersborg en compagnie d'Ingegerd. Là-bas, un médecin hargneux lui expliqua qu'il avait de l'asthme et qu'il devait immédiatement cesser d'exercer ce métier.

Quand je lui ai demandé comment je ferais pour nourrir ma famille, il n'a rien trouvé à me dire, raconta John à sa femme quand il fut de retour au moulin. Les médicaments qu'on lui avait prescrits prirent bientôt fin, et ça ne changeait pas grand-chose car ils n'avaient eu aucun effet.

Entre-temps, Erik Eriksson avait pris une décision quant au cheval. August et Broman se le partageraient : deux tiers pour August, un tiers pour John. Broman était amer, mais Hanna se déclara satisfaite. Le grand animal n'aurait pas assez de pâture, au milieu des rochers, et puis ils n'en avaient besoin qu'une semaine par mois, lorsqu'il fallait vendre la farine en Norvège.

Comme l'avait prévu Ingegerd, c'était une lourde besogne pour August de s'occuper des terres de Lyckan tout en continuant de vivre à Bråten. Il aborda discrètement le sujet avec sa femme, mais Maja-Lisa répondit tout net qu'elle n'irait jamais habiter dans la ferme du malheur. On demanda l'avis de John, qui réfléchit longuement avant de proposer :

— On rase la vieille maison et on en construit une autre.

— Ce sera beau, dit-il. Une maison toute neuve avec vue sur le lac.

Mais August n'avait pas l'argent nécessaire. Ni le courage. Il fallut donc se résoudre à emménager dans la vieille ferme. August, aidé de ses fils et de Broman, repeignit les murs et les plafonds et blanchit la cheminée à la chaux.

Le déménagement eut lieu à la Saint-Jean. Maja-Lisa cessa de se plaindre, mais elle n'était pas heureuse. Il fallut un certain temps aux autres pour s'en rendre compte mais, un jour, John dit à sa femme :

— Ta mère dépérit, là-haut.

Hanna se mit à trembler de tout son corps.

— Ça y est, les esprits mauvais sont de retour.

Mais Broman renifla avec mépris en disant que la maladie qui tourmentait Maja-Lisa était de celles qui logent dans le corps.

Hanna se rendait chez sa mère le plus souvent possible avec ses enfants, et la trouvait à chaque visite plus pâle et plus frêle.

— Vous avez mal quelque part, mère ?

— Non. Je suis fatiguée, c'est tout.

La maison allait à vau-l'eau ; Hanna s'occupait tant bien que mal du ménage et de la cuisine mais dut bientôt dire à August qu'il fallait embaucher une servante.

— Vous voyez bien que mère n'a pas la force...

Mais les servantes, on n'en trouvait plus guère. Les jeunes filles partaient toutes pour la Norvège où elles se faisaient embaucher dans les auberges de Moss et dans les usines de Fredrikshald. Certaines continuaient jusqu'en Amérique, ou épousaient des Norvégiens. D'autres rentraient à l'occasion, pour les fêtes, avec des robes achetées dans les magasins et d'immenses chapeaux ornés de roses, au grand dam des épouses respectables, qui les traitaient de garces. Voire pire. Car on pouvait bien imaginer ce que coûtaient toutes ces belles toilettes.

Hanna faisait ce qu'elle pouvait, laissait presque chaque jour ses enfants chez la vieille Anna et courait jusqu'à Lyckan en serrant le petit August contre son sein pour s'assurer que les parents et les frères avaient au moins de quoi manger. Un jour, la question lui échappa malgré elle :

— Est-ce que vous avez vu des revenants, mère ?

— Oui, dit Maja-Lisa avec un sourire. Pas Joel ou Lovisa, non, mais les enfants, Anders et Johan. Et parfois aussi la petite Elin.

— Ils n'ont jamais vécu ici pourtant !

— Maintenant en tout cas, ils y habitent.

En rentrant chez elle, Hanna répéta ce qu'avait dit la mère et John Broman répondit que le chagrin ne passe jamais. Il grignote les gens de l'intérieur, un petit bout après l'autre.

— Quand on pleure beaucoup de morts, dit-il, on perd l'envie de vivre.

August, qui ne supportait pas la maladie de sa femme, écrivit à Johannes, le célèbre rebouteux qui était un parent à lui, et lui expliqua : « Cette fois, cousin, il faut que tu viennes car je m'en sors pas sans mon épouse. »

Lorsque Hanna en parla à John, il rétorqua que Johannes ne soignait que les animaux.

— Non, les gens aussi. Vous avez bien entendu parler du soldat de la ferme du Saule, sans doute ? Il était mourant et Johannes lui a préparé un remède qu'il l'a forcé à avaler. Puis il lui a dit de se lever car il devait vivre jusqu'à quatre-vingt-dix ans. Et c'est ce qui arriva.

John ne connaissait pas cette histoire. Mais il en avait entendu bien d'autres, car la réputation de Johannes était grande, même dans le Värmland. John n'avait jamais ajouté foi aux rumeurs, mais il dit à Hanna que sa visite pourrait peut-être réconforter August et Maja-Lisa.

Il se trompait. Le dimanche après-midi, la famille se rassembla à la ferme et Johannes serra la main de chacun avant de se rendre dans la chambre où se trouvait Maja-Lisa. Il lui jeta un seul regard avant de constater :

— Tu es sur le point de partir, je vois.

— Je suis fatiguée, dit-elle. C'est pour quand ?

— La semaine qui vient, sans doute. Et n'aie pas peur de souffrir. Tu passeras dans ton sommeil.

— Je reverrai les enfants ?

— Je crois. Sauf Maria, mais ça, tu le sais déjà.

John Broman avait entendu chaque mot de cet échange, depuis la cuisine, mais se dit qu'il avait mal compris. Puis Hanna le rejoignit, blanche comme un linge, suivie par le père qui faisait une tête affreuse, à croire que c'était son arrêt de mort à lui qui venait d'être prononcé. Personne n'osa prendre la parole.

— Il faut prévenir Astrid, dit enfin Ingegerd à voix basse.

Mais Johannes l'entendit, bien qu'il fût encore dans la chambre de Maja-Lisa, et répliqua à voix haute :

— Non, Astrid ne doit pas venir.

— Tout juste, dit Maja-Lisa. Astrid ne doit pas venir. Mais je veux un prêtre, si l'ivrogne du presbytère peut s'arranger pour rester sobre une journée entière.

Hanna prépara le repas pour toute la famille tandis que John retournait au moulin, car Ragnar, qui venait d'avoir dix ans, était resté seul là-bas avec ses petits frères. Ingegerd le raccompagna, elle avait hâte de rentrer auprès du vieil Erik qui agonisait depuis plus d'un an maintenant.

Dans la carriole, John Broman lui demanda ce qu'il fallait en penser.

— Que Johannes a une grande expérience de la maladie. Ce n'est pas très difficile de voir que Maja-Lisa n'en a plus pour longtemps.

— Oui mais ce qu'il a dit à propos de Maria et d'Astrid.

— T'en fais pas pour ça, Broman. Johannes est resté longtemps en Amérique et il s'y est fait une nouvelle religion. Une doctrine étrange, selon laquelle l'âme des morts entre dans le corps des nouveau-nés. Ce sont des bêtises.

Elle lui jeta un coup d'œil et vit qu'il n'était pas convaincu.

— Écoute-moi. Johannes a passé un hiver à la ferme quand Astrid était petite. C'est à ce moment-là qu'il a mis ces idées bizarres dans la tête de Maja-Lisa, celles qui ont rendu folle la pauvre petite.

John poussa un profond soupir de soulagement et l'approuva de tout son cœur lorsqu'elle ajouta :

— Les morts sont morts, Broman, et tu le sais aussi bien que moi.

Le prêtre n'était qu'à moitié ivre lorsqu'il arriva le lundi pour donner les derniers sacrements à Maja-Lisa. Elle paraissait calme, presque heureuse. Mais August était figé de peur et muet comme si on l'avait exilé en terre étrangère.

Le mardi, Maja-Lisa commença à ressentir des douleurs dans la poitrine ; elle respirait avec difficulté. La famille la veilla toute la nuit, et la prédiction de Johannes se réalisa. Elle poussa un profond soupir, dans son sommeil, et cessa de respirer.

John n'était pas au chevet de la mourante car quelqu'un devait garder les enfants. Ils venaient juste de s'endormir lorsqu'on frappa à la porte. C'était Johannes.

John lui fit du café et lui offrit du pain, sans chaleur pourtant, car il n'aimait guère le visiteur. Ils burent leur café en silence. Puis Broman dit :

— Tu les annonces toujours aussi brutalement, tes arrêts de mort ?

— Seulement à ceux qui veulent l'entendre, dit Johannes en souriant. August n'en a plus pour longtemps, lui non plus. Mais ça ne lui servirait à rien de le savoir.

John pensait à son asthme et à sa misérable fatigue. Mais il n'osa pas interroger le rebouteux et, d'ailleurs, ce ne fut pas nécessaire.

— Toi, Broman, il te reste plus d'années à vivre que tu ne le souhaites au fond. Et pour une raison précise. Est-ce que je peux passer la nuit là-haut ?

John s'étonna. Mais lorsqu'il alluma le feu dans la chambre du grenier et prépara le lit, il s'aperçut que ça faisait longtemps qu'il ne s'était pas senti aussi joyeux.

Hanna rentra au petit matin, toute pâle, et ne se détendit même pas en donnant la tétée au nourrisson affamé. Elle le tenait serré contre son sein et dévisagea longuement son mari avant de dire :

— Si seulement je pouvais pleurer, mon Dieu...

Elle dormit une heure, puis elle dut ressortir pour traire les vaches. Johannes la rejoignit dans l'étable. Elle n'en fut pas étonnée. Il la complimenta pour les bêtes et dit qu'elle ne devait pas se faire de souci pour le mari.

— Il aura le temps de faire connaissance avec le siècle. En 1910, il sera toujours là, à mon avis.

Hanna en éprouva un grand soulagement. On n'était qu'à l'été 1894, le siècle nouveau était encore loin. Après le départ de Johannes, elle fit le calcul et constata à son étonnement qu'il n'avait pas promis plus de seize ans. Mais c'était assez ; à ce moment-là Ragnar aurait vingt-six ans, John dix-neuf et Erik dix-huit. Il y aurait trois hommes robustes au moulin.

— Et même toi, pauvre petit, tu auras seize ans, tu seras déjà un homme, murmura-t-elle avec satisfaction à August en le serrant contre son sein.

— Tu parais un peu plus gaie, dit Broman lorsqu'il revint pour le déjeuner et elle hocha la tête sans desserrer les lèvres. Les paroles d'adieu de Johannes résonnaient encore dans sa tête : « Un seul mot à Broman et il mourra rien que pour nous contredire. »

Lorsqu'ils furent couchés ce soir-là, Hanna eut du mal à s'endormir malgré son épuisement. Les souvenirs liés à sa mère se succédaient, et certains étaient douloureux.

— Tu parais fourbue, constata John au petit déjeuner.

— J'ai de mauvaises pensées.

Elle rougit mais ne put s'empêcher d'ajouter :

— L'hiver où j'attendais Ragnar, mère m'a demandé de l'aider à tuer le cochon, elle m'a même obligée à tenir le seau plein de sang ! Une vieille est morte dans une cabane près de la rivière et mère m'a dit d'y aller pour laver le cadavre. Tout ça pour que le garçon tombe malade et qu'il meure dans mon ventre.

Hanna eut un pauvre sourire tordu et montra Ragnar qui dormait dans la cuisine :

— Puis il est arrivé, plus robuste et plus beau qu'aucun de ses enfants à elle.

John ne put que secouer la tête. Mais au moment de retourner au travail, il lui dit :

— On peut en tirer une leçon. Les vieilles superstitions n'ont pas d'effet.

Un jour, alors que la moisson battait son plein, August Nilsson ressentit une douleur à la poitrine et s'allongea sous un arbre pour se reposer. Lorsque ses fils voulurent le réveiller une heure plus tard, il était mort. Ils restèrent debout en silence autour de lui, sans étonnement ni frayeur. Le vieil August ne vivait plus vraiment depuis qu'on avait enterré Maja-Lisa.

Il n'avait pas laissé de testament, les fermes revinrent donc aux fils. Robert, qui avait renoncé à ses projets d'Amérique, et Rudolf qui était aussi travailleur que Hanna s'installèrent à Lyckan. Mais Adolf resta au moulin du torrent pendant quelques années encore. Lorsque les fils du meunier furent en âge de reprendre le labeur, Adolf encaissa sa part d'héritage et partit pour l'Amérique. Aucun des frères de Hanna ne se maria.

Astrid arriva enfin, pour l'enterrement du père, avec son mari et ses enfants. John Broman observait souvent sa belle-sœur à la dérobée, en se disant qu'elle était bien jolie dans sa robe à fleurs, une vraie robe achetée dans un magasin. Elle se montrait aimable avec tous, parlait beaucoup et volontiers, connaissait des berceuses pour les enfants et de vieilles chansons pastorales pour les vaches.

Par le tempérament, elle différait complètement de ses frères et sœurs. Elle avait cependant le même maintien que Hanna et, en regardant bien, on pouvait déceler une certaine ressemblance dans les traits.

Mais Hanna paraissait lourde et rustaude à côté de cette sœur si élégante. Astrid semblait voler, tandis que Hanna marchait d'un pas ferme. Le visage d'Astrid était changeant comme un ciel d'avril et reflétait chacune de ses émotions, alors que celui de Hanna restait fermé. Astrid bavardait et chantait, Hanna était muette ; Astrid rejetait la tête en arrière quand elle riait, Hanna mettait aussitôt la main devant sa bouche, toujours aussi gênée lorsqu'un gloussement lui échappait. John avait pitié de sa femme. Mais parfois il se fâchait en pensant qu'elle aurait bien pu enlever son fichu de temps en temps et montrer ses beaux cheveux. Et s'habiller autrement que de laine noire ou brune. Astrid formula cette pensée à haute voix :

— Pourquoi te déguises-tu en vieille paysanne ? Viens là, essaie donc ma jupe verte avec le corsage à fleurs.

— J'oserai jamais, répondit Hanna en se couvrant la bouche.

Astrid dut se rendre à l'évidence : elle n'osait pas. Les deux sœurs s'aimaient, pourtant beaucoup, impossible de se méprendre là-dessus. Il n'y avait pas une ombre de jalousie ou de distance chez Hanna, même s'il lui arrivait de parler d'orgueil et de coquetterie. Astrid souriait alors avec tendresse et une certaine compassion :

— Tu as été élevée trop sévèrement.

— C'est comme ça.

Elles n'en dirent jamais plus. John était attiré par sa belle-sœur, captivé par sa légèreté. Mais elle l'effrayait aussi, et ils ne devinrent jamais intimes. Un jour il lui dit :

— Tu n'es pas vraiment de ce monde.

Elle lui rit au nez, mais Broman vit bien que Hanna prit peur. Le beau-frère renchérit :

— Ma femme est un ange. Quand elle n'est pas un démon. Comme tu peux t'en douter, je n'ai pas la vie facile.

Les autres éclatèrent de rire, mais Hanna rougit et se mordit la lèvre. Elle se souvient de l'époque où sa sœur était folle, pensa John. Il s'attacha peu à peu au poissonnier, un homme au grand cœur et plein de bon sens. Ils devinrent amis au cours des sorties de pêche sur le lac au petit matin. Ce fut là, dans la barque, que Broman comprit qu'on s'acheminait vers une crise, ou peut-être pire encore, entre la Norvège et la Suède. La voix puissante d'Arne Henriksen volait sur le lac et faisait fuir tous les poissons.

— Les Suédois doivent arrêter de jouer les seigneurs, disait-il. Ou alors ça va barder, je te le garantis. On a tout ce qu'il faut, des hommes et des armes.

John pensait à ses propres voyages à Fredrikshald, où les paysans pauvres de Dal faisaient humblement la queue au marché pour vendre leurs moutons, leur foin et leur beurre.

— Je parle des messieurs de Stockholm, dit Arne. Pas de vous autres.

— Mais c'est nous qui passerons à la boucherie si vous nous attaquez.

— Vous devriez prendre parti pour nous et vous débarrasser de votre roi, ce vieux renard.

John Broman s'étonna de sa propre réaction, il n'avait jamais senti à quel point il était viscéralement suédois. L'espace d'un instant, il eut envie de jeter le Norvégien par-dessus bord. Mais Arne ne remarqua pas sa fureur, et se lança dans une longue explication sur la charte d'Eidsvold qui accordait aux gens ordinaires plus de droits que n'importe où dans le monde. Puis il en vint à évoquer la bataille du consulat. Broman en avait entendu parler mais, comme la plupart des Suédois, il n'avait pas pris l'affaire au sérieux. Henriksen lui faisait à présent valoir que la gauche au pouvoir réclamait un ministre norvégien des Affaires étrangères. Et que le pavillon des navires norvégiens n'arborait déjà plus l'emblème de l'Union.

Le meunier écoutait sans vraiment comprendre. Mais lorsque Henriksen raconta que le Parlement avait acheté de nouveaux cuirassiers pour huit millions de rixdales et que le nouveau ministre de la Défense, un lieutenant-colonel du nom de Stang, multipliait les fortifications le long de la frontière avec la Suède, John Broman prit peur.

— Stang est un type formidable, dit Henriksen. Il a acheté de nouvelles armes aux Allemands. Le fort de Fredriksten est équipé de canons d'une portée sans précédent.

Henriksen jeta un regard insistant à John avant de conclure :

— On n'en parle pas tellement, mais chaque Norvégien le sait : d'abord des armes, ensuite...

La conversation reprenait le soir, autour du cruchon d'eau-de-vie. Henriksen était étrange en cela qu'il parlait beaucoup et fort lorsqu'il était sobre, mais devenait calme et pragmatique dès qu'il avait bu.

— Le Parlement norvégien a décidé de créer son propre consulat, expliqua-t-il. On a voté les crédits. Mais votre roi refuse.

John hocha la tête.

— Le roi Oscar est un gros sac, conclut Henriksen. Les sœurs, qui servaient à table, l'entendirent ; Hanna faillit s'évanouir, mais Astrid éclata de rire.

Astrid et Henriksen se vexèrent en apprenant que Broman allait à Fredrikshald une fois par mois. Pourquoi ne leur avait-il rien dit ? John hésita, mais finit par répondre qu'il était timide, sans doute.

— Quoi ? fit Arne, mais Astrid rit comme à son habitude en disant que ça allait changer. La prochaine fois, il passerait la nuit chez eux, elle exigeait une promesse sur-le-champ. Et dans quelques mois, le petit August lâcherait le sein maternel et alors, Hanna accompagnerait son mari.

— Mère ne le permettra jamais, dit Hanna qui rougit en se rappelant que Maja-Lisa était morte.

— Je veux dire, reprit-elle, il faut leur donner le sein pendant deux ans si on veut qu'ils soient en bonne santé.

Pour une fois, Astrid se mit en colère :

— Il serait temps que tu oublies un peu la mère et ses vieilles superstitions. Les temps ont changé, Hanna.

Alors Hanna fit une réflexion qui laissa John pantois :

— Je m'en doute bien, dit-elle. Mais ça m'inquiète. À quoi va-t-on croire si toutes les vieilleries sont fausses ?

— Il faut improviser, dit Astrid, comme si c'était la chose la plus simple au monde.

Astrid s'enticha de Ragnar, qui avait onze ans, un sourire permanent aux lèvres et de l'insouciance à revendre.

— L'enfant des dieux, dit-elle à Hanna. La vie est bien incompréhensible...

— Il ressemble à son père. Par l'apparence, je veux dire, ajouta-t-elle précipitamment. Pour le reste, c'est un gentil garçon.

— Ça doit être difficile de ne pas le gâter.

Hanna dut reconnaître que Broman avait un faible pour le garçon, bien plus que pour ses propres fils.

Mais Henriksen le mit en garde :

— Ils ont du mal à grandir, les petits mielleux qui ont l'habitude d'obtenir tout ce qu'ils veulent.

Broman hocha la tête, il y avait déjà pensé.

Hanna avait la main heureuse : elle ne ratait jamais un barattage, pas même lorsqu'une mendiante entrait à la cuisine et lui jetait le mauvais œil. Mais un jour, la femme du forgeron laissa échapper que c'était bien connu : les putains avaient de la chance avec le beurre. Alors Hanna perdit la tête et hurla :

— Hors d'ici, sorcière boiteuse ! Et ne te montre plus jamais au moulin.

Depuis ce jour, les deux maisons étaient restées en mauvais termes. Broman n'apprit jamais ce qui s'était passé, mais cela lui posait quelques problèmes. D'abord parce que le forgeron et lui avaient l'habitude de s'enivrer ensemble le samedi soir, et ensuite parce que les meules devaient être affûtées une fois par mois.

Il fit des reproches à Hanna :

— Il faut bien s'entendre avec les voisins qu'on a...

Mais elle était inflexible, Malin la boiteuse ne franchirait plus jamais le seuil du moulin.

— Demandez-lui, cria-t-elle, demandez-lui pourquoi j'ai de la chance avec le beurre.

Broman se rendit donc à la forge et Malin répondit que c'était sans doute comme le disait Hanna, parce que son étable et sa cuisine étaient d'une propreté si étincelante...

Lorsqu'il répéta ces paroles à Hanna, le soir, il apprit enfin la vérité. Il retourna aussitôt, fou de rage, chez les voisins et invectiva l'épouse du forgeron. Après quoi, les deux hommes prirent l'habitude de se retrouver dans la grotte pour boire.

Il arrivait à Hanna de penser qu'elle était allée trop loin. D'autant plus qu'elle ne pouvait empêcher ses fils de fréquenter les gosses du forgeron, qui étaient à peu près du même âge.

Autrefois, songea-t-elle, on pouvait me traiter de putain et je ne bronchais même pas. Et maintenant que je suis devenue respectable...

Elle était déçue de cette respectabilité, qui ne répondait guère à ses attentes. Au début, elle courait à l'église chaque dimanche pour parader au milieu des autres épouses, s'installait même exprès en bout de banc pour obliger les jeunes à s'excuser en passant devant elle. Mais ce n'était pas un plaisir, et lorsque Broman lui demanda ce qu'elle recherchait, à l'église, elle se sentit honteuse et cessa d'assister à l'office.

Puis un jour d'hiver, Ragnar rentra de l'école tout ensanglanté. Oui, il s'était bagarré. Hanna envoya chercher Broman, qui réclama de l'eau chaude pour laver les blessures du garçon et essuyer le sang séché de son visage.

— Maintenant je veux savoir ce qui s'est passé, dit-il.

— Ils m'ont traité de fils de pute.

— Mon Dieu, dit Hanna, y a pas de quoi en faire une histoire. C'est la vérité, non ?

Alors Broman se retourna et la gifla de toutes ses forces. Hanna tomba à la renverse et son dos heurta le banc.

— Vous êtes fou ! hurla-t-elle.

— C'est toi qui me rends fou !

Il sortit en claquant la porte. Ragnar pleurait, mais son regard était froid, malgré les larmes, et Hanna s'en aperçut.

— C'est vous qui êtes folle, mère, cria-t-il avant de disparaître à son tour.

Hanna tremblait de tout son corps mais parvint à se ressaisir. Elle se regarda attentivement dans la glace. Son visage était tuméfié et meurtri. Mais elle ne saignait pas. Son dos la faisait beaucoup souffrir, en revanche.

Dieu merci les enfants sont sortis, songea-t-elle, avant de se rappeler l'endroit où ils se trouvaient : chez la boiteuse.

Elle prépara le dîner et les garçons revinrent. Elle envoya Erik chercher son père et Ragnar. Broman arriva, triste et abattu, mais ne dit pas un mot.

— Vous vous êtes fait mal, mère ? demanda Erik.

— Où est Ragnar ?

— Dans la forêt, dit Broman, et Hanna sentit la panique l'envahir.

— Mon Dieu, murmura-t-elle. Il faut partir à sa recherche.

Elle faisait peur à voir : blanche comme un linge, malgré sa joue enflée, couverte d'ecchymoses. Broman avala sa salive et répliqua :

— Il reviendra. Il a dit qu'il avait besoin d'être seul. Et on peut le comprendre.

Hanna se déplaçait avec difficulté. Broman le vit et elle se hâta de dire, comme pour s'excuser, qu'elle avait heurté le banc, dans sa chute. Broman sentit la honte le submerger.

Ragnar revint tandis qu'ils apprêtaient les paillasses pour la nuit, aussi muet que son beau-père.

Doux Jésus, comment leur expliquer ?

Lorsqu'ils furent couchés, ce fut précisément une explication que lui demanda Broman.

— Tu ne pardonnes pas à Malin de t'avoir traitée de putain, mais tu trouves juste qu'on traite Ragnar de fils de pute. Je veux savoir pourquoi.

Elle répondit après un long silence :

— Je suis pas une putain, j'ai été forcée. Mais Ragnar est un bâtard, il est né comme ça et on peut pas le nier.

— Si je comprends bien, tu es innocente et il est coupable ?

— Ce n'est pas ce que je voulais dire.

Le lendemain matin elle pouvait à peine bouger, mais Broman feignit de ne pas s'en apercevoir et fit une nouvelle tentative :

— Hanna, tu n'es pas bête, tu es bien capable de réfléchir. Alors je voudrais que tu nous donnes une explication, au garçon et à moi.

Elle rumina toute la journée mais ne trouva rien qui puisse leur faire comprendre ce qui était pour elle l'évidence même. Le soir, à table, elle dit à Ragnar qu'elle avait perdu la tête.

— J'avais tellement peur, dit-elle. Je ne savais plus ce que je disais.

Elle ne pouvait pas en faire plus, mais cette excuse parut insuffisante à Ragnar, dont le regard était toujours aussi froid. Le silence se prolongea pendant une semaine entière. Ils étaient doués, tous les trois, dès qu'il s'agissait de se taire. Hanna eut un peu moins mal au dos après quelques jours, sa joue désenfla et les meurtrissures finirent par s'estomper, mais son regard restait obscurci par le chagrin et la honte, au point d'en paraître presque noir.

Un matin, avant de partir à l'école avec ses frères, Ragnar lui dit :

— Tu es bête dans ta tête.

C'était la première fois qu'il la tutoyait. Elle resta longtemps assise dans sa cuisine en songeant qu'elle l'avait perdu. Et il était ce qu'elle avait de plus cher au monde.

Elle aurait voulu pleurer. Mais ses yeux restaient secs, comme d'habitude.

Broman partit pour Fredrikshald avec la farine et Hanna s'inquiéta à l'idée qu'il raconterait tout à Astrid. Mais ce n'était pas son genre, se dit-elle pour se rassurer.

Lorsqu'il rentra, tard dans la soirée, elle comprit qu'elle s'était trompée. Il lui annonça sèchement qu'il s'était entendu avec le beau-frère : Ragnar serait embauché à la poissonnerie dès qu'il aurait treize ans.

Devant le désespoir de Hanna, il ajouta que le garçon devenait adulte et qu'il devait vivre sa vie.

— Il décidera lui-même, dit Hanna.

— C'est cela.

— On a besoin de lui au moulin.

— Non, pas depuis qu'Adolf et les garçons travaillent avec moi.

— On lui posera la question demain soir à souper, conclut Hanna, et Broman hocha la tête.

Le lendemain matin, aussitôt que les hommes furent partis, Hanna confectionna un gâteau. Elle ne lésina ni sur le beurre ni sur le sucre. Puis elle se rendit à la forge, où la boiteuse faillit s'évanouir d'étonnement.

— Je me disais, commença Hanna, qu'il faut se serrer les coudes, entre voisins.

Malin était si surprise qu'elle en oublia de réchauffer du café. Ce n'était pas plus mal d'ailleurs, Hanna supportait mal la crasse et la puanteur de cette cuisine. Elle complimenta Malin sur ses fils, qui se développaient bien, et évoqua l'hiver qui était bien long, cette année...

Puis elle rentra au moulin et s'adressa au Tout-Puissant :

— J'ai fait ce que j'ai pu. À toi de faire le reste.

Mais le soir au dîner, lorsque Broman évoqua l'accord conclu avec le poissonnier de Fredrikshald, Ragnar devint fou de joie.

— Bien sûr que je veux y aller ! Et comment !

Broman lui expliqua que Henriksen avait des clients dans toute la ville et qu'il lui fallait un coursier qui livrerait les commandes à bicyclette. Certains voulaient du hareng frais le mercredi, d'autres du maquereau le jeudi, tout le monde réclamait du cabillaud le samedi...

John s'étendit sur les détails du négoce, mais Ragnar n'avait retenu qu'un seul mot :

— J'aurai vraiment une bicyclette, père ?

Hanna comprit au même instant que Dieu n'avait pas écouté, cette fois encore.

La maison parut vide à Hanna après le départ du garçon. Broman le regrettait, lui aussi. Puis il se rendit compte que Petit-John, l'aîné, qui était de petite taille et plus roux que jamais, semblait bien décidé à occuper la place vacante. Il plaisantait et riait de la même façon que son demi-frère et avait la même faculté de prendre la vie du bon côté.

Il se montrait aussi attentionné, et faisait de son mieux pour consoler sa mère. Il ne s'était jamais bien entendu avec son père, mais Broman devait bien reconnaître à présent que c'était lui, Petit-John, qui travaillait le plus dur au moulin.

— Tu es plus résistant que ton frère, lui dit-il un jour et, en voyant le garçon rougir de bonheur et de fierté, il éprouva une grande honte. Il avait négligé ses fils. Pas seulement Petit-John, mais aussi Erik et August, le dernier, qui l'exaspérait par son côté maladif et ses éternelles jérémiades.

Henriksen était jaloux. Astrid, qui remarquait tout, ne s'était pas mêlée du projet de faire venir Ragnar à Fredrikshald.

Le garçon lui plaisait, mais elle prit garde de n'en rien montrer, le salua avec une certaine froideur à son arrivée et lui montra la chambre du grenier qui serait désormais la sienne.

— On ne va pas lui accorder de privilèges sous prétexte qu'il est de la famille, avait-elle dit à Henriksen.

— Il a été trop gâté, chez lui, avait repris le marchand.

— Exactement. On va lui enlever ses mauvaises habitudes.

Ce fut ainsi que Henriksen en vint malgré lui à témoigner de l'affection au garçon, pour compenser l'hostilité de son épouse.

Ragnar découvrit bientôt qu'on lui demandait d'oublier les mots suédois et de s'exprimer désormais en norvégien. Ce n'était pas très difficile, et le pli fut pris en une semaine.

— Il apprend vite, constata Henriksen.

Mais Ragnar ne comprit jamais pourquoi c'était si important. Fredrikshald n'était pas une grande ville, la plupart des gens qu'il rencontrait savaient qu'il était suédois, le neveu de la femme du poissonnier. Et les gens n'avaient aucune rancune vis-à-vis des gens ordinaires du Dalsland ou du Värmland.

L'important, pour Ragnar, c'était que personne dans la ville ne fût au courant de ses origines. Ici, il était le fils du meunier du torrent, de l'autre côté de la frontière.

La bicyclette attendrait jusqu'à ce qu'il eût appris à s'orienter dans la ville, décida Henriksen. Ragnar passa donc six mois à tirer lui-même la charrette. Son sourire fonctionnait comme un charme auprès des dames, et il annonça bientôt à Henriksen qu'il pouvait écouler plus de poisson que prévu. Ce fut ainsi que la charrette se transforma en poissonnerie ambulante à part entière.

— Il a le sens des affaires, constata Henriksen. Comme sa femme ne répondait pas, il se mit en colère :

— En plus, il est honnête et travailleur. Il ne se plaint jamais et il me rend des comptes au centime près.

Un jour, dans l'une des étroites ruelles qui montaient vers la forteresse, Ragnar fit une rencontre décisive : un monsieur de Christiania en voiture, et avec un chauffeur ! L'incroyable équipage dut patienter pendant que le garçon poussait sa charrette sous un porche. Il suivit longtemps du regard la merveilleuse machine qui poursuivait sa route vers la grand-place. Père en avait parlé, bien sûr, un jour il leur avait même lu un article décrivant ces carrosses modernes qui roulaient tout seuls et qui terrorisaient les gens comme les chevaux avec leur vacarme et leur vitesse ahurissante. Mais les mots n'avaient jamais impressionné Ragnar, qui vivait uniquement à travers ses sens. Il se trouva si heureux, si surpris ce jour-là qu'il prit du retard dans ses livraisons.

Il demanda à Henriksen ce que pouvait coûter une telle machine.

— Dans les cinq mille couronnes.

C'était une somme inimaginable. Le garçon essaya de se représenter cinq mille pièces de monnaie brillantes empilées sur le sol de sa chambre. Atteindraient-elles le plafond ?

À compter de ce jour, il économisa soigneusement chaque sou qu'il gagnait.

Cette fois, John Broman était fermement décidé à ne plus approcher Hanna dans le lit conjugal. Elle avait trente ans, et la sage-femme l'avait prévenu, un enfant de plus risquait de lui coûter la vie.

La vieille Anna vivait seule dans sa ferme depuis son veuvage. Ses fils avaient émigré en Amérique, si bien qu'elle avait dû louer sa terre aux voisins. Au plus rude de l'hiver — le premier du siècle nouveau —, John et Hanna la persuadèrent d'emménager au moulin. Ils appréciaient tous deux sa compagnie ; lorsque le printemps arriva et qu'elle insista pour retourner chez elle, ils en furent attristés.

Broman l'aida à transporter ses affaires et revint d'humeur morose, à la perspective de retrouver la maison ensevelie sous le silence. Il avait admis une fois pour toutes qu'il ne se rapprocherait jamais de sa femme. Il était capable de rester des semaines sans ouvrir la bouche, sinon pour dire une méchanceté : « Tu as de la sciure dans la tête », ou encore : « Tu ressembles à une romanichelle. »

Les temps étaient difficiles. Les paysans abandonnaient leur ferme les uns après les autres, et la farine commençait à manquer même au moulin. John et Hanna dépendaient de plus en plus, pour leur subsistance, du champ de pommes de terre, des vaches et de la pêche.

John s'inquiétait de la crise avec la Norvège. Le journal qu'il achetait deux fois par semaine à la frontière, chez Alvarsson, évoquait ouvertement la possibilité d'un conflit et les discours se faisaient de plus en plus virulents. Ragnar, qui leur rendait visite tous les mois, leur confirma qu'il ne faisait pas bon être suédois de l'autre côté de la frontière. On se faisait insulter, dit-il.

Lorsque Astrid leur rendait visite avec son mari, ils évitaient de parler politique. Henriksen était plus renfrogné qu'à son habitude et Broman comprit que le Norvégien avait peur, lui aussi.

Ragnar se chargeait désormais de porter la farine du moulin à Fredrikshald. Broman se déclarait soulagé, il n'avait plus la force, disait-il. Mais il regrettait secrètement ses voyages.

Au printemps, il fallut emprunter de l'argent à Framgården, pour survivre. Ragnar leur versait aussi une partie de ses économies. Le garçon se débrouillait bien à Fredrikshald.

— S'il n'avait pas été suédois, j'en aurais fait mon associé, disait Henriksen.

L'été fut froid et pluvieux. Broman, confiné dans la maison, se mit à tousser plus que de coutume, surtout la nuit, lorsque le sentiment d'abandon devenait intolérable. Une nuit, il approcha sa femme.

Elle l'accueillit avec chaleur, comme si la solitude était devenue trop lourde, même pour elle. L'étreinte les radoucit l'un et l'autre. Vers la fin de l'été, lorsque le soleil et la chaleur revinrent enfin, ces retrouvailles nocturnes s'étaient transformées en habitude.

Un jour, Anna vint leur annoncer une grande nouvelle. Anders Olsson, le frère cadet d'August, qui travaillait au chantier naval de Fredrikshald depuis de longues années, envisageait de racheter sa ferme. Il voulait rentrer à la maison.

— À la maison ? fit Hanna surprise. Mais il n'est pas d'ici. Il est né en Norvège, comme père.

— Je lui ai posé la question, dit Anna. Mais il m'a répondu que, dans la situation actuelle, la place des Suédois est en Suède.

Hanna jeta un coup d'œil à John. Elle pensait à Ragnar.

— Ragnar sera bientôt appelé sous les drapeaux, déclara Broman.

— Vous croyez qu'il y aura la guerre ?

— Ils ont passé une loi qui rend le service militaire obligatoire.

Anna s'interrogeait. Devait-elle vendre ? Anders Olsson avait quatre fils et trois filles. L'aîné s'était déjà renseigné sur la possibilité d'acquérir la ferme voisine ; elle était abandonnée mais avait encore de bons pâturages.

Anna devina leur pensée et hocha la tête. Elle y avait bien songé, dit-elle.

— Mais je veux la chambre pour moi seule, et mes propres meubles. Je vous paierai bien.

— Pour le paiement, on verra, dit John.

— Je connais votre situation. Et je me suis attachée à vous. Mais je ne veux pas être à votre charge, alors on fera comme je l'ai décidé.

John était presque heureux tandis qu'il s'éloignait à la rame sur le lac. Il prit deux brochets. Elle nous porte déjà chance, pensa-t-il.

La joie persista tout l'automne, au moulin, tandis que la cuisine s'emplissait de bonnes odeurs de confitures et de bavardages féminins. Jusqu'au jour où Anna dut se rendre à l'évidence.

— Tu vas avoir un autre enfant, dit-elle durement à Broman.

Lorsqu'elle vit sa panique, elle se radoucit.

— Faut prier le bon Dieu, dit-elle.

John partit dans la forêt, terrifié et coupable. « Dieu tout-puissant », commença-t-il, mais ne put poursuivre. Il n'avait pas prié depuis son enfance et, à l'époque déjà, cela ne l'avait aidé en rien.

Au retour, il avait réfléchi. Ne pouvait-on pas appeler le docteur et se débarrasser du petit ?

— Ce serait peut-être possible, dit Anna après un instant de réflexion. Tous deux se tournèrent vers Hanna, qui se tenait toute raide devant le fourneau, la main devant la bouche, incapable d'articuler un son.

— Jamais ! cria-t-elle enfin. Vous savez donc pas que c'est un péché qui conduit tout droit en enfer ?

— Mais Hanna ! Imagine le pire : les petits seront orphelins.

— C'est que Dieu l'aura voulu.

— Ce qu'il veut, on n'en sait rien, c'est toi-même qui le dis.

— Justement. C'est pour ça qu'on doit s'incliner.

La conversation fut interrompue par l'arrivée des fils, fourbus et affamés. Ils dînèrent comme de coutume. Lorsqu'ils furent couchés, Hanna se tourna vers son mari et murmura d'une voix ferme :

— Ne vous faites pas de souci. J'y arriverai.

L'espace d'un instant, il osa la croire. Son visage s'illumina et murmura :

— Tu es si forte...

Le lendemain, elle était alerte et active à son habitude. Comme chaque matin, il l'entendit marmonner qu'elle regrettait le canapé, qui avait fini au grenier depuis qu'Anna avait emménagé dans la chambre et qu'ils avaient installé leur lit au salon.

Se pouvait-il qu'elle eût oublié ? Ou alors, songea-t-il, la mort ne lui fait pas peur...

Non, elle n'avait pas oublié, il le comprit clairement le jour où il surprit une conversation entre ses fils et elle. Hanna leur donnait des conseils à voix basse. Il était question d'hygiène : un corps propre, des vêtements propres, et une vie propre, leur disait-elle, voilà le plus important. Et ils devaient lui promettre de bien s'occuper de leur père s'il lui arrivait quelque chose. John en fut touché, mais les garçons se moquèrent d'elle :

— Vous vivrez jusqu'à cent ans, dit Erik.

— Oui. Mais si je devais mourir avant, souvenez-vous de mes paroles.

Anna avait calculé que l'enfant naîtrait en mars. Dès la mi-février, elle obligea Hanna à garder le lit. Elle devait se reposer et reprendre des forces. Anna lui tenait compagnie et parlait de façon ininterrompue pour lui faire oublier sa honte : lambiner ainsi en pleine semaine, alors qu'elle était en bonne santé ! Elles parlaient de choses et d'autres, et aussi de la mort.

— Je veux être enterrée dignement, disait Hanna. J'ai gardé l'argent du beurre, tu trouveras mes économies dans l'armoire. Je veux que les garçons aient des habits de deuil convenables.

— Je te le promets.

Hanna se levait uniquement pour faire ses besoins. Le 15 février, elle revint des latrines et annonça à Anna qu'elle saignait. La sage-femme parut satisfaite et prépara un breuvage pour favoriser les contractions.

— C'est bien qu'il arrive en avance, ce gamin, comme ça il aura pas le temps de devenir trop gros.

— Broman doit partir, répondit Hanna.

Broman refusa de quitter la maison. Il n'oublierait jamais les trois jours qui suivirent. Hanna hurlait et poussait de son mieux, mais l'enfant semblait avoir pris racine dans son ventre. Anna essaya tous les vieux remèdes. Pour finir, elle la suspendit à une poutre du plafond. Les contractions se firent de plus en plus rapprochées, mais l'enfant ne bougeait pas d'un pouce.

— Va falloir que je t'ouvre.

— Vas-y.

— Toi, tu disparais, ordonna la vieille à Broman.

Anna trempa ses ciseaux dans l'eau bouillante avant d'inciser le col de l'utérus. L'enfant jaillit aussitôt, comme un bouchon qui saute, et Hanna s'évanouit. Heureusement, elle ne saignait pas trop. La sage-femme rapprocha de son mieux les bords de la plaie et l'enduisit de pommade au gui.

Lorsque Hanna revint à elle, Anna lui murmura :

— Tu y es arrivée. C'est fini, maintenant. Dors.

Le bébé était tout bleu. Anna le fit respirer d'une claque sur les fesses avant de couper le cordon ombilical.

— C'est une fille, dit-elle.

— Dieu ait pitié, pauvre enfant, murmura Hanna au bord du sommeil.

Broman s'était recroquevillé dans le grenier du moulin, tremblant de froid. Lorsque Erik arriva en courant pour lui annoncer que c'était fini et que Hanna dormait, il n'osa pas le croire. Anna lui apporta alors un grand gobelet d'eau-de-vie.

— Il t'est né une fille, dit la vieille.

Ces paroles remuèrent quelque chose en lui. Mais il vida son gobelet et l'oublia aussitôt. Il descendit se laver, enfila une chemise propre et se rendit au salon. Lorsqu'il prit la petite dans ses bras, le souvenir le frappa de plein fouet.

— Elle s'appellera Johanna, dit-il.

La sage-femme murmura avec reproche :

— Ça porte malheur de donner le prénom d'une morte.

Le regard qu'il lui lança disait plus clairement que n'importe quel discours qu'elle n'avait rien compris.

Hanna se réveilla le lendemain matin, et se mit aussitôt à gémir.

— Elle a mal, dit Anna, mais Hanna expliqua qu'elle pleurait parce que c'était une fille, à cause du destin horrible qui attend toutes les femmes. Elle n'avait rien contre le prénom qu'on lui proposait. John et Anna pensèrent tous deux qu'elle avait oublié depuis longtemps. Ils se trompaient. Hanna se souvenait parfaitement du nom de la morte, et elle était heureuse de donner à Broman une fille en remplacement de celle qui lui avait tant manqué. Elle voyait bien qu'elle ressemblait à son père.

Elle vit aussi que c'était une enfant d'une beauté inhabituelle.

— Pauvre petite, dit-elle en l'approchant de son sein.

Ils ne surent jamais ce que contenait la mixture dont la sage-femme enduisait chaque jour le bas-ventre de Hanna. Mais il flotta de drôles d'odeurs dans la cuisine, pendant ces semaines où elle obligea Hanna à garder le lit et à boire les décoctions amères qu'elle lui préparait.

Tous ses efforts eurent de bons résultats, Hanna guérit et put se lever au bout de quinze jours. Mais ses jambes tremblaient et elle dut attendre encore un peu avant de reprendre la responsabilité du ménage.

— Je m'occupe de la maison, tu t'occupes de la petite, dit Anna.

En réalité, ce fut Broman qui s'en occupa. Il la changeait, la berçait, la cajolait et lui chantait des chansons.

— Comme la pire des bonnes femmes, dit Hanna honteuse.

— Il est vieux et fatigué. Pourquoi lui refuser quelque chose qui lui donne tant de plaisir ?

— C'est pas naturel, répliqua Hanna.

Quand ils avaient des visiteurs, elle prenait soin de garder le bébé contre son sein.

Ragnar leur rendit visite et s'attacha à l'enfant presque autant que Broman. Il apportait des présents de la part d'Astrid : des robes pour la petite et des draps fins pour le berceau. Hanna reçut un cadeau, elle aussi. Un collier de jais, si long qu'elle pouvait l'enrouler trois fois autour de son cou. Ragnar l'avait acheté lui-même un jour qu'Astrid avait dit, comme en passant, que Hanna avait jeté des regards de convoitise sur ses perles de jais, lors de sa dernière visite.

Hanna fondit en larmes, comme toujours lorsqu'elle était heureuse, et le grand garçon rougit. Jamais, pensa-t-il. Jamais elle ne doit apprendre ce qu'on fait dans le lit, Astrid et moi, quand Henriksen est à Christiania pour affaires.

Le printemps arriva tôt. Broman tressa une hotte d'écorce de bouleau qu'il doubla de peau de mouton à l'intention de la petite. Il la prenait sur son dos et partait se promener le long des lacs. Il lui apprit à observer : les petites hépatiques bleues qui perçaient avec précaution le tapis d'herbes sèches de l'année précédente, le gardon qui frétillait à la surface de l'eau, le premier papillon, la course des nuages dans le ciel. La vieille Anna se moquait de lui : la gamine était bien trop petite pour comprendre, disait-elle. Mais Broman voyait bien, à l'expression de ses yeux brillants, couleur de miel, qu'elle comprenait. Il lui apprit aussi à écouter :

— Écoute, Johanna. Écoute le cri du plongeon...

Le vieil Eriksson mourut à la Saint-Jean. Ingegerd leur apporta elle-même la nouvelle, les félicita pour la naissance de leur fille et demanda à Broman de rassembler la famille au moulin le samedi suivant, afin de régler la succession.

— Il y avait bien un testament ? demanda Hanna.

Ingegerd secoua la tête : la maladie ne lui en avait pas laissé le temps.

Au jour dit, Ingegerd exposa ses projets de façon claire et raisonnable. Elle allait vendre la grande ferme de Framgården et partager l'argent entre elle-même et les frères de Hanna. Hanna deviendrait propriétaire du moulin, de la maison attenante et des meubles qu'elle souhaitait récupérer dans la vieille ferme familiale. Elle prendrait aussi les animaux de son choix, chevaux, vaches et cochons. Quant à Astrid, elle hériterait des vieux bijoux de famille.

— Je les ai fait estimer, précisa Ingegerd. Astrid ne sera pas lésée.

Tous s'accordèrent à trouver la proposition équitable. Une seule chose les étonna : Ragnar, le bâtard, devait recevoir mille rixdales.

— Pourquoi pas ? dit Ingegerd. Il est bien de la famille, par sa mère comme par son père.

Broman fut satisfait de l'arrangement. Ce serait bien, de devenir propriétaire. Et ils pourraient vendre une partie du bétail.

— Mais toi alors ? Que comptes-tu faire ?

Ils apprirent alors qu'Ingegerd avait obtenu une place d'intendante chez un négociant de Stockholm.

Stockholm ! Cela suscita l'étonnement général. Les émigrants du Dalsland ne partaient jamais pour Stockholm, qui leur semblait le bout du monde. Ingegerd leur fit valoir que c'était tout de même plus près que l'Amérique, et qu'elle souhaitait depuis longtemps se rendre dans la capitale.

— Je veux voir le roi, dit-elle. Ça me paraît une bonne chose, par ces temps mauvais.

Elle avait tout rédigé, dans les moindres détails, d'une écriture nette.

— Lisez, dit-elle. C'est important que vous ayez bien compris, parce que je ne veux pas de disputes au sujet de l'héritage.

Ils s'exécutèrent et signèrent tous en bas du papier.

Après le départ d'Ingegerd, Hanna se tordit les mains. Où donc trouveraient-ils une pâture suffisante pour toutes ces vaches et tous ces beaux chevaux ? Broman dit qu'il faudrait sans doute en vendre certains à Fredrikshald. Ragnar s'en occuperait, il était doué pour les affaires. Hanna s'attrista, mais dut donner raison à Broman lorsqu'il affirma qu'ils avaient besoin d'argent. Intérieurement, il songea qu'Ingegerd allait lui manquer.

Cet automne-là, ils assistèrent à un miracle dans la cuisine du moulin. Le plongeon poussait son cri, comme toujours au crépuscule, et soudain, Johanna, qui était sur les genoux de son père, se redressa :

— Coute... Ongeon !

Le père et les frères poussèrent des cris de joie mais Hanna et Anna échangèrent un regard inquiet. Jamais on n'avait vu un enfant de huit mois qui savait parler.

— J'ai peur, dit Hanna lorsqu'elles furent seules dans la cuisine. Ça veut dire qu'elle vivra pas longtemps ?

— Non, ce sont des superstitions, répliqua Anna avec fermeté. Mais il lui était bien arrivé de songer au vieux dicton : « Dieu rappelle tôt à lui ceux qu'il aime. »

La petite fille était douée d'une beauté et d'une intelligence surprenantes. Lorsqu'elle fit ses premiers pas, un mois plus tard, les deux femmes se réjouirent autant que les hommes.

— On a jamais vu une gamine aussi avancée pour son âge, dit Hanna, partagée entre la peur et l'orgueil.

Broman était fatigué et passait le plus clair de son temps à la maison. Mais sa mauvaise toux le faisait moins souffrir et il était d'humeur légère.

— Je l'ai jamais vu si content, dit Hanna.

— Je n'aurais jamais cru qu'il connaissait autant d'histoires et qu'il chantait si bien, renchérit Anna.

Johanna riait souvent et de bon cœur, comme Ragnar lorsqu'il était petit, et Hanna songea avec étonnement que les enfants qu'elle avait engendrés dans la plus grande douleur étaient, curieusement, les plus épanouis.

« Il était une fois une pauvre paysanne qui avait donné naissance à un petit. Mais ils étaient si misérables, son mari et elle, que personne ne voulut emmener l'enfant chez le prêtre pour le baptême. Alors le paysan décida de porter lui-même son gamin jusqu'à l'église... »

Johanna adorait cette histoire que lui racontait son père. En chemin, le paysan rencontrait le bon Dieu en personne, qui lui proposait de l'accompagner. « J'y tiens pas, répliquait le paysan. Tu es injuste, tu donnes beaucoup à certains et peu aux autres, et moi tu m'as rien donné du tout. Adieu. »

— Et puis, disait Johanna les yeux brillants, il a rencontré le Diable...

— Oui. Mais le paysan ne voulait pas qu'il l'accompagne, lui non plus : « Reste où tu es, je tomberai bien assez vite entre tes sales griffes. Adieu. »

— Et alors, il a rencontré la Mort !

— Oui. Et la Mort avait une bonne tête. « Toi, je veux bien que tu m'accompagnes, car tu fais pas de différence entre les gens. »

Pour finir, la Mort et le paysan arrivaient au presbytère, où le prêtre baptisait l'enfant.

— Et alors...

— Et alors, la Mort invita le paysan à venir dans sa maison. Il fut ébloui en arrivant là-bas, car la maison était remplie de bougies. Une pour chaque personne qui vivait sur la terre. Et une bougie pour le gamin qui venait de naître.

— Attendez, père !

Johanna adorait cette partie de l'histoire. Elle voulait s'attarder dans la maison de la Mort, pour trouver sa propre bougie et s'assurer qu'elle brûlait d'une flamme claire. Celle de mère brillait, elle aussi. Mais Johanna ne voyait nulle part la bougie de son père.

Pour finir, la Mort engageait le paysan à son service. Elle lui enseignait l'art de guérir les gens et de leur annoncer le moment où ils devaient renoncer à la vie. Le paysan devint riche et célèbre et vécut heureux jusqu'au jour où sa propre bougie s'éteignit.

— Dans la maison de la Mort ! concluait Johanna avec un frisson délicieux.

— Je pense que tu devrais partir, dit John à Hanna. Personne ne sait quand vous pourrez vous revoir, Astrid et toi.

— C'est si grave ?

— Oui. Emmène la petite, comme ça tu auras quelque chose de beau à leur montrer.

Ragnar leur fit une courte visite avant de repartir pour la dernière fois à Fredrikshald, afin de rassembler ses affaires et de prendre congé des Henriksen. De là, il devait se rendre à Vänersborg pour intégrer le régiment de Västgöta-Dal. Douze mois de service militaire !

Il était heureux de quitter son pays d'accueil. On était en mai 1905 ; le gouvernement norvégien avait démissionné de ses fonctions. Le roi de Suède refusa d'entériner la décision, et le Parlement norvégien décréta de façon unilatérale la dissolution de l'Union. En Suède, on parlait de révolution. Les Norvégiens, de leur côté, renforçaient leurs postes-frontières.

D'après le journal conservateur que lisait John Broman, le peuple suédois était soulevé par une indignation légitime. Mais dans les villages frontaliers, les gens se terraient et redoutaient le pire, même si l'on entendait bien ici et là quelques plaisanteries sur ces grandes gueules de Norvégiens.

Hanna n'avait pas pris au sérieux tous ces discours sur la crise de l'Union, les soucis quotidiens l'absorbaient bien trop. Mais lorsqu'elle vit tous ces soldats massés à la frontière et dans la ville même de Fredrikshald, elle prit peur. Elle s'effraya plus encore en trouvant Astrid toute pâle et nerveuse, s'agitant comme un oiseau en cage. Les choses se passaient mal entre elle et le poissonnier, qui en était venu à haïr en bloc la Suède et les Suédois.

— Je vais peut-être rentrer avec toi, dit Astrid à Hanna.

— Pas question ! répliqua Henriksen. Maintenant tu es norvégienne, tu restes en Norvège. Si la guerre te fait peur, tu es plus en sécurité de ce côté de la frontière.

Avec Ragnar, il se montrait brusque et désagréable. Mais il emmena sa belle-sœur et la petite jusqu'au fort de Fredriksten pour leur montrer à quel point il était imprenable.

— C'est là qu'on l'a descendu, ce salaud de Suédois, dit-il.

La visite ne dura que deux jours. En passant la frontière, au retour, Hanna poussa un soupir de soulagement et dit à Ragnar :

— Je comprends pas comment tu as tenu le coup.

— Ça n'a pas été facile.

Hanna vit avec surprise qu'il était tout rouge.

Ragnar eut une courte conversation avec John Broman avant de continuer vers le sud, en direction de Vänersborg.

— Vous devez préparer la grotte, père.

Mais John secoua la tête.

Ragnar revint au mois d'août en permission. On négociait à présent à Karlstad, et les Suédois exigeaient que les Norvégiens rasent non seulement les fortifications le long de la frontière mais aussi les vieux forts de Kongsvinger et de Fredriksten.

— Ils sont fous, dit Ragnar en ajoutant que les puissances étrangères prenaient le parti de la Norvège. L'Angleterre avait reconnu la souveraineté du pays, la Russie et la France « désapprouvaient fortement » les exigences de la Suède à propos des deux forts.

La famille accepta alors d'emménager dans la grotte.

Quelques semaines plus tard, le traité de Karlstad était signé. Les fortifications disparurent, la population des deux côtés de la frontière reprit espoir et le journal conservateur de Broman cita Hjalmar Branting, qui écrivait dès le printemps dans le *Social-Démocrate* :

« L'Union royale entre la Norvège et la Suède est décédée le 27 mai 1905 à l'âge de quatre-vingt-dix ans et six mois. Il ne reste plus qu'à procéder aux funérailles et à l'inventaire. Nous devons nous séparer en paix comme des frères. »

— Si on avait lu le *Social-Démocrate*, dit John à Hanna, on aurait passé un été plus tranquille.

— Vous êtes fou ! Les gens nous auraient pris pour des socialistes !

— En ce qui me concerne, ce n'est pas tout à fait faux.

Hanna dévisagea son mari, trop interdite pour répondre.

— Alors comme ça, dit-elle enfin, vous êtes un régicide en plus d'être un mécréant ?

Broman éclata de rire :

— Où as-tu entendu des bêtises pareilles ?

Johanna, qui jouait par terre avec sa poupée, n'oublierait pas cet échange.

John Broman n'était pas le seul à consacrer tous ses loisirs à la fillette. La vieille Anna s'en occupait, elle aussi, l'initiait aux travaux féminins et lui racontait les étonnantes histoires du village.

Ce fut ainsi que Hanna en vint à tenir peu de place dans la vie de la petite. Son rôle se bornait à lui apprendre à obéir. Elle ne s'en privait pas, d'ailleurs. Il n'y avait aucune intimité entre la mère et la fille.

Johanna apprit à lire et à écrire toute seule, à l'âge de cinq ans. Hanna entra dans une rage folle. Que diraient les gens ? Elle savait bien ce que racontaient les mauvaises langues à propos des enfants trop précoces. Et que ferait l'institutrice, quand la petite commencerait l'école ?

Broman lui ordonna de se taire, tout en songeant qu'elle n'avait pas entièrement tort. Il alla voir la nouvelle institutrice, avec laquelle il entretenait des rapports amicaux, et lui expliqua la situation. L'institutrice, qui était encore jeune et enthousiaste, répondit que c'était un problème plutôt agréable. Elle trouverait bien de quoi occuper Johanna pendant qu'elle enseignerait l'alphabet aux débutants.

— Elle pourra peindre et dessiner, dit-elle. Et je lui donnerai des livres.

Mais c'était compter sans la réaction des autres enfants. Johanna se retrouva exposée à leurs tracasseries, mal aimée et très seule. Et les commérages allaient bon train, comme l'avait prévu Hanna. La fillette ne se plaignait pas, pourtant. Que la mère se mette en colère, c'était encore supportable. Mais elle aurait préféré mourir plutôt que faire de la peine à son père.

Johanna venait d'avoir sept ans lorsque la vieille Anna s'éteignit, paisiblement et sans souffrance. Elle avait mal à la poitrine depuis quelques jours et, un samedi soir, Hanna la vit préparer un remède qui contenait, à son grand étonnement, de grandes quantités de belladone et de jusquiame.

— Y en a pas un peu trop ? s'inquiéta-t-elle.

— Je sais ce que je fais, répliqua la vieille.

Au matin, elle était morte. Ils se réunirent autour de son lit : Hanna figée et pâle, les garçons secoués de sanglots, John Broman solennel, au bord des larmes, serrant Johanna dans ses bras.

— Elle est chez Dieu maintenant, murmura la petite.

John hocha la tête et jeta un regard sévère à Hanna, au cas où celle-ci aurait cherché à détromper la petite. Hanna ne se rendit compte de rien, d'étranges pensées l'occupaient. Mais elle ne parla jamais à quiconque du breuvage préparé par Hanna, la veille au soir.

Un jour, au moment de la fonte des neiges, ils furent témoins d'un événement inoubliable. Ils étaient en train de déjeuner lorsque Broman frappa du poing sur la table en rugissant : « Silence ! » Alors, ils entendirent le bruit. John et les garçons se précipitèrent au-dehors.

L'abée !

Mais le barrage était intact. Ils tendirent l'oreille et comprirent que le bruit venait de la route.

Hanna, terrorisée, serra Johanna dans ses bras en pensant que c'était le Malin, qui devait venir au jour du Jugement dans son carrosse de feu et emporter les méchants en Enfer.

Et c'était bien une sorte de carrosse de feu qui surgit tout à coup sous leurs yeux, comme jailli de la gueule d'un canon, avant de s'immobiliser au milieu de la cour dans un énorme grincement de freins. Mais ce n'était pas le diable qui conduisait. C'était Ragnar !

Le silence se fit. Il leur sembla n'avoir jamais entendu pareil silence au moulin.

— Ce salaud s'est acheté un camion ! constata Broman.

Il partit d'un grand éclat de rire. Le temps que Ragnar descende de l'engin, ils riaient tous deux aux larmes, sans plus pouvoir s'arrêter.

— Tu l'as payé toi-même ? demanda Broman lorsqu'il eut repris son souffle.

— Oui. Avec mes économies. Et l'argent de l'héritage.

Hanna réchauffa les restes du déjeuner, et il leur expliqua tout, entre deux bouchées : la ville de Göteborg était en plein essor, on y construisait des immeubles et des usines. Les transports n'avaient pas suivi le rythme du progrès, c'étaient encore les chevaux qui traînaient le bois, la brique et le ciment. Avec son camion, il était sûr de ne jamais manquer de travail.

Lorsqu'ils eurent fini de manger, Ragnar voulut emmener toute la famille en excursion, mais Hanna refusa net :

— Dans cet engin du diable ? Jamais de la vie. Et ma gamine non plus.

Lorsque les hommes revinrent, une heure plus tard, ils étaient hilares. Les paysans en étaient restés les bras ballants, les femmes hurlaient de terreur, les enfants criaient de ravissement. Alvar Alvarsson avait même ôté sa casquette quand Broman était descendu du camion pour acheter le journal et le prêtre en personne était sorti du presbytère pour examiner le véhicule.

Hanna les écoutait avec une satisfaction grandissante. Et lorsque Ragnar insista pour faire monter la fillette dans la cabine le lendemain, elle hocha la tête :

— Y a que les sots qui changent pas d'avis.

En 1910, le printemps fit une entrée tout en douceur dans le Dalsland. Les étourneaux revinrent de bonne heure et trouvèrent leur foyer nordique plus accueillant que de coutume. Le soleil succéda aux pluies et les anémones s'épanouirent dans les bois. Un beau matin au mois de mai, les érables fleurirent et leur parfum de miel enveloppa le moulin.

John Broman se sentait fatigué tandis qu'il marchait dans la forêt avec sa fille. Mais ses sens n'avaient jamais été aussi aiguisés. Johanna et lui observèrent ensemble le retour des oiseaux migrateurs, qui reprenaient possession de leurs anciens territoires. Lorsque les hirondelles commencèrent à construire leurs nids de boue dans les escarpements du côté du Rocher au Loup, le plongeon couvait déjà ses œufs et le faucon pèlerin surveillait ses petits. Il était heureux et la petite se montrait attentive. Ce fut ce printemps-là que Johanna devint croyante. Elle le resterait tout au long de sa vie ; même après qu'elle fut devenue socialiste et athée.

Au cours de l'été, John comprit enfin la nature de l'étrange gaieté qui le possédait depuis quelque temps : la vie et la mort s'étaient donné rendez-vous à l'intérieur de lui. Il lui arrivait d'imaginer qu'elles trinquaient comme de vieux camarades, car la sensation qui l'habitait lui rappelait l'ivresse légère du premier verre d'eau-de-vie.

Il était assis au bord du ruisseau et regardait Johanna se désaltérer dans l'eau bouillonnante. Lorsqu'il comprit clairement ce qu'il en était, il n'en fut pas effrayé, mais soulagé. La tristesse qu'il ressentait n'avait aucune lourdeur, pour une fois ; elle était bleue comme la mélancolie qui donne de la profondeur au monde.

Au cours des semaines qui suivirent, il tenta plusieurs fois de récapituler son existence. Parfois, il pensait que la vie s'était montrée honnête avec lui et qu'il avait fait son devoir, en gros. Parfois, au contraire, le remords le submergeait, en pensant à sa mère qu'il n'avait pas revue depuis vingt ans, et à ses fils qu'il avait négligés et poussés au travail bien trop durement alors qu'ils n'avaient pas fini de grandir.

Puis il y avait Johanna, la fillette qui bondissait autour de lui sur les sentiers, le long des lacs. Peut-être l'avait-il aimée d'un amour égoïste, qui la laisserait désarmée face aux rigueurs de la vie ?

Johanna avait huit ans. Sa première fille était morte à cet âge. Mais celle-ci vivrait, il en était sûr, elle resplendissait de santé.

Grâce à Hanna.

Il pensa à sa femme. Il se rendit compte avec surprise qu'elle était la seule vis-à-vis de qui il n'eût pas de dette. Non pas qu'il fût un mari parfait, certes ; il avait bien quelques sujets de repentir. Mais la culpabilité lui était épargnée, car Hanna ne nourrissait aucun reproche.

Il réfléchit longuement et parvint à cette conclusion : les personnes qui acceptent l'injustice n'accumulent pas les griefs.

Il fallait penser aux détails pratiques. Il pouvait se fier à Ragnar. Le moulin valait pas mal d'argent, bien qu'il servît de moins en moins, à mesure que la région se vidait de ses habitants. Mais on lui avait fait une offre remarquablement élevée. Sans compter l'héritage du Värmland.

Soudain, il eut la certitude que sa mère mourrait en apprenant son décès.

Il fallait écrire à Ragnar, ils devaient avoir une longue conversation tous les deux, mettre les choses au point avant qu'il ne soit trop tard. De combien de temps disposait-il ?

Ragnar arriva à la fin du mois de juillet, au volant de son camion. Une femme l'accompagnait, timide et d'une pâleur toute citadine.

— Une mauviette, constata Hanna. Mais Johanna dit que Lisa était gentille.

Puis Hanna apprit que Lisa possédait une mercerie à Göteborg.

— Faut croire qu'elle est moins mauviette qu'elle en a l'air, dit-elle à son mari.

Broman avait remarqué depuis le début que la soumission de Lisa concernait uniquement Ragnar ; elle faisait partie de ces gens qui ont le malheur de trop aimer. Il mit sa femme en garde :

— Attention à toi, Hanna, ne deviens pas une mauvaise belle-mère.

Mais l'avertissement resta sans écho. Aucune des belles-filles de Hanna ne serait jamais assez bien pour ses fils.

John avait mis en ordre la chambre du grenier, installé la table à rabats et rassemblé tous ses papiers. Il expliqua à Hanna qu'il avait demandé à Ragnar de l'aider à rédiger son testament. Il voulait qu'elle soit présente lorsqu'ils parleraient de ces choses. En voyant son regard s'assombrir, il chercha à la rassurer : c'était le devoir de tout chef de famille, passé soixante-cinq ans.

Elle ne répondit pas, se couvrit la bouche à sa manière obstinée, tourna les talons et descendit l'escalier d'un pas raide.

Elle sait, pensa-t-il.

Broman, Ragnar et Hanna restèrent tout l'après-midi autour de la table du grenier. Hanna ne dit pas grand-chose, pas même lorsque Ragnar évoqua le pire. Dans ce cas, dit-il, les enfants et elle seraient obligés de déménager à Göteborg.

— Qu'en pensez-vous, mère ?

— Je dois réfléchir.

— Il n'y a pas d'avenir pour les garçons ici, dit Broman. Ils ne peuvent pas gagner leur vie au moulin, tu le sais. Et je ne veux pas que tu restes seule dans ce désert.

— Vous pourriez peut-être essayer de vivre encore un peu...

Elle regretta aussitôt ses paroles. Ragnar, qui dévisageait attentivement son beau-père, comprit tout à coup que Broman souhaitait partir avant l'hiver et les quintes de toux.

Il sentit un picotement dans la gorge.

Mais Broman continua comme si de rien n'était. Il était temps de parler de l'offre.

À l'automne, alors que Hanna cueillait les airelles dans la forêt, un ingénieur de la compagnie d'électricité de Ed était venu au moulin. Il avait contemplé le torrent et demandé à John d'ouvrir les vannes. On pouvait envisager de racheter l'endroit, avait-il conclu. Cinq mille rixdales. Comptant.

— Pourquoi n'avez-vous rien dit ?

— Je ne voulais pas t'inquiéter.

Hanna se tut. John poursuivit en disant qu'il ignorait combien pouvait valoir la ferme du Värmland.

— Ça se dépeuple autant qu'ici. Mais ma mère ne peut plus en avoir pour longtemps, elle a quatre-vingt-dix-huit ans. Toi, Ragnar, tu devras rester en contact avec ma sœur Alma. Ce sont des gens honnêtes, son mari et elle, ils ne vous grugeront pas sur l'héritage.

Il passa sous silence son intuition concernant sa mère.

Le lendemain matin, Ragnar rédigea le testament. La calligraphie était malhabile et l'orthographe hésitante.

— Il faudra demander à Lisa de le mettre au propre, constata-t-il. John et Hanna hochèrent la tête.

Broman osa enfin demander si un mariage était en vue. Ragnar rougit en disant que ç'en avait tout l'air.

Le lendemain, Hanna fut obligée de reconnaître que le testament avait belle allure : Lisa écrivait aussi bien que le prêtre. On fit venir le forgeron ; Lisa et lui signèrent le document, à titre de témoins.

Alors qu'ils s'apprêtaient à repartir, Lisa vit Ragnar serrer longuement les mains de son beau-père. John avait les larmes aux yeux, Ragnar pleurait ouvertement. Hanna, qui les regardait aussi, se souvint du jour lointain où le meunier du Värmland avait tendu la main au bâtard : « Bonjour. Je m'appelle John Broman. »

Au début de l'automne, alors qu'une tempête précoce arrachait les feuilles des arbres, John Broman mourut au milieu d'une quinte de toux.

Ce fut la seule et unique fois que les enfants du moulin virent leur mère pleurer. Hanna elle-même s'étonna. Elle n'aurait jamais cru, dit-elle, qu'il pouvait y avoir tant d'eau dans sa tête. Elle sanglotait sans interruption, le jour comme la nuit, tout en s'affairant aux préparatifs de l'enterrement. Elle ne remarqua guère que Johanna était devenue toute raide.

— Dépêche-toi, ma fille, criait Hanna lorsqu'elle tardait à exécuter un ordre. Une fois ou deux, elle constata tout de même que la fillette avait froid et lui ordonna d'enfiler un pull.

Personne ne se rendit compte qu'elle ne parlait plus, jusqu'au jour où Ragnar arriva au moulin.

— Johanna est devenue muette ! cria-t-il. Vous n'avez donc rien remarqué, mère ?

Hanna rougit ; Ragnar se mit à marcher de long en large, la fillette dans les bras. Elle se réchauffa un peu, mais il avait beau la cajoler, il ne put lui arracher un mot ou une larme.

Il se tourna alors vers Lisa :

— Vois si tu peux faire quelque chose.

Lisa n'avait pas la force de la porter, mais la petite glissa sa main dans la sienne et elles s'éloignèrent ensemble vers l'écurie où reposait le corps de Broman. Hanna voulut intervenir, mais Ragnar rugit :

— Silence, mère !

Lisa ôta le drap qui couvrait le visage du mort.

— Ce que tu vois là, Johanna, ce n'est pas ton père, c'est juste son enveloppe. Lui, il t'attend au ciel.

Il n'en fallut pas plus. Johanna pleura dans les bras de la dame inconnue et put enfin murmurer qu'elle avait bien pensé la même chose. Elles restèrent longtemps debout côte à côte. Puis Lisa dit qu'elle voulait l'emmener à Göteborg aussitôt après l'enterrement. Elles s'amuseraient bien, toutes les deux, en attendant l'arrivée de sa mère et de ses frères.

Le lendemain des funérailles, Ragnar conduisit Lisa et Johanna jusqu'à la gare. Lui-même devait rendre visite à l'ingénieur de Ed avant de retourner au moulin. Pour parer au plus urgent, dit-il.

L'entrevue surpassa tous ses espoirs, la vente aurait lieu dès le printemps. En revenant le long de la vieille route cabossée, Ragnar était satisfait. Mais il songeait surtout à ce que lui avait dit Broman, au moment des adieux : « Tu dois me promettre de t'occuper de Johanna. Elle n'est pas comme les autres, vois-tu. »

Johanna était assise dans le train, sur les genoux de Lisa, et songeait que son horrible nouvelle vie venait de commencer. Ici même, dans cette machine qui fonçait dans le noir en hurlant comme un démon.

Dès le lendemain de la mort de John, Hanna avait envoyé Erik dans le Värmland pour annoncer la nouvelle à Alma. À son retour, il était intarissable sur la magnificence de la ferme de Brogården, ses champs innombrables, ses pâturages immenses.

Et John ne m'en a jamais dit un mot, pensa Hanna. Faut dire que je lui ai pas posé la question...

Ragnar repartit. Le soir même, on frappait à la porte. Elle ouvrit, et se trouva face à un inconnu qui déclara qu'il arrivait du Värmland et qu'il était le gendre d'Alma. La vieille était morte le dimanche. Pouvaient-ils venir à l'enterrement ?

Hanna coupa le pain et le lard pendant que l'étranger mettait son cheval à l'écurie. Erik fit une flambée dans la chambre du grenier et Hanna réchauffa des draps pour leur invité. Le lendemain matin, elle dit que ses deux aînés assisteraient à l'enterrement. Pour sa part, elle n'avait rien à faire dans le Värmland.

L'homme hocha la tête comme s'il comprenait et ils se quittèrent en bons termes. Après son départ, Hanna resta longtemps assise dans sa cuisine à méditer ce phénomène étrange : la vieille était morte une semaine, jour pour jour, après son fils.

Le 22 avril 1911, Hanna se rendit dans la ferme voisine pour dire adieu aux cousins norvégiens qui avaient emménagé au cours de la crise de l'Union. Elle leur amenait les vaches, le cochon et les cinq moutons. Olsson avait payé un bon prix pour les bêtes, mais ça ne rendait pas l'expédition moins difficile.

Elle se rendit ensuite chez le prêtre pour chercher le certificat qui lui permettrait de s'inscrire avec ses quatre enfants dans la paroisse de Haga, à Göteborg. La visite fut brève. En prenant congé, elle songea qu'il avait rétréci, le bougre, depuis qu'il avait, à la surprise générale, renoncé à l'eau-de-vie.

Enfin, elle fit ses adieux au forgeron et à sa femme. Ils étaient vieux maintenant, et épouvantés à l'idée que le moulin serait transformé en centrale hydraulique. Hanna ne s'attarda guère. Mais, sur le seuil, elle se retourna en disant qu'il resterait bien quelque chose à prendre, après son départ. Elle mettrait tout dans la réserve, ils pourraient se servir.

La vieille s'illumina, avide et curieuse. En traversant la cour pour rejoindre le moulin, Hanna pensa qu'elle s'arrangerait pour ne pas lui laisser grand-chose. Puis elle se souvint des paroles de Ragnar : « Pas de vieilleries. Emporte seulement le nécessaire. »

Cet ordre préoccupait Hanna au point qu'elle n'eut pas le temps de souffrir du départ ni de s'inquiéter de l'avenir. Que pouvait-il bien y avoir de superflu, parmi tous les objets qu'elle avait accumulés au fil des ans ?

Elle jeta tous les tapis en lirette, les vêtements de Broman et les deux banquettes de la cuisine, ce qu'elle regretta amèrement par la suite.

Pas question cependant de se défaire des meubles du Värmland. S'il dit un seul mot à propos du canapé, je l'envoie paître, pensa-t-elle. Mais lorsque Ragnar arriva avec le camion, il se contenta de dire :

— Vous manquerez de place pour le canapé, mère. Mais vous pourrez peut-être le vendre et en tirer un bon prix.

Lorsque tout fut chargé et bien ficelé sur la plate-forme et que les garçons se furent installés tant bien que mal au milieu des affaires, Hanna s'attarda un instant dans la cour et regarda la maison, le torrent et le grand lac. Puis elle poussa un profond soupir et monta dans la cabine, à côté de Ragnar.

— Vous pleurez, mère ?

— Mais non, dit Hanna, alors même que les larmes ruisselaient sur ses joues.

— Dans un an, on reviendra en visite.

— Non, mon garçon. Je remettrai jamais les pieds ici.

Après quelque temps, elle lui demanda comment se portait Johanna dans la grande ville.

— Elle est moins gaie qu'avant. Mais elle s'est attachée à Lisa.

— Tiens donc, répliqua Hanna sèchement.

Le silence retomba dans la cabine. Lorsque la flèche de l'église de Ed apparut, Hanna reprit la parole :

— Quand est-ce que tu te maries ?

— Mêlez-vous de ce qui vous regarde, répondit-il d'une voix cinglante, en rougissant.

Hanna se mit en colère :

— Une mère n'a pas le droit de savoir quand ses enfants se marient ?

Ragnar regrettait déjà son emportement, mais il insista :

— C'est différent, en ville. Là-bas, on peut habiter ensemble sans être mariés, et tout le monde s'en fiche.

— Ah bon ? fit Hanna étonnée. Il me reste bien des choses à apprendre, on dirait.

— Vous n'êtes pas au bout de vos surprises, mère.

Ed était à présent derrière eux, et Hanna se retrouva en territoire inconnu. Ils firent une halte à Vänersborg et mangèrent leurs tartines. Hanna contemplait le lac de Vänern, qui semblait s'étendre jusqu'à l'horizon.

— C'est la mer ?

— Que non ! La mer est bien plus grande que ça.

Il éclata de rire et elle renonça à l'interroger davantage. Mais elle avait du mal à imaginer une étendue d'eau plus vaste que celle-là. Elle n'ouvrit plus la bouche, tandis qu'ils longeaient la vallée et que Ragnar lui fit remarquer que c'était bien beau, ici aussi. Elle ne retrouva l'usage de la parole qu'aux abords de la ville :

— Bon Dieu que c'est grand !

Ils roulaient au pas parmi les voitures, les charrettes, la foule innombrable. Pour impressionner sa mère et ses frères, il fit le détour par la rue Linné, avec ses façades magnifiques, avant de redescendre vers Haga.

— C'est jour de marché ?

— Non il y a toujours autant de monde.

— Doux Jésus, dit Hanna mais elle n'avait pas peur, se sentait plutôt excitée. Et lorsqu'ils franchirent enfin le portail de l'immeuble, elle s'illumina comme un soleil.

— Comme c'est... distingué, dit-elle. Où allons-nous habiter ?

Ragnar montra une hauteur qui sembla vertigineuse à Hanna.

— Au troisième étage sur ruè, dit-il fièrement. Lisa a cousu de nouveaux rideaux, vous serez protégés des regards.

— C'est gentil de sa part, reconnut Hanna, qui s'était inquiétée pour les rideaux.

Au même instant, Johanna surgit dans la cour. Hanna regarda longtemps la fillette en pensant : « Ma gamine, ma gamine... » À voix haute, elle dit :

— Quels beaux habits !

— C'est Lisa qui me les a faits.

Hanna se renfrogna. Il faudrait bien apprendre à l'aimer, pourtant, cette femme...

Mille regards curieux les épièrent tandis qu'ils déchargeaient le camion. On a l'air de paysans, songea Hanna, honteuse. Elle aurait voulu se soustraire à leur vue. Elle demanda malgré tout quelles étaient ces longues bâtisses qui rampaient sous les marronniers de la grande cour.

— Ce sont les cabinets et les réserves. Chaque famille a sa propre clé.

— Que c'est distingué !

La porte de l'appartement ouvrait directement sur la cuisine, une vraie cuisine avec un fourneau en fonte, semblable à celui que Hanna avait admiré chez Astrid à Fredrikshald. Il y avait aussi un évier, un système d'évacuation et l'eau courante. Hanna avait entendu parlé de cette merveille, et se mit aussitôt à ouvrir et fermer le robinet.

— Ça s'arrête jamais ?

— Jamais.

— Doux Jésus !

En découvrant l'autre pièce, avec son poêle en faïence et son plancher brillant, Hanna fut émerveillée. C'était beau comme chez les bourgeois ! Ils n'étaient cependant pas au bout de leurs surprises. Par bonheur, ce ne fut pas Hanna qui se couvrit de ridicule cette fois, mais John.

— La nuit tombe, mère. Je dois aller chercher la lampe à pétrole.

— Mais non ! dit Johanna. Regarde !

Elle appuya sur l'interrupteur qui se trouvait à côté de la porte de la cuisine, et la lumière les éblouit.

Lorsqu'elle eut repris ses esprits, Hanna songea que c'était une chance que Ragnar ne les ait pas vus à l'instant, bouche bée de stupéfaction. Il était sorti acheter des provisions et revint peu après, avec Lisa. Elle avait préparé une soupe chaude, et Ragnar apportait du pain et du beurre.

— Soyez les bienvenus, dit Lisa.

— Tu es gentille, dit Hanna. Merci pour les rideaux. Et pour les belles robes que tu as faites à la petite.

Lisa dit que c'était un plaisir.

— Demain on va vous acheter des vêtements neufs, à vous aussi.

— Oui, j'ai besoin qu'on m'aide, sans doute.

Lisa ne comprit pas ce que cette observation avait d'extraordinaire. Mais les fils prirent peur. Jamais ils n'avaient entendu leur mère parler ainsi.

Ils s'installèrent ainsi dans leur nouveau logement. Les garçons dormaient dans un canapé convertible au salon et August eut droit à un lit moderne qu'on pouvait plier et ranger dans la penderie. Une grande table ronde, moderne elle aussi, trônait au milieu de la pièce. Elle allait bien avec les vieilles chaises du Värmland, de l'avis de Hanna. Hanna et Johanna dormaient dans la cuisine. La banquette du Dalsland leur aurait été bien utile... Hanna se consola en pensant que la nouvelle banquette était moderne, elle aussi.

— L'argent me file entre les doigts que ç'en est pitié, dit-elle à Ragnar qui la rassura :

— Tu peux te le permettre.

Lorsque tout fut prêt et installé, Hanna invita les voisines à prendre le café. Elle leur servit un gâteau d'un prix exorbitant, acheté dans un magasin. C'était la coutume, avait dit Lisa. Hanna portait une robe neuve, qui venait elle aussi d'un magasin. Moderne. Il y avait là des femmes de toutes sortes. Elles la plaignirent lorsqu'elle leur raconta qu'elle était veuve depuis peu et ne se moquèrent pas de son accent.

— Vous venez de Norvège ?

— Pas vraiment, dit Hanna. On est bien suédois, mais de la frontière. Et mon père est né en Norvège, et ma sœur est norvégienne.

Elle découvrit qu'elle s'entendait particulièrement bien avec sa voisine de palier, Hulda Andersson, qui lui ressemblait par bien des côtés. Dès le lendemain de la petite réception, Hulda vint la trouver et lui demanda :

— Tu es riche ou tu as besoin de travailler ?

— Bien sûr que je dois travailler.

— Ils embauchent, chez Asklund. Tu t'y connais en pâtisserie ?

Hanna éclata de rire. S'il y avait une chose qu'on apprenait quand on avait été femme de meunier, c'était bien la pâtisserie.

Ce fut ainsi que Hanna se retrouva ouvrière en boulangerie. Le travail était dur ; elle commençait chaque matin à quatre heures. D'un autre côté, elle finissait à deux heures de l'après-midi, ce qui lui laissait du temps pour s'occuper du ménage.

Le 1er mai, elle découvrit avec stupéfaction la foule qui défilait sur la place de Järntorget sous les bannières rouges en chantant : « Debout, les damnés de la terre... »

— Ils sont fous, dit-elle à Hulda, qui était bien de son avis.

Elle fut encore plus effrayée le matin où elles croisèrent quelques bonnes femmes peinturlurées et déguisées de manière invraisemblable.

— C'est quoi, ça ?

— Des putains, dit Hulda. Elles se vendent aux marins, dans le port. Telles que tu les vois, elles rentrent chez elles.

Hanna médita longuement ces paroles avant d'oser l'interroger :

— Tu veux dire qu'elles ont un homme différent chaque nuit ?

— Non, plusieurs. Sinon elles n'arriveraient pas à joindre les deux bouts.

Hanna se tut ; il se fit un grand vide dans sa tête.

Rien ne l'impressionna toutefois autant, au cours de ces premiers mois, que l'entretien d'embauche à la boulangerie. Non pas que l'homme fût désagréable ; il était seulement hautain, et il en avait bien le droit, élégant comme il l'était.

— Vous me rappelez votre nom ?

Il lui fallut un moment pour trouver la réponse :

— Hanna, Lovisa, Greta... Broman.

— Mariée ?

— Mais il est mort, mon homme.

— Veuve donc, dit l'homme en prenant note. Date et lieu de naissance ?

Elle n'avait jamais entendu une question aussi incroyable. Il dut répéter :

— Où et quand êtes-vous née ?

Elle put lui donner l'année et le nom de la commune. L'instant d'après, on lui faisait enfiler une blouse blanche et elle se retrouva à tresser des couronnes de froment. Elle travaillait vite et bien, le contremaître paraissait satisfait.

Elle se plaisait dans la chaleur de la grande boulangerie où les papotages allaient bon train dès que le contremaître avait le dos tourné. Il y avait beaucoup de femmes comme elle, des femmes de fermiers et de métayers, qui parlaient un patois encore plus laid que le sien. Et qui vivaient dans des conditions bien pires, avec beaucoup d'enfants en bas âge à la maison.

Mais elle n'oublia jamais l'interrogatoire, continua longtemps à se le répéter tous les soirs : « Nom ? Mariée ? Date et lieu de naissance ? » avec la sensation d'être tombée tout droit dans la marmite de géants du Rocher au Loup. Qui était-elle donc, si personne ne savait qu'elle était Hanna Augustdotter de Bråten, petite-fille du riche Erik de Framgården, mariée au meunier du torrent ?

Par bonheur, elle n'était pas du genre à ruminer. Mais au cours des années qui suivirent, elle dut souvent lutter contre le sentiment d'avoir complètement perdu pied.

La boulangerie était vaste comme un château et bâtie comme une forteresse, autour d'une grande cour. Les quatre bâtiments aux façades de brique ornées de médaillons en pierre s'élevaient sur trois étages. Il y avait un atelier pour les galettes de pain dur de la marque Delikatess, un atelier pour le pain de ménage, un autre pour les pains spéciaux et un autre encore pour les viennoiseries et les couronnes de froment. Sans compter l'élégante boutique qui occupait le coin de la rue.

C'était beaucoup pour Hanna, qui avait souvent l'impression que sa tête ne suffisait pas à contenir tout cela. Un jour, Hulda demanda au contremaître l'autorisation de montrer à Hanna le moulin situé au dernier étage de la forteresse. Un meunier entouré d'une armée d'assistants mélangeait et tamisait la farine pour les différentes variétés de pains.

— Comment ils font tourner la roue ? murmura Hanna.

Elle apprit alors avec stupéfaction l'existence des machines à vapeur qui grondaient jour et nuit et de la dynamo qui transformait l'énergie en électricité.

Broman se serait évanoui, songea-t-elle.

Mais le plus incroyable de tout se trouvait au deuxième étage. Hanna, muette d'étonnement, contempla les gigantesques pétrins mécaniques dressés côte à côte, exécutant le lourd travail qui revenait normalement aux femmes. Elles prirent l'ascenseur pour redescendre, et cela l'effraya tout autant.

Ses fils traînaient en ville et tuaient l'ennui à grand renfort d'eau-de-vie. Comme leur père. Mais la peur ne se laissait pas chasser par de telles méthodes.

Ragnar leur trouva du travail sur les chantiers, où on se moqua de leur patois bizarre et de leurs belles mains de meuniers. Ils renoncèrent bien vite, rentrèrent à la maison et se consolèrent avec une nouvelle beuverie. Lorsque les choses en vinrent au point où ils ne quittaient plus leur lit de la journée, Ragnar débarqua et leur passa un sacré savon. Ils lui rirent au nez, l'affaire dégénéra en bagarre et les belles chaises de Hanna finirent en mille morceaux.

— Jamais, hurlait Ragnar, jamais je n'aurais cru que vous étiez pourris à ce point. Vous n'avez pas honte ? Vous laisser entretenir par votre mère, vous, des hommes adultes !

Il les jeta à la rue et s'en alla après avoir fermé la porte à clé de l'extérieur. Hanna passa une nuit affreuse, enfermée toute seule dans l'appartement où elle tentait de remettre un peu d'ordre après la bataille. Ragnar avait emmené Johanna chez Lisa.

— La petite reste avec nous jusqu'à ce que vous ayez repris en main vos vauriens de fils.

Lorsqu'il revint le lendemain matin, il s'était un peu calmé :

— Qu'est-ce qu'on va faire, mère ?

— D'abord tu me laisses sortir d'ici. Faut que je les retrouve.

— Allez voir du côté du commissariat. Ils y sont sans doute. Tous les ivrognes qui traînent en ville finissent au poste.

— Dieu de miséricorde, dit Hanna.

Puis elle secoua la tête, elle savait mieux que quiconque que Dieu n'était guère miséricordieux. Elle se peigna donc, mit sa plus belle robe et son chapeau neuf, et se rendit au poste de garde le plus proche. Elle trouva ses fils derrière les barreaux. Ils durent signer un papier les engageant à payer une amende.

— La prochaine fois, ce sera la prison, dit le sergent-chef.

Par la suite, Ragnar embaucha l'aîné, John, qui était aussi le plus fort, pour qu'il l'aide dans ses livraisons.

— Je n'ai pas les moyens de te verser un salaire correct. Mais si tu bois pendant le travail, je te tue.

Les deux autres s'engagèrent comme matelots.

— Ça vous apprendra à vivre, dit Ragnar.

Hanna n'osa pas intervenir mais, la nuit, elle gémissait dans son sommeil. Elle continua de s'inquiéter pour ses fils une année entière. Mais ils survécurent, et revinrent plus massifs, plus lourds et plus graves qu'en partant. Tous trois trouvèrent un emploi stable, se marièrent et ne s'enivrèrent plus qu'en fin de semaine.

Hanna se retrouva seule. La fillette passait le plus clair de son temps chez Lisa. John vivait encore à la maison, mais ils ne se parlaient pas beaucoup, la mère et le fils. Heureusement, il lui restait Hulda Andersson. « Sans toi, je serais devenue folle », lui confia-t-elle un jour.

Elle ne devint jamais proche de Lisa. Mais elle eut l'occasion de remercier sa belle-fille — qui n'était pas vraiment sa belle-fille, puisque Ragnar refusait toujours de l'épouser.

Lisa était enceinte. Elle lui rendit visite et se lamenta de façon pitoyable, de l'avis de Hanna, qui accepta de parler à Ragnar. Personne ne sut jamais ce qu'elle lui dit, au cours de leur longue conversation dans la cuisine, mais il dut bien être question de bâtards, et de l'horreur de condamner son propre enfant à vivre dans la honte.

Quoi qu'il en soit, Ragnar dit à Lisa qu'il voulait bien se marier, en définitive.

— Mais il faudra me prendre comme je suis. Tu sais qu'on ne peut pas compter sur moi quand il s'agit des femmes.

Lisa était reconnaissante.

Hanna regrettait amèrement les belles chaises du Värmland. Avec l'aide de Hulda, elle réussit à traîner le canapé au salon. En réalité, il n'y avait pas assez de place mais elles s'accordèrent toutes deux à trouver le résultat fort élégant.

Les fils prirent l'habitude d'y jeter leurs vêtements crasseux, quand ils rentraient du travail. Hanna soupirait et grondait Johanna, qui ne rangeait pas assez vite le désordre occasionné par les garçons. La petite était de plus en plus silencieuse, mais Hanna ne remarquait rien. Elle fermait les yeux sur l'atmosphère désagréable qui régnait au foyer, les disputes constantes ponctuées par les beuveries de fin de semaine. Elle avait mal au dos.

La douleur irradiait depuis les omoplates jusqu'au bas des reins. Au début elle pensait que ça passerait mais, bien vite, elle s'aperçut que la plupart des employées de la boulangerie souffraient du même mal. Qui empirait avec les années.

Il fallait le supporter, disaient-elles. Pas un mot au contremaître, ou on était congédié sur-le-champ.

Lisa avait donné naissance à un garçon. À la surprise générale, Ragnar en fut si heureux qu'il commença à lui consacrer tous ses loisirs. Il avait de moins en moins de temps pour sa mère, ses frères et sa sœur.

C'étaient des années difficiles, à cause de la guerre et de la pénurie. Il y eut des émeutes à Haga, la police et l'armée durent intervenir. La foule clamait sa haine à l'encontre de la reine, qui était allemande et qu'on accusait de détourner la nourriture des Suédois au profit de l'empereur fou. Hanna serrait les dents, ne mentionnait pas son mal au dos et remerciait le sort de lui avoir donné ce travail qui lui permettait de nourrir ses enfants. Puis la grippe espagnole arriva et Hanna fut reconnaissante, une fois de plus, car l'épidémie épargna sa famille.

Johanna avait quitté l'école et rapportait de l'argent à la maison. L'appartement était plus calme, depuis que les garçons avaient enfin déménagé. Et bien mieux rangé. Mais Hanna et Johanna ne s'entendaient guère. La jeune fille était insolente et rebelle, pas gentille et soumise comme les fils. Elle traitait sa mère de bête et d'ignorante, corrigeait son patois, lui criait de se débarrasser de ses superstitions et de réfléchir un peu. Au début, Hanna essaya de se défendre. Mais Johanna avait bien plus de vocabulaire qu'elle.

Elle a toujours été plus intelligente que les autres, songeait Hanna.

Lorsque Johanna défila pour la première fois le 1er mai aux côtés des sociaux-démocrates, Hanna crut mourir de honte.

— Tu as perdu la raison ?

— Comment pouvez-vous le savoir, siffla sa fille, vous qui ignorez le sens de ce mot ?

Le mal au dos empirait avec les années. Hanna était de plus en plus courbée et se déplaçait avec difficulté. Mais elle tint bon jusqu'à la retraite. Pour la première fois de sa vie, elle put enfin se reposer. Cette pension qui tombait du ciel chaque mois lui causait du souci. C'était honteux de recevoir de l'argent qu'on n'avait pas honnêtement gagné, dit-elle à Johanna. Mais sa fille partit d'une telle fureur que Hanna n'osa plus jamais aborder le sujet.

Johanna se maria. Hulda Andersson mourut.

Hanna avait du mal à distinguer ses petits-enfants les uns des autres. Ils étaient si nombreux ! La seule qu'elle reconnut sans problème était l'inquiétante gamine de Johanna, dont le regard intense et accusateur vous transperçait. Mal élevée et laide, en plus ; maigre, les cheveux filasse...

À la fin des années quarante, on construisit des immeubles pour retraités dans la banlieue de Kungsladugård et Johanna réussit à obtenir un studio moderne pour Hanna. Il lui sembla qu'elle était arrivée au paradis : une salle de bains, des toilettes, l'eau chaude, et même le chauffage central !

— Qu'est-ce qu'on peut bien faire quand on n'a même plus à allumer le feu ?

— Vous reposer, mère.

Hanna se reposa donc. Curieusement, elle ne s'ennuyait jamais. Elle savait lire, mais les mots à l'orthographe compliquée la gênaient, et elle perdait bien vite le sens général du texte. Elle écoutait parfois la radio, mais les éternels bavardages l'exaspéraient autant que la musique.

En revanche elle appréciait beaucoup le « cinématographe », comme elle disait. Ses fils l'y emmenaient lorsqu'ils avaient un moment de loisir, sa fille plus rarement. Johanna n'aimait pas les comédies vulgaires dont raffolait sa mère, et le rire strident de Hanna la gênait terriblement. Le pire, c'était quand les acteurs s'embrassaient à l'écran. Hanna se couvrait les yeux et s'écriait à voix haute : « Vous n'avez pas honte ! »

Cela faisait bien rire les autres spectateurs. Le remarquait-elle ? Johanna pensait que non.

Elle avait terriblement grossi au cours des dernières années. Johanna finit par la convaincre de l'accompagner chez un médecin, qui évoqua un problème d'estomac, dont on viendrait à bout par une opération bénigne. Hanna faillit avoir une attaque, elle redoutait l'hôpital presque autant que le bistouri. Ce fut après cette visite chez le médecin que Johanna dut lui promettre de s'occuper d'elle avant sa mort.

— Je te causerai pas d'embarras.

— Ne vous inquiétez pas, maman.

En apprenant le suicide d'August, Hanna faillit mourir de chagrin ; elle vieillit de dix ans en l'espace d'un mois. Mais elle resta parfaitement lucide jusqu'à la fin. Elle s'éteignit peu avant son quatre-vingt-treizième anniversaire. Deux jours plus tard, Ragnar mourut au cours d'une chasse à l'élan dans le Halland.

Tué par une balle perdue, comme son père.

Mais il n'y avait plus personne pour se souvenir de Rickard Joelsson et de sa mort, ni de l'époque où les paysans de Trösil chassaient l'ours dans les forêts du Dalsland.

ANNA

Intermède

Anna était assise à son bureau devant le gros cahier bleu. Sur la couverture, elle avait écrit en caractères d'imprimerie : « JOHANNA. » Et sur la première page : « Tentative d'élucider la manière dont on doit se comporter vis-à-vis de sa mère sans nier sa richesse à elle et sans se sacrifier soi-même. »

La formule lui semblait prétentieuse, à présent.

La page suivante contenait quelques notes éparses. Le reste du cahier était vide. Je n'y suis pas encore, pensa-t-elle.

Elle prit le cahier gris : cent pages de format A4 entièrement rédigées, sans compter les feuilles volantes couvertes d'observations, les lettres, les coupures de presse. Sur la couverture, un nom : « HANNA. »

Grand-mère.

Elle avait commencé par les registres paroissiaux du Dalsland ; c'était déjà une aventure en soi de voir l'ancienne souche familiale se ramifier à travers la province, passer en Norvège, descendre jusqu'à Göteborg, traverser l'Océan jusqu'en Amérique. Puis elle s'était promenée au bord du grand lac en essayant de s'ouvrir aux secrets de ce pays à la beauté incompréhensible.

De retour chez elle, elle avait écumé les bibliothèques et les librairies d'occasion. Elle avait lu les ouvrages d'ethnographie et pleuré sur le sort de grand-mère, devenue putain alors qu'elle n'était qu'une enfant. Le maître des runes et sa sorcière faisaient l'objet d'une ancienne coupure de presse ; elle s'était étonnée de la persistance tardive du paganisme dans les régions frontalières.

Elle avait étudié l'histoire économique de la province pour tenter de comprendre ce qu'affirmaient les registres paroissiaux : que les quatre frères et sœurs aînés de grand-mère étaient morts de faim au cours des années de disette.

Elle avait aussi trouvé des chroniques populaires : une série de témoignages recueillis dans les communes entourant le lac. De vieilles personnes y évoquaient une existence quotidienne réglée sur les saisons, et non sur la course de la montre. Elle découvrit des anecdotes à propos de gens ordinaires, mais aussi, plus fréquemment, de gens extraordinaires, de ceux dont on se souvenait longtemps dans les villages. C'était une époque mauvaise, et pourtant il y avait une paix et une douceur dans l'image qu'en restituaient ces vieux. Et une mélancolie intense à l'évocation de cet univers perdu à jamais.

Du haut de son dixième étage, elle jeta un regard par la baie vitrée de son bureau au monde nouveau étalé sous ses yeux. C'était l'automne : lumière grise sur un monde incolore. Quelques pins subsistaient ici et là entre les maisons. On aurait dit des jouets abandonnés par un enfant qui se serait soudain lassé en plein jeu de construction. C'était un paysage bruyant, car l'autoroute passait très près des immeubles.

Anna se replongea dans le cahier. Un jour, elle avait découvert un coffre dans le grenier de la maison de ses parents. En forçant les serrures, elle constata qu'il contenait la succession de grand-mère : papiers, inventaires, copies de testaments, faire-part de naissances et de décès. Sans compter les liasses de lettres jaunies envoyées par les parents d'Amérique, de Norvège et de Göteborg.

Des lettres candides pour la plupart, tracées d'une écriture fine. Pas un mot sur les injustices, la faim et la honte. Leurs auteurs se tenaient dans les limites autorisées par le monde où ils avaient grandi et qu'ils n'avaient jamais quitté, au fond, même lorsqu'ils étaient établis depuis des décennies dans le Minnesota.

Anna en avait retenu quelques-unes, les avait glissées entre les pages du cahier. Elle en choisit une, la relut et songea pour la première fois que ces lettres étaient probablement vraies à leur manière. Elles reflétaient une réalité où l'amertume et l'ingratitude n'existaient pas, parce qu'elles n'étaient jamais avouées.

Seules les lettres d'Astrid, expédiées de Halden et d'Oslo, étaient différentes, pleines d'idées impromptues, de réflexions et de commérages. Une mine d'or, un témoignage personnel ! Elle se doutait bien qu'Astrid fabulait un peu. Et c'était précisément ce dont Anna avait besoin : une vérité et une vision poétiques.

Maman avait-elle lu les lettres de Hanna lorsqu'elle avait hérité de la collection ? Non, sans doute. Elle était comme moi, la famille l'embarrassait.

Que Ragnar n'eût pas le même père que les autres enfants, Anna le savait depuis toujours. Les registres paroissiaux le confirmaient dans leur langage brutal : « Père inconnu. » Quant à l'effet que cela pouvait faire d'être un bâtard — ou, à ce propos, fille mère et putain —, elle l'avait entrevu au fil de ses incursions dans l'ethnographie populaire.

Hanna avait accouché à l'âge de treize ans. Le jour où Anna parvint à cette conclusion, elle en pleura de compassion et de rage.

Fallait-il donc que tu sois forte. Comme le disait maman.

Anna avait de nombreux souvenirs d'oncle Ragnar. Elle pensait à lui comme à un roi de légende, beau et magnifique jusque dans sa vieillesse, exotique et prodigue. Elle se souvenait de son sourire : d'abord une étincelle dans ses yeux noirs, qui se communiquait à tout son visage et chiffonnait sa peau mate avant de s'épanouir sous la moustache courte.

— Il ferait fondre un cœur de pierre, disait maman.

— Un cœur de bonne femme, tu veux dire, répliquait papa.

De temps en temps, et toujours à l'improviste, ce merveilleux oncle surgissait au volant de son camion qui était aussi impressionnant que lui : « Allez petite sœur, disait-il à Johanna. Pause café ! » Elle se souvenait de son rire énorme qui se répercutait dans la maison, l'effrayait et la ravissait tout à la fois. Elle se rappelait son odeur d'homme, mélange de sueur, de tabac et de bière. Et puis l'argent : les grandes pièces de monnaie tiède. Elle s'asseyait souvent sur ses genoux et, d'une manière ou d'une autre, il parvenait toujours à lui glisser une pièce d'une couronne dans la main ou dans la poche, quand maman avait le dos tourné.

Puis il lui faisait un clin d'œil — l'œil gauche —, signe qu'ils partageaient un secret, l'enfant et lui.

C'était grandiose.

Il savait aussi faire bouger ses oreilles.

L'identité du père inconnu, elle la découvrit par l'intermédiaire d'une lettre d'Amérique : « Nous avons appris que Rickard Joelsson de Lyckan a été tué par une balle perdue. Il est donc enfin puni, le vaurien qui a détruit la vie de Hanna. »

Anna avait mis un grand point d'exclamation à côté du nom. Le père de ses enfants s'appelait Rickard, lui aussi. Ce n'était pas un malfaiteur comme le fils Joelsson, mais il avait la même disposition désastreuse à se prendre au piège de sa propre séduction.

Anna poussa un soupir. Puis elle chercha l'enveloppe de photographies qu'elle avait volée dans l'album, chez ses parents. Elle contempla l'image de Ragnar, si semblable à son père, Rickard, et si incroyablement différent du reste de la famille. Peut-être Lovisa la malfaisante s'était-elle offert une liaison sauvage avec un jeune gitan, peut-être le plaisir avait-il fait exploser sa carapace le temps de quelques nuits dans une cabane isolée dans les bois.

Soudain elle comprit qu'il existait une autre ressemblance entre son propre mari et le violeur du Dalsland. Ils avaient tous deux pour mère une femme humiliée, de celles qui obligent leurs enfants à partager leur ressentiment. Avec les filles, elles réussissaient souvent ; les filles s'identifiaient au dépit maternel et se chargeaient de le transmettre aux générations suivantes. Mais les fils ? Non, les plus forts s'y refusaient. Et devenaient des hommes en fuite perpétuelle devant tout ce qui pouvait être sensible et compliqué.

Signe, la belle-mère d'Anna, était plus sophistiquée et beaucoup plus rusée que ne l'avait été Lovisa. Son mari n'avait pas trouvé de raisons suffisantes de la tuer, il avait préféré mourir lui-même alors qu'il était encore jeune. Mais Rickard Hård n'avait peut-être pas eu la vie plus facile dans l'appartement de poupée de Johanneberg que Rickard Joelsson dans la ferme de Lyckan.

L'horloge sonna midi. Ils sont en train de nourrir maman, pensa Anna.

Elle trouva du lait caillé dans le frigo ; émietta une biscotte dans le bol. Tout en mangeant, elle constata que ses pensées revenaient sans cesse à Rickard, comme si elle venait malgré elle de rouvrir une blessure mal cicatrisée.

Elle pensa aux années qui avaient précédé son divorce, les pires, quand elle pleurait dès qu'elle se retrouvait seule. Elle n'avait pas pris ses larmes au sérieux, préférant y voir de la complaisance. Mais lorsqu'elle commença à pleurer aussi dans son sommeil, elle prit peur et consulta un psychiatre. Un praticien à la mode, qui lui dit : « Vous faites partie de ces femmes modernes qui castrent leurs hommes. »

Elle ne resta pas pour entendre la suite. Ce fut une erreur. Elle lui avait laissé le mot de la fin, ce qui allait la contraindre à le combattre pendant de longues années.

Elle rangea son bol dans la machine et retourna résolument à ses notes sur Hanna. Il y avait beaucoup de différences entre sa grand-mère et elle. Hanna acceptait, Anna se rebellait. Hanna était spontanée, Anna cherchait une expression. Hanna était à sa place dans son monde lourd et injuste, Anna ne se sentait chez elle que dans les courts instants où elle pouvait hocher la tête en voyant un arbre et lui dire : « On s'est déjà rencontrés quelque part, toi et moi. »

Même la ressemblance physique n'était pas aussi forte que le pensait autrefois Anna. Hanna était plus sombre, plus lourde.

Elle se replongea une fois de plus dans la description du viol. Douze ans, c'était à peine croyable. Quel âge avais-je, moi, quand Donald m'est tombé dessus — l'étudiant américain débarqué dans le cadre d'un programme d'échange, attiré par la réputation des Suédoises ? Je devais avoir dix-neuf ans, c'était pendant ma première année d'université. Et ce n'était pas un viol, bien sûr, même si on pourrait bien le décrire ainsi ; un viol réciproque, à supposer que ça existe. Elle n'avait pas repensé à Donald depuis des années. Pourtant leur histoire avait duré longtemps. Une liaison douloureuse, car ils avaient un don inné pour se blesser l'un l'autre, de façon très profonde, alors même qu'ils ne se comprenaient pas, ne se connaissaient même pas. C'était une relation étrange que celle qui les unissait, comme un lien de parenté.

Bien entendu, je me suis retrouvée enceinte, grand-mère. Comme toi. J'ai avorté, ce n'était pas difficile dans le milieu universitaire de l'époque. Je n'avais pas d'états d'âme, ma seule crainte concernait maman, qu'elle l'apprenne d'une manière ou d'une autre. Mais j'étais à Lund, elle à Göteborg, et elle ne s'est doutée de rien, Dieu merci.

Pour ma part, je pensais naturellement que c'était l'amour qui m'avait poussée dans les bras de Donald. Toutes les filles de ma génération étaient possédées par l'idée de la grande passion. Toi, Hanna, tu n'aurais rien compris à ce genre de sentiments. De ton temps, l'amour n'avait pas encore quitté l'élite, pas encore traversé toutes les couches sociales jusqu'au fin fond des campagnes. Les histoires d'amours tragiques qu'on racontait dans les villages avaient bien une influence romantique sans doute, mais elles n'avaient rien à voir avec la vie réelle. Elles étaient plutôt comme les gravures à quatre sous qu'on accrochait au mur. Et pareil pour les chansons. Hanna devait se dire que le lieutenant Sparre était un niais et la belle funambule une vraie gourde. Et la chanson d'Älvsborg l'aurait carrément indignée : « J'ai tué un enfant pour toi... » Sacrédié, aurait-elle dit, quelles salades ! Pourquoi ils lui ont pas coupé la tête, qu'on en finisse...

Dans les années vingt, cependant, le grand amour avait étendu sa domination au commun des mortels. Pour Johanna, la quête principale de la jeunesse consistait ainsi à « trouver l'élu » comme elle le disait le plus sérieusement du monde. Le fait que « l'élu », dans son cas, fût copié sur le père mort qui lui avait tant manqué renforçait le mythe mais ne rendait pas sa vie moins compliquée.

Pourtant, Johanna était bien moins exigeante que ne le serait la génération suivante. Pour Anna et les autres filles de son âge, la passion était un impératif. Malheur à celle qui n'y succombait pas ! À cela s'ajoutait une autre exigence : l'épanouissement sexuel. Amour éternel et orgasme permanent...

Ces rêves éclatent à présent comme des bulles de savon. Mais la transformation prend du temps. Ceux qui échouent à préserver jusqu'au bout un amour et un désir intacts pour le conjoint croient encore que c'est leur faute. Ce n'est que maintenant, alors que près d'un mariage sur deux se solde par un divorce, que l'on commence à comprendre à contrecœur que le sentiment amoureux se transforme rarement en amour, que l'amour lui-même ne libère pas un être humain de la solitude, et que le plaisir sexuel ne suffit pas à donner sens à la vie.

Dieu que c'est bête, pensa Anna. Puis, après un instant de réflexion :

— Tout de même !

Elle jura silencieusement en voyant où la conduisaient ses pensées : les hauteurs de Fjärås Bräcka, l'endroit où ils se réfugiaient, Rickard et elle, au début de leur histoire, pour se renifler, se lécher, se mordre mutuellement avec un bonheur fou, au cours de cet été brûlant de la fin des années cinquante. Devant eux, la mer avec ses mouettes et ses longs brisants salés ; derrière, le paysage magique de la grande forêt où chantaient les oiseaux, la forêt qui dévalait à pic jusqu'au lac profond. Et lui, au milieu de tout cela. Son odeur, son rire, le goût de sa peau. Son bonheur à la toucher, à jouir de son corps, sa dévotion. Sa gratitude à elle, sa gratitude à lui.

Il venait de la mer, disait-il, et elle le croyait ; elle l'imaginait émergeant des flots par un matin clair, couronné d'algues, le trident négligemment posé sur l'épaule. Elle, poursuivait-il, elle venait de la forêt, modelée par le vent et la pluie, légère comme la brume qui montait du lac. Un elfe, qui s'était caché dans les forêts pendant des millions d'années, qui avait oublié la langue des elfes et s'appliquait avec beaucoup de sérieux à apprendre celle des humains. Il avait une mission, disait-il : lui donner une substance, faire d'elle une femme terrestre.

— Et ma mission à moi, c'est de retenir le dieu des mers pour qu'il ne soit pas emporté par la prochaine vague.

Elle riait, mais il se rembrunit, serra les poings et ferma les yeux :

— Que fais-tu ?

— Je prie. Je ne veux pas te faire de mal.

Curieusement, elle ne lui demanda pas s'il était croyant, l'instant présent lui paraissait trop vaste pour ce genre de question. Elle n'eut pas davantage le bon sens de s'inquiéter.

La relation de Hanna aux miroirs impressionnait Anna, qui avait toujours eu une attitude ambiguë vis-à-vis de son propre reflet. Elle se demandait à présent à quel moment cela avait commencé. Quel regard, quelle parole lui avaient donné ce sentiment jamais démenti d'être laide, maladroite, presque difforme ?

Johanna était belle, mais souffrait du même handicap. Anna se souvenait des films en huit millimètres qu'elle tournait à l'époque où ses filles étaient petites. Chaque fois qu'Anna dirigeait l'objectif vers sa mère, celle-ci s'éloignait ou se cachait le visage.

À sa fille adolescente, maigre et peu sûre d'elle, Johanna avait dit un jour : « Tu es mignonne, toi. D'ailleurs ça n'a aucune importance. »

Attitude ambiguë, messages contradictoires.

Quand Anna était petite, on parlait encore beaucoup de la ressemblance d'un enfant avec telle ou telle personne de la famille. Dans son cas, il n'y avait pas à discuter : elle ressemblait à sa grand-mère paternelle. Anna détestait la vieille, une sorcière ridée aux traits durs, au regard dilué. Et dont la silhouette avait quelque chose de sinistre et de grandiose.

Johanna redoutait sa belle-mère.

Tout le monde disait de cette grand-mère qu'elle avait été très belle. Cela paraissait incompréhensible à Anna, jusqu'au jour où la vieille mourut et qu'on ressortit ses albums de jeunesse. Anna dut alors se rendre à l'évidence : elle avait été belle en effet, et il y avait bien une ressemblance.

Mais il était trop tard, l'image de la fille laide s'était gravée en elle une fois pour toutes.

Bien entendu, les déclarations incendiaires de Rickard Hård avaient presque réussi à lui faire croire qu'elle ressemblait, oui, à un elfe. Dès le premier instant, en vérité, miraculeusement, comme s'il l'avait touchée avec une baguette magique. En réalité, il l'avait sifflée.

Chaque été, au cours de ses études, elle quittait la ville de Lund où elle travaillait dur mais ne se plaisait pas, et rentrait chez ses parents. Cette année-là, elle avait trouvé un job d'été comme correctrice pour un quotidien de sa ville natale.

En fermant les yeux, elle peut retrouver l'ambiance du journal : les locaux miteux, le crépitement du Télex, l'odeur de papier, de poussière, d'encre d'imprimerie et de tabac. Dès le premier jour, il apparaît à la porte de son bureau ; c'est le plus beau et le plus bravache des jeunes reporters de la rédaction. En la voyant, il siffle de ravissement comme un voyou.

— Qui es-tu ? Une femme ou un rêve ?

— Un rêve, dit-elle en éclatant de rire.

De quoi avait-il l'air ? Grand, anguleux, cheveux noirs, visage sensible, plein de vie, yeux gris joueurs. Anna contemple à nouveau la photographie d'oncle Ragnar, et peut-être y a-t-il une ressemblance. Dans le sourire, le style. Elle pense à Astrid qui appelait toujours Ragnar « l'enfant des dieux ». Peut-être naît-il encore des dieux sur la terre, pleins de vie et de chaleur, de légèreté et de charme. Infidèles et sensuels comme Pan lui-même.

Quoi qu'il en soit, le jeune dieu de la rédaction eut le coup de foudre pour elle. Elle en fut bien entendu si flattée qu'elle lui céda rapidement, non sans un sentiment de gratitude pour l'Américain et ce qu'il lui avait appris, au lit. Tout alla très vite, trop vite. En un tournemain, Rickard se retrouva dans la cuisine de Johanna, avec sa chaleur, son rire et ses histoires à dormir debout. Prodiguant ses richesses à la ronde.

Lorsqu'il prit congé au terme de cette première soirée, papa déclara : « Voilà un homme, ou je ne m'y connais pas. » Et maman, qui lavait la vaisselle, hocha plusieurs fois la tête, en silence. Si bien qu'Anna comprit qu'elle avait trouvé l'élu.

Johanna ne devait jamais changer d'avis. Quant à Anna, il lui fallut à peine un mois pour commencer à douter :

— Maman, tout le monde dit que c'est un coureur.

Il y eut un long silence à l'autre bout du fil. Puis Johanna dit :

— C'est regrettable, Anna. Mais je crois que tu n'y échapperas pas.

À présent, dans son bureau de Stockholm, alors qu'elle se souvient de la scène et prend des notes, elle sent monter la colère. Tu aurais dû m'ordonner de fuir, loin de cet homme. Puis elle éclate de rire, malgré elle. L'instant d'après, il n'y a plus qu'un grand vide — d'étonnement ! Car elle vient d'avoir la pensée qu'aurait eue Hanna : c'était le destin.

Puis elle songe longuement à tante Lisa, la femme de Ragnar, qui acceptait tout avec gratitude. C'était pourtant l'une des premières femmes indépendantes, propriétaire d'une boutique, gagnant sa vie.

Mais si fatiguée, toujours fatiguée.

Le souvenir de sa grand-mère paternelle lui rappelle celle de Rickard, une femme fragile et transparente, d'un âge irréel. Anna ne l'a rencontrée qu'une seule fois, dans une maison de retraite où elle attendait la mort — c'étaient ses propres mots. Elle avait dit à Anna :

— J'espère que tu es douce et flexible. Une femme dure peut transformer ce garçon en bête féroce.

— Pourquoi ?

— Je ne sais pas. C'est peut-être un trait de famille. Et puis... il y a sa mère, bien sûr. Parfois les garçons doivent devenir comme du silex pour survivre. Et le silex, tu sais bien, c'est dur, mais ça se brise comme un rien.

Puis elle s'était endormie très vite, à la manière des vieux. Quinze jours plus tard, elle était morte.

Comment ai-je pu l'oublier ? Et si vite, encore. Parce que c'est vrai, j'ai fini par devenir dure.

Tu es de pierre, tu t'en sortiras toujours, lui avait-il dit au cours de l'une de leurs disputes. Sur le moment, elle n'avait pas eu la force de chercher une réponse. Elle s'était contentée de crier : « Tu es un traître ! »

Il est quatre heures ; ils sont en train de coucher maman pour la nuit.

C'est pas croyable, maman, toute cette culpabilité. Quand on retrouve par exemple un vieux drap au monogramme finement brodé : A.H., un entrelacs d'initiales. Ou bien ces draps de bain cousus par toi. Tu avais trouvé un tissu éponge épatant, disais-tu. C'était vrai, je m'en sers encore, et aucune autre serviette ne sèche aussi bien et ne gratte aussi agréablement. C'est toi qui as

« confectionné mon trousseau ». Je me moquais de toi, ces choses-là on pouvait bien les acheter quand on en avait besoin. Tu ne t'es pas sentie méprisée, je l'espère. Non, tu t'es sans doute seulement sentie triste sans raison. Ou ton miroir, quand tu me l'as apporté, fière et heureuse — un miroir pour mon vestibule. Moi, à cette époque, je ne jurais que par la sobriété dépouillée, ce qu'on appelait le bon goût, au début des années soixante. Mon Dieu, j'espère que tu n'as pas remarqué ma déception, dans le hall d'entrée, tandis que nous contemplions ensemble le miroir au cadre d'or tarabiscoté. À présent, il est chez l'une de mes filles, la génération qui adore les tarabiscotages.

Il faut que j'appelle papa.

Hanna a conservé jusqu'au bout sa foi dans les choses établies une fois pour toutes ; elle nourrissait une profonde méfiance envers tout ce qui était différent, inconnu ou nouveau. Elle méprisait les âmes inquiètes, leurs détours secrets dans un monde où tout était mesuré d'avance. Une pensée inhabituelle, une idée nouvelle ou un désir incompréhensible menaçaient pour elle le fondement même de l'existence.

Cette figure obstinée qui émergeait peu à peu de l'amoncellement de ses notes exaspérait Anna. Qu'elle était donc primitive, limitée ! Puis elle songea que la plupart des gens sont ainsi, aujourd'hui encore. Lorsque nos schémas sont menacés par des données nouvelles, c'est rarement la raison qui l'emporte : « Je sais ce que j'en pense, alors ne viens pas m'embrouiller les idées. » Elle le faisait elle-même, éliminant sans même s'en rendre compte les informations qui ne confortaient pas ses propres opinions. Et dénichait avec une assurance aveugle mais infaillible celles qui lui convenaient et justifiaient ses actes.

Comme Hanna.

Seules les vérités étaient différentes aujourd'hui, plus robustes, assorties de preuves et soutenues par la science. Anna était « consciente », selon le terme consacré. Des injustices faites aux femmes par exemple, qui avaient occupé un si grand nombre de ses recherches. Cela engendrait de l'amertume, celle qu'on retrouve sur le visage de tant de femmes et qu'on entend dans leur rire.

— Je veux croire en un monde juste, dit-elle à haute voix au portrait encadré de Hanna sur le bureau. J'en ai besoin, tu comprends ! Il faut que les bons soient récompensés et les méchants punis, pour que tout prenne un sens.

Quelle bêtise, mon Dieu !

Bien plus bête que ta croyance en un dieu injuste. Beaucoup plus cruelle aussi. C'est la foi dans la justice qui nous fait voir les victimes en complices du mal. Dans un monde juste, les petites filles ne se font pas violer. Et pourtant, grand-mère... Écoute-moi ! C'est ce rêve de justice qui a construit la société nouvelle. Tu en as profité toi-même, la retraite, l'eau chaude, une salle de bains.

La dignité humaine ?

La compassion des femmes m'étonne toujours ; à quoi sert-elle ? Il existe un mot plus raffiné : empathie. Si l'on en croit les psychologues, la faculté d'empathie dépend de l'amour qu'a reçu l'enfant. Mais les petits garçons étaient souvent plus aimés que les petites filles et cela ne les empêchait pas de se transformer en adultes qui n'étaient pas sans cesse encombrés par la souffrance des autres. Ou bien ?

Maman avait une compassion infinie pour les faibles, les malades et les victimes. Dans son cas, la théorie se vérifiait peut-être, car Johanna avait bénéficié de beaucoup d'attention pour une enfant née au début du siècle.

Soudain une nouvelle pensée, de nouvelles notes. Était-ce l'amour que lui portait son père qui avait donné à Johanna l'idée qu'elle était en droit d'exiger quelque chose ? Elle avait milité toute sa vie, c'était elle et ceux de sa génération qui avaient construit la société égalitaire, dans la conviction que la justice était possible. Et qui avaient élevé une génération d'hommes et de femmes déçus, mal équipés pour affronter le chagrin et la douleur — sans parler de la mort.

Anna regarda à nouveau le portrait de Hanna.

Tu étais folle de joie à la mort de Rickard Joelsson. Moi j'ai pleuré en divorçant de Rickard Hård. Tu t'es ouverte à cette joie et tu es tombée enceinte. Moi, je venais d'accoucher quand j'ai appris que mon mari entretenait depuis six mois une liaison avec une collègue. J'ai versé des rivières de larmes sur le berceau de l'enfant. Mes amis disaient que cela me faisait du bien. Ce n'était pas vrai, ni pour moi ni pour l'enfant. Toi, tu n'as jamais pleuré, jusqu'au jour où grand-père est mort.

Elle feuilleta les pages pour retrouver la description de Hanna et du fichu de putain. Un épisode qu'Anna n'avait pas eu la force de commenter. Pour une raison évidente : elle ressentait la honte de Hanna comme si c'était la sienne.

Anna se souvenait de tout, dans les moindres détails.

Ils s'étaient rendus à une fête qui réunissait des gens de la presse dans une villa de Lidingö, la banlieue chic de Stockholm. Il pleuvait. Anna, enceinte de huit mois, portait une robe — une tente, plutôt ! — de lamé argenté. Pâle, raide, déplacée.

Après le dîner, Rickard avait disparu en direction des chambres à coucher du premier étage avec sa voisine de table qui ressemblait à une gitane. Il n'était pas revenu. Les gens évitaient de la regarder. Anna n'existait plus, seule la honte existait. Elle ne se souvenait pas de quelle manière elle avait réussi à quitter la maison, seulement qu'elle avait erré le long de chemins glissants jusqu'à ce qu'un taxi surgisse et la raccompagne chez elle.

Le lendemain, il voulut aborder la question. Elle ne l'écoutait pas. Il voulait toujours en discuter, après — de ses « faux pas », comme il disait. Elle devait le comprendre. Mais elle ne l'écoutait jamais, refusait de comprendre. Il voulait qu'elle lui accorde son pardon, elle ne pouvait pas lui pardonner.

Plusieurs années après le divorce, ils purent enfin en parler. Ce n'était pas un bon jour, et le moment était mal choisi parce qu'il partait en voyage dans moins d'une heure, pour Rome où il devait rendre compte d'une conférence sur l'environnement. Ils devaient essayer à nouveau. Pour les enfants, disait-il.

— Mais tu habites dans le même immeuble que nous, répliqua-t-elle. Nos enfants se portent mieux que ceux qui grandissent dans des familles où les parents se disputent sans cesse.

— Tu as toujours raison. C'est ça qui est terrible, je te déteste pour ça. Tu es tellement pragmatique. Mais je n'arrive pas à m'en sortir sans toi. Faut-il que je me mette à genoux ?

Il n'avait pas remarqué qu'elle pleurait.

— Ce que tu n'as jamais compris, c'est que mes aventures ridicules n'étaient qu'une façon de te faire du mal. Mais ça ne marchait pas, pas plus que le reste. Tu te moquais de mes infidélités.

L'homme enragé, son mari, poursuivit :

— Les femmes comme toi me donnent toujours le sentiment d'être démasqué. C'est pour ça que tu me fais si peur. Ce n'est pas ton intelligence, non. C'est bien pire.

Le genre de femme qui castre son homme...

La paralysie la quitta d'un coup :

— Mais pourquoi est-ce si terrible d'être démasqué et si important d'avoir toujours le dessus ?

— Je ne sais pas.

Ce fut alors qu'elle pensa : « Il est victime du schéma masculin et pas suffisamment bête pour être dupe. Contrairement à papa. »

— Anna, c'est fini, toutes ces histoires idiotes. Je te le promets.

Alors elle put enfin crier :

— Tu es un imbécile. Tes infidélités m'ont tuée, tout ce qui était moi, ma confiance, mon innocence. Je suis morte, tu comprends ? Il ne reste rien de moi, rien que la sorcière qui te fait si peur.

Elle vit qu'il avait compris, qu'il comprenait enfin.

— Mon Dieu, fit-il. Oh mon Dieu.

Et pour finir, d'une voix presque inaudible :

— Pourquoi ne me l'as-tu jamais dit ?

Elle sanglotait, incapable de répondre. Soudain, il devint comme enragé :

— C'est toi qui m'as obligé à te maltraiter. Je me suis détesté pour ça. Tu me regardais échouer dans ce que je désirais plus que tout au monde, et j'avais l'impression que ça ne signifiait rien pour toi !

— Ce n'est pas vrai ! cria-t-elle.

Il la regarda enfin :

— Tu pleures ! C'est bien la première fois...

Alors elle éclata d'un rire strident qui l'effraya elle-même.

— Je t'en prie.

Mais le rire affreux continua, elle ne pouvait plus s'arrêter. Lorsqu'elle se tut enfin, il dit :

— Je ne voulais sans doute pas voir que ça te faisait du mal, ça m'aurait rendu cinglé si j'avais compris. Tu étais si intelligente, si lucide. J'étais fier de toi, c'était peut-être moi qui te voulais ainsi. Puis ça me mettait en colère. De te voir tellement... forte.

— Je ne l'étais pas. J'ai failli devenir folle.

Le taxi klaxonna dans la rue, il devait partir.

Elle savait naturellement qu'elle accepterait de le reprendre. Sa solitude avait déjà pris la décision. Et peut-être aussi le manque, le désir affamé qu'elle avait de lui ?

Anna leva les yeux vers l'horloge. Cinq heures passées, je dois appeler papa ! C'était chaque jour aussi pénible.

— Alors, tu t'es souvenue tout à coup que tu avais un vieux père ?

— Je t'ai appelé hier. Comment allait maman aujourd'hui ?

— Bien. J'ai réussi à la faire manger, moi. J'ai dû avaler une cuillerée de viande hachée et une cuillerée de compote. Tu sais comment elle est, elle veut toujours le dessert d'abord, comme les enfants.

— Tu as bien fait.

— Quand est-ce que tu viens me voir ?

— Je suis venue la semaine dernière. Tu as oublié ?

— J'oublie si facilement.

— Je te rappellerai demain, comme d'habitude.

C'était fini ; ça s'était plutôt bien passé, mais l'écouteur était trempé de sueur. Pourquoi était-ce si difficile, nom d'un chien, cette conversation à laquelle elle devait se contraindre chaque jour ?

Je voudrais que vous soyez morts tous les deux.

Quelques jours après la dispute avec Rickard, elle trouva dans un livre une phrase qui l'impressionna vivement : « L'amour d'un homme libre n'est jamais sûr. »

C'est vrai, pensa-t-elle.

Anna était si saisie qu'elle acheta une carte postale, recopia la phrase et l'expédia à l'adresse de son hôtel à Rome.

Il lui avait répondu ; elle devait retrouver cette lettre. Elle chercha dans ses tiroirs la clé de son coffre secret, l'ouvrit, trouva l'enveloppe avec le timbre italien et se mit à lire :

« Tu n'as jamais voulu m'écouter. Mais tu as du mal à résister aux mots écrits, alors je tente le coup avec une lettre.

« Tu es naïve. Un homme libre, j'imagine que c'est un homme sur lequel personne n'a de pouvoir. Il n'a pas besoin de se venger. Mes femmes étaient comme moi, elles cherchaient la vengeance. C'était du moins ce que je croyais. La première, Sonja, à la fête de Lidingö, j'en suis sûr, parce que son amant était présent au dîner. Un sale type, je le connaissais de longue date.

« La personne que je cherchais à humilier, dont je voulais me venger ? Aucun doute : c'était toi. On souffrait de la même folie désastreuse, elle et moi, on allait démontrer en quoi consistait l'amour — pas une affaire de pouvoir, mais le désir brut, la rencontre entre un mâle et une femelle quelconques. C'est pervers, d'accord. Mais la perversion ne diminue pas le désir ; ça, je pense que même toi, tu peux le comprendre. Ce que tu ne conçois probablement pas, en revanche, c'est l'excitation qui naît entre deux personnes qui se rencontrent dans une action destinée à faire mal.

« C'était pareil avec toutes mes femmes. Mais j'ai commis une erreur : Lilian. Elle est tombée amoureuse de moi et ça m'a mis en colère. De mon point de vue, cela ne faisait pas partie du contrat.

« Voilà pourquoi il m'a fallu longtemps pour me débarrasser d'elle. Tu étais enceinte de Malin, plus déesse que jamais, et moi, j'étais le salaud immonde...

« Nous en arrivons ainsi à la question principale : pourquoi faut-il que je me venge de toi ? Tu es honnête, loyale et délicieuse — tout ce dont j'ai jamais rêvé.

« Je ne savais rien de l'amour quand je t'ai rencontrée. Si j'avais compris, je me serais enfui. Je n'en voulais pas, au fond, de cette soumission dévorante qui transforme un homme en esclave. La réponse de "l'homme libre" est donc que tu avais un pouvoir illimité sur moi. Si tu étais de mauvaise humeur au petit déjeuner, ma journée était gâchée. Quand tu étais contente, ma victoire m'enivrait. S'il t'arrivait de te fâcher et de m'engueuler, c'était que je le méritais. C'est encore ton pouvoir sur moi qui m'effraie. Mais je n'ai pas la force de vivre sans toi. Mon infériorité est infinie, c'est moi qui t'ai trompée, bafouée, trahie. Pourtant j'ose croire que les choses auraient pu se passer autrement si tu avais essayé de m'écouter, ne serait-ce qu'une seule fois. Tu es très orgueilleuse, tu as été élevée pour ça, alors je ne t'en veux pas. C'était en dessous de ta dignité de me comprendre. Ou bien ? »

La lettre n'était pas signée, et elle s'était demandé pourquoi à l'époque. Mais elle sourit en pensant au télégramme qu'elle avait envoyé à Rome : « Rendez-vous à la Pentecôte à Fjärås Bräcka. »

Puis elle songea, comme elle l'avait fait en recevant cette lettre, que Rickard exigeait énormément d'attention. Pour garder un sentiment d'emprise sur la vie, il avait besoin d'assouvir ses caprices, de choisir et de rejeter librement, au gré de son humeur. C'était sa faiblesse, sa fêlure fondamentale. Comme il l'écrivait lui-même, cette faiblesse était incompatible avec l'amour, avec la dépendance qu'implique une relation durable.

Anna se souvient de l'adolescence de Maria, de sa révolte. En particulier d'une dispute à propos de Sandra, une camarade de classe que Rickard avait vaguement draguée. Maria était rouge de honte, et cruelle quand elle avait crié à son père : « Tu n'es qu'un bouffon, un vieux vicelard qui essaie de survivre en se croyant irrésistible. Il y en a deux ou trois comme toi au bahut, mais les filles qui ne sont pas trop nulles leur rient au nez. Je n'ai jamais compris comment maman te supportait. »

Maria ne s'était pas mariée, Malin non plus. Elles vivaient comme les hommes l'avaient toujours fait, amoureuses parfois, des liaisons de courte durée. Mais elles avaient chacune une fille ; des enfants libres qui échappaient au triangle infernal : papa, maman et moi.

Dès le début, Anna s'était doutée que Rickard manquait de confiance en lui. Une mère toute-puissante ? Un père faible ? Mais à l'époque, elle était jeune, elle refusait de comprendre. Les gens trop compréhensifs se mettent en danger, voilà ce que lui avait enseigné la vie de maman. Johanna était de celles qui comprenaient toujours et en subissaient trop.

Soudain Anna se souvient d'une autre dispute, bien plus récente. Le souvenir est aigu comme une lame. Elle voit la lumière du soir qui entre par les baies vitrées du salon de Minkgatan, la poussière qui tourbillonne dans les rayons du soleil couchant. Rickard a pris l'habitude de l'appeler maman, et il continue, alors que les filles ont depuis longtemps quitté la maison. Elle crie : « Je ne suis pas ta maman, je ne l'ai jamais été et je ne le serai jamais. » Il le prend étrangement mal, se raidit, réplique : « Bien sûr que non, ce n'est qu'une façon de parler, une mauvaise habitude. » Au même instant Anna comprend que ce n'est ni une façon de parler ni une habitude. Mais elle n'a pas la force de le lui dire. « Excuse-moi, j'y suis allée un peu fort », dit-elle. Mais dans son for intérieur, elle voit le visage de sa belle-mère, belle et narcissique, et elle n'imagine que trop combien le petit garçon a dû la désirer en vain, intensément. Et elle pense : c'est pour cela qu'il est tellement en colère contre moi, c'est d'elle qu'il se venge.

Anna prend des notes. Il lui semble qu'elle vient de comprendre quelque chose, mais hésite, met un point d'interrogation dans la marge, réfléchit encore, écrit : « Rickard est toujours plein d'égards pour sa mère et la défend contre la moindre velléité de critique. Mais de son père mort, il dit avec mépris : "C'était un bouffon". »

Elle entendit la clé tourner dans la serrure de la porte d'entrée.

— J'ai réussi à trouver du carrelet, cria-t-il. Tout frais.

— Magnifique, j'arrive.

— Que dirais-tu d'un apéritif en attendant ?

Ils levèrent leurs verres, et il dit comme à son habitude, sur un ton un peu solennel : « C'est bien que nous existions. » Puis il avisa le gros cahier gris, le livre de Hanna, commença à le feuilleter.

— Lis, dit-elle. Je vais éplucher les pommes de terre.

Il la rejoignit dans la cuisine un peu plus tard.

— Ça fera un livre, Anna. C'est très fort.

Elle rougit de plaisir.

— Un peu trop nostalgique, tu ne trouves pas ?
— Non. D'ailleurs il n'y a rien à redire à la nostalgie.

Il l'avait toujours aidée dans son travail. Depuis le début. C'était lui qui l'avait poussée à réécrire sa thèse. « Ce travail mérite bien mieux que de ramasser la poussière dans une faculté. » Elle rêvait de toucher un large public.
— Tu penses que j'y arriverai ?
— Nous y arriverons ensemble.
Ce fut ainsi qu'elle se retrouva inscrite dans une école de journalisme et qu'elle apprit à exprimer des choses compliquées de manière simple, à généraliser et à utiliser des exemples. Elle était enceinte ; elle écrivait pendant la journée, et lui corrigeait son manuscrit en rentrant le soir. Ils s'amusaient bien, jeunes mariés, dans leur premier deux-pièces, situé dans l'une des nouvelles banlieues de Stockholm. Au début, il s'était montré sévère : « Mais ce n'est pas du suédois ! Écoute. » Elle écoutait, comprenait. Peu à peu, une langue toute personnelle se mit à fleurir, la sienne. C'était comme un miracle, presque aussi merveilleux que l'enfant qui grandissait dans son corps.
J'ai trouvé mon maître, disait-il.
Le livre parut quelques mois avant la naissance de leur fille. Ils furent l'un et l'autre surpris par l'attention dont il bénéficia.
Succès. Bonheur. Jusqu'à cette soirée dans la villa de Lidingö.

Il vida le poisson, le poêla rapidement. Assise à la table de la cuisine, elle observait ses mains expertes qui manipulaient les ustensiles avec élégance et précision.
Je ne connais personne qui soit aussi sensuel que lui.
— À quoi penses-tu ?
Elle rougit, puis elle le lui dit et l'entendit rire, de ce rire grave qui montait du ventre et qui était toujours un préambule.
— J'ai faim, dit-elle. Il faut d'abord manger.
— Je n'ai pas fait la moindre tentative d'approche.
— Manquerait plus que ça.

Il voulait une maison. « Habiter sur la terre, Anna. Avant qu'il ne soit trop tard. »

La première fois, elle se dit qu'il était déjà trop tard.

— Qui plante encore des pommiers, passé cinquante ans ?

— Moi, répliqua-t-il calmement.

Par la suite, l'idée avait fait son chemin. Soudain, elle osait s'avouer à quel point elle en avait assez des gratte-ciel, de l'anonymat et de l'autoroute qui assourdissait ses jours et ses nuits. Sans parler des pauvres arbres.

Un jardin !

— À la maison, le jardin était toujours un sujet de dispute, dit-elle. Maman trimait seule pendant que papa partait à bord de son voilier.

Rickard se mit en colère :

— On ne va quand même pas vivre notre vie entière en fonction de tes parents ?

— Tu as raison.

Elle savait ce qu'il entendait par « notre vie entière ». Rickard était attristé de l'attachement qu'elle montrait à sa mère, et enragé par la relation qu'elle entretenait avec son père. Et il n'avait pas tort, même si ses mobiles étaient douteux.

Ce jour-là, il avait visité deux maisons. L'une était trop grande et trop chère. L'autre consistait en fait en deux maisons plus petites bâties sur un grand terrain en pleine nature. Il lui décrivit l'endroit, magnifique. Ils auraient une maison pour le travail — celui d'Anna dans l'immédiat et le sien, ensuite, dès qu'il aurait pris sa retraite — et une maison pour vivre. Il y avait aussi une vieille cabane en ruine...

— Il doit y avoir un problème. Trop cher ?

— Non. Mais c'est loin de la ville. Quarante kilomètres.

— Ça ne me dérange pas. Je préfère la vraie campagne à une banlieue de plus.

— L'isolement ne te fait pas peur ?

Elle sentit se réveiller la vieille inquiétude.

— Comment feras-tu pour te rendre au travail ? demanda-t-elle.

— J'irai en train. Tu seras comme ces femmes américaines qui conduisent leur mari à la gare le matin et qui reviennent le chercher le soir.

Avant de s'endormir ce soir-là, elle songea longuement aux deux petites maisons, les décorant dans son imagination de pommiers et de roses. Il devait parler au propriétaire le lendemain et convenir d'un rendez-vous là-bas.

Samedi, pensa-t-elle. Elle avait déjà pris sa décision.

Lorsqu'elle s'installa devant le cahier de notes le lendemain matin, ce fut avec un sentiment de gravité et de lourdeur accrues. À cause des paroles de Rickard : « Ça fera un livre... »

C'est étrange, pensa-t-elle. En fait, je le savais depuis le début. Mais cela me paraissait plus facile tant que je feignais de me livrer à une excursion privée dans mon propre passé. Un peu de psychologie, un peu de sociologie, une connaissance de soi un peu améliorée...

Cela avait bien fonctionné, d'ailleurs. Ce voyage l'avait calmée ; elle avait fait des découvertes. Elle avait cessé de rechercher si désespérément des souvenirs d'enfance « réels ». Car les souvenirs sont des fragments que le cerveau assemble en mosaïques. Qu'il adapte en fonction d'une image cristallisée très tôt, qui n'est pas nécessairement en rapport avec des événements qui se seraient réellement produits. Il y a tant de choses que le petit enfant comprend mal, qu'il entrepose sous forme d'images, et celles-ci en attirent d'autres, qui les confirment et les renforcent.

Puis elle songea que ce qui n'avait pas eu lieu pouvait bien être plus « vrai » que ce qui avait eu lieu effectivement. Plus parlant, plus riche.

Elle avait renoncé à ordonner ses fragments. Tels quels, éparpillés, en vrac, ils lui offraient le seul accès qu'elle pût jamais avoir à son passé. Par instants seulement, certes, par éclats brefs.

Le plus difficile — ce qui faisait vraiment mal —, elle l'évitait encore. Si son projet était sérieux, elle ne pourrait pas continuer ainsi, il faudrait chercher plus loin, plus profond. Chez Hanna, par exemple. Ne pas se contenter de glisser sur le chagrin de grand-mère lorsque August avait percuté la rambarde du pont et s'était jeté dans la mer par une nuit noire quelque part dans le Bohuslän.

Anna était adolescente lorsque cela s'était produit et n'avait pas compris le désespoir de la vieille. August était un homme adulte qui décidait seul de sa vie. Il était divorcé et n'avait pas d'enfants. Elle interrogea Johanna, qui la considéra d'un regard distant :

— C'était son fils, Anna.

Je dois comprendre pourquoi cet événement a causé un chagrin si terrible à grand-mère. Au point de vieillir d'un coup, de façon spectaculaire, en l'espace de quelques semaines. August avait toujours manqué de volonté de vivre, disait-on. Souffert de toutes sortes de maladies. Pendant des années, Hanna avait passé ses nuits à marcher de long en large, le garçon malade dans ses bras.

C'est ce que racontait maman.

« C'était son fils, Anna. »

Peter, pensa-t-elle. Peter.

Comme grand-mère, comme maman, Anna avait eu des accouchements difficiles. Un héritage, là encore ? Génétique ? Psychologique ? Peter était né après le divorce et les retrouvailles, six ans après Malin. Deux mois trop tôt, par le siège, et maigre comme un oisillon. En l'approchant de son sein pour la première fois, Anna comprit que quelque chose n'allait pas. Il manquait de force vitale.

Les médecins se moquèrent de ses inquiétudes, le garçon était en bonne santé. Elle devait s'estimer heureuse qu'on ne l'eût pas placé en couveuse.

Rickard se trouvait dans un pays de l'Est en crise. Il aurait eu largement le temps de rentrer pour l'accouchement, si celui-ci avait eu lieu à la date prévue...

Johanna venait la voir à la maternité, s'asseyait à son chevet, et l'inquiétude dans son regard reflétait celle d'Anna.

— Si tu veux m'aider, maman, emmène les filles à Göteborg. Comme ça je pourrai me consacrer au petit quand je rentrerai à la maison.

Johanna hésitait ; elle consulta le médecin, qui la calma. Elles décidèrent de ne pas prévenir Rickard, pour ne pas l'inquiéter. Elle partit donc avec les petites, mais téléphonait à sa fille deux fois par jour :

— N'as-tu donc pas d'amie, Anna ? Où est Kristina ?

— Sur l'île d'Åland. Tout le monde est parti en vacances.

C'était un été brûlant ; Anna marchait de long en large dans l'appartement aux rideaux tirés, l'enfant dans ses bras. Il craignait la lumière. Il ne pouvait pas crier, mais gémissait dès qu'elle le posait un instant.

Oh, cette plainte ! Humble, sans espoir.

Une semaine, deux, quatre, six. Au bout de quarante jours — elle les avait bien comptés —, il mourut. C'était un mercredi. Elle avait regardé l'horloge. Trois heures de l'après-midi. Un cliché emprunté au monde des rubriques nécrologiques se transformait en vérité profonde : « Un ange est venu et reparti, le temps d'un sourire. »

Mais Peter ne lui avait jamais fait cadeau d'un sourire.

Anna tenait encore l'enfant lorsqu'elle ouvrit les rideaux et que la lumière lui blessa les yeux comme une lame. Elle regarda avec étonnement le monde qui n'avait pas changé : les gens allaient et venaient, les enfants faisaient de la balançoire, sur l'aire de jeux, se disputaient dans le bac à sable. Le téléphone sonna, elle ne réagit pas, pensa : « Je ne pourrai plus jamais répondre quand on m'appelle. »

Puis elle s'endormit, l'enfant mort dans les bras, elle l'accompagna dans le froid et la mort. Elle fut réveillée dix heures plus tard par l'arrivée de Rickard, qui avait été prévenu par Johanna et avait aussitôt pris l'avion, via Berlin.

Il s'occupa de tous les détails pratiques, médecin, pompes funèbres, coups de fil aux parents et aux amis. Il s'occupa d'elle aussi, lui fit prendre des bains chauds, l'obligea à boire, changea les draps, l'enveloppa de couvertures.

Elle l'entendait pleurer, la nuit.

Elle-même ne versa pas une larme au cours de ces premières semaines. Les semaines de l'irréalité, dirait-elle plus tard. Remplies d'expériences étranges.

Comme le jour où Rickard avait dû partir au journal.

— Je reviens dans deux heures, Anna, promets-moi de rester couchée.

Elle promit.

Lorsqu'il revint, elle avait disparu. Il se précipita dehors, la chercha partout. Il était sur le point de renoncer et d'appeler la police lorsqu'il l'aperçut. Elle se dirigeait droit vers lui, souriante :

— Quelle chance que je t'aie trouvé, dit-elle. Il faut que tu m'aides.

— Mais d'où viens-tu ?

— Du centre pédiatrique, Rickard. C'est là qu'on emmène les bébés.

— Quel centre pédiatrique ?

— Tu sais bien, dans les anciens baraquements, derrière la place.

— Voyons Anna, le centre est rasé depuis longtemps.

— Comme c'est étrange. C'est pour ça alors que je ne le retrouve pas. Tu comprends, j'ai oublié Peter là-bas. Chez l'infirmière.

Elle croisa son regard, l'interpréta de travers :

— Ne te fâche pas, Rickard. Il ne court aucun danger, je veux dire, ils sont très compétents et tout ça...

— Viens, on y va, dit-il en la prenant par le bras.

Il la conduisit sur la place où se dressaient la fontaine et la sculpture ridicule, tourna au coin de la rue jusqu'au terrain où se trouvait autrefois le centre pédiatrique et qui était à présent un parking.

— Je ne comprends pas. J'y étais il y a une heure. Où est Peter ?

— Il est mort, et tu le sais.

Il soutint son regard. Pour finir elle hocha la tête :

— Je sais.

Le soir venu, elle était lucide, mais effrayée :

— J'étais là-bas, je m'en souviens si nettement, la porte qu'ils avaient repeinte en bleu clair, Solveig, l'infirmière, fatiguée mais patiente, comme toujours. J'étais là-bas, Rickard. Pourtant c'est impossible.

— Solveig est morte quand Maria était petite. Un cancer, tu t'en souviens, nous sommes allés à son enterrement.

— Morte. Comme Peter, alors ?

— Oui.

Elle ferma les yeux. Son visage se détendit peu à peu, comme si elle comprenait. Lorsqu'elle reprit la parole, ce fut sur un ton raisonnable :

— Rickard. Je te promets de ne pas devenir folle.

— Tu as failli me faire mourir de peur, dit-il.

Elle vit alors à quel point il était pâle, épuisé, et comprit qu'elle devait se reprendre. Il lui arriva de vivre d'autres expériences dans l'irréalité, mais elle prit garde de ne plus jamais l'y impliquer.

Ce fut sa belle-mère qui l'aida à traverser le mur, en lui disant au cours d'une visite :

— Ne sois pas triste. C'était presque un embryon, après tout.

— C'était mon fils.

Alors elle put enfin pleurer. Elle pleura presque sans interruption pendant deux jours.

Ensuite elle fit le ménage dans l'appartement, rangea ses somnifères et partit avec Rickard sur la côte Ouest, rejoindre maman et les autres enfants.

Lorsque Rickard rentra ce soir-là, elle avait fini de consigner le souvenir de Peter dans l'ordinateur. Il la regarda, s'inquiéta :

— Anna, que tu es pâle !

— Lis, je vais préparer le dîner.

Elle avait préparé du plat de côtes au cours de l'après-midi. Elle éplucha les choux-raves, les pommes de terre et les carottes, les fit cuire et les écrasa dans le bouillon. Il aimait beaucoup la purée de choux-raves. Lorsqu'il la rejoignit dans la cuisine, il était pâle, les yeux cernés. Ils mangèrent en silence. Mais après, au salon, il lui dit :

— Je pense souvent à Peter, comme si... comme s'il avait eu une mission. Parce que, après, les choses ont fini par s'arranger. Entre nous, je veux dire.

Elle n'eut pas la force de répondre.

Maman a-t-elle jamais évoqué mon divorce devant grand-mère ?

Anna écrivit cette question et la considéra longuement. Puis elle ajouta : « Je ne le crois pas. Elle ne voulait sans doute pas l'inquiéter. Hanna adorait Rickard, elle aussi, il lui rappelait Ragnar, disait-elle. »

C'était plus vrai qu'Anna ne l'avait compris jusque-là.

Après un moment de réflexion, elle trouva une explication supplémentaire : maman ne lui avait rien dit au sujet du divorce parce qu'elle n'y croyait pas. Elle l'avait même dit, à quelques reprises, aux cours des années solitaires de sa fille :

— Je ne pense pas que vous échappiez jamais l'un à l'autre.

Anna avait pris sa décision en revenant de la maternité avec Malin. Rickard vivait depuis plusieurs mois avec une autre femme, dont l'odeur imprégnait tout l'appartement : ses vêtements à lui, le salon, le lit. Lorsqu'elle lui annonça qu'elle voulait divorcer, il réagit avec désespoir. Refusa de la croire.

— Anna, ce n'était qu'une bêtise, au départ... Après, je n'ai pas réussi à me débarrasser d'elle.

— Je ne te demande pas d'explications.

— Mais écoute-moi !

— Non, Rickard, je ne veux pas t'écouter. J'ai pris ma décision. Tu as jusqu'à la fin du printemps pour déménager. Ensuite nous devrons avoir une conversation commune avec Maria.

— Tu as pensé à tout.

— J'ai consulté un avocat.

— Maria sera désespérée.

— Je sais.

Maria était au cœur des événements qui s'enchaînèrent dès lors de façon autonome et inévitable. Toute l'angoisse, toute la culpabilité se concentraient désormais sur elle. C'était elle qui remplissait les journées d'Anna de douleur. Et ses nuits de cauchemars. Elle surgissait sous mille formes, l'enfant abandonnée, l'enfant tailladée au couteau, l'enfant qui se perdait dans la forêt et cherchait son papa.

Maria adorait Rickard.

Rickard était un bon père, drôle, plein de fantaisie et aussi curieux que la fillette. Un refuge.

Et Maria était une enfant sensible, débordante de tendresse pour tout et pour tous, vive, avide d'apprendre. Belle. Elle te ressemble, disait toujours Rickard. Mais ce n'était pas vrai, Maria était une réplique blonde de Johanna.

Malin, c'était autre chose, elle était encore le bébé d'Anna à part entière.

Il ne dit pas ce qu'elle redoutait plus que tout : qu'il avait l'intention de lui contester la garde des enfants. Il dit simplement : « Est-ce que je peux offrir un chien à Maria ? »

C'était un vendredi soir. Il disparut et ne revint que le dimanche avec une gueule de bois monumentale, à moitié fou de désespoir. Anna descendit avec les filles chez Kristina, qui habitait l'étage au-dessous.

— Tu peux t'occuper des enfants ?

Lorsqu'elle revint dans l'appartement, il était sous la douche. Elle lui dit, le plus calmement possible :

— Nous devons essayer de parler comme des adultes.

— De quoi ?

— De la manière dont nous allons nous y prendre pour causer le moins de mal possible aux enfants et à toi. Et à moi.

— Toi, tu es en béton, tu t'en sortiras très bien. Pour ma part j'ai l'intention de boire jusqu'à ce que mort s'ensuive.

— Rickard !

Mais il alla se coucher.

Le lendemain matin il s'était un peu calmé, on pouvait à nouveau lui adresser la parole. Il accompagna Maria à la crèche comme d'habitude, revint à l'appartement et appela le journal pour annoncer qu'il était malade. Anna lui fit son rapport tout en allaitant Malin. Il aurait les enfants un week-end sur deux, et un mois chaque été.

— Magnifique, dit-il.

Elle avait aussi besoin d'une pension, pour les enfants, mille couronnes par mois.

— Pour joindre les deux bouts, dit-elle.

Elle avait déjà pris la décision d'emménager dans un appartement plus petit et d'accepter le poste d'enseignante qu'on lui proposait à la faculté de sociologie. Par ailleurs, elle continuerait d'assurer un certain nombre de missions en free-lance.

— Mais tu n'en voulais pas, de ce poste. Et ton livre ?

— Ça, c'était une autre époque, dit-elle.

Il pleurait à présent. Lorsqu'il reprit la parole, ce fut pour la supplier, d'une voix presque inaudible :

— N'y a-t-il rien au monde que je puisse faire pour que tu changes d'avis ?

— Non.

Elle n'avait pas la force d'en dire plus.

Ensuite, rien ne se passa comme Anna l'avait prévu. Rickard fut nommé correspondant du journal à Hong Kong.

— Chargé de tout l'Extrême-Orient, dit-il.

Va au diable, pensa Anna en le félicitant.

Ils eurent une conversation avec Maria. Rickard lui expliqua qu'il devait partir, Anna dit qu'ils avaient des difficultés l'un avec l'autre, papa et elle. Ils avaient besoin de... se séparer.

Maria répondit que c'était bien.

— Comme ça tu pleureras peut-être moins, maman.

À Rickard, elle dit qu'elle ne voulait pas de chien.

Anna et Maria le conduisirent à l'aéroport d'Arlanda. La petite fille de cinq ans tendit la main à son père :

— Au revoir, papa.

Ce fut tout.

Il paraissait lourd et vieux, tandis qu'il s'éloignait vers la porte d'embarquement. Anna faillit exploser de pitié. Et de doute.

Les premiers mois de solitude... Dieu qu'il lui manquait ! Elle le cherchait à tâtons dans son sommeil, embrassait son oreiller, sans réussir à verser la moindre larme. Sèche, desséchée, elle guettait sa présence à chaque coin de rue, sur les places, dans les magasins. Ce fut alors qu'elle commença à rêver du désert. Chaque nuit, elle errait dans un désert sans fin où elle le voyait, de dos, disparaître entre les dunes. Ses pieds s'enfonçaient dans le sable lourd, elle était épuisée, morte de soif, cherchait de l'eau, n'en trouvait pas, voulait se reposer mais l'apercevait à nouveau et s'obligeait à continuer. Elle emprunta des somnifères à Kristina et eut ainsi quelques nuits de répit. Le dernier rêve fut le plus difficile. L'homme qui marchait devant elle sur le sable brûlé se retourna. Elle vit alors que ce n'était pas Rickard mais le psychiatre, celui qui avait dit : « Vous castrez votre mari. »

Elle réussit à obtenir un deux-pièces juste au-dessus de la crèche. Un homme se proposa pour l'aider à déménager. Un vieil ami, pragmatique et adroit de ses mains. Sous l'effet de la gratitude — de la solitude ? du désir ? —, elle coucha avec lui et découvrit que leur étreinte ressemblait à son errance dans le désert, stérile et dépourvue de sens. Elle se réveilla avec un goût de sable dans la bouche, lui murmura qu'il devait partir, que Maria ne devait pas le trouver là. Il obéit ; elle se rendit compte que leur rencontre avait été une déception pour lui aussi. Elle raconta l'épisode à Kristina et conclut :

— Je suis la femme d'un seul homme.

— Que c'est beau ! Dommage que Rickard soit l'homme de plusieurs femmes.

Elles tombèrent d'accord sur le fait qu'il devait se plaire en Orient, au milieu des geishas, des épouses de diplomates et des femmes reporters si raffinées qu'elles avaient vues à la télévision.

Mais dès qu'Anna se retrouvait seule, elle savait que ce n'était pas vrai, que Rickard était désespéré. Pour la première fois, elle se demanda si c'était possible, si le but de ses infidélités était réellement de l'atteindre, elle.

Elle se dit qu'elle était ridicule. Et, l'instant d'après : « Si c'était vrai, ce serait encore pire. »

Elle était si absorbée dans ses réflexions qu'elle sursauta lorsque la sonnerie du téléphone retentit. C'était Maria.

— Oh, ma chérie ! s'exclama-t-elle en reconnaissant la voix de sa fille.

— Tu dormais, maman ?

— Non, non, je prenais des notes, j'étais dans mes souvenirs.

— Je me demande si c'est vraiment bon pour toi, dit Maria d'une voix soucieuse. Elle revenait d'Oslo. Ah oui ! La fameuse conférence, bien sûr.

— J'ai fait un détour par Göteborg pour rendre visite à grand-père.

— Comme c'est gentil de ta part !

Maria lui dit que c'était insupportable, aussi bien chez le vieux qu'à l'hôpital. Insupportable et impossible à modifier.

— J'ai beaucoup pensé à toi. Ça doit être horrible d'y aller toute seule chaque mois, comme tu le fais. La prochaine fois, je t'accompagne.

— Oh Maria, quel plaisir ! On prendra la voiture, on dormira quelque part en route, on aura enfin le temps de bavarder...

Elle n'avait pu contenir sa joie. Mais Maria se rembrunit et Anna comprit qu'elle venait une fois de plus de faire ce qu'elle détestait le plus au monde : culpabiliser sa fille.

Une demi-heure plus tard, Malin l'appela en disant qu'elle venait de parler à sa sœur et qu'elles l'accompagneraient désormais à tour de rôle, le plus souvent possible, lorsqu'elle se rendrait à Göteborg.

— Je crois que vous êtes devenues folles, dit Anna.

Malin était très différente de sa sœur. De sa mère aussi, d'ailleurs. Plus ouverte, plus logique, moins sentimentale. Rickard et Anna se demandaient souvent comment ils avaient pu engendrer une fille qui étudiait la physique théorique.

— J'étais si contente que j'ai donné mauvaise conscience à Maria.

— À moi aussi, répliqua Malin avec insouciance. Seuls les monstres ne se sentent jamais coupables, tu sais bien.

— Sel de ma vie, dit Anna avec tendresse. C'était l'un des surnoms affectueux qu'elle donnait autrefois à son étonnante cadette.

Johanna n'était pas présente au cours des six premiers mois de sa solitude, au moment du déménagement et lorsqu'elle avait pris ses dispositions pour les filles. C'était l'époque où Hanna se mourait, dans la maison de Johanna. Maman aurait eu besoin d'un sérieux coup de main. Je n'ai eu le temps d'y aller qu'une fois.

Comme l'avait souligné Malin, il est impossible de vivre sans se rendre coupable.

Elle avait pris des notes toute la journée dans le troisième cahier, le rouge, celui qui portait l'étiquette « ANNA ». Elle le rouvrit à la première page et écrivit : « De la culpabilité, de la gratitude et du fait d'avoir des filles. »

Puis elle assortit sa phrase d'un point d'interrogation.

Le vendredi matin, Rickard se réveilla d'humeur sombre.

— Tu as mal dormi ?

— Oui.

Dans le hall d'entrée, alors qu'il s'apprêtait à partir au journal, il se retourna.

— Tu as cité ma lettre de Rome, dit-il.

— Mais ce ne sont encore que des notes, Rickard. On pourra en reparler... quand on saura si ça fera vraiment un livre.

— Ce n'est pas ça. Tu n'as jamais répondu à ma question.

— Quelle question ? demanda-t-elle, alors qu'elle le savait très bien.

— Pourquoi tu ne m'as jamais écouté, pourquoi tu n'as jamais fait l'effort d'essayer.

— C'était bien cela, dit-elle.

Elle lava la vaisselle, rangea les bols du petit déjeuner. Ses propres paroles lui résonnaient aux oreilles : « C'était bien cela. »

Puis elle s'assit à son bureau et écrivit :

Je voudrais m'essayer à un conte. Pourquoi ? Je n'en sais rien, certains prétendent que le conte en dit davantage que les comptes rendus tirés de la « réalité », et c'est peut-être vrai.

Mais surtout, sans doute, parce qu'un conte n'a pas besoin d'être compris.

Il était une fois une petite fille qui habitait dans un grand château. Dans ce château, il y avait trois salles chargées de secrets, des armoires remplies de choses merveilleuses, des livres d'images, des photographies de personnes inconnues qui la dévisageaient gravement, alors même qu'elles étaient mortes. Le château était entouré d'un grand jardin où poussaient des roses et des fraises. Dans un coin du jardin, il y avait une montagne qui se dressait très haut, jusqu'aux nuages. Un jour, elle l'escalada. Elle vit alors que la mer bleue rencontrait le ciel, très loin là-bas, quelque part. La montagne devint sa maison ; chaque matin, elle grimpait jusqu'au sommet et s'inventait des mondes au milieu des blocs de pierre.

La montagne parlait avec la mer ; cela, elle l'avait entendu dès le premier jour. Après quelque temps, elle s'aperçut que la montagne lui parlait aussi à elle, tout comme au lilas qui fleurissait en contrebas, au pied-de-loup, à la joubarbe et à la saxifrage qui poussait dans les crevasses.

C'était toujours l'été, dans ce pays ; il faisait beau, elle était heureuse. Sa maman l'adorait. Et son papa était fier d'elle parce qu'elle était intelligente et appliquée. D'ailleurs, sa mère le lui répétait presque chaque jour. Qu'elle était une petite fille heureuse. Qui avait tout ce qu'une petite fille peut souhaiter.

Quand on a tout ce qu'on peut souhaiter, on n'a pas le droit d'être triste. C'était un grand souci pour la petite fille. Car, parfois, elle était triste d'une façon incompréhensible. Et parfois aussi, elle avait affreusement peur.

De quoi avait-elle peur ? Que sa maman meure ? Non, bien sûr. Bon, oui, d'accord. Mais pourquoi ?

Elle ne le saurait jamais.

Un jour que la peur lui faisait battre le cœur si fort qu'elle crut en mourir, elle découvrit un escalier secret qui s'enfonçait dans la montagne. Elle descendit les marches et se retrouva dans une grotte qui était juste à sa taille. Elle s'y installa et constata bien vite qu'elle n'avait plus mal.

Elle eut le sentiment d'avoir été choisie.

Combien de temps joua-t-elle ainsi ? Un été ? Plusieurs ? En tout cas, il fallut des années à la petite fille heureuse pour comprendre qu'il était dangereux, ce jeu qui la rendait insensible et invisible. Lorsqu'elle s'en aperçut enfin, elle était déjà grande et n'habitait plus chez ses parents.

La montagne, elle l'avait emportée en partant. Elle s'y réfugiait dès qu'elle se sentait triste ou qu'elle avait peur. Les murs épais de la caverne l'effrayaient, à présent. Mais la montagne la tenait dans son pouvoir.

Lorsque le prince arriva et que l'amour la rendit plus vulnérable que jamais, elle trouva un nouvel usage pour sa grotte secrète.

Le prince trouvait qu'elle devenait souvent froide et inaccessible. Et c'était vrai. Il fait un froid de mort dans cette montagne. Celle qui s'y attarde trop longtemps finit par se transformer en pierre. Elle ne peut ni se défendre, ni brûler de jalousie, ni crier, ni écouter, ni poser de questions, ni accuser qui que ce soit.

La petite fille continua donc malgré elle à se réfugier dans sa grotte et à blesser son prince. Mais sa faute la faisait souffrir chaque fois qu'elle se risquait au-dehors et qu'elle contemplait le désastre.

Puis ils se marièrent et vécurent... jusqu'à la fin de leurs jours.

Lorsque Anna eut fini d'écrire son conte, elle referma le cahier et se mit à tourner en rond comme un animal en cage, en donnant des coups de pied aux tables et aux chaises.

Elle remplit un grand verre de whisky et le vida d'un trait. La pièce se mit à tourner. Mais elle était folle et têtue, comme quelqu'un qui se croit sur le point de retrouver un objet précieux. Elle reprit le stylo et ouvrit le cahier à une nouvelle page.

Elle avait trouvé ce qu'elle cherchait : le moment de la mort de Peter.

Lorsqu'elle s'était endormie en serrant l'enfant mort dans ses bras.

Et lorsqu'elle s'était perdue dans l'irréalité, en laissant son petit garçon au centre pédiatrique.

Celle qui s'obstine à fuir est en danger de folie.

Elle remplit son verre pour la deuxième fois et l'emporta dans la chambre. Elle ne se réveilla pas lorsque le téléphone sonna, pas même lorsque Rickard ouvrit la porte et la secoua.

— Anna, tu es ivre !

— Oui. Va lire ce que j'ai écrit.

Lorsqu'elle se réveilla à nouveau, il était assis sur le bord du lit. Il lui avait apporté du lait et des tartines.

— Je m'en étais douté, dit-il.

Il resta silencieux un moment avant d'ajouter :

— Je ne crois pas que tu risques de devenir folle. Et tu n'as pas de dette envers moi. Tout le monde a ses bizarreries, c'est une chose qu'on apprend avec le temps. Non, le vrai danger, c'est que quand on a une grotte où se réfugier, on n'apprend jamais à se battre.

— Et il faut savoir se battre ?

— Oui.

Samedi. Excursion.

Anna se réveilla de bonne heure, prépara le pique-nique, regarda par la fenêtre de la cuisine la grisaille céder peu à peu la place au soleil, au-dessus de la ville.

Il fera beau aujourd'hui. Bien sûr !

Rickard apparut, ensommeillé, mal rasé, dans son vieux peignoir horrible.

— Comment te sens-tu ? demanda-t-il.

— Comme si j'avais de la limonade dans les veines. Ça pétille.

— Curieuse gueule de bois...

— Idiot. Je suis contente, ça fait longtemps que je ne me suis pas sentie aussi légère.

— Catharsis ?

— Précisément.

De la cuisine, elle l'entendit téléphoner aux filles pour les inviter le lendemain. Excursion avec surprise, dit-il. Il est si sûr de lui, pensa-t-elle. Sûr qu'elles auront le temps de venir. Et l'envie. Et que la vente aura bien lieu.

Lorsqu'ils furent sortis de la ville et que la circulation se calma un peu, il lui dit :

— J'ai compris quelque chose cette nuit. Tu t'es obstinée à vivre dans ces gratte-ciel monstrueux parce que tu avais peur des jardins.

— Mon Dieu !

Il a raison, pensa-t-elle. Les banlieues de béton n'ont pas de secrets. Le reflet des néons ne laisse aucune place aux symboles, aux arbres ni aux fleurs. Ni aux montagnes.

— Mon Dieu, répéta-t-elle.

— Mais encore ?

— C'est tellement triste, Rickard. Que nous ayons vécu dans des endroits si... mornes, pendant toutes ces années. Sans jamais nous y plaire.

Ils restèrent longtemps silencieux. Puis, alors qu'il était en train de doubler une voiture :

— Le jardin est plein de grands rochers, dit-il.

— Formidable !

Un vieil homme les attendait au croisement. Ils suivirent l'étroit sentier plein de nids-de-poule. Ce sera plus dur que je ne le pensais, songea Anna. En hiver, avant le passage du chasse-neige. Et au printemps, au moment du dégel. Mais la forêt s'étendait des deux côtés du chemin, une vraie forêt mêlée, à l'ancienne, avec des bouleaux, des trembles et des érables au milieu des sapins.

Deux maisons basses apparurent, des résidences secondaires comme on en construisait dans les années soixante, réunies par une galerie vitrée aux allures de véranda. Entre les trembles, on distinguait le lac ; pas la mer, mais un grand lac tranquille.

— Mon Dieu ! fit Anna une fois de plus.

L'homme parut surpris et elle précisa :

— Je ne comprends pas comment on peut songer à vendre un endroit pareil.

— Ma femme est morte cet été.

Il n'y avait rien à ajouter.

Les deux hommes commencèrent par examiner le puits. Anna les écouta échanger quelques termes techniques et décida d'entamer une exploration en solitaire. Il y avait beaucoup de rochers, comme l'avait dit Rickard, de gros blocs aplatis aux crevasses remplies de fougères. Et beaucoup de rosiers, exactement comme elle l'avait imaginé. En descendant vers le lac, elle découvrit la cabane, croulante, abandonnée, merveilleuse.

Les anciens propriétaires avaient choisi d'aménager le jardin du côté opposé au lac, à l'abri du vent. Il restait deux vieux pommiers aux branches chargées de fruits. Des pommes rouges. Anna s'adossa au tronc rugueux de l'un des deux et lui dit bonjour. Cela ne faisait aucun doute, ils se connaissaient depuis mille ans.

Le week-end suivant, Anna et Maria partirent ensemble pour Göteborg. Maria consacra son temps au vieux, lui fit la conversation, s'occupa du ménage et de la cuisine. Anna rendit visite à sa mère à l'hôpital. Elle lui parla de Hanna.

Je viens de passer beaucoup de temps avec ta mère. Je crois presque que je commence à la comprendre. C'est plus difficile de me faire une image de toi et de ta vie. Tu es trop proche, je ne te distingue pas vraiment. C'est sans doute vrai, ce qu'on dit : nous comprenons le moins ceux que nous aimons le plus. J'ai deviné que tu étais une personne secrète. Alors je me suis dit que tu t'exprimerais en ton propre nom. Après tout, tu es douée pour raconter les histoires, maman.

Sur le chemin du retour, dans la voiture, elle parla à Maria de Hanna et du Dalsland.

Ton arrière-grand-mère.

Lorsqu'elle fut à nouveau dans son bureau, elle examina longuement les rayonnages, déchiffrant des titres, ouvrant des livres au hasard, retrouvant des mots qui avaient eu autrefois beaucoup d'importance pour elle.

Cherchait-elle des modèles ?

Non, ses pensées étaient d'ordre pratique : comment emballer tout cela, et où trouver de la place dans les petites maisons au bord du lac. Rickard lui avait dit, comme Ragnar autrefois à Hanna :

— Tu pourrais en profiter pour te débarrasser de pas mal de vieilleries.

Et, comme Hanna, elle s'était demandé : « Quelles vieilleries ? »

Elle s'attarda devant l'étagère des poètes, en compagnie d'Ekelöf, Stagnelius, Martinson, Boye... Elle comprit tout à coup qu'elle cherchait une tonalité. Celle de maman. Elle songea que chaque personne possède une tonalité unique, qui n'appartient qu'à elle. Bien entendu, elle ne la trouvera pas tout de suite, pas de cette manière. Et elle n'a pas la prétention de croire qu'elle parviendra à la faire résonner comme autrefois.

Mais si elle prend patience, si elle attend, elle finira peut-être par la découvrir.

JOHANNA

(1902-1987)

Ma vie se divise en deux parties égales. La première a duré huit années d'enfance, qui me paraissent aussi longues que les soixante-quinze qui ont suivi. Quand je repense à la seconde moitié de ma vie, je découvre quatre événements qui m'ont changée.

Le premier, ce fut le jour où une main invisible m'empêcha d'ouvrir une porte. Un miracle, qui me rendit le sens de la réalité.

Le deuxième, ce fut lorsque je trouvai un travail qui me plaisait, lorsque je gagnai mon autonomie et devins membre du Parti social-démocrate.

Ensuite, ce fut l'amour et le mariage.

Le quatrième, ce fut lorsque je donnai naissance à ma fille, qui porte le nom de la vieille sage-femme de là-haut. Et lorsque, à son tour, elle eut des enfants, mes petits-enfants.

Entre ces événements, rien d'autre qu'une vie de femme ordinaire : beaucoup de soucis, beaucoup de travail, beaucoup de joies, beaucoup de victoires — moins nombreuses cependant que les défaites. Et puis le chagrin, bien sûr, sous-jacent à tout le reste.

J'ai beaucoup réfléchi au chagrin. C'est de lui, malgré tout, que nous vient la compréhension. La sollicitude, le désir de changer les choses... Nous ne deviendrions sans doute pas humains si le chagrin n'était pas toujours présent, au fond de notre être.

Je devrais ajouter quelque chose avant de commencer. J'ai toujours recherché la vérité, dans la croyance enfantine qu'elle existait et qu'elle était une. Quand elle se brisa en mille vérités éparses, il me devint de plus en plus difficile de penser.

Je n'ai pas de mots pour décrire les huit premières années dans le Dalsland. J'ai peut-être épuisé ma réserve de paroles lorsque Anna était petite. C'était pour l'amuser. Mais aussi pour qu'elle se sente chez elle dans le monde qui advient entre l'enfant, les histoires et la nature. À présent, je me demande si cela a servi à quelque chose. Anna n'est pas devenue une femme heureuse.

Au fil des ans, je perdis moi aussi le lien avec le Dalsland. La perte devint manifeste le jour où Anna me conduisit là-bas en voiture. Je reconnaissais tout, le torrent, les lacs, les arbres et les sentiers. Mais eux m'avaient oubliée. Ce fut une expérience amère, et je pleurai beaucoup.

On ne doit pas retourner sur les lieux sacrés.

Johanna l'enfant de la ville est née dans une mercerie de Göteborg, au coin de Haga Nygata et de Sprängkullsgatan. La boutique ressemblait à une maison de poupée pleine de tiroirs secrets qui contenaient des rubans, des élastiques, des dentelles, d'innombrables merveilles qu'on étalait pour moi sur le comptoir de bois sombre et poli. J'aimais par-dessus tout les fusettes de soie.

— Tu as les doigts propres ? demandait Lisa.

Je me brossais les mains jusqu'à en avoir la peau rongée. Je commençais toujours par le tiroir violet. Un éventail éblouissant qui allait du lilas très pâle au bleu nuit à peine teinté de rouge.

— La couleur de la reine ?

— Je crois bien, disait Lisa avec un sourire.

Lisa riait rarement et ne criait jamais d'étonnement ou de colère. Elle était discrète et immuable, ce qui me donnait un sentiment de sécurité. Je passai les premiers jours à m'occuper de la boutique tandis qu'elle, assise devant la machine dans la petite pièce du fond, me cousait une robe de cotonnade à petits carreaux gris et blanc.

— Pas trop de couleur, disait-elle. À cause de ta maman.

Mais elle me fit un col, des manchettes et des poches en coton vert clair imprimé de roses.

À l'instant où j'enfilai la robe, je compris que ma deuxième vie commençait, loin de papa et du torrent. Ce n'était pas facile. J'ai songé plus d'une fois que, sans Lisa, j'aurais sans doute fini dans le canal de Rosenlund.

Le pire, au début, c'était mon accent. Je m'exprimais en patois, et je ne m'en rendais même pas compte. J'avais été bonne élève, là-haut au village, et je portais ma jolie robe neuve pour le premier jour d'école, à la ville. J'avais peur, bien sûr... mais je pensais être comme les autres. Dieu qu'ils se sont moqués de moi !

On me demanda de lire un paragraphe dans un livre. Mais je n'arrivai pas au bout, à cause des rires méchants. La maîtresse me gronda :

— On doit parler comme on écrit, Johanna. Les mots ne changent pas sous prétexte qu'on les prononce à voix haute. Mets-toi ça dans la tête pour la prochaine fois.

Son intention n'était peut-être pas mauvaise, mais elle ignorait ce qui m'attendait à la maison : les lits défaits, les montagnes de linge sale, les piles de vaisselle... Et les chaussures boueuses des garçons qu'on m'obligeait à cirer. Je n'avais qu'une demi-heure pour tout ranger avant que mère ne rentre de la boulangerie, en colère comme toujours lorsque la fatigue prenait le dessus. « Tu n'es qu'une paresseuse pourrie par ton père ! » Un soir elle me frappa au visage, si durement que je ne pus aller à l'école le lendemain.

À compter de ce jour, je pris l'habitude de me réfugier chez Lisa avant le retour de mère. Je voyais bien qu'elle en était attristée, mais elle ne me faisait aucune réflexion. N'osait rien dire, sans doute, car j'aurais pu me plaindre auprès de Ragnar. Jour après jour, dans l'arrière-boutique de Lisa, je m'entraînais à lire à voix haute. Je découvris bientôt que ce n'était pas tout à fait vrai, ce qu'avait dit la maîtresse : on ne prononçait pas toujours toutes les lettres. Mais avec l'aide de Lisa, j'appris à m'exprimer comme les autres.

Je pensais que c'était du suédois de Suède. Bien des années plus tard, au cours d'une réunion politique, une femme me fit remarquer : « C'est charmant, l'accent de Göteborg, mais tu pourrais peut-être l'affiner un peu. » Je faillis tomber d'étonnement.

Je commençais à bien me débrouiller à l'école, même si je ne me fis jamais d'amis et même si mes camarades continuaient à se moquer de moi. À la maison, ça allait de mal en pis. Mes frères avaient cessé de travailler et passaient leur temps à boire. J'étais dans la cuisine, je les entendais parler de femmes, de putes, de baise, de queues et de trous. Je lavais la vaisselle, je les écoutais, je les haïssais.

Ce fut alors que je pris ma première décision : ne jamais me marier, ne jamais avoir affaire à un homme.

Lorsque les choses allèrent un peu trop loin et que Ragnar intervint en esquintant mes frères et le mobilier, je me réjouis. J'assistais à la scène dans un coin, mère hurlait de terreur et je me disais que c'était bien fait pour elle. Je fus autorisée à aller habiter chez Lisa et Ragnar, le calme revint. Je continuais de passer à la maison après l'école pour tenter de remettre un peu d'ordre. Mais je m'arrangeais toujours pour être partie avant le retour de mère.

J'avais commencé à la mépriser.

— On dirait une vieille romanichelle, dis-je à Lisa. Elle me gronda, bien sûr, mais fit une réflexion que je n'ai jamais oubliée :

— Bien sûr qu'elle est un peu... primitive.

Primitive ! Comme les indigènes, pensai-je, moi qui venais d'apprendre à l'école l'existence des sauvages en Afrique, à cause de la rencontre entre Stanley et Livingstone. Après cette conversation, je pris ma deuxième décision : pour ma part, je deviendrais une adulte civilisée et cultivée.

Dans l'appartement de Lisa — qui était situé en face du nôtre, de l'autre côté de la cour —, il y avait beaucoup de livres. Au moins dix, c'est sûr, peut-être quinze. Je les avais tous lus. Il y était toujours question d'amour et cela me paraissait bien étrange. Lorsque j'en parlai à Lisa, elle se montra surprise et réfléchit longuement avant de répondre :

— C'est comme ça, Johanna. Moi par exemple, je suis désespérément amoureuse de Ragnar. Ça me dévore jour et nuit, et pourtant je ne peux rien y changer.

J'en restai bouche bée. Je voulais lui dire que Ragnar était un type bien, d'une gentillesse étonnante pour un homme, je voulais la consoler.

La *consoler* ?

— Alors c'est pour ça que tu es si triste, dis-je finalement.

Cela m'étonna moi-même. Je n'avais jamais formulé ce constat, qui paraissait soudain tellement évident : la tristesse de Lisa...

Je ne me souviens pas de sa réponse. Il me fallut bien des années pour faire le rapprochement entre la réputation d'homme à femmes de Ragnar et les récits bravaches de mes frères sur le thème des queues, des trous et des putes.

Lisa m'enseigna trois choses de première importance : comprendre les autres, endurer sans se plaindre et tenir une boutique.

Anna affirme que j'ai trop bien assimilé la première leçon, celle qui consiste à comprendre et à compatir.

Ma mère ne compatissait jamais, elle jugeait et désavouait et s'épargna de la sorte beaucoup d'ennuis.

Mais lorsque Lisa m'expliqua que mes ivrognes de frères avaient peur, qu'ils se sentaient perdus, isolés et étrangers dans la grande ville, je crus reconnaître quelque chose, comme une mélodie oubliée et pourtant familière. Longtemps après, je m'aperçus que je l'avais apprise de mon père, à une époque si lointaine que je ne me souvenais plus des paroles. Seulement de l'émotion, qui est toujours plus forte que les mots.

Pour le reste, je partage le point de vue d'Anna : lorsque l'on s'efforce de comprendre, on en subit trop. Ce qui nous sépare, c'est notre attitude de départ. D'après moi, la vie doit faire mal. Anna considère qu'il faudrait en jouir. Cette exigence la rend amère et affamée. Je n'ose pas trop y réfléchir, car je sais bien qui lui a appris à n'attendre que le meilleur de l'existence.

Lisa était une femme compréhensive qui en avait subi beaucoup trop. D'abord un père alcoolique qui battait sa femme et ses enfants, deux frères morts, un troisième émigré en Amérique. Lisa avait fui à Göteborg alors qu'elle n'avait que douze ans. Elle ne parlait pas volontiers de ces premières années. D'après ce que j'ai cru comprendre, elle mendiait et dormait sous les porches. Puis ce fut l'usine textile, où la poussière lui abîma les poumons. C'était terrible d'entendre sa toux au cours des longs automnes humides de Göteborg. Ragnar ne le supportait pas ; dès qu'elle se mettait à tousser, il disparaissait dans la ville, comme si on l'avait chassé. Je savais bien ce qui le tourmentait, mais ses départs attristaient Lisa.

Sa mère mourut, à la campagne ; le père se suicida peu après. Lisa hérita seule de la ferme, car on n'avait pas retrouvé trace de son frère. Il apparut alors qu'elle était douée pour les affaires. Elle vendit les bêtes à la foire, les champs au voisin, la forêt à une entreprise et la maison à un grossiste qui cherchait une résidence d'été sur la côte de Halland.

Avec cet argent, elle acheta la mercerie qui se trouvait à la limite des faubourgs ouvriers de Haga et du quartier chic de Vasastan. Et ce fut certainement une femme libre et indépendante, jusqu'au jour où elle rencontra Ragnar et en tomba désespérément amoureuse.

Était-elle heureuse auparavant ? Je n'en sais rien.

Mais elle paraissait bien heureuse le jour de son mariage, lorsqu'elle accéda au statut d'épouse et de femme respectable. C'était l'œuvre de Hanna Broman, disait-elle, en ajoutant qu'elle lui en serait reconnaissante jusqu'à la fin de ses jours. Je me souviens de m'être longtemps demandé ce que mère avait bien pu dire à Ragnar. À ma connaissance, il n'avait jamais pris au sérieux ce qu'elle lui racontait. Il se moquait d'elle.

Moi, je ne me moquais pas de ma mère. Je la haïssais, je la houspillais et j'avais honte d'elle.

En pleine guerre, à l'époque où la nourriture faisait le plus cruellement défaut, j'eus mes premières règles. Mère se lamenta en disant que c'était le début du malheur, que la honte pourrait désormais me frapper à tout moment. Je me souviens nettement de sa terreur. Elle était toute pâle tandis qu'elle m'apprenait à attacher les bandes de tissu épais.

— Jure-moi de faire attention, dit-elle. Et de bien te méfier.

J'essayai de l'interroger mais elle renifla avec mépris, rougit et refusa de répondre.

Comme souvent dans les cas difficiles, j'allai trouver Lisa. Mais cette fois, elle ne me fut d'aucun secours. Elle aussi prit une voix chevrotante pour dire qu'elle devait en parler à Ragnar. Je compris donc que le pire n'était pas le sang répugnant qui s'écoulait de moi. C'était autre chose, de bien plus horrible.

Le lendemain, Ragnar m'expliqua avec brusquerie que je devais faire attention aux hommes. Je n'en appris pas davantage. Le reste, je le déduisis par moi-même. Je pensai aux mots affreux que j'avais entendu prononcer par mes frères. Une image d'enfance me revint en mémoire. Nous avions traversé la forêt, Erik et moi, en traînant une vache qu'il fallait mener au taureau dans la ferme du grand-père. À notre arrivée, une tante nous avait servi des gâteaux et du sirop.

Puis j'avais vu le taureau prendre son élan et grimper sur la vache. J'avais eu terriblement pitié d'elle.

Je savais donc bien ce qu'il en était.

Lisa donna naissance à son premier enfant. Ce fut au cours de cet été-là que j'appris à tenir une boutique. Cela se passait bien, je prenais plaisir à compter, à mesurer le tissu et à bavarder avec les clientes. Lisa disait que je me débrouillais à merveille pour une fille si jeune. Elle passait me voir avec le bébé à l'heure du déjeuner, me donnait à manger, comptait la recette et ne se tenait plus de joie.

— Eh bien ! Dommage que je n'aie pas les moyens de t'embaucher...

Les dames distinguées de Vasastan affirmaient que j'avais bon goût. En réalité, je me contentais de leur donner raison : oui, ce ruban jaune était ravissant et oui, le bleu allait si bien à madame Holm. Elles n'y voyaient que du feu et je me moquais d'elles en cachette.

J'appris bien plus de choses sur les gens que sur les tissus et la passementerie. Mais surtout, j'appris l'art de m'occuper d'une boutique.

Mère était heureuse de l'argent que je gagnais. Mais elle n'aimait pas me savoir seule à la mercerie.

— Attends d'avoir fini l'école, on trouvera bien à te placer. Comme ça au moins, on t'aura à l'œil.

— Jamais !

Je continuai de hurler mon refus tout au long de ma dernière année de scolarité, mais en vain. Mère était plus têtue qu'un âne. Lisa essaya de la convaincre, sans succès. Pas même Ragnar ne put la fléchir. Erik fit une dernière tentative :

— Vous êtes bête, mère. La petite est beaucoup trop maligne pour faire la bonne.

— Elle est pas plus maligne qu'une autre.

Je fus placée dans une maison bourgeoise de la rue Viktoria. Le maître, surtout, était très distingué, se faisait appeler docteur et écrivait dans les journaux. Je comprends rétrospectivement que c'est chez eux que je suis devenue sociale-démocrate. Ils étaient d'une essence tellement supérieure à la mienne ! Pour eux, c'était l'évidence même. Ils ne me voyaient pas, je n'existais pas. Ils lâchaient des gaz, se parlaient en ignorant ma présence, sentaient mauvais, laissaient des taches répugnantes sur les draps, et de drôles de tétines en caoutchouc dans le lit.

Au début je me dis qu'ils n'avaient aucune pudeur. Mais ensuite, lorsque je vis la manière dont ils se mettaient en frais dès qu'il venait des invités, je compris : je n'étais rien. Je n'avais pas plus d'existence que leur chien.

Ils m'exploitaient comme un animal, d'ailleurs, de six heures du matin lorsque leurs gamins se réveillaient jusqu'en fin de soirée, puisque je devais aussi les servir à table. Mon salaire était dérisoire et ils l'envoyaient directement à ma mère. J'avais droit à un après-midi de congé tous les quinze jours. J'allais alors chez Lisa, jamais chez ma mère. Je passai deux ans ainsi, dans un état de solitude indescriptible.

Une nuit, le docteur s'attarda dans la salle à manger pour rédiger un article en buvant du cognac. Soudain je l'entendis traverser la cuisine en titubant et s'approcher du réduit qu'on appelait la chambre de bonne. Il trébucha au moment d'ouvrir la porte et j'eus le temps de bondir de mon lit. Lorsqu'il se jeta sur moi, je lui décochai un coup de pied à l'entrejambe. Il poussa un hurlement. Son épouse surgit peu après et se mit à crier elle aussi, pendant que j'attrapais mon manteau et dévalais l'escalier. Je courus jusque chez Ragnar et Lisa, je cognai à leur porte comme une folle. Je ne pense pas avoir jamais vu Ragnar dans un tel état de colère. Il se précipita rue Viktoria, en pleine nuit.

Je n'ai jamais su ce qu'il raconta aux élégants bourgeois, s'il menaça de les étriper, d'appeler la police ou les deux. Mais il dut leur faire peur, parce qu'à son retour il me tendit cinquante couronnes.

— Cache ça, dit-il, que la mère ne voie pas cet argent.

J'ignore également ce qu'il raconta à mère le lendemain matin. Mais elle tomba malade et resta alitée trois jours avec une forte fièvre. Lorsqu'elle se leva pour retourner à la boulangerie — les employés n'avaient pas le droit d'être malades plus de trois jours —, elle essaya de me dire quelque chose. Mais elle n'y parvint pas et moi, cela m'était égal. Je savais que je l'avais vaincue.

— Tu es maigre comme un squelette, dit-elle en rentrant dans l'après-midi.

— Qu'est-ce que vous croyez ? Ils ne me donnaient rien. Les restes, oui, quand ils avaient fini de manger. Mais ils laissaient rarement quelque chose.

— Faut croire que la nourriture manque même chez les maîtres.

Elle m'avait apporté une tartine. Je la lui lançai au visage et m'enfuis chez Lisa. Là-bas, je repris des forces, car on mangeait bien chez eux, malgré la guerre. Les voisins murmuraient que Ragnar faisait du marché noir, mais je ne savais pas ce que c'était, et d'ailleurs je m'en fichais. Je dévorais comme quatre et, le reste du temps, Lisa m'envoyait faire de longues promenades avec ses petits.

C'étaient de gentils enfants, calmes et affectueux. Nous découvrîmes ensemble la forêt de Slottsskogen, qui me rappelait celle de chez nous, mais en plus beau bien sûr, avec ses talus d'herbe douce et des arbres extraordinaires que je ne connaissais pas. Et toutes ces fleurs !

Le soir, avant de m'endormir dans la cuisine de Lisa, je repensais à cette fameuse nuit, quand le docteur avait trop bu. Au début, je me rappelais surtout que je n'avais pas eu peur ; j'étais même très fière de mon courage. Mais après quelque temps, je m'aperçus que je n'avais rien compris. Ma bravoure était en fait de l'inconscience.

Je commençai alors à m'intéresser au trou d'où s'écoulait le sang une fois par mois.

Je l'explorai. Il n'avait rien d'extraordinaire. C'était un peu comme une bouche qui s'ouvrait quand on y enfonçait le doigt. La chose étrange, c'était la sensation que cela me procurait, une drôle d'excitation mêlée de plaisir. Après cette découverte, j'eus du mal à arrêter. Je recommençais tous les soirs avant de m'endormir.

Pendant six mois, je m'occupai ainsi des enfants et de la mercerie. Puis je trouvai du travail aux halles, où un ami, associé et compagnon de chasse de Ragnar possédait une boutique de traiteur. Nisse Nilsson était un homme doux au tempérament ensoleillé, surtout l'après-midi, quand il attaquait la bouteille d'eau-de-vie. « J'aurais besoin d'une personne de confiance dans ces moments-là », m'expliqua-t-il. Mais il ne buvait jamais plus que de raison. La bouteille lui durait deux jours.

Nous étions en 1918 et les files de ravitaillement raccourcissaient. Mais l'étau de la faim s'était à peine desserré que les gens commencèrent à mourir de la grippe espagnole, qui était pourtant une maladie bénigne. En réalité, c'était la malnutrition qui les tuait, les enfants dans l'appartement en dessous du nôtre, la voisine de Lisa et bien d'autres. J'avais peur en permanence, je surveillais les enfants de Lisa et ma mère, dont la fatigue augmentait de jour en jour.

Mais l'inquiétude s'envolait lorsque je quittais la maison chaque matin à huit heures. Je longeais le canal de Rosenlund et je traversais le pont pour rejoindre le centre-ville, la place de Kungstorget et les grandes halles. Je vis pour la première fois que la ville était belle, avec ses eaux scintillantes et les grands arbres qui s'inclinaient au-dessus des quais. Je me sentais chez moi, à ma place. Je faisais partie de la foule qui prenait chaque jour le chemin du travail.

Le printemps finit par arriver, et nous crûmes que le soleil viendrait à bout de la grippe espagnole. Mais l'été relança l'épidémie, les gens mouraient de plus en plus nombreux dans les taudis de Haga.

La journée aux halles démarrait toujours de la même manière. Nous ouvrions nos boutiques et commençions à garnir nos comptoirs au milieu des bavardages et des rires. Greta, qui tenait la crémerie, avait presque toujours fini avant les autres et annonçait à pleine voix : « Je prépare le café ! » Nous le buvions debout ; à peine avions-nous avalé la dernière gorgée que les portes s'ouvraient pour laisser entrer les premiers clients, en quête de pain et de beurre frais pour le petit déjeuner. Je n'avais pas grand-chose à faire au cours de ces premières heures. Les citoyens de la ville attendaient la fin de la matinée pour songer à l'épicerie fine. Et l'après-midi, ils faisaient la queue chez moi.

J'appris beaucoup de choses : couper le saumon fumé en tranches fines comme des feuilles de papier, faire la différence entre les nombreuses variétés de harengs marinés, écorcher les anguilles, préparer des sauces, reconnaître les crabes pleins, cuire les crevettes, maintenir les homards en vie et mille détails utiles du même genre. Peser et compter, par exemple. Perdre ma timidité, apprendre à parler aux gens. « C'est le plus important, Johanna, me disait Nisse Nilsson. N'oublie pas la parlote. »

Nisse passait la matinée au port de pêche et dans les fumoirs, et l'après-midi — j'ai déjà dit ce qu'il en était. À la fin, je m'occupais de tout, de la caisse et de la comptabilité, des listes d'approvisionnement et des transactions avec la banque. « Sacré brin de fille », disait Nisse lorsque Ragnar, exceptionnellement, nous rendait visite.

Je grandissais.

Mais surtout, je me fis des camarades. Certaines devinrent des amies pour la vie : Greta de la crémerie, Aina de la charcuterie et Lotta de la pâtisserie. Et puis Stig bien sûr, le fils du boucher. Il était amoureux de moi, disait-on. Mais je faisais semblant de rien, et nous restâmes bons amis.

Ce fut aux halles que j'appris que j'étais mignonne. Notre beauté locale, disait Nisse, qui exagérait toujours. Mais où que j'aille, les garçons me sifflaient, et Nisse ne pouvait donc avoir entièrement tort. « Sais-tu siffler, Johanna ? » me demandaient-ils. C'était un refrain à la mode à cette époque-là. Un gamin de douze ans, dans la cour de notre immeuble, m'apprit à siffler entre mes doigts comme un voyou ; les chats terrorisés se réfugiaient en haut des arbres. Par la suite, chaque fois qu'on me chantait ce refrain idiot, aux halles, je répondais par un sifflement strident. Cela plaisait beaucoup aux garçons, mais pas à Nisse. « Arrête, disait-il, tu vas abîmer ta belle bouche. »

Un jour, tout au début, j'aperçus le docteur de la rue Viktoria. Mon cœur se mit à battre la chamade en voyant qu'il se dirigeait droit vers mon comptoir, mais la présence de Nisse dans l'arrière-boutique me rassura.

D'ailleurs, il était inutile de s'énerver. Le docteur ne me reconnut pas. Il voulait deux homards, vingt tranches fines de saumon, un kilo de crevettes et une livre de harengs fumés. Je préparai la commande, il me tendit l'argent. C'était, à la couronne près, le double de mon salaire mensuel à l'époque où je travaillais chez lui.

Il essaya de marchander.

— Je regrette, dis-je, nos prix sont nets.

Nisse, qui avait entendu cet échange, me félicita : c'était ainsi qu'il fallait être, aimable mais ferme. Puis il me regarda.

— Quelle tête tu fais, ma fille ! Tu es pâle comme un linge, va donc prendre un café.

J'obéis. Attablée à la buvette, je tentai d'assimiler l'impensable. Ce salaud ne m'avait même pas reconnue.

J'ai dit plus haut que la place de domestique rue Viktoria avait fait de moi une socialiste. Mais j'ai pour habitude de me dépeindre un peu à mon avantage. En réalité, c'est là-bas que j'ai appris à haïr les bourgeois.

L'événement se produisit par un jour de tempête au mois d'avril 1920, peu avant la ruée de midi. J'étais seule au magasin, je venais d'écorcher une anguille pour un client qui racontait que l'ouragan soufflait au-dehors et que les canaux avaient débordé. Après son départ, je voulus essuyer le comptoir gluant. Je m'aperçus qu'il ne restait plus d'eau.

Nous n'avions pas l'eau courante dans les échoppes. Il fallait la chercher au puits situé sous la grande coupole de verre, au centre des halles. Je demandai à Greta de surveiller la boutique jusqu'à mon retour.

— File, dit-elle.

Je partis en courant. Mais à l'instant où je m'apprêtais à ouvrir la lourde porte de la cour intérieure, je lâchai le seau qui roula sur le sol de pierre. Je voulus me pencher pour le ramasser. Impossible.

J'essayai alors de tendre la main droite pour atteindre la poignée de la porte. Impossible. Je compris que j'étais paralysée. Je pensai en un éclair à la polio. Mais je n'avais pas peur, tout était si calme autour de moi. Une grande paix m'envahit. Il y avait aussi beaucoup de lumière. L'atmosphère était étrangement solennelle.

Plusieurs minutes s'écoulèrent, et je songeai vaguement que j'étais pressée...

L'instant d'après, la coupole s'effondrait dans un fracas indescriptible. La porte s'ouvrit à toute volée. Je fus projetée contre le mur, dans un tourbillon de débris de verre, et j'eus la présence d'esprit de me protéger le visage avec mon bras. Des gens accoururent : « Johanna est ici ! Dieu soit loué, elle a eu le temps de sortir avant que... Mais elle saigne ! Appelez la police ! Vite, une ambulance ! »

Un gentil docteur de l'hôpital de Sahlgrenska ôta les éclats de verre de mon bras et sutura les bords de la plaie.

— Vous pouvez remercier votre ange gardien, mademoiselle.

Je reçus la visite de la police et des pompiers. Non, la demoiselle n'avait rien vu ni rien entendu d'inhabituel.

— J'étais si pressée, dis-je.

Ils me crurent.

On parla beaucoup de cet accident, car l'explosion s'était entendue dans toute la ville. Les journaux me surnommèrent : « La fille à l'ange gardien. » Aux halles, on se moquait de moi :

— Comment vont les anges aujourd'hui ?

Un jour, j'éclatai en sanglots. Stig me consola, me moucha et on n'entendit plus jamais parler d'anges gardiens. Mais mère, qui avait lu le journal, fit cette réflexion étrange :

— C'est la vérité. Tu l'as compris, j'espère.

Je ne répondis pas mais, pour la première fois depuis bien des années, nous échangeâmes un regard entendu. Elle sourit un peu avant de demander :

— C'était ton père, Johanna ?

— Je ne sais pas, mère.

J'étais sincère. Aujourd'hui encore, je n'en sais rien. Je n'ai jamais souhaité avoir d'explication. Ni sur le moment, ni plus tard.

Je savais juste qu'un miracle s'était produit. À compter de ce jour, je retrouvai tout : mon père, les forêts, le torrent qui grondait, le cri du plongeon au crépuscule, les histoires qu'il me racontait, les chansons que nous fredonnions ensemble. Jusque-là, je n'avais pas osé m'en souvenir. À présent, les images me revenaient en foule ; en rêve d'abord, en plein jour ensuite. Comme si une vanne s'était ouverte.

Je rêvais que nous volions, mon père et moi, nous planions dans les courants ascendants du côté du Rocher au Loup. À la nuit tombée, nous nous posions tout en haut du rocher. Il me montrait les étoiles en disant que c'étaient des univers lointains, différents. Je lui demandais qui y habitait ; il me répondait que les maisons des étoiles étaient vides.

Nous survolions aussi les lacs : le grand lac tout en longueur, les lacs norvégiens et les myriades de petits lacs de la forêt. Ces rêves me remplissaient d'une joie indescriptible, me donnaient un sentiment de victoire. De pouvoir, oui, de puissance pure.

Pendant la journée, c'était autre chose. Un détail infime pouvait capter mon attention et se transformer en appel, en rappel. Si j'entendais un oiseau en rentrant le long du canal, je m'immobilisais, je tendais l'oreille et je savais, sans l'ombre d'un doute : c'est un pinson. Si je rendais visite à Ernst, le boulanger des halles, et qu'une odeur de farine se dégageait d'un baril ouvert, je revoyais soudain le moulin, la poussière dansant dans les rayons du soleil.

Un dimanche, Greta et moi fîmes une excursion jusqu'au lac de Delsjön. La forêt se reflétait dans l'eau profonde. Je contemplais les saules et les bouleaux drapés dans leur parure de chatons et, brusquement, je crus voir les érables qui laissaient pleuvoir leurs fleurs de dentelle vert pâle dans les lacs norvégiens.

— Tu sens le parfum du miel ?

Non, Greta ne sentait rien.

Avec mère, la transformation était presque aussi étrange. Je croyais m'en être libérée, mais voilà qu'elle s'imposait de nouveau à moi avec toute la puissance des mères. Elles seules, après tout, sont présentes depuis le commencement.

Je menais avec elle de longues conversations muettes, qui étaient cependant réelles pour moi. Je me souviens ainsi d'un 1er mai. Nous étions en train de manger. J'avais participé au défilé du matin, j'avais chanté avec les autres et j'avais vu les bannières rouges claquer au vent.

— Comment pouvez-vous vous opposer à ce que les pauvres réclament leur dû ?

— Ça va mal finir si on perd l'humilité. Qui fera tout ce qu'il faut faire si les pauvres ne le font plus ? Tu ne crois quand même pas que les riches et les puissants vont s'occuper de nettoyer eux-mêmes leurs saletés ?

— Les temps ont changé, mère, vous devriez le comprendre.

— J'ai compris. Les gens ont la haine.

— Peut-être bien. La haine commence enfin à mûrir et portera bientôt ses fruits.

— Ah oui ? Et quel goût ont-ils, ces fruits-là ?

— Un goût âcre, je crois. Comme la prunelle, dont vous dites toujours qu'elle est si bonne pour la santé.

— On ne peut pas se nourrir de prunelles.

— Non, mais d'un salaire honnête et d'un travail stable. Et d'autre chose, mère, à quoi vous n'avez jamais pensé.

— Et ça serait quoi, cette nouveauté ?

— La justice.

— Il n'y a pas de justice dans ce monde. Dieu fait la loi comme il l'a toujours fait.

— Et si Dieu n'existait pas ? Et si c'était nous qui faisions la loi ? Nous, et pas votre Dieu cruel ?

— Tu ne sais pas de quoi tu parles, ma fille. Certains naissent aveugles, malades et paralysés. Des enfants innocents meurent. Beaucoup de gens voient leur vie fichue bien avant d'avoir appris à réfléchir.

— Plus de gens seraient vivants et en bonne santé si la nourriture et les logements étaient meilleurs.

— C'est vrai. Mais il y aura toujours des maîtres.

— Non. Nous aurons un monde où chaque être humain sera son propre maître. C'est ce qu'a dit l'orateur de Järntorget ce matin.

— Comme le voisin Larsson, alors. Il est riche, il a son atelier, il n'a de comptes à rendre à personne. Mais il bat ses gosses que c'en est pitié et il boit comme un porc. Les gens ne deviennent pas meilleurs parce qu'ils ont une meilleure vie. Pense à la famille de riches où tu servais. Ne me dis pas qu'ils étaient meilleurs que les pires paysans de mon enfance.

Je repensai longtemps à cette conversation. Le malheur de mère, ce n'était pas qu'elle fût bête. Simplement, elle manquait de mots.

Ragnar allait avoir quarante ans. Il faisait beau, nous avions dressé une longue table sous les grands arbres de la cour. Lisa s'occupait du pain et mère des gâteaux. Nisse Nilsson avait préparé une grande caisse de harengs, de saumon, de pâtés et autres délices : « Cadeau d'anniversaire pour ton frère. Mais dis-lui de ma part que la bière et l'eau-de-vie... il devra se les procurer lui-même. »

On attendait beaucoup de monde, car Ragnar comptait des amis partout dans la ville.

Le buffet fut enfin dressé. Nous étions fières de notre travail. Il était magnifique, décoré de fleurs, de branches de bouleau et de larges rubans verts. On se serait à peine douté que les nappes étaient en réalité des draps et que la vaisselle hétéroclite avait été empruntée aux voisins.

Mère et moi remontâmes à l'appartement pour nous changer, tandis que les accordéonistes commençaient à répéter un air de valse.

Mère renifla avec mépris. Elle sortit sa vieille robe de laine noire qui lui arrivait jusqu'aux pieds.

— Vous pourriez peut-être enfiler une robe un peu plus moderne, pour une fois. La verte... ?

Mais je savais bien qu'elle était inflexible, elle voulait avoir l'air respectable. Vieille et digne.

La fête fut très réussie. Les invités chantaient, mangeaient et devenaient de plus en plus bruyants à mesure que les bouteilles d'eau-de-vie se vidaient. Mère paraissait inquiète, mais se calma lorsque Lisa lui murmura que Ragnar était sobre et qu'il veillerait à ce que la gaieté ne dégénère pas en bagarre. Mère se retira de bonne heure, après m'avoir confié à voix basse qu'elle était fatiguée et que son dos la faisait souffrir. Je la suivis, l'aidai à se coucher et lui donnai une couverture supplémentaire.

Ce geste l'irrita. Elle ne supportait pas qu'on l'aide ou qu'on lui témoigne de la gentillesse.

— Ils vont danser maintenant. Va-t'en, file t'amuser.

Je dansai un peu avec Nisse Nilsson. Mais je ne m'amusais pas, je ne cessais de penser à mère, avec un mélange de tristesse et de colère. Pourquoi ne pouvait-elle être comme les autres femmes, heureuses de bavarder et de rire dans le soleil du soir ?

Certaines étaient nettement plus âgées qu'elle. Mère n'avait que cinquante-trois ans, après tout.

Elle avait cinquante-trois ans !

Une pensée horrible, indicible tentait de se frayer un chemin jusqu'à ma conscience.

Non.

Si, pourtant. Elle avait cinquante-trois ans et son fils en avait quarante. Elle était devenue mère à treize ans. J'enlevai neuf mois, parvins au mois d'octobre.

Douze ans.

Une gamine !

Ce n'était pas possible. Elle l'avait peut-être adopté ?

Non, ils se ressemblent !

J'avais toujours su que Ragnar n'avait pas le même père que mes frères et moi. Alors qui ? On racontait que mère avait été amoureuse d'un cousin, dans sa jeunesse, mais ce n'était pas pensable. Une fillette de douze ans ne tombe pas amoureuse au point d'aller se coucher avec un homme. On disait qu'elle avait failli mourir de chagrin quand le cousin était mort, tué par une balle perdue au cours d'une chasse. Qui ? Il fallait que je pose la question à Lisa. Mais que savait-elle ?

Je quittai la fête de bonne heure, en disant à Lisa que je devais m'occuper de maman.

— Elle est malade ?

— Je ne sais pas, je suis inquiète.

Je montai l'escalier en courant. Je devais rassembler mon courage et lui poser la question moi-même.

— Vous dormez, mère ?

— Non, je me repose.

— Je viens de calculer que vous aviez douze ans quand vous êtes tombée enceinte et treize ans à peine quand vous avez accouché.

Elle se redressa dans le lit. Je vis malgré la pénombre qu'elle était toute rouge.

— Tu as toujours été maligne, dit-elle enfin. C'est curieux que t'aies pas fait le calcul plus tôt.

— Oui. Mais quelqu'un a dit que vous étiez amoureuse du père de Ragnar et que vous avez eu un chagrin terrible quand il est mort. C'est pour ça que je ne voulais pas y penser ni vous interroger, sans doute.

Alors elle éclata de rire. Un rire affreux, comme si elle avait perdu la raison. Lorsqu'elle vit ma frayeur, elle mit la main devant sa bouche. Il y eut un silence.

Puis elle dit :

— Le père de Ragnar était un violeur et un vaurien. Le jour où ils l'ont tué a été le plus beau jour de ma vie. J'avais toujours peur de lui. Même si c'était plus la peine, puisque j'étais mariée avec Broman, qui avait signé des papiers à l'église pour le garçon.

— Combien de temps êtes-vous restée seule avec Ragnar avant de rencontrer père ?

— Pendant quatre ans, j'ai été la putain et la honte du village.

Je n'osai pas la regarder pendant que nous nous déshabillions et préparions la banquette de la cuisine pour la nuit. Mais quand ce fut fait, je me glissai près d'elle et je m'endormis en pleurant tandis que les accordéons jouaient et que les invités dansaient autour des arbres et de la longue table, en bas, dans la cour.

Comme je dansai, l'été où la ville fêta son tricentenaire et s'offrit en cadeau le parc de Liseberg ! Maintenant, les gens n'y voient plus qu'un parc d'attractions comme les autres, avec des carrousels et des montagnes russes. Mais ils sont bien obligés d'admettre qu'il est beau.

Pour nous qui avons assisté à sa construction, c'était un conte de fées qui devenait réalité. Des maisons somptueuses comme des temples dressées parmi les étangs et les nénuphars, des cascades qui dévalaient les hauteurs en chantant, des orchestres, des théâtres, des ballets sous des pergolas et des milliers, non, des centaines de milliers de fleurs...

J'usai trois paires de souliers en quelques semaines. Et je me souviens de la première moitié des années vingt comme de la période de ma vie où je me suis le plus amusée.

Il n'y avait pas que Liseberg.

Nous avions obtenu la journée de huit heures. C'était important pour mère, qui souffrit un peu moins du dos. Puis ce furent les congés payés ; Aina, Greta et moi prîmes le train jusqu'à Karlstad et, de là, nous partîmes en randonnée, en remontant la vallée de Fryksdalen vers Sunne et Mårbacka. Le voyage était une aventure en soi, en particulier pour les habitants des villages que nous traversions. Trois jeunes femmes en pantalon (!) qui faisaient de la randonnée toutes seules, oui, c'était extraordinaire à cette époque.

Je m'aperçois que j'oublie un détail important : Selma Lagerlöf. Aina avait lu un article sur cet écrivain dans le journal et avait emprunté un de ses livres, *l'Anneau des Löwensköld* à la bibliothèque Dickson. Nous le lûmes toutes les trois, et le volume finit dans un aussi piètre état que nos chaussures au cours de l'été du tricentenaire. Dieu qu'elle nous impressionnait !

Moi peut-être plus encore que les autres, puisque je reconnaissais toutes ses descriptions. Elle était bien là, toute la magie de l'enfance. Je lisais sans fin et le monde retrouvait sa profondeur. Quelqu'un s'exprimait, quelqu'un qui savait que rien n'est conforme aux apparences, que tout possède un sens caché. J'économisais chaque semaine une partie de mon salaire pour acheter ses livres, par paiements échelonnés, chez Gumperts. Avec une reliure en veau. Que j'étais fière de les voir s'aligner peu à peu sur ma petite étagère !

Je n'ai pas beaucoup de souvenirs de la visite à Mårbacka et je crois que c'est lié à ma déception. Peut-être avais-je imaginé un halo de gloire autour du domaine, une lumière magique qui m'aurait permis d'entrevoir, parmi les arbres du parc, Gösta Berling et Charlotte Löwensköld, Nils de Skrålycka et la fille de Stormyrtorpet...

Selma Lagerlöf m'apprit que l'amour était une force extraordinaire, irrésistible, plus douloureuse et plus exquise que je n'aurais pu l'imaginer par moi-même. Avec le recul, je m'interroge sur l'influence de Mlle Lagerlöf sur nous autres, qui étions jeunes, pleines d'attente... et nées dans des circonstances qui laissaient peu de place aux sentiments grandioses.

Quoi qu'il en soit, nous avons commencé à rêver du prince, Aina, Greta et moi.

Certes, il n'y avait pas que les livres. D'autres raisons nous poussaient à viser l'« élu », comme on vise une cible, en faisant du mariage le but unique de nos efforts. Mais nous ne pouvions pas le voir, bien sûr.

La ville de Göteborg était en perte de vitesse vers la fin des années vingt. L'argent manquait de plus en plus dans les ménages, deux boutiques des halles firent faillite, on commençait à voir les chômeurs traîner dans les rues.

C'était le début de la grande crise. Mais à l'époque nous ignorions le sens de ce mot.

On lisait dans les journaux que les femmes volaient le travail des hommes. Certains exigeaient l'adoption de nouvelles lois qui interdiraient aux femmes mariées d'exercer une profession. Partout, les vendeuses étaient congédiées et les propriétaires prenaient leur place derrière le comptoir. Moi qui avais toujours considéré le fait de gagner ma vie comme une évidence, j'étais de plus en plus inquiète.

Il est presque impossible d'expliquer aux jeunes femmes d'aujourd'hui de quelle manière le besoin d'amour se combinait à la peur pour donner lieu à une chasse désespérée. C'était une question de survie. Nous retrouvions la situation qui avait été celle de ma mère, à cette différence près que la petite paysanne bénéficiait au moins du soutien de la famille, dans sa quête d'un homme capable de l'entretenir.

Personne ne pouvait donc être plus réceptive au grand amour que moi le jour où je rencontrai Arne. Il était contremaître dans l'un des grands chantiers navals, et on n'imaginait pas que la crise puisse jamais s'étendre jusqu'à eux. Mais cette pensée me fit honte et, plus tard, lorsque mère déclara : « Voilà un gars qui saura toujours nourrir sa famille », je me mis en colère et répliquai :

— Je me marierais avec lui même s'il était balayeur.

J'ai dit plus haut que j'ai la mauvaise habitude de me peindre sous un jour avantageux. La vérité toute simple est sans doute que je me sentais obligée de tomber amoureuse, à présent que Nisse Nilsson vendait à peine assez de saumon pour justifier mon salaire et que Greta elle-même avait dû vendre sa crémerie et s'engager comme domestique.

Mais j'étais aussi amoureuse. Il se produisit quelque chose dans mon corps la première fois que je vis Arne Karlberg. Les mains moites, le cœur battant et les sens en émoi, je compris pour la première fois que le fameux trou pouvait être synonyme de désir affamé.

Je le rencontrai à une réunion du Parti social-démocrate. Les hommes se levaient à tour de rôle pour débiter leur couplet habituel à propos des injustices et répéter que nous devions maintenir nos exigences malgré les temps difficiles. Un grand type s'avança pour dire que les bonnes femmes ne volaient pas seulement le travail des hommes. Elles contribuaient aussi à maintenir les salaires au plancher dans la mesure où elles travaillaient aussi dur, mais n'étaient pas assez malignes pour exiger le même salaire.

Cela me mit tellement en colère que j'en perdis toute ma timidité. Je pris la parole et leur demandai comment ils s'imaginaient que les épouses d'ivrognes, les femmes célibataires, les veuves et les filles mères se débrouilleraient dans ces conditions pour garder un toit au-dessus de leur tête et nourrir leurs enfants.

Des murmures s'élevèrent.

Arne se leva alors et déclara qu'il était d'accord avec le précédent orateur, c'est-à-dire moi. Et que les syndicats devaient consacrer tous leurs efforts à aider les femmes à obtenir les mêmes conditions que les hommes.

À travail égal, salaire égal, dit-il, et c'était la première fois que j'entendais ces mots.

Il y eut des sifflements dans la salle.

Mais moi, je n'avais d'yeux que pour lui, et je ressentis vivement les symptômes que j'ai décrits plus haut. Il avait tellement d'allure ! Blond, élancé, un visage à la fois sensible et déterminé, des yeux bleus et un menton combatif.

Enfin !

Après la réunion, il s'avança vers moi et me demanda s'il pouvait m'inviter à prendre un café. Il y avait une pâtisserie un peu plus loin mais, une fois là-bas, nous constatâmes que nous n'avions pas envie d'y entrer. Nous poursuivîmes notre chemin le long des canaux, puis le long des quais, jusque tard dans la nuit. Pour finir, nous nous retrouvâmes sur la place Gustave-Adolphe et nous nous assîmes sur le socle de la statue du roi héroïque. Arne déclara que ce roi était un brigand et un malheur sur pattes, et que ça ne lui ferait pas de mal d'écouter une conversation honnête et sincère entre personnes modernes.

J'éclatai de rire. Puis je le regardai longuement en me rappelant ce qu'avait dit père à propos de Charles XII, que c'était une balle bénie qui avait mis fin à ce héros-là.

Mais la nuit était bien avancée, nous avions froid et il me raccompagna jusque chez moi. Sous le porche, il me dit qu'il n'avait jamais rien vu de plus beau que la fille qui s'était levée en pleine réunion avec une colère si étincelante.

Arne possédait un voilier qu'il avait construit lui-même. Le vendredi soir, alors que nous nous apprêtions à fermer boutique, il surgit aux halles et me demanda si je voulais l'accompagner, le lendemain samedi. Nous pourrions aller dans le nord de l'archipel, visiter la forteresse de Marstrand... Puis il ajouta, comme s'il cherchait à me tester :

— C'est une virée assez longue. Il faudra passer la nuit dans le bateau.

Je hochai la tête ; je comprenais, j'étais prête.

Il avait aussi quelques recommandations à me faire. Je devais prévoir des vêtements chauds. Et des vêtements légers. Il apporterait des œufs, du pain, du beurre et des saucisses. Si je voulais autre chose, je pourrais peut-être m'en occuper.

Le lendemain midi, je fis un tri parmi les restes les plus appétissants de la boutique. J'avais bien remarqué son regard de convoitise, la veille, en voyant toutes les bonnes choses étalées sur notre comptoir.

Que racontai-je à mère ? Je l'ai oublié.

Le souvenir le plus vif qui me reste de cette excursion, ce n'est ni Arne ni l'amour dans la cabine étroite. Rien de tout cela, mais la mer. Et le bateau.

C'était étrange. Je vivais à Göteborg depuis plusieurs années, je savais bien que la ville sentait la mer et le sel lorsque le vent soufflait de l'ouest. Mais je n'avais jamais vu la mer. Toutes mes randonnées avaient pour destination les forêts et les montagnes de l'intérieur des terres. Bien sûr, j'avais flâné dans le port comme tout le monde, j'avais contemplé les navires étrangers avec des yeux ronds et respiré l'odeur des épices, du chanvre et des fruits. Et, comme tous les autres habitants de la ville, je m'étais tenue sur la jetée le jour où *Kungsholm* avait fait son entrée majestueuse dans le port.

Mais le navire d'Amérique aux cheminées inclinées, énorme et imposant, n'appartenait pas à mon univers. Il existait pour les riches.

À présent, je me trouvais dans un bateau qui dansait sur l'infini, toutes voiles dehors. Des immensités bleues jusqu'à la fin du monde, le bruit du vent, l'écume étincelante... Toute cette lumière m'éblouissait.

— Je te prête une casquette, dit Arne.

Mais je ne voulais pas de sa visière, je voulais garder les yeux grands ouverts et m'imprégner de tout, de la mer et du ciel.

— Mets une chemise, tu vas brûler.

Je ne voulais pas non plus de sa chemise. Je souhaitais accueillir cet univers grandiose avec mon corps tout entier. Mais Arne insista, et il fallut bien obéir. Je lui en fus reconnaissante, le soir, lorsque je sentis la brûlure sur mon visage et à mon cou.

— Regarde, le phare de Böttö à bâbord ! cria Arne. Et là-bas au loin, c'est Vinga. Quand on sera là-bas, on va virer de bord et ensuite on louvoiera vers le nord, dans le chenal entre Invinga et Vinga. Le bateau va pencher, ce n'est pas dangereux.

Je fis oui de la tête. Il me semblait qu'il déclamait de la poésie. Lorsqu'il vira de bord et que le bateau se coucha, je poussai un cri, non de peur, mais parce que c'était vertigineux.

— Tu trouves ça drôle ?

Drôle, ce n'était pas le mot, et je me mis à rire comme une gamine.

— C'est merveilleux !

Nous avions quitté l'archipel, nous filions vers le nord par un fort vent de bouline, les voiles chantaient, la mer nous aspergeait d'écume salée.

— Si tu as peur, je peux prendre un ris.

J'ignorais le sens de ce mot, mais je lui criai que je n'avais pas peur.

Le vent soufflait de plus en plus fort.

— Il va falloir amener le foc, constata Arne.

Je dessinai un grand point d'interrogation dans le vide. Il éclata de rire :

— Viens tenir la barre un moment pendant que je m'occupe du foc.

Je pris la barre, il me montra le cap :

— Droit sur la balise que tu vois là-bas.

Il ne me fallut pas plus de quelques minutes pour apprendre à tenir le cap. Le bateau privé de foc se redressa, ralentit. Un peu plus tard, nous nous glissions à l'abri du vent derrière une île et il se fit un calme paradisiaque.

— Si tu reprends la barre, je vais amener la grand-voile.

La voile battit un moment avant de s'abattre sur le pont. Puis le silence, un silence incroyable. On n'entendait plus que le léger bruissement du bateau glissant sur l'eau. Une mouette cria, et le silence s'approfondit. Puis un énorme plouf lorsque Arne jeta l'ancre avant de courir jusqu'à la proue et de sauter à terre.

— Bon mouillage, dit-il en revenant. Mais tu pleures ?

— C'est tellement... extraordinaire.

Nous restâmes un long moment à nous embrasser, sur le pont.

— Mon Dieu, dit-il, tu es la fille que j'attendais depuis toujours.

Puis il me fit visiter le bateau. On descendait dans la cabine par un escalier dont les marches étaient en réalité de grands tiroirs qui abritaient toute une batterie de cuisine, des verres, des assiettes, des couverts, des casseroles — tout. Les provisions étaient sous le plancher de la cabine, dans la cambuse, avait-il dit. Il me montra comment protéger la flamme du réchaud à pétrole.

Je préparai à manger pendant qu'il s'occupait des voiles. Une odeur divine de sel, d'algues, d'œufs frits et de saucisses se répandit dans la cabine. Nous étions affamés.

— La mer creuse, dit-il.

— Pardon ?

— La navigation donne faim.

Je me souviens de l'île, de fleurs que je n'avais jamais vues auparavant, de rochers tièdes sous les pieds nus. Les mouettes plongeaient vers nous en criant comme si elles étaient devenues folles.

— Il y a des œufs dans les nids, dit Arne. Il vaut mieux ne pas les déranger.

C'était ce que disait toujours père lorsque nous passions trop près du Rocher au Loup, au printemps.

Nous revînmes donc au bateau et continuâmes de nous embrasser. L'air était brusquement devenu électrique et le sang cognait précipitamment dans mes veines.

Je me souviens d'avoir eu mal. L'instant d'après, c'était déjà fini. Je me sentais vaguement déçue. Pas subjuguée.

Mère et moi vivions seules désormais. L'appartement était toujours bien rangé. Le fleuriste des halles m'avait donné quelques géraniums et mère s'en occupait si bien que nous avions des rebords de fenêtres somptueux. Nous nous autorisions le luxe d'une jolie nappe brodée, même en semaine.

Elle était de meilleure humeur, et cela ne tenait pas seulement au fait que nous nous entendions mieux qu'avant. Non, c'était surtout que la situation s'était arrangée pour mes frères. Tous trois avaient trouvé du travail et s'étaient mariés.

Elle devenait bavarde. Le soir, il nous arrivait de parler du passé. Je me rappelais surtout la forêt, les lacs, les faucons pèlerins du Rocher au Loup et le chant des oiseaux au crépuscule. Mère parlait des gens, de la femme du forgeron qui avait le mauvais œil, du forgeron lui-même qui entraînait père à boire. Et d'Anna, la sage-femme.

— Tu devrais t'en souvenir. Elle vivait chez nous quand tu étais petite.

Je revis alors la femme lumineuse qui m'avait appris les secrets de la cuisine, de la pâtisserie, des plantes et des remèdes.

— C'était une débrouillarde, dit mère. Et gentille avec ça.

Elle était comme un ange, pensai-je. Pourquoi, comment avais-je pu l'oublier ?

— Tu lui dois la vie, ajouta mère.

Elle me raconta alors le terrible accouchement.

— Tu refusais de sortir, tu t'accrochais tellement qu'à la fin Anna a été obligée de me découper aux ciseaux.

Cette histoire me remplit de terreur. Je n'osai repenser au samedi dans le bateau d'Arne.

Surtout, nous évoquions mon père et ses légendes :

— Vous souvenez-vous de l'histoire de la Mort qui avait dans sa grotte une bougie pour chaque vie humaine ?

— Oui. La Mort et le paysan. C'était Johannes.

Ce fut ainsi que j'appris l'existence du rebouteux, l'histoire de la mort de grand-mère et la prédiction de Johannes concernant mon père.

— C'est tombé juste, à l'année près.

Elle me parla d'Ingegerd, la tante qui ne s'était jamais mariée et qui, bien que femme, était libre et indépendante. Elle s'interrompit au milieu de son récit et fit cette remarque étrange :

— Elle menait sa vie, celle-là. Pour ça qu'elle pouvait se permettre d'être franche et honnête.

Je méditai longuement ces paroles. Puis je lui parlai d'Arne. Elle rougit, comme toujours lorsqu'elle était émue ou indignée :

— Il peut nourrir une famille ?

— Oui.

Après un silence, elle ajouta :

— Il te plaît ?

— Je crois.

— C'est pas si important au début. Si c'est un gars honnête, on s'y attache avec les années.

Rien n'aurait pu être plus éloigné de Selma Lagerlöf. Mais je ne lui ris pas au nez, j'espérais qu'elle avait raison.

Arne devait nous rendre visite. J'avais eu le temps de lui parler du Dalsland et de père, de mes frères qui avaient eu tant de mal à s'habituer à la ville, de Ragnar qui était comme un père pour nous. « Il est extravagant et un peu fou, mais maintenant il a trois camions et il se débrouille mieux que jamais. »

Arne se renfrogna tandis que je lui faisais cette description de Ragnar. Lorsque je dis que ma mère était gentille, mais qu'elle parlait à tort et à travers comme une gamine, son visage s'éclaira.

— J'aime bien les gens comme ça, dit-il. Ce ne sont pas des menteurs.

— Mon Dieu ! C'est vrai. Je n'y avais jamais pensé.

Je m'arrêtai en pleine rue pour l'embrasser. Les gens se retournèrent, et Arne en fut gêné.

À la maison, mère avait mis les petits plats dans les grands : les plus belles tasses, la plus belle nappe et sept variétés de petits gâteaux pour accompagner le café. Elle portait sa robe de laine noire, son collier de jais, un col plissé et un tablier d'une blancheur éblouissante.

— Nous avons un appartement semblable, mais disposé dans l'autre sens, si vous me comprenez, dit Arne. Puis il aperçut le canapé du Värmland :

— Quel beau meuble ! s'exclama-t-il.

Il caressa le dossier, admira l'assemblage et déclara qu'on ne trouvait plus guère de tels exemples d'ébénisterie. Quant à la marqueterie...

Ni mère ni moi ne savions ce qu'était la marqueterie. J'étais surprise et mère, de joie, faillit avoir une crise cardiaque : « Arne ne peut pas savoir comme les gens se sont moqués de moi à cause de ce meuble. »

L'après-midi se déroula au mieux. Arne parla de son travail au chantier naval, expliquant qu'il était responsable de l'atelier de menuiserie pour l'aménagement intérieur des grands navires. Aménagement intérieur, c'était une expression nouvelle pour mère et pour moi.

— Tu veux dire les meubles ?

— Oui, mais ce ne sont pas des meubles ordinaires. La plupart sont encastrés. Comme dans mon petit bateau. Mais en plus élégant, en acajou, en noyer et ainsi de suite.

— Pas mal, dit mère.

Ragnar passa dans l'après-midi, et les deux hommes se toisèrent comme s'ils cherchaient à mesurer leurs forces avant d'engager le combat. Mais ils se serrèrent la main comme des gens honnêtes. Tout à coup, Ragnar éclata de rire. J'ai peut-être oublié de préciser que personne ne résiste à son rire, qui fait trembler les murs, vous va droit au cœur et vous oblige à rire avec lui. Arne parut tout d'abord étonné, puis il sourit, puis ils rirent tous deux jusqu'à en avoir les larmes aux yeux.

— Je vois pas ce qu'il y a de drôle, dit mère. Mais je vais refaire du café.

Alors Arne fit cette remarque étrange :

— Il faut être un homme pour comprendre.

Je vois passer une lueur d'approbation dans le regard de Ragnar et ils se remirent à rire de plus belle. Puis ils parlèrent voitures. Ragnar s'étendit longuement sur le sujet, mais il apparut bientôt qu'Arne s'y connaissait en moteurs. Après un moment, il fut question de bateaux et Ragnar s'avoua vaincu :

— Ce n'est pas mon domaine. Moi je suis un terrien.

— Tu ne veux pas essayer ?

Il fut décidé que nous partirions en mer le lendemain, si la météo le permettait. Mère refusa de nous accompagner : « J'ai bien trop peur de l'eau. »

Le lendemain matin, j'avais mes règles, si bien que je manquai moi aussi l'excursion. Mais quand les hommes revinrent en début de soirée, je compris qu'ils s'étaient bien amusés. Cela me fit plaisir, presque autant que le sang béni.

Deux choses importantes furent dites ce soir-là. D'abord Ragnar déclara, au moment de prendre congé : « Tu as toujours été une fille débrouillarde. Pas étonnant que tu aies déniché un type bien. »

Arne eut du mal à dissimuler sa fierté. Mais ensuite, mère apprit qu'Arne habitait encore chez ses parents, bien qu'il fût l'aîné.

— Ah ! dit-elle. Tu fais partie de ces oiseaux qui ont peur de quitter le nid.

Arne devint tout rouge, puis blanc comme un linge. Je ne savais pas encore que c'était chez lui le signe de la colère. En l'occurrence, il ne pouvait ni crier, ni frapper du poing sur la table. Il resta muet.

Bien des années plus tard, il m'avoua que ce furent les paroles de mère, ce soir-là, qui emportèrent sa décision. Car il finit par se décider. Mais il fallut d'abord que je tombe enceinte. À ce moment-là, j'avais déjà rencontré sa mère et commencé à comprendre certaines choses.

Elle habitait dans le quartier de Majorna et nous reçut dans son salon, où elle trônait seule au milieu du canapé. Elle avait beau être minuscule, elle prenait énormément de place.

Elle était belle aussi, un peu comme les statuettes d'ivoire chinoises qu'on vendait dans les beaux magasins du centre-ville. Bien droite, un long cou, des traits fins, les yeux bleus. Comme son fils. Mais plus froide que lui, beaucoup plus froide. Je fis une révérence et lui tendis la main. Elle ne la prit pas.

Je regrettai aussitôt mon geste.

Il y avait une autre femme dans la pièce, plus jeune et d'apparence plus ordinaire. Arne fit les présentations :

— Voici Lotten, la femme de mon frère.

— Gustav sera de retour dans cinq minutes, dit-elle. Il avait une course à faire.

Elle me plut aussitôt, et me serra longuement la main. Comme si elle voulait m'encourager.

Je mis un certain temps à distinguer le père d'Arne, un homme grand et fort qui ne prenait pourtant pas la moindre place. Il lisait le journal, assis dans un coin près de la porte de la cuisine. Il paraissait farouche et ne croisa pas mon regard lorsque nous nous saluâmes. Mais il me serra la main. Je compris tout de suite qu'il avait peur.

La reine des neiges prit enfin la parole :

— Voici donc Johanna qui veut épouser mon fils. Faut croire qu'elle est enceinte.

— Pas que je sache, répliquai-je. D'ailleurs, c'est surtout lui qui veut se marier.

La dame d'ivoire s'empourpra de colère. Puis elle devint toute pâle. Comme son fils.

— Maman !

La voix d'Arne était implorante.

Elle ne nous servit rien, pas même une tasse de café. Personne ne parlait ; on aurait dit une réunion de fantômes. Je regardai autour de moi. L'appartement était plus ancien et plus vétuste que le nôtre ; des photographies et des gravures religieuses ornaient les murs tendus d'un papier peint brun foncé. Dès notre arrivée, j'avais senti l'odeur de la crasse, et pensé en un éclair que les gens qui vivaient là étaient de ceux qui font pipi dans l'évier de la cuisine. Puis le frère d'Arne fit irruption dans la pièce et me serra dans ses bras.

— Tu as vraiment déniché un beau brin de fille ! dit-il à son frère avant de se retourner vers moi.

— Ne te laisse pas terroriser par la mère. Elle n'est pas aussi puissante qu'elle en a l'air.

La dame d'ivoire porta la main à son cœur ; Lotten dit : « Bon, on file. » Gustav et Arne devaient essayer une nouvelle voile.

Nous descendîmes l'escalier en courant. Personne n'avait dit au revoir, sauf moi, qui serrai la main du vieil homme.

Nous allâmes directement chez Gustav et Lotten, sans passer par le port. Ils habitaient un joli deux-pièces, où la table était déjà dressée pour le café. Il y avait même un gâteau de bienvenue à mon intention. Gustav sourit.

— J'espère que tu n'as pas eu peur, petite fille...

— Un peu. Mais j'étais surtout surprise.

— Arne ne t'avait pas prévenue ?

La voix de Lotten était cinglante.

— Mais qu'aurais-je pu lui dire, nom de Dieu ? C'est impossible de décrire maman.

— Bien sûr que si, répliqua Lotten. Elle est égoïste et elle a la folie des grandeurs.

Alors, pour la deuxième fois, je vis Arne s'empourprer et pâlir tour à tour. Il frappa du poing sur la table en hurlant :

— Elle n'a qu'un défaut, c'est qu'elle aime trop ses enfants.

— Calme-toi ! cria Lotten. Chez nous, on se comporte comme des gens civilisés.

Gustav essaya de s'interposer :

— Ce n'est pas si facile, Lotten. Elle était gentille jusqu'à ce que son cœur flanche.

— Et comme par hasard, c'est arrivé au moment où ses fils ont voulu se marier.

— Ça suffit. On s'en va, Johanna.

Arne était hors de lui.

— Vas-y si tu veux. Moi je reste. Je n'ai pas l'intention d'être la cause d'une brouille entre vous. Et tu dois reconnaître qu'elle aurait pu me serrer la main ou nous proposer un café, au moins. Je n'ai jamais vu un tel accueil de ma vie.

La tristesse me submergea. Je sentis les larmes me monter aux yeux. Gustav et Lotten me consolèrent, Arne paraissait désespéré.

— Ne pourriez-vous pas m'expliquer ce qu'il en est sans vous disputer ?

Ils ne le pouvaient pas, à l'évidence. Le silence se prolongea.

— Votre papa m'a vraiment fait pitié. Comme il devait avoir honte. Pourquoi n'a-t-il rien dit ?

— Ça fait des années qu'il ne parle plus, répliqua Gustav. C'est affreux.

— Mais il pourrait se défendre ! cria Arne. Nom de Dieu, pourquoi est-il si lâche ?

— Il a peur d'elle, dit Lotten. Comme toi. Comme Gustav.

— Quoi ? Je n'ai pas peur d'elle !

— Prouve-le alors. Ne t'en va pas avant qu'elle t'ait présenté ses excuses. Et épouse Johanna.

— Je ne sais pas si j'en ai encore envie, dis-je en me levant et en les remerciant pour le café.

Au moment de sortir, j'entendis Lotten crier à Arne qu'il laissait sa mère lui gâcher la vie. Il me rattrapa en courant dans l'escalier. Je dis que je voulais être seule, que j'avais besoin de réfléchir.

Je n'arrivai pas à grand-chose, mes pensées se bousculaient dans la plus grande confusion.

En relisant ce que je viens d'écrire sur cette première rencontre avec la mère d'Arne, je me demande si je ne suis pas en train d'inventer. Comment pourrais-je me souvenir mot pour mot des paroles échangées ce jour-là ? La mémoire est sélective, et je mens peut-être malgré moi. Il faut bien dire que je n'ai jamais cessé par la suite de détester ma belle-mère. Et, au fil des ans, j'en vins aussi à haïr chez Arne les traits de caractère qui me la rappelaient : son besoin de prendre toute la place, sa manière d'imposer systématiquement sa volonté, sa colère et son éternelle susceptibilité.

En rentrant, je dis à mère que je n'avais jamais rencontré quelqu'un d'aussi difficile que ma future belle-mère. Je pleurai en racontant l'histoire et elle me demanda :

— Elle est religieuse ?

— Je crois bien, parce qu'il y avait des crucifix et des images du Christ sur les murs.

— Ce sont les pires. Ceux qui font le mal au nom du bien.

Le lundi soir, aux halles, alors que je m'apprêtais à fermer la boutique, Arne vint me trouver.

— J'ai déménagé, dit-il.

— Mais où donc ?

— Dans le bateau. Il n'y a pas de problème, jusqu'à la fin de l'été.

— Que lui as-tu dit ?

— Rien, je suis passé chez moi et j'ai fait mes valises. Maintenant il faudra bien qu'elle se radoucisse.

Cela me fit plaisir, bien sûr. Malgré tout ?

— J'ai encore besoin de temps pour réfléchir, dis-je en le quittant.

Mais il n'y avait guère de temps et je n'avais guère le choix. Trois semaines plus tard, il apparut en effet que j'étais enceinte. Nous échangeâmes les anneaux de fiançailles, nous assurâmes mutuellement que nous étions faits l'un pour l'autre et je me persuadai qu'il était gentil et rassurant.

Mère me dit :

— T'as pas besoin de te marier. On peut bien se charger du gamin, à nous deux.

C'était une proposition grandiose.

Je fus obligée de lui dire ce qu'il en était, à la boutique de Nisse Nilsson. Nos recettes couvraient à peine nos frais.

J'eus du mal à m'endormir ce soir-là. Je me retournais dans mon lit, en essayant de faire coïncider les différentes images que j'avais d'Arne. Le garçon qui s'était levé avec courage à la réunion et qui s'était fait huer parce qu'il défendait le droit des femmes. Le marin intrépide. Le militant lucide, l'homme intelligent et capable. Contremaître ! Et puis ce pleutre qui rampait devant sa mère.

Je ne nierai pas que je pensai aussi pas mal à Stig, le fils du boucher qui était amoureux de moi et qui devait hériter de la boutique paternelle. Avec lui, je pourrais garder mon travail, mes camarades, ma confiance en moi. Il était gentil. Plein d'égards. Et ses parents m'aimaient bien.

Mais il ne me faisait aucun effet.

Arne et moi devions effectuer la traversée à la voile jusqu'à Copenhague et nous marier là-bas. Avant cela, il y aurait une réception chez ma mère. Elle puisa dans ses économies et me prépara un trousseau digne d'une fille de grand propriétaire : des draps et des taies d'oreillers, des serviettes tissées à la main, des rideaux en fine dentelle et deux nappes damassées. La crise du logement sévissait, mais nous comptions sur Ragnar. Il nous trouverait bien quelque chose, lui qui avait tant de relations parmi les promoteurs de la ville.

J'étais enceinte de trois mois. Un matin — c'était un lundi — je me réveillai avec des douleurs étranges, comme celles qui annoncent les règles. Je me rendis au travail malgré tout. Arrivée à la boutique, je m'effondrai dans une mare de sang. Aina me conduisit en taxi jusqu'à une maternité privée où on m'anesthésia. Au réveil, mon corps était douloureusement vide.

Mère me rendit visite dans l'après-midi. Elle était très pâle et évoqua le destin. Ragnar et Lisa m'envoyèrent des fleurs. J'avais la nausée. Dans mon demi-sommeil, je ressentis un désir étrange de « rentrer à la maison », d'un lieu inconnu où j'aurais pu me sentir chez moi.

On m'apporta un café fort et une tartine. Je revins à moi. J'avais peu de pensées, et beaucoup de temps pour les ruminer.

Quand Arne viendrait, je lui dirais de retourner chez sa mère. Calmement, sans colère ni méchanceté, je lui expliquerais que cela valait mieux pour nous deux. Il retrouverait sa sérénité, il ne serait plus déchiré entre elle et moi. De mon côté, je serais libre et cela me conviendrait, puisque j'étais une fois pour toutes une personne très indépendante.

Mais lorsqu'il arriva, ses yeux étaient pleins de larmes. Il me prit les mains et dit d'une voix enrouée :

— Petite fille. Ma petite fille.

Ce fut tout. Il n'en fallait pas plus. Je compris que je pouvais compter sur lui. Et ce n'était pas une erreur de jugement de ma part. Il était bien ainsi, Arne : dans les situations difficiles, quand on était en danger, quand la maladie et la terreur menaçaient, il grandissait, devenait fort et rassurant, comme père autrefois.

— C'était un garçon, dit-il.

On lui demanda de quitter la salle. Avant de partir, il essaya de m'expliquer que c'était un accident et qu'un nouvel enfant nous viendrait bientôt. Ses mots me redonnèrent espoir. J'appuyai mes paumes contre le vide douloureux de mon ventre et je m'endormis.

Par la suite, j'ai souvent songé que cet instant scella mon destin. Car la question de savoir qui il était vraiment allait bien entendu revenir plusieurs fois au cours de notre mariage. Après un certain temps, j'appris aussi à me demander qui j'étais. Qu'étions-nous l'un pour l'autre ? Qu'avions-nous en commun, à part notre manque ? Car Arne était aussi déraciné que moi.

Maintenant que je suis vieille, je me dis que le manque n'est pas un mauvais fondement pour une relation. Il peut être à la fois plus vaste et plus rassurant que la réalité que je convoitais si ardemment dans ma jeunesse. Je ne pense plus que la réalité existe. Je crois que c'est en la pourchassant que nous détruisons tout.

La réception chez mère eut lieu par un dimanche d'été ensoleillé, tout de suite après la messe. La maman d'Arne trônait seule au milieu du canapé du Värmland, qui semblait enfin avoir trouvé sa juste place. Ils étaient vraiment faits l'un pour l'autre, la dame d'ivoire et le beau meuble inconfortable. Elle parlait peu, mais observait d'autant plus. Elle n'avait pas apporté de cadeau. En revanche, elle examina longuement, d'un œil critique, le beau linge de mère. La gentille Lisa se consacra au père d'Arne. Ils parlaient agriculture. Le regard du vieux s'anima, sa voix se mit à résonner distinctement. Il n'avait plus la moindre difficulté à s'exprimer.

Gustav et Lotten nous offrirent un service à café. Mère et moi remarquâmes toutes deux que Lotten n'avait pas pris la peine de saluer sa belle-mère. Ragnar arriva le dernier mais, dès lors, nous n'avions plus de souci à nous faire pour entretenir la conversation. Il déballa une bouteille de mousseux, fit sauter le bouchon et proposa un toast en notre honneur.

— Tu ne mérites pas ta chance, dit-il à Arne. Johanna n'est pas seulement la plus jolie fille de la ville, c'est aussi la plus sensée et la plus généreuse qui soit.

Arne rougit de fierté. Sa mère porta la main à son cœur. Ragnar partit d'un tel éclat de rire que tout le monde finit par rire avec lui. La vieille femme en fut désarçonnée, son regard se mit à errer, la main qui tenait le verre trembla. L'espace d'un instant, elle me fit pitié.

Ragnar, qui comptait maintenant au nombre de ses activités une société de taxis, reconduisit le vieux couple tandis que j'aidais mère à laver la vaisselle. Arne rôdait autour de nous comme s'il voulait nous dire quelque chose et finit par murmurer :

— Elle est un peu spéciale, ma mère...

Hanna Broman, qui n'avait pas la langue dans sa poche, répliqua sèchement :

— C'est pas tout de le dire. Je plains ton père.

Là-dessus, Ragnar revint et nous fit part de sa dernière idée. On construisait des petites maisons individuelles du côté de la mer, autour d'un ancien village de pêcheurs, à cinq kilomètres de la ville. L'un des acquéreurs avait fait faillite, le chantier avait été repris par un entrepreneur. Ragnar le connaissait, il travaillait souvent pour lui, en tant que chauffeur. La maison était pour ainsi dire terminée, il ne restait que les travaux de menuiserie et de peinture. L'entrepreneur voulait vendre, vite et bon marché. Arne l'écoutait, les yeux brillants.

— Combien ? demanda-t-il.

— Dans les douze mille, mais on peut négocier.

Le regard d'Arne se ternit aussitôt.

— Je n'ai que la moitié de cette somme.

— C'est parfait, le reste tu l'emprunteras à la banque. C'est possible, tu as un emploi stable et je peux me porter garant.

— Mais j'ai promis à mère de ne jamais emprunter.

— Nom de Dieu !

Arne comprit qu'il venait de se rendre ridicule.

— Quand pouvons-nous la visiter ? reprit-il.

— Tout de suite. La voiture attend en bas. Mais tu devrais peut-être demander l'avis de Johanna.

— Ça ne coûte rien de regarder, dis-je.

Tandis que nous descendions l'escalier en courant, je crus défaillir d'émotion et serrai fort la main d'Arne.

Nous découvrîmes un terrain boueux envahi par le chiendent et les blocs de granit, au pied d'une falaise. Et une maison basse, inachevée, toute en longueur, qui comportait trois pièces en plus de la cuisine ; il y avait aussi la possibilité d'aménager une chambre d'enfant à l'étage. Elle nous plut dès la toute première seconde et je me rappelai le rêve étrange de la clinique, le désir d'un lieu qui serait enfin à moi.

— Il y a beaucoup de travail, constata Ragnar.

— Ça ne me fait pas peur, répliqua Arne.

— Je veux un jardin, dis-je.

— Le vent souffle fort, par ici. Ce ne sera pas facile. Il faudra que je te construise un mur pour l'abriter.

Nous trouvâmes une échelle pour grimper à l'étage. Arne avait vu juste : de là-haut, on dominait la mer, par-dessus le port où étaient amarrés les bateaux de pêche en cette journée de dimanche.

Nous veillâmes tard ce soir-là, dans la cuisine de mère, à calculer les taux d'intérêt et l'échelonnement de la dette. Il faudrait se serrer la ceinture, mais on y arriverait.

La traversée jusqu'à Copenhague n'était plus d'actualité ; après une cérémonie très simple chez le pasteur de Haga, nous nous mîmes au travail, moi sur le terrain et Arne dans la maison. Je découvris alors qu'Arne avait beaucoup de camarades et une faculté étonnante de prendre les choses en main, d'organiser, de diriger, de décider... L'ambiance était joyeuse, le dimanche soir ; je préparais un festin et Arne leur offrait l'eau-de-vie, en guise de dédommagement. Pour sa part, il touchait rarement à l'alcool.

Les maisons voisines étaient occupées par des couples qui venaient, comme nous, d'accéder à la propriété. Je liai rapidement connaissance avec les jeunes mariées qui nourrissaient les mêmes attentes que moi.

Nous emménageâmes en octobre. Les peintures n'étaient pas encore faites et nous n'avions presque pas de meubles. Mais nous nous amusions bien. Et nous avions un fourneau et deux poêles en faïence, si bien que l'hiver ne nous faisait pas peur.

La conjoncture économique ne cessait d'empirer. L'usine de roulements à billes, qui employait autrefois cinq mille ouvriers, n'en comptait plus que trois cents. Les autres mouraient de faim et de froid. L'un des ateliers désaffectés de Hisingen avait été reconverti. On y construisait des voitures du nom de Volvo, et certains leur prédisaient un grand avenir.

Même les chantiers navals étaient menacés, d'après Arne. Dans l'immédiat, ils survivaient grâce aux travaux de réparation.

Pour ma part, j'étais heureuse. Je m'occupais de mon jardin et je ne me vante pas en disant que je parvins à un résultat spectaculaire. Personne n'a de si grosses pommes et on ne trouve nulle part de plus belles roses, même au jardin botanique.

Mon jardin est adossé à la falaise. Il descend en pente douce vers le sud-ouest. Un mur le protège de la mer. La côte de Göteborg a ceci de particulier qu'il suffit d'un bout de terrain ensoleillé et abrité du vent pour jouir d'une splendeur quasi méridionale. On peut cultiver la vigne et même des pêches en espalier. Pour ne rien dire des roses...

Je n'avouai jamais à Arne que la boutique de Nisse Nilsson périclitait. D'ailleurs, ce n'était pas nécessaire. Arne tenait pour acquis que je resterais à la maison et qu'il subviendrait seul aux besoins de la famille.

Cela me semblait naturel, à moi aussi. Du moins au cours de ce premier automne, où j'avais tant à faire. Tous les travaux de couture pour notre nouvelle maison, entre autres. Lisa me fit cadeau d'une vieille machine à coudre qui calait sans arrêt. Je passai la première journée à pousser des jurons et à la houspiller comme une vieille carne. En rentrant du travail ce soir-là, Arne éclata de rire. Il la démonta entièrement, changea quelques pièces, ajouta un peu d'huile. Je le regardais faire, béate d'admiration. Lorsqu'il me la rendit, elle était devenue docile. Dieu sait combien de kilomètres j'ai pu faire, au cours de ma vie, avec cette machine-là.

Notre premier meuble fut un grand établi de menuisier, acheté d'occasion. Pour la cave ! Lorsque Ragnar nous l'apporta, je me mis en colère. Quelle idée d'acheter un établi alors que nous n'avions même pas une table pour manger ! Mais je ne dis rien, et je compris vite. Car Arne disparaissait à la cave tous les soirs, et très vite, la maison se remplit de tables, de chaises, d'armoires et d'étagères. C'étaient de beaux meubles : du chêne, de l'acajou et du teck pour les bancs de la cuisine.

— Où te procures-tu tout ce beau bois ?

Il rougit et me répondit avec humeur que je ne devais pas poser tant de questions. Comme d'habitude, je ne compris pas ce qui avait bien pu susciter sa colère.

Le plus clair de mon temps, cet automne-là, fut consacré à servir le peintre en bâtiment Andersson, l'un des innombrables camarades d'Arne. J'avais reçu des ordres stricts : une bière toutes les deux heures, pas davantage car, dans ce cas, le papier peint se retrouverait vite collé de travers. Un repas chaud et un verre d'eau-de-vie à la fin de sa journée de travail. Pas davantage, sinon on ne le reverrait pas.

Je m'occupai donc d'Andersson, et notre maison s'illumina à mesure que les nuits rallongeaient. Nous eûmes des rayures vert pâle dans la chambre à coucher, et des roses sur fond blanc dans le salon où luisait l'acajou rouge sombre de nos nouveaux meubles. Nous dûmes peindre la cuisine nous-mêmes, après qu'Andersson eut disparu un samedi avec une caisse de bières que je pensais avoir bien cachée dans la réserve.

Je me le reprochai, mais Arne trouva l'aventure très drôle.

Noël arriva, et nous invitâmes tout le monde à dîner. Mère rechigna, elle ne s'entendait pas avec sa nouvelle belle-famille. Alors j'allai voir Ragnar et je mis les choses au point : si vous ne venez pas, je t'assassine. Ils vinrent tous, mère, Lisa, Ragnar et les enfants. Et deux de mes autres frères avec leur femme. Nous invitâmes aussi Gustav et Lotten, mais ils déclinèrent la proposition.

La reine des neiges se tint coite, pas une méchanceté ne franchit ses lèvres.

— Tu vois, me chuchota Arne, elle s'adoucit.

Pour ma part je ne voyais rien de tel. Mais un événement important se produisit peu avant le déjeuner. Il faisait doux, cet hiver-là, huit degrés au-dessus de zéro, pas de neige, et presque pas de vent. J'en profitai pour sortir avec mon beau-père et lui faire visiter le terrain en lui expliquant la manière dont je rêvais mon futur jardin.

Le vieil homme se transforma sous mes yeux : sa voix s'affermit, sa démarche se fit plus légère et il annonça qu'il m'aiderait. On pouvait envisager un paradis. Si seulement nous pouvions construire un mur à l'ouest... le soleil et le Gulf Stream feraient le reste.

— Un champ de pommes de terre, poursuivit-il, rêveur. Des légumes, des fraises...

— Des roses.

Lorsqu'il riait, il ressemblait à Arne.

— Fais-moi confiance, dit-il.

Après le départ des invités, je lavai la vaisselle pendant qu'Arne portait les restes du festin à la réserve. Lorsqu'il revint, je lui parlai de la conversation avec le vieux. Arne eut un sourire qui illumina tout son visage mais se rembrunit aussitôt :

— Maman ne le permettra jamais.

— On parie ? Il viendra, quoi qu'elle dise.

— Tu es vraiment une femme étonnante.

Je rougis. De plaisir, mais aussi parce que j'étais loin d'éprouver l'assurance que je manifestais. Nous nous installâmes à la cuisine pour dessiner d'innombrables croquis de notre futur jardin. Je parlais de roses et de violettes, Arne de pommes de terre et de légumes.

— Nous devons faire attention au moindre sou.

— Je sais, mais je veux des roses le long du mur et un grand massif devant la maison. Des phlox, des mauves...

Un matin de janvier, j'annonçai à Arne : « Ce soir on va rendre visite à tes parents. On emporte les croquis du jardin et on en discute avec ton père. » Il se montra à la fois effrayé et ravi, mais je fis semblant de rien. J'avais compris qu'il était plein de remords parce qu'il négligeait sa mère. Lorsque nous franchîmes le seuil du vieil appartement de la rue Karl-Johan, elle eut du mal à cacher sa joie, et il lui fallut plusieurs secondes pour retrouver sa rigidité habituelle.

— Entrez donc. Je vais faire du café.

Nous nous assîmes à la table de la cuisine, et je tirai mon beau-père de son coin : « Venez, on a besoin de vous. »

Miracle ! Le vieux reprit vie une fois de plus, formula des objections. Il avait visiblement réfléchi.

— Il faudra planter des pins à l'extrémité du mur, dit-il. Le vent ne vient pas que de l'ouest, on peut avoir des tempêtes du sud. En fait, le mur devrait faire un angle, parce que Johanna veut des roses et il lui faut donc un mur au sud.

Arne était encore plus ébahi que la reine des neiges.

Et heureux, tellement heureux ! Alors je me lançai :

— Je vais en parler à mon frère, il pourra vous conduire et vous ramener en ville, le soir.

— Je prendrai le bus, dit le vieux.

— Si tu te fatigues trop, tu peux dormir dans la chambre du haut, proposa Arne.

Ma belle-mère n'avait pas ouvert la bouche.

Nous nous amusâmes bien, ce printemps-là, mon beau-père et moi. Un fermier des environs nous prêta un cheval et une herse, et le vieux menait son attelage comme s'il n'avait jamais rien fait d'autre de toute sa vie. Il retourna la terre où je plantai les pommes de terre, creusa des sillons où je semai mes légumes, prépara un parterre pour mes fleurs. Nous fîmes aussi des trous bien profonds pour les pommiers et les groseilliers. Un jour à l'heure de la pause, tandis que nous buvions notre café et mangions nos tartines, il dit :

— Après tout, j'ai du vieux sang paysan dans les veines.

Je sentis alors que c'était aussi mon cas.

Mon beau-père n'était pas très loquace. Pourtant, il m'a tout appris. Savoir distinguer entre les différentes sortes de fumier, émietter la terre entre les doigts pour déterminer si elle a besoin de sable ou de tourbe, se méfier des jolies pensées tricolores qui signalent un manque de calcaire, surveiller l'argile qui durcit le terreau des massifs... C'était là le fruit de l'expérience, qui pouvait se transmettre en peu de mots. Mais il avait aussi des idées :

— Bien sûr que les roses sont belles en été. Mais je mettrais plutôt un forsythia sous la fenêtre. Avec des scilles et des crocus.

Je hochai la tête, j'imaginais déjà le résultat. Un coin de printemps vit ainsi le jour entre le mur et la cuisine. C'était magnifique au mois de mars, quand le ciel était bleu et froid et qu'on osait à peine mettre le nez dehors à cause du vent aigre. Je m'asseyais près de la fenêtre avec un café et je contemplais avec ferveur mon arbuste qui ressemblait à un nuage doré.

Mon beau-père tenta aussi de m'enseigner la patience.

— Cultiver, c'est attendre, disait-il. On ne peut rien contre le temps qu'il fait.

C'est vrai bien sûr, mais je n'ai jamais retenu la leçon. J'enrageais quand il neigeait sur mes tulipes au mois de mai et plus encore lorsque ce traître de février incitait les arbres à déployer leurs bourgeons — pour mieux les assassiner ensuite à coups de gelées nocturnes.

Et je pestais contre les pivoines qui refusaient toujours de fleurir au bout de trois ans, alors que je les avais patiemment nourries d'engrais et de terreau neuf. La quatrième année, je ne leur accordai même pas un regard, jusqu'au jour où je sortis avec ma bêche dans l'intention de les déterrer et de les jeter sur le tas de compost.

Je découvris alors qu'elles étaient couvertes de gros boutons. Et depuis, elles ont fleuri ponctuellement chaque année, au début de l'été. Cela fait plus de vingt ans maintenant.

Mon beau-père et moi n'étions pas les seuls à travailler au jardin. Le frère d'Arne venait chez nous le dimanche et édifiait le mur, pierre à pierre. Gustav était maçon. Il fallait l'entendre discuter joyeusement avec son père de la profondeur, de la hauteur, de la largeur requises et se demander s'il s'offrirait le luxe de surmonter sa création d'un toit de tuiles. Le vieux était bien de cet avis ; on aurait dit qu'il formulait un ordre.

En définitive, le mur ne forma pas un angle droit ; il décrivit un arc de cercle vers le sud-ouest, dans le prolongement de la falaise qui s'incurvait en douceur vers le nord. Mon jardin en vint ainsi à ressembler à un bol tout rond qui aurait eu la maison pour centre.

Un jour, alors que nous étions en plein labeur, Ragnar arriva au volant d'un camion dont la plate-forme était chargée de fleurs : rosiers grimpants, rosiers nobles, rosiers buissonnants à l'ancienne... Je me mis à danser autour de lui, heureuse comme une gamine.

— Mais où as-tu acheté tout cela ? Combien ça t'a coûté ?

— Ça ne te regarde pas, petite sœur, dit-il sur le même ton qu'Arne lorsque je lui avais demandé où il se procurait le bois précieux pour les meubles.

Je dois prendre garde à ne pas faire la part trop belle aux souvenirs heureux, comme s'ils représentaient la vérité à eux seuls. C'est une pente facile. La faculté bénie que nous avons d'oublier les moments durs est sans doute un don inné qui nous aide à supporter l'existence. Mais on gauchit beaucoup de choses lorsqu'on prétend bâtir sur un fondement aussi incertain. Comme Arne lorsqu'il évoque sa bonne mère et son enfance merveilleuse.

Peut-être suis-je injuste. Que savons-nous, au fond, du mensonge et de la vérité ? Que savons-nous de la manière dont les choses se sont réellement passées et de la manière dont l'enfant les a vécues ? Je n'ai plus aucune certitude, ces temps-ci.

En tout cas, je maintiens que ce furent de bonnes années, au début, dans la maison au bord de la mer. Je prenais les jours tels qu'ils venaient et mon homme tel qu'il était. Je ne pense pas que les jeunes femmes amoureuses soient aussi aveugles qu'elles le prétendent.

La première fois que je vis Arne en proie à un accès de rage, je me mis presque autant en colère que lui. Je montrai la porte en criant : « Hors d'ici ! » Il avait cassé deux assiettes, le sol de la cuisine était jonché de restes de nourriture et de porcelaine brisée.

Au lieu de nettoyer, je fonçai dans la chambre et je fis mes bagages. Puis je m'assis dans l'entrée, sur ma valise, et j'attendis. Arne revint peu après, désespéré et repentant :

— Johanna. Pardonne-moi.

Je pris peur ; pour la première fois, je me dis que ses sautes d'humeur n'étaient pas normales, qu'elles avaient quelque chose de maladif. Je voyais bien qu'il jouissait autant de sa contrition que de la fureur qui l'avait précédée.

— Je m'apprêtais à rentrer chez ma mère. Si cela se reproduit une seule fois, je partirai.

Puis je grimpai jusqu'en haut des rochers, restai longtemps assise sur un bloc de granit et pleurai un peu en regardant le soleil sombrer dans la mer. À mon retour, je trouvai la cuisine rangée et, au cours de toute la semaine qui suivit, il se montra d'une gentillesse artificielle.

La deuxième fois, il me frappa. C'était l'été, je m'enfuis en courant pour rejoindre le bus, la ville et ma mère. Elle me fit un pansement et me mit au lit sans commentaire. Elle n'attachait pas beaucoup d'importance à l'événement : ça faisait partie du lot des femmes, d'après elle.

— Vous voulez dire que père vous battait ?

— C'est arrivé, oui. Plusieurs fois.

Sa réponse m'attrista. Je savais bien qu'elle disait la vérité, mais il me sembla qu'elle l'avait calomnié.

Plus tard, je compris qu'elle avait parlé à Ragnar, car Arne fit son apparition à Haga, plein de remords et d'apitoiement sur lui-même, et m'expliqua que mon frère avait menacé de le dénoncer.

— Très bien, dis-je. S'il prévient la police, je pourrai divorcer plus facilement.

Pendant quinze jours, je cherchai du travail aux halles et obtins quelques heures par-ci par-là. Un emploi stable était hors de question, les boutiques fermaient les unes après les autres. Puis je croisai Greta qui avait passé son diplôme de coiffeuse et ouvert un petit salon dans le quartier de Vasastan, où les femmes avaient encore les moyens de s'offrir une indéfrisable. Elle me proposa de la rejoindre ; j'apprendrais le métier, et je toucherais peu à peu un salaire suffisant pour m'en sortir. Mais j'eus à peine le temps de m'initier aux secrets du shampoing que je découvris que j'étais à nouveau enceinte. Mère ne manifesta aucun étonnement : c'était le destin.

En revenant dans la maison au bord de la mer, je trouvai le jardin envahi par les mauvaises herbes et les groseilliers presque cassés sous le poids des fruits trop mûrs. Pourtant, j'étais contente. J'osai m'avouer intérieurement que je n'avais cessé de me languir... des pommiers, des fleurs et de la vue sur la mer.

Arne pleura comme un enfant lorsqu'il rentra ce soir-là et qu'il me trouva à la maison. Je lui dis la vérité, que j'étais revenue parce qu'on allait avoir un gosse. Cela lui fit plaisir, et sa joie était sincère. Mais je ne croyais pas à ses promesses lorsqu'il me jurait qu'il ne céderait jamais plus à son épouvantable humeur.

L'atmosphère se réchauffa entre nous, même si je restais constamment sur mes gardes. Je ne me calmais vraiment qu'en présence de Ragnar, qui me rendait souvent visite. Si Arne était là, Ragnar m'interrogeait de manière à ce qu'il l'entende :

— Tout va bien, petite sœur ?

C'était humiliant ; au début j'avais peur qu'Arne devienne fou de rage et qu'il se venge sur moi. Mais il n'en fit rien et, petit à petit, je m'aperçus qu'il jouissait d'être ainsi remis à sa place.

Je ne comprendrais jamais mon mari.

En septembre, je fis une nouvelle fausse couche. Je n'ai pas le courage d'en parler.

Je préfère me souvenir du jardin et de nos longues croisières, l'été. C'était grandiose ; dès qu'il mettait le pied sur le bateau, Arne devenait adulte et ne se montrait jamais imprévisible. Nous allâmes jusqu'à Copenhague et prîmes un plaisir intense à nous promener dans les ruelles et dans les parcs en contemplant toutes les merveilles.

L'été suivant, nous remontâmes à la voile jusqu'au fjord d'Oslo pour rendre visite à la famille norvégienne.

Pendant toute mon enfance, j'avais rêvé de ma tante, la belle Astrid. J'avais le vague souvenir d'un être semblable à un papillon, excitant, merveilleux. Et j'avais ses lettres. Hanna et Astrid ne cessèrent jamais de correspondre au fil des ans. Les lettres d'Astrid étaient longues, fantaisistes et pleines de réflexions étonnantes. Mère, qui n'était pas en bons termes avec l'orthographe, me demandait toujours de rédiger les réponses à sa place. Astrid l'interrogeait souvent à propos de Ragnar et je décrivais avec éloquence sa réussite à Göteborg et son bonheur auprès de Lisa et de ses deux fils.

Elle répondait qu'elle avait toujours su que la vie lui sourirait ; il était le chéri des dieux, et toutes leurs largesses étaient pour lui.

J'adorais ses formules déconcertantes et sa calligraphie toute en arabesques qui se répandait d'une page sur l'autre.

Lorsque je lui annonçai mon mariage, dans une lettre, elle m'envoya un collier de perles — de culture, certes, mais authentiques — qui me descendait jusqu'au nombril.

Je dois avouer en toute franchise que je ne me contentais pas de copier sous la dictée de mère, et que j'omettais bien des passages lorsque je lui lisais la lettre à haute voix avant de l'expédier.

Henriksen avait transféré son négoce à Oslo et, d'après ce que nous avions cru comprendre, le ménage y menait grand train. Si bien qu'en ce beau jour de juillet, lorsque Arne amarra le bateau dans le port de plaisance de la capitale norvégienne, je n'étais pas très à l'aise :

— Je me sens comme la parente pauvre de la campagne.

— Bah, s'ils ne sont pas sympathiques, on prend un café et on s'en va. Mais tu devrais peut-être les appeler avant.

J'obéis. La voix douce à l'autre bout du fil s'anima de joie et de surprise et se mit à faire des trilles comme un oiseau.

— J'arrive ! J'arrive tout de suite, je viens vous chercher.

Astrid conduisait sa propre voiture, et elle était aussi belle que dans mes rêves. Les années semblaient n'avoir aucune prise sur elle. L'organza fleuri se déployait comme un nuage autour de sa silhouette gracile et son parfum évoquait celui des fleurs de pêcher de mon jardin. Elle m'embrassa, recula et joignit les mains :

— Mon Dieu, que tu es devenue jolie, Johanna !

Puis elle planta un baiser sur la joue d'Arne qui rougit, ravi et effaré.

— Comme vous vous ressemblez ! dit-il.

— N'est-ce pas ? fit Astrid en riant. C'est le vieil héritage familial. Et moi je l'ai en double, comme Ragnar, mais d'une autre manière.

Nous dûmes faire une drôle de tête car elle ajouta avec une moue :

— Mes fils ressemblent tous à Henriksen, ils sont laids comme des crapauds. Maintenant, j'aimerais visiter le voilier.

Elle sauta à bord, plus légère qu'un elfe, admira tout et embrassa Arne lorsqu'elle apprit qu'il avait tout construit de ses mains, y compris l'aménagement intérieur.

— Henriksen rêve d'un voilier, dit-elle. Quand il verra celui-ci, il va devenir fou.

Elle parlait très vite et je m'aperçus que j'avais du mal à comprendre le norvégien, même si l'accent m'était familier.

Nous déjeunâmes dans leur grand appartement. Astrid et moi bavardions avec ferveur tandis que Henriksen et Arne s'entretenaient de Hitler. Soudain j'entendis Arne s'exclamer :

— Non, ce n'est pas possible !

Henriksen avait des relations d'affaires en Allemagne. Ce fut ainsi que nous entendîmes parler pour la première fois des Juifs qui disparaissaient et des aliénés qu'on assassinait.

Henriksen était sûr de son fait. Un silence oppressant se fit autour de la table.

— D'ici à quelques années, les bottes des nazis martèleront l'avenue Karl-Johan, dit Astrid.

Cela sonnait comme une prophétie. Arne protesta :

— L'Angleterre ne le permettra jamais.

Mais Henriksen soupira :

— Astrid le dit depuis longtemps. Et elle a le don de lire dans l'avenir.

Henriksen et Arne partirent en excursion, mais le marchand était vieux et lourd et apprenait difficilement. Ce ne sera jamais un marin, dit Arne au retour. Nous dînâmes encore dans le bel appartement, j'eus l'occasion de rencontrer mes cousins et sentis pour la première fois que j'étais bien la parente pauvre de la campagne.

L'événement le plus important de cette visite à Oslo fut une longue conversation entre Astrid, Arne et moi, dans un café non loin du musée viking. Nous parlions de mon père. Astrid avait beaucoup de choses à dire à son sujet et beaucoup de souvenirs :

— Il se contentait d'exister, dit-elle. Comme vous le savez, ces gens-là n'ont rien à prouver.

J'appris alors qu'il m'adorait, que j'avais été baptisée ainsi en souvenir de la fille qu'il avait eue de son premier mariage, qu'il s'occupait constamment de moi, qu'il me transportait sur son dos dans une hotte spéciale, qu'il m'apprenait à discerner les voix de la forêt, à observer l'eau, le ciel et les nuages.

— Hanna se moquait de lui, dit Astrid. Tu n'étais qu'un bébé, après tout.

Je m'en étais doutée bien sûr ; le corps et les sens ont leur propre mémoire. Mais la famille ne m'avait rien dit, sinon qu'il me gâtait trop. À présent, tout était confirmé.

Elle évoqua aussi les histoires qu'il me racontait, les chansons qu'il m'apprenait. Mère m'en avait déjà parlé, cette information me surprit donc moins.

— J'ai souvent pensé à toi, dit Astrid, et à la perte immense que tu as dû ressentir...

Elle se tut un instant, comme si elle hésitait, avant de poursuivre :

— Pourtant, je crois que ce fut un soulagement pour lui de mourir. La dernière fois que nous nous sommes vus, il m'a dit que la vie était trop lourde pour lui, depuis toujours. Petit déjà, il avait à peine la force de la supporter.

L'hiver, nous assistions aux réunions du parti. Je lisais beaucoup, je m'instruisais. Nous ne manquions pas de sujets de conversation, Arne et moi.

Il bricola une radio, une énorme machine biscornue que j'adorais, à cause de la musique. Il remarqua mon intérêt et prit l'habitude de m'accompagner au concert, où il s'endormait dans son fauteuil pendant que je m'abandonnais au plaisir.

Nous achetâmes un Gramophone à manivelle.

C'étaient de bonnes années.

Nous partagions la même inquiétude au sujet de Hitler et des nazis. Ragnar, qui était un ahuri complet dès qu'il s'agissait de politique, affirmait : « Ce salaud a quand même remis le pays sur pied... » Arne répliquait que le réarmement avait certes un effet positif sur l'économie à court terme. Mais ensuite, ce serait la guerre.

Ces réflexions me rappelaient les paroles d'Astrid, mais je refusais de céder à la peur.

J'étais à nouveau enceinte. Cette fois, l'enfant naîtrait, j'y étais fermement décidée. Le médecin qui m'avait aidée lors de mes deux fausses couches m'assura que je ne souffrais d'aucune malformation.

L'infirmière de district venait une fois par semaine ; une femme solide, qui expliqua à Arne qu'il devait garder confiance et s'occuper de moi. Il s'acquitta parfaitement de sa tâche. On pouvait toujours se fier à lui dans les situations difficiles. Quant à moi, je reçus l'ordre d'être heureuse.

Je lui obéis de mon mieux. Je pensai à mon jardin, pour lequel j'avais commandé de nouveaux catalogues chez les pépiniéristes. Je pensai à Arne, à quel point il s'était adouci, je pensai à ma mère, qui aurait bientôt droit à la retraite et au repos. Surtout, je pensai à toutes les belles choses que m'avait racontées Astrid à propos de père. Chaque soir avant de m'endormir, je lui promettais de lui donner une petite-fille. J'étais absolument sûre que ce serait une fille. Curieusement, Arne l'était aussi.

J'ai mentionné au passage que nous avions lié connaissance avec nos voisins, de jeunes couples comme nous, plutôt sympathiques pour la plupart. Je me fis des amies, nous prenions le café tantôt chez l'une, tantôt chez l'autre, et échangions des confidences à la manière des femmes. J'avais quelques réticences vis-à-vis de certaines, celles qui se montraient un peu trop curieuses. C'était intéressant et inquiétant de voir à quelle vitesse nous retrouvions les vieilles habitudes des villages où, toutes, nous avions nos racines. On s'observait, on se jalousait, on s'entraidait, on se dénigrait... Très vite, l'ordre hiérarchique avait été fixé : au bas de l'échelle, les pauvres qui étaient au chômage et qui buvaient ; au sommet, les gens « bien ».

La famille du professeur était sans conteste la plus distinguée. Venaient ensuite, dans l'ordre : le pilote côtier, le policier et le douanier. À la réflexion, il me semble que la deuxième place revenait plutôt à Mme Gren, la propriétaire du magasin. Non qu'elle roulât sur l'or, mais en raison du pouvoir qu'elle exerçait sur nous. C'était à elle qu'il fallait demander crédit quand on avait du mal à joindre les deux bouts en fin de semaine.

Les familles de pêcheurs, qui étaient là depuis plus longtemps que nous, constituaient un monde à part. Ils ne se mêlaient pas aux nouveaux venus. De plus, ils étaient pentecôtistes, du moins le dimanche.

On voyait arriver leurs bateaux en fin de matinée, le samedi, de retour du port de Göteborg où ils avaient vendu les pêches de la semaine. Ensuite, les célibataires s'habillaient et disparaissaient en troupeau vers les tavernes du quartier de Majorna. Ils revenaient dans la soirée, et c'était la fête au port. Ils chantaient, et parfois, ils faisaient monter à bord des femmes de mauvaise vie. Mais le dimanche matin, quand ils avaient fini de dessoûler, ils se dirigeaient d'un air sombre vers l'église pentecôtiste pour confesser leurs péchés et obtenir l'absolution.

Arne trouvait cela scandaleux, je trouvais cela étrange, mais mère, qui nous rendait souvent visite le dimanche, trouvait cela naturel ; ç'avait toujours été comme ça, à son avis.

Bien entendu, nous avions aussi une commère attitrée, qui ne voyait pas au-delà d'un mètre, mais avec une acuité d'autant plus perçante. Et qui ordonnait aussitôt ces infimes détails en motifs louches qu'elle interprétait systématiquement dans le sens le plus défavorable.

Arne disait qu'Agneta Pettersson connaissait le contenu de toutes les lettres qui nous parvenaient, et cela avant même qu'elles eussent été écrites. Il la détestait.

— On se demande comment les Karlberg ont les moyens d'entretenir à la fois un si beau jardin et un si beau bateau, susurra-t-elle à Irene, notre voisine la plus proche, qui ne tarda pas à nous le répéter.

J'éclatai de rire, Arne se mit en colère.

Ce printemps-là, nous avions aussi fait installer le téléphone. Comble d'indécence, Ragnar nous vendit une voiture d'occasion, une DKW décatie. Arne, délaissant le bateau, entreprit aussitôt de la réparer, de démonter le moteur, de changer des pièces. Ragnar n'en revenait pas.

— Tu pourrais te faire embaucher comme mécanicien, si tu voulais.

Mais Arne ne l'entendait pas de cette oreille, il était fier de son travail au chantier naval, où l'activité avait repris.

— Nous construisons des skis pour les avions, dit-il. C'est l'armée qui les a commandés, pour défendre le Norrland.

— Nom de Dieu !

Un jour, notre petite communauté eut la surprise de voir emménager une famille juive. Agneta Pettersson ne savait plus où donner de la tête et courait partout comme une vraie jacasse, pour reprendre l'expression de mère.

Rakel Ginfarb ressemblait à un oiseau et elle était non moins farouche. Je repensai à ce qu'avait dit Henriksen, à Oslo. J'achetai une plante chez le pépiniériste et je sonnai à la porte de nos nouveaux voisins :

— Je voulais seulement vous souhaiter la bienvenue.

La femme dut s'apercevoir de ma timidité, car elle esquissa un sourire, et j'osai poursuivre :

— Si vous avez besoin d'aide ou de quoi que ce soit, j'habite la dernière maison en direction du port.

— Merci, dit-elle. Merci beaucoup.

Ainsi commença notre amitié, qui allait devenir très importante pour moi. Le dimanche suivant, nous les invitâmes à prendre le café dans notre jardin. En fait, nous les avions invités le samedi après-midi, mais Rakel dit que ce n'était pas possible, à cause du shabbat.

— Nous avons quelques problèmes en effet, dit Simon Ginfarb après avoir bu trois tasses de café et goûté à tous mes gâteaux. Je n'arrive pas à monter les étagères.

Il n'avait pas vraiment demandé de l'aide, mais Arne comprit. Il disparut avec Simon et ne reparut pas de tout l'après-midi. Rakel et moi continuâmes à bavarder pendant que ses enfants jouaient dans le jardin. Elle avait un fils et deux filles.

— Et un autre en route, fit-elle en caressant son ventre.

— Moi aussi, dis-je, à mon propre étonnement.

Par superstition sans doute, je n'en avais parlé à personne. Seuls Arne et mère étaient au courant. Nous calculâmes vite que nos bébés naîtraient au même moment, et Rakel avait les yeux brillants lorsqu'elle dit :

— Quelle chance pour les enfants ! Moi, c'est une fille, je le sais.

— Moi aussi.

— C'est sans doute un signe.

La peur me submergea aussitôt.

— Qu'y a-t-il, Johanna ?

Alors, pour la première fois, je parlai des fausses couches, de la douleur de perdre ces enfants, à quel point je m'étais sentie... inférieure.

— Je crois que j'ai perdu confiance en moi.

Elle m'écouta attentivement, sans rien dire. Après, nous restâmes longtemps silencieuses. C'était un silence radical, si profond qu'il semblait devoir nécessairement transformer quelque chose. Lorsque les rires des enfants, les cris des mouettes et le bruit d'un moteur en mer le recouvrirent, j'avais retrouvé l'espoir.

En partant, elle murmura qu'elle prierait pour moi. Moi, qui n'avais aucun Dieu à invoquer, j'en conçus de la gratitude.

Arne revint en disant que Simon était exactement tel qu'il l'avait imaginé : incapable de planter un clou. Ils en avaient ri ensemble et, tandis qu'Arne sciait et vissait les étagères, ils avaient parlé politique.

— Henriksen disait vrai. Rakel et Simon ont de la famille en Allemagne et ils sont terriblement inquiets. En permanence, jour après jour.

Le regard d'Arne s'assombrit, comme toujours lorsqu'il avait peur.

— Je pensais à la prédiction d'Astrid, dit-il. Tu crois qu'elle est vraiment capable de lire dans l'avenir ?

— On le disait. Il y a toujours eu des voyants dans la famille, du côté de ma mère.

Arne ricana :

— Pure superstition.

Après un silence, il ajouta qu'Astrid n'avait pas affirmé que les Allemands défileraient à Göteborg. Pas un mot à propos de la Suède. Il paraissait soulagé.

Avant de s'endormir ce soir-là, il me parla des Ginfarb :

— Tu ne peux pas imaginer la quantité de livres qu'il y a, chez eux. Il est professeur de lycée.

Cela m'inquiéta un peu, je me rappelai que la nouvelle famille était la plus distinguée du village. Et que j'étais peu instruite et que je haïssais les bourgeois.

Mais par-dessus tout, je pensai à l'étrange moment de silence qu'il y avait eu entre nous, dans l'après-midi.

Cet automne-là, j'aidai Rakel à planter des roses dans son jardin. Ce qu'elle préférait, cependant, c'étaient les longues promenades avec les enfants dans les prairies des hauteurs, le long du rivage, ou dans la forêt. Un jour, je lui montrai mon endroit secret, un rocher tout plat chauffé par le soleil, à l'abri du vent d'ouest, d'où l'on avait une vue incomparable sur la mer.

— Je vais finir par devenir une vraie fanatique suédoise de la nature, dit-elle.

C'était elle qui avait convaincu son mari d'acheter cette maison à la campagne. Elle n'aimait pas les villes, qu'elle considérait comme des ouvrages défensifs.

— De grands immeubles et des rues bien propres. Comme si les gens voulaient se mettre à l'abri en réduisant les limites de l'existence.

Je pensai aux ruelles sales de Haga et à la vie exposée, menacée, qu'on menait dans les taudis. La ville de Rakel n'était pas la mienne. Mais je ne dis rien, par lâcheté, par crainte de révéler le fossé qui nous séparait.

Elle avait beaucoup à donner. De la confiance avant tout, mais aussi des connaissances. À propos des enfants, de l'éducation et de l'importance de respecter le moindre petit gamin.

Ils sont tous différents, disait-elle. Dès le départ.

Un jour, elle me raconta qu'elle savait toujours quand quelqu'un lui mentait. C'était un don qu'elle tenait de sa grand-mère maternelle. Elle ajouta que, dans mon cas, elle était moins sûre de son fait, et je compris aussitôt ce qu'elle entendait par là. J'avais l'habitude de me mentir à moi-même, sans le vouloir, sans même m'en rendre compte.

— Tu es une femme secrète, dit-elle.

Son mari était très élégant, il flottait autour de sa personne un parfum d'aisance et de fumée de cigare. Il était croyant et fréquentait la synagogue. Il s'agissait d'une foi raisonnée, nous expliqua-t-il, où le respect des rites ancestraux tenait bien plus de place que l'illumination religieuse. Nous le trouvions bien un peu prétentieux, sans doute, tant Arne que moi. Mais nous ne nous serions jamais permis d'exprimer cette pensée à haute voix. Les nouveaux voisins étaient juifs et, à ce titre, au-dessus de toute critique.

J'ai dit plus haut qu'Arne avait bricolé une radio. Comme tout ce qu'il faisait de ses mains, c'était une réussite, nous avions de meilleures conditions de réception que quiconque dans le voisinage. Simon prit l'habitude de passer chez nous, au cours de sa promenade du soir, pour entendre les nouvelles de Berlin.

Rakel n'était jamais présente lorsque nous entendions Hitler hurler dans les haut-parleurs.

— Il faut épargner les femmes, disait Simon.

Mais Arne n'était pas de cet avis :

— Je ne pense pas que Johanna ait envie d'être bercée d'illusions.

Cela fit rire Simon. Nous le connaissions assez pour savoir qu'il riait toujours lorsqu'il était décontenancé.

L'automne arriva, puis l'hiver ; mon ventre s'arrondissait au même rythme que celui de Rakel. J'avais du mal à lacer mes chaussures et je me disais : cette fois, c'est un enfant, un vrai, qui doit seulement grandir encore un peu avant de sortir.

Elle arriva donc, par un jour de mars tout bleu, et jamais je n'aurais cru que ce serait si difficile. Comme de parcourir un long chemin à travers une douleur insupportable pour accéder enfin à la mort miséricordieuse lorsque l'anesthésie effaça tout.

Le travail avait duré plus de vingt-quatre heures.

Bien des années plus tard, je regardais encore toutes les mamans avec surprise en pensant : « Toi ! Et toi aussi, et toi plusieurs fois ! »

C'est incroyable, ce que les femmes endurent. Et à quel point on en parle peu, à quel point la plupart d'entre elles préfèrent se taire, comme s'il s'agissait d'un secret. Mais ensuite, il en alla pour moi comme pour les autres, ce fut une joie sans limites. Qui valait n'importe quelle souffrance.

Lorsque je me réveillai à la clinique, on me donna un jus de fruits. Puis on déposa un enfant dans mes bras. Les heures qui suivirent sont plus difficiles à décrire que la douleur. Nous nous regardions, elle sans ciller, moi à travers des larmes qui me la rendaient toute floue. Nous étions enveloppées de lumière. Je la reconnaissais, c'était la même qui avait baigné mes errances le long des lacs avant la mort de mon père et aussi le moment miraculeux, aux halles, lorsqu'il m'avait été impossible d'ouvrir une porte.

Il n'y avait pas beaucoup de pensées dans ma tête ce jour-là, le premier, et je ne pus que sourire comme une idiote lorsque Arne arriva et tenta de me dire à quel point il était heureux. Mère me rendit visite le lendemain, et je me souvins du récit qu'elle avait fait de ma naissance.

— Mère, dis-je. Vous étiez tellement forte...

Elle repoussa le compliment avec gêne, comme d'habitude. Ce n'était pas grâce à elle que cela s'était bien terminé cette fois-là, mais grâce à la sage-femme.

Je revis Anna, la femme lumineuse. Et je dis sans réfléchir que je voulais appeler ma fille Anna. Mère était contente, je le vis bien, mais elle répliqua que je devais d'abord en parler à Arne.

Il dit que ce nom lui paraissait vieux jeu et solide. De plus, il n'existait pas dans la famille, et il s'en réjouissait.

— Tu as vu comme elle a l'air intelligente ?

Je me moquai un peu de lui, bien sûr, mais j'étais secrètement du même avis. Et la suite allait lui donner raison.

Quel printemps ! Et quel été ! Toute cette période se déroula comme une bénédiction, à croire que la vie voulait me dédommager des difficultés passées. J'avais beaucoup de lait, Anna était en bonne santé, mangeait, dormait, grandissait, souriait et babillait. Je compris qu'Arne avait bien écouté Astrid, à Oslo, lorsqu'elle nous avait parlé de mon père. Car il fabriqua lui aussi une hotte et partit se promener dans la nature avec la petite. Et il lui chantait des chansons ! Il avait une belle voix, et moi je savais raconter les histoires. Tout m'était soudain revenu, tous les poèmes et les comptines de mon père.

J'étais tellement comblée que je pus m'offrir le luxe d'accueillir ma belle-mère avec chaleur :

— Regarde, Anna. C'est ta grand-mère !

La statue de pierre s'anima, contre toute attente, et sourit à l'enfant. Pour la première fois, je vis que le masque d'ivoire cachait un appel. Mais lorsqu'elle dit — elle fut la première à le dire — que l'enfant lui ressemblait, je pris peur.

Et je réagis avec colère.

Peut-être Arne avait-il peur, lui aussi. Car il ricana en disant que toutes les vieilles femmes étaient folles.

— La maman de Johanna est venue hier, lui dit-il. Selon elle, Anna lui ressemble, ainsi qu'à toute sa famille.

Je le regardai en souriant. Nous savions tous deux que mère n'avait pas dit un mot en ce sens. Il ne lui cède pas, pensai-je. Maintenant qu'il est devenu papa, il est enfin capable de lui résister.

Ma belle-mère renifla avec dédain.

Bien plus tard, je me rendis compte qu'elle n'avait pas tout à fait tort. Il y avait, chez Anna, quelque chose de fragile, de farouche, un orgueil, une peur de s'ouvrir et de s'abandonner. Elle avait aussi le teint d'ivoire de sa grand-mère, et ses traits finement ciselés. Seule la bouche était la mienne, grande et expressive.

Rakel revint de la clinique une semaine après moi. Les petites filles étaient différentes, la mienne blonde, forte et têtue, la sienne brune, gentille et soumise.

On était en 1937. Franco lâchait les bombes de Hitler sur les villes d'Espagne. Le monde s'obscurcissait autour de nous, et il devenait de plus en plus impossible de l'ignorer.

Je n'ai pas l'intention d'essayer de décrire l'effet qu'eut sur nous la Deuxième Guerre mondiale, nous qui nous terrions comme des lièvres sous le couvert d'une fragile neutralité.

Pour ma part, je consacrai tous mes efforts à édifier une muraille entre le monde du dehors et mon univers avec l'enfant. J'avais compris très tôt qu'elle ressentait chaque variation d'humeur, et je m'obligeais à ne pas penser à la guerre, à ne pas écouter les informations, à ne pas avoir peur tant que la petite était éveillée. Le soir, je m'asseyais près de la radio. Et la nuit, je dormais mal. Seule, pendant de longues périodes, car Arne se trouvait « quelque part en Suède ».

Ce n'était pas facile de vivre entre deux mondes, mais je faisais de mon mieux et il me fallut un certain temps pour comprendre mon échec. Anna avait un an lorsque Hitler annexa l'Autriche, deux ans lorsqu'il entra en Tchécoslovaquie. À l'automne, ce fut le tour de la Pologne. Puis ce fut la guerre.

Jusque-là, je pouvais encore tenir tête à l'angoisse. Mais peu après le troisième anniversaire d'Anna, le Danemark et la Norvège étaient envahis. On entendait à présent les tirs de la défense aérienne suédoise sur les hauteurs et les yeux d'Anna s'assombrissaient : « Sur quoi ils tirent ? »

Je lui mentis en disant qu'ils s'entraînaient.

Mais un jour, un avion prit feu dans le ciel au-dessus de nous. Il portait la croix gammée. Il s'enflamma, tournoya dans les airs et disparut vers l'ouest. Je vis le garçon allemand brûler comme une torche vive avant de s'éteindre dans la mer miséricordieuse.

Nous étions sur les rochers, je tenais Anna dans mes bras en essayant de cacher son visage contre mon épaule. Mais elle se débattit et écarquilla les yeux, comme ensorcelée. Puis son regard chercha le mien et vit ma terreur nue. Elle ne posa aucune question. Je n'avais rien à lui dire.

Arne revint en permission. Différent. Plus dur. En uniforme. Il ne chercha pas à éviter les questions muettes d'Anna, il la prit sur ses genoux et lui dit ce qu'il en était : que le mal se déchaînait dans le monde, qu'il fallait résister, que lui-même s'était engagé comme soldat parce que nous devions nous protéger, que la défense aérienne tirait pour tenir l'ennemi hors de nos frontières et que le bien finirait par l'emporter. Elle dit :

— Mais ils tuent...

— Oui, Anna. Ils n'ont pas le choix.

Il m'apprit que la situation était critique aux frontières, qu'ils avaient tantôt des armes et pas de munitions, tantôt des munitions mais pas d'armes.

— Tu as peur ?

— Non. Je suis surtout en colère.

Il ne mentait pas. Il était ainsi, Arne, fort dans les moments difficiles. Le lendemain, il appela ses parents :

— Bonjour, maman. Je suis pressé, je voudrais parler à papa.

Il lui parla longuement d'évacuation vers la ferme familiale dans les forêts de Billingen.

— Il faut que tu viennes ici, papa. Tu t'arrangeras avec Johanna. Elle t'aidera à prendre contact avec eux et à leur demander de préparer la vieille maison.

— Mais qu'allons-nous faire de mère ? demandai-je après qu'il eut raccroché.

— Si Ragnar ne s'en occupe pas, vous devrez l'emmener.

Mais Ragnar avait été mobilisé, lui aussi, avec toutes ses voitures. Je pensai à part moi que ma mère et ma belle-mère sous le même toit... ça n'irait jamais. Puis cette pensée me fit honte.

Avant de repartir, Arne prit Anna dans ses bras.

— Promets-moi d'être courageuse et de veiller sur ta maman.

Ce n'était pas juste, je sentais dans tout mon être que ce n'était pas juste. Mais je ne voulais pas engager une dispute en cet instant. Le résultat, bien sûr, ce fut que l'inquiétude d'Anna trouva dès lors un but spécifique.

— Pas peur, petite maman.

— Je n'ai pas peur.

Et je fondais en larmes pendant que l'enfant de trois ans me consolait.

La guerre se rapprocha aussi d'une autre manière. Simon et Rakel accueillaient des réfugiés juifs en provenance du Danemark et de la Norvège. Ils surgissaient de nulle part, le soir ou en pleine nuit, dormaient, mangeaient, reprenaient des forces et disparaissaient. On pouvait encore quitter le pays par l'aéroport de Göteborg, en direction de Londres. La plupart d'entre eux continuaient ensuite vers l'Amérique.

Certains ressemblaient aux images véhiculées par les affiches de propagande des nazis et par l'ignoble journal satirique d'Albert Engström. Je les avais pris pour des caricatures. À présent, j'étais bien obligée de voir qu'ils existaient réellement, les hommes aux chapeaux étranges et aux longues boucles de cheveux. Après toutes ces années, je peux avouer qu'ils m'effrayaient.

L'un d'entre eux était rabbin. À la différence des autres, il arriva avec sa femme et ses fils par un après-midi ensoleillé. Anna était chez les Ginfarb ; comme l'avait prédit Rakel, les deux fillettes étaient inséparables. Je la vis revenir à la maison en courant, les yeux brillants.

— Maman ! J'ai été bénie par Dieu. Il a posé la main sur ma tête et il m'a dit de belles choses que je n'ai pas comprises.

Dieu merci ! pensai-je, en souriant intérieurement de ma formule.

Puis ce fut un feu roulant de questions. Un interrogatoire serré, comme Anna en avait le secret. Pourquoi ne prions-nous pas Dieu ? Qui est-il ? Que signifie « invisible » ?

Je dois dire pour ma défense que je répondis de mon mieux. Avec sérieux, comme si je m'adressais à une adulte. Elle fut déçue d'apprendre que le rabbin n'était pas Dieu en personne, mais seulement son délégué sur terre. Il lui avait fait beaucoup d'effet, néanmoins, car elle resta radieuse longtemps après la bénédiction.

Rakel vint me voir et dit :

— Simon me presse. Il veut que nous partions, nous aussi.

— Où ?

— En Amérique. Nous avons de la famille là-bas. J'essaie de résister, mais il me parle de tous ces Juifs aveugles et fous en Allemagne qui se sont obstinés à rester jusqu'à ce qu'il soit trop tard.

Une semaine plus tard, des nazis suédois avaient dessiné des croix gammées et des étoiles de David sur les portes et les fenêtres de la maison des Ginfarb. J'allai chez eux pour aider Rakel à tout effacer. Je pleurais. Jamais de ma vie je n'ai eu honte comme ce matin-là. Quinze jours plus tard, la famille partait pour l'Amérique. L'un des charpentiers d'Arne racheta leur maison pour une somme modique, et je dis à Arne que c'était un scandale.

Toutes leurs affaires partirent au garde-meuble.

Je me retrouvai seule.

L'hiver 1941 fut d'une rigueur épouvantable. La veille de Noël, je m'aperçus que j'étais à nouveau enceinte. Je ne pense pas avoir compris tout de suite que je perdrais l'enfant mais, dès le mois de février, je demandai à Lisa si Anna pourrait passer une semaine chez elle, en mars. Au cas où il arriverait quelque chose.

Ce fut une bonne chose. Anna ne sut jamais ce qui s'était passé. Le 15 mars, je ressentis les premières douleurs et j'eus le temps de déposer la petite chez Lisa avant de me rendre à l'hôpital. Lorsque je me réveillai de l'anesthésie, je pensai à Anna. Comme elle devait être bien, là-bas, dans la mercerie aux mille fusettes de soie.

Je pleurai cet enfant, bien sûr. Mais il y avait tant de morts, partout dans le monde.

Arne obtint une permission et vint me chercher à l'hôpital. Il était triste. Cette fois encore, c'était un garçon. Nous allâmes chercher Anna à Haga. Elle était toute pâle et Arne lui dit : « La ville n'a quand même pas pu te faire cet effet-là en une semaine ! »

Je pensai alors : « Elle sait. D'une manière ou d'une autre, elle sait, bien qu'elle ne puisse pas savoir. » Je continuai de saigner, tout au long du printemps, j'étais souvent alitée. Ce fut à cette époque qu'Anna prit l'habitude de grimper en haut des rochers où elle se livrait à des jeux solitaires, secrets.

— La petite Judith lui manque autant que Rakel me manque, dis-je à Arne.

Il avait repris espoir, la défense suédoise fonctionnait enfin et l'Allemagne s'était retournée contre l'Union soviétique.

— Les choses vont changer maintenant, nom de Dieu ! dit Arne, avant de se lancer dans une dissertation sur Charles XII et Napoléon.

Juste avant Noël, les Japonais attaquèrent Pearl Harbor et la puissante Amérique fut contrainte de s'engager dans le conflit.

— Tu vas voir qu'on s'en sortira, dit Arne.

En 1943, au moment où les Allemands capitulaient à Stalingrad, je fis une ultime fausse couche. C'était arrivé très vite, je saignais déjà au moment de laisser Anna chez Lisa.

Je ne veux pas en dire plus.

Je me souviens du printemps de la paix. Les journées brillaient d'un éclat intense, d'une luminosité qui faisait ressortir chaque détail.

1945, le jour de la distribution des prix.

Je me souviens du bus qui roulait vers l'école : les garçons bien peignés, en chemise blanche, les fillettes avec leurs robes claires toutes neuves et leurs cheveux bouclés au fer, les mamans en tenue de fête serrant des bouquets de fleurs sur leurs genoux. Anna était assise en face de moi, ravissante comme les fleurs des pommiers de mon jardin. Les cheveux raides, cependant ; aucun fer à friser n'aurait pu avoir raison de sa tignasse blonde.

Je la regardais en pensant que la guerre avait pesé sur toute son enfance. Et que le retour de la paix rendait encore plus difficile de lui cacher la vérité. Un jour, au printemps, en revenant de l'école, elle avait acheté un journal, une revue étrangère qui montrait des images des camps de concentration.

Elle était rentrée, livide, et m'avait lancé le journal au visage avant de disparaître aux toilettes, où elle avait vomi.

Je n'avais rien à dire pour la consoler. J'étais restée assise à la table de la cuisine à regarder les images inconcevables, sans pouvoir pleurer.

« Voici venu le temps des fleurs... » Était-ce une illusion, ou bien y avait-il un espoir tout neuf dans les voix qui entonnèrent le chant traditionnel, ce jour-là, dans la cour de l'école ? Personne n'avait encore entendu parler de la bombe ni de la ville au nom si beau.

Hiroshima attendit jusqu'à l'automne.

Très vite, l'économie se mit à tourner à plein rendement, la prospérité croissait et la société nouvelle dont nous avions si longtemps rêvé commençait enfin à prendre forme. Les sociaux-démocrates régnaient sans partage au Parlement ; les réformes bloquées tout au long de la guerre étaient désormais à l'ordre du jour. Les entreprises et les riches virent leurs impôts monter en flèche, et bon sang ! il fallait voir la rage qui s'exprimait dans les rangs de la bourgeoisie.

Arne et moi étions aux anges.

De mon côté, je n'avais pas à me plaindre. Aux yeux de ma mère et de mes amies, une femme ne pouvait pas rêver d'une vie meilleure. Un seul enfant, un mari qui rapportait une bonne paie à la fin de la semaine et qui, en plus, ne buvait pas et ne courait pas. Mère ne regrettait pas même les fausses couches, elle considérait invariablement que chaque enfant à qui il était épargné de naître avait de la chance. Mais je ne possédais pas sa faculté d'accepter docilement le rôle qui m'avait été attribué. Le pouvoir d'Arne augmentait, ma résistance diminuait.

Je voulais croire que les fausses couches avaient eu raison de moi. Mais rien n'était moins sûr. L'enfant que j'avais pu garder me rendait à l'évidence encore plus vulnérable. Je m'aplatissais devant Arne, je me taisais pour protéger Anna. Pas de scènes, pas de disputes. Rien ne devait troubler l'image ensoleillée du foyer chaleureux et rassurant.

Si j'avais eu quatre enfants de plus, j'aurais sans doute rampé, à force d'humilité.

Ou bien ?

En quoi consistait son pouvoir sur moi ?

Comment avais-je pu devenir ainsi, à la fois vindicative et soumise ? On ne peut pas décrire les choses autrement. Ce fut à cette époque que je commençai à quémander la compassion. En vain, bien entendu. J'endossai le rôle de la martyre, de la femme au foyer insatisfaite.

Quelle horreur.

Il me fallut du temps pour trouver la réponse, peut-être parce que je ne voulais pas la voir. Cela paraissait inavouable et mesquin, puisqu'il s'agissait d'argent.

Je ne crois pas qu'on puisse comprendre, à moins de l'avoir vécu, l'humiliation que représente le fait de devoir mendier le moindre centime. Son argent me filait entre les doigts, disait-il. C'était vrai, mais je n'y pouvais rien. Je n'étais pas mauvaise ménagère, c'était la valeur de l'argent qui diminuait. Les années d'après-guerre étaient marquées d'un double sceau : la confiance en l'avenir et l'inflation.

J'essayais de me dire que ce n'était que justice. J'avais recherché la sécurité, je l'avais obtenue.

Je vois que je sous-estime l'amour, et c'est un tort. J'avais le béguin pour Arne. Ça n'a pas varié, pendant toutes ces années, je suis toujours restée... un peu amoureuse, disons. Mais je ne pense pas que l'amour m'aurait conduite à la soumission si j'avais pu conserver mon travail et subvenir à mes propres besoins.

Par l'effet d'une bizarrerie que je partage avec beaucoup de femmes de ma génération, l'amour n'avait rien à voir avec la sexualité. Les rapports conjugaux étaient inévitables, ils faisaient pour ainsi dire partie du lot. Il leur fallait ça, aux hommes. Ça ne me dégoûtait pas, ou rarement. Mais ce n'était pas non plus un plaisir.

Peut-être en était-il blessé ? Non, je ne le pense pas ; je crois qu'il aurait été choqué, qu'il m'aurait considérée un peu comme une putain, si cela m'avait plu.

Nous étions tellement ignorants. Nous ne savions pas comment exprimer notre tendresse dans la sexualité. Nous fermions les yeux et nous laissions les choses... suivre leur cours. Les émotions, on n'en parlait que lorsqu'on se disputait. Lui, bien sûr, il lui arrivait de se montrer sentimental, ce qui me faisait horreur.

Une fois, au lit, il me raconta que ses grands-parents maternels étaient des libertins. Il rougit, cela m'étonna, je n'avais jamais beaucoup pensé aux parents de la dame d'ivoire. Je protestai :

— Mais ils étaient religieux !

— Ça n'a jamais empêché personne de courir.

— Ta grand-mère était une coureuse ?

J'étais tellement surprise que je me redressai dans le lit.

— Non, sans doute. Mais grand-père oui, et ça lui plaisait bien, à elle.

— Comment le sais-tu ?

— Arrête de me harceler ! cria-t-il.

Je pris peur, comme toujours lorsqu'il se mettait en colère. Il ne dit plus rien. J'entendis bientôt qu'il dormait. Moi, je restai longtemps éveillée, à ruminer. Je repensai longtemps à cette étrange conversation, si ce qu'il avait dit pouvait être vrai, et pourquoi il l'avait dit. Avec le recul, il me semble qu'il voulait peut-être excuser sa propre attitude vis-à-vis de la sexualité. Et celle de sa mère.

Nous manquions de mots, dès qu'il ne s'agissait pas de choses pratiques. Ou de politique.

Ainsi le jour où Anna arriva (elle devait avoir onze ans) blanche comme un linge, et me répéta ce que lui avait raconté une camarade : le truc ignoble qu'ont les hommes et qu'ils vous enfoncent dans le corps et après ils se mettent à pomper à toute force et ça fait si mal qu'on croit mourir. J'étais en train de repasser des serviettes et j'en brûlai une, de peur. Puis je répondis, comme ma mère, comme ma grand-mère, comme mon arrière-grand-mère, depuis la nuit des temps, que ça faisait partie des choses qu'une femme doit accepter.

— Et ça ne fait pas mal, Anna. Beaucoup de femmes trouvent ça merveilleux.

— Toi aussi ?

— Ça ne me dérange pas.

Quelle pauvreté ! Mais comment aurais-je pu lui expliquer la complexité infinie de tout cela, l'amour et le sexe, les sentiments et le désir, toutes les ambiguïtés, tous les paradoxes inextricables...

Un jour d'automne, alors que le ciel et la mer ne formaient plus qu'une lourde grisaille compacte, Nisse Nilsson téléphona pour me dire que les affaires étaient à nouveau florissantes. Pouvais-je envisager de venir l'aider au magasin, le vendredi après-midi et le samedi matin ? La paie serait bonne.

Je ne réfléchis pas, je répondis oui spontanément.

Après avoir raccroché, je restai longtemps assise à côté du téléphone, en pensant à la scène de ménage terrible qui m'attendait. Je préparai le dîner en y apportant plus de soin encore qu'à l'ordinaire et Arne me complimenta, comme souvent, sur ma cuisine. Puis Anna disparut dans sa chambre à l'étage et Arne descendit à la cave. Tant mieux, la petite ne pourrait pas nous entendre. Je le suivis donc et lui fis part de ma conversation avec Nisse. Il hocha la tête avec surprise, répondit qu'Anna était bien assez grande pour rester seule quelques heures, sans doute. Si je voulais vraiment...

— Oui, je le veux.

— J'ai bien vu que tu trouvais les journées un peu longues, à la maison.

Je faillis tomber d'étonnement.

— Ce n'est pas ça. J'ai beaucoup à faire, avec la couture et le reste. Mais j'ai l'impression d'être une domestique, toujours à disposition et obligée de mendier le moindre centime.

Il ne se fâcha pas. Il devint tout triste :

— Mais pourquoi n'as-tu rien dit ?

Étrange soirée. L'explosion de colère ne vint pas de lui, mais de moi. Je vidai mon sac pendant dix bonnes minutes : le bateau qui engloutissait des sommes folles, l'argent du ménage qu'il mégotait en permanence, le fait qu'il lui paraissait normal d'avoir toujours des chemises propres et repassées, un service impeccable jour et nuit, et son travail et ses copains le reste du temps.

— Une bonne, voilà ce que je suis ! Une bonne, et rien d'autre !

Je remontai l'escalier en courant.

Lorsqu'il vint se coucher un peu plus tard, il était désespéré :

— Je n'ai rien compris. Tu aurais pu dire quelque chose...
Je réfléchis longuement avant de lui donner raison.
— Tu es une personne très secrète, Johanna.
Rakel m'avait dit la même chose.
Je dus lui donner raison aussi sur ce point.

Tout s'améliora à compter de ce jour. Ce n'était pas seulement la joie de me fondre dans la foule en traversant le pont chaque samedi matin, pas seulement les camarades, les bavardages, les rires, l'art de s'intéresser à chaque client et de faire la parlote, comme disait Nisse Nilsson.

C'était avant tout une question d'amour-propre.

À Nisse, je dis qu'il m'avait sauvé la vie. À ma mère, je dis que nous avions besoin de cet argent, ce qui était un mensonge. À Anna, enfin, je dis que j'avais besoin de quitter mes quatre murs.

Elle comprit. Elle grandit d'un coup, s'occupa du dîner le vendredi soir et du ménage le samedi, apprit à tenir une maison. Pourtant, elle n'avait que douze ans.

— Elle a le sens des responsabilités, disait Arne qui ne se plaignait pas lorsque les boulettes de viande étaient trop salées et le poisson pas tout à fait grillé à point. Ce qui ne se produisit qu'au début. Comme toujours, Anna se montrait ambitieuse et lisait pour s'instruire. Mon vieux livre de cuisine finit par tomber en morceaux, et Arne lui en acheta un autre, tout neuf et plus complet.

Lorsque je rapportai mon premier salaire à la maison, il dit qu'il avait réfléchi. Il s'était montré avare, un vrai grippe-sou.

— J'avais sans doute peur de finir comme mon père. Ma mère confisquait tout son argent et lui faisait tout juste l'aumône de quelques pièces pour son tabac à priser. Quand il le lui demandait.

Dieu merci, l'étonnement me rendit muette et je n'exprimai pas ma pensée : Arne ne courait aucun risque de devenir comme son père. En revanche, il ressemblait beaucoup à sa mère.

À présent, il voulait que je prenne en charge le budget familial. Je m'en sortirais mieux que lui, dit-il. À compter de ce jour, il me remit sa paie, et il ne fut plus jamais question de « mon-argent-que-tu-te-plais-à-gaspiller ». Et nos finances s'améliorèrent.

Au printemps, il voulut commander de nouvelles voiles pour le bateau, mais je refusai. Nous n'en avions pas les moyens. Nous devions puiser dans nos économies et acheter une chaudière, installer le chauffage central.

Je venais enfin de comprendre une chose que je savais, au fond, depuis toujours. Que les femmes ne sont pas respectées tant qu'elles ne se prennent pas en charge toutes seules.

Maintenant, bien des années plus tard, je n'en suis plus si sûre.

Anna a toujours assuré elle-même sa subsistance. Elle s'est défendue mieux que moi, c'est vrai. Au moment du divorce. Mais ensuite...

Y aurait-il quelque chose, dans la nature même des femmes, que nous refusons de voir et d'admettre ?

Quelques mots à propos des vieux.

Avec l'énergie que me donnait mon assurance toute neuve, je pris sur moi de résoudre les problèmes de logement de mère. L'appartement de Haga était trop grand et d'un entretien trop difficile : le chauffage au bois, les courants d'air, les toilettes dans la cour, alors qu'elle habitait au troisième étage... Elle ne s'y plaisait plus, d'ailleurs, depuis que ses anciennes voisines avaient déménagé. Et depuis la mort de Hulda Andersson.

On construisait à cette époque de nouveaux immeubles pour retraités à Kungsladugård. Je l'y emmenai avec Ragnar afin de visiter un studio, plus petit que celui qu'elle occupait à Haga mais qui disposait du chauffage central, d'une salle de bains et de l'eau chaude.

Mère crut qu'elle était arrivée au paradis.

Arne m'aida à remplir les formulaires. Il fallait réunir une quantité de documents et les immeubles furent achevés bien avant que les tracasseries administratives ne prennent fin !

Mais nous finîmes par signer le contrat de location et elle emménagea avec son canapé du Värmland que j'avais recouvert d'une étoffe de soie neuve et garni de coussins très doux. Elle y trônait désormais, heureuse.

Chez les vieux de la rue Karl-Johan, il se produisit un événement affreux et inattendu. Le cœur de la dame d'ivoire avait tenu bon, pendant toutes ces années, mais au printemps, alors qu'elle traversait la rue, elle fut fauchée par un tramway.

Elle mourut dans l'ambulance qui la conduisait à l'hôpital.

Je me trouvais seule à la maison lorsque le téléphone sonna. J'eus le temps de m'inquiéter. Comment annoncerais-je la nouvelle à Arne ? Je ne cacherai pas que j'étais aussi soulagée.

Dès que j'entendis sa voiture, je pris mon manteau et courus à sa rencontre.

— Arne, il est arrivé une chose terrible. Nous devons nous rendre immédiatement rue Karl-Johan.

Puis je lui relatai l'accident. Il parut tellement libéré que je baissai les yeux, mais trop tard. J'avais vu son visage en cet instant, et il ne me le pardonnerait jamais.

— Qu'allons-nous faire de papa ? demanda-t-il.

— Il faudra qu'il emménage chez nous.

— Et ton travail ?

Je pris peur, mais je répondis :

— Il peut sûrement rester seul quelques heures.

Il le pouvait en effet. Il se réjouissait à l'idée d'habiter chez moi, il m'avait toujours appréciée. Mais il voulait se débrouiller seul, dit-il. Anna lui céda sa chambre. Elle le fit sans rechigner, elle avait toujours aimé son grand-père.

Arne s'occupa des travaux, installa des canalisations et des W.-C. au premier étage.

J'eus beaucoup de travail, cet été-là. La fatigue m'obligea à reconnaître que je n'étais plus toute jeune.

Au début, j'avais cru que le vieux serait soulagé de la mort de son étrange épouse. En fait, elle lui manquait. Quand la toux le réveillait, la nuit, il l'appelait, et il pleurait comme un enfant parce qu'elle ne venait pas. Les rhumes se succédaient, le médecin lui prescrivit des antibiotiques qui restèrent sans effet. Il dépérit lentement et mourut au cours de l'hiver, d'une pneumonie bénigne. J'étais auprès de lui, je lui tenais la main. Cela me fit du bien. Après coup, je pensai qu'il m'avait guérie de la peur de la mort qui me tourmentait depuis le décès de mon père.

Anna allait au lycée. Elle croit se souvenir que cela avait suscité des discussions entre nous, mais elle se trompe. D'une certaine manière, il nous paraissait évident qu'elle devait bénéficier de tout ce dont nous avions été privés, Arne et moi.

Des études, avant tout.

Mais nous n'en avions pas prévu les conséquences. Anna accéda brusquement à un autre monde : celui des bourgeois et de la culture. Elle ruminait beaucoup, au début.

— Il faut bien dire que certains de mes camarades me plaisent.

— Quelle bonne nouvelle !

J'étais sincère. Mais elle me jeta un regard méfiant.

— Ils sont très puérils par certains côtés. Tu te rends compte, ils ne savent presque rien de la guerre et de l'Holocauste...

— Je comprends. Chez eux, on ne parle pas des choses désagréables. Je le sais, parce que j'ai servi comme bonne chez des bourgeois.

Au même instant, je me rappelai que j'avais moi-même tenté de la protéger des horreurs de la guerre. J'eus même le temps de penser que j'étais devenue un peu bourgeoise, moi aussi. Mais Anna s'étonna.

— Ah bon ? Tu ne me l'avais jamais dit.

Je lui racontai tout, jusqu'à la tentative de viol, sans omettre le moindre détail.

Elle pleura de compassion. Alors je pus pleurer, moi aussi, ressentir le chagrin de ces deux années de jeunesse perdues.

Mais elle voyait les choses de façon beaucoup plus personnelle que moi. Sa colère se retourna soudain contre ma mère.

— Comment a-t-elle pu... ?

— Tu ne comprends pas. C'était une évidence pour elle, pour tous à l'époque. C'était le système social qui le voulait ainsi.

Au début, j'eus du mal à accepter tous ces gosses de riches qui envahissaient ma maison et mon jardin, avec leur assurance, leur manière de considérer que tout allait de soi. Ils me rappelaient les affreux gamins du docteur. Puis je pensai à Rakel, mon amie si distinguée...

Nous nous écrivions. Je me souviens de la première lettre aux timbres d'Amérique, que je lus en dansant de joie autour de mes rosiers.

Anna reçut une lettre de Judith et retroussa son joli nez. « Elle est nulle en orthographe », dit-elle. Cela nous fit bien rire, Arne et moi. Nous lui expliquâmes que Judith avait changé de langue et que son orthographe était sûrement excellente en anglais. Quelques années plus tard, Anna commença à rédiger ses lettres à Judith en anglais, avec l'aide de son professeur au début, puis toute seule.

Dans les années soixante, Judith émigra en Israël et Anna et Rickard prirent l'avion pour assister à son mariage à Jérusalem.

Comment Anna parvenait-elle à concilier le monde du lycée avec le nôtre ? Je n'en sais rien. Elle ne parlait pas beaucoup, elle était comme moi, secrète dès qu'il s'agissait de sujets sensibles. Mais je voyais bien qu'elle s'éloignait de ma mère — de toute ma famille, d'ailleurs. Elle prit même ses distances avec Ragnar, qu'elle avait pourtant aimé et admiré sans retenue.

Elle se mit à corriger ma façon de parler.

Parfois, elle se montrait cruelle avec Arne, ironique et railleuse.

Lorsqu'elle quitta le lycée et voulut poursuivre ses études, Arne déclara qu'il réunirait la somme nécessaire, même s'il faudrait se serrer la ceinture.

— Ne t'inquiète pas, papa, répondit-elle. J'ai déjà obtenu un prêt de l'État.

Elle feignit de ne pas remarquer sa tristesse.

Son départ pour la ville universitaire de Lund laissa un grand vide, mais je ne cacherai pas que ce fut aussi un soulagement. J'en avais assez d'assister, impuissante, au fossé qui se creusait chaque jour entre nous, et de devoir m'interposer sans cesse entre Arne et elle. Leurs disputes avaient pris un vilain tour, au cours des dernières années.

Mais je regrettais notre intimité. Dieu qu'elle me manquait ! Je me répétais chaque jour qu'il ne fallait pas s'accrocher à ses enfants, qu'il fallait les laisser libres. L'intimité est peut-être impossible entre des personnes trop proches, le risque de se blesser trop grand. Comment aurais-je pu lui dire que je connaissais son histoire d'amour désespérée avec l'étranger de Lund ?

Et l'avortement...

Comment aurais-je pu lui parler de son avortement, moi qui n'avais jamais rien dit de mes quatre fausses couches ?

Lorsqu'elle rentra pour les vacances d'été, pâle, amaigrie et grave, je faillis exploser de tendresse pour elle. Nous travaillions côte à côte dans le jardin, mais elle ne me confia rien et je n'osai pas l'interroger. Puis elle obtint le fameux poste de correctrice remplaçante au journal.

Rickard Hård.

Je l'ai aimé dès la première seconde.

Cela tenait à plusieurs détails. Ses yeux gris clair aux cils recourbés comme ceux d'une femme. Et puis sa bouche. Certains prétendent que les yeux sont les fenêtres de l'âme. Mais je n'ai jamais compris cette affirmation ; les yeux bruns et doux sont aussi menteurs que les yeux de glace. Pour moi, c'est la bouche qui dévoile l'humeur et les intentions des gens. Pas à cause de la parole, non. Simplement la forme des lèvres.

Je n'ai jamais vu une bouche plus sensible que celle de Rickard : grande, généreuse, pleine d'humour et de curiosité. Malgré sa jeunesse, l'habitude de rire lui avait déjà donné des pattes-d'oie.

Dieu qu'il savait rire !

Et raconter des histoires, plus folles les unes que les autres.

Il me rappelait quelqu'un, mais je n'y prêtai pas garde sur le coup car la ressemblance n'était pas évidente. Je ne compris que quelques semaines plus tard, alors qu'il prenait le café chez moi et que Ragnar surgit à l'improviste dans la cuisine. Je ne fus donc pas vraiment surprise lorsque Anna m'appela un jour, complètement paniquée :

— On dit que c'est un tombeur, maman.

Que lui répondis-je ? Je ne m'en souviens plus. Mais je restai longtemps assise près du téléphone, après cette conversation, en pensant : « Anna ne ressemble pas à Lisa, d'aucune façon. »

Cette année-là — on était en 1960 et Anna avait vingt-trois ans — j'appris pour la première fois qu'on ne peut rien pour ses enfants adultes.

Rickard eut bientôt fait de séduire la famille, les amis et les voisins. Quant à mère, elle fondait littéralement dès qu'elle apercevait le garçon. Ça faisait plaisir à voir, d'ailleurs, parce qu'il l'aimait bien et la respectait. Il ne se moquait jamais d'elle comme l'avaient fait mes frères, il l'écoutait au contraire avec beaucoup d'intérêt.

Il me dit un jour :

— On devrait écrire un livre sur elle.

— Elle n'a pas grand-chose à raconter pourtant !

— Ses idées et ses valeurs sont complètement archaïques. Elle fait partie d'une espèce en voie de disparition, tu ne t'en es jamais aperçue ?

Je fus étonnée, mais je lui donnai raison. Soudain, je me surpris à lui parler de l'anniversaire de Ragnar et de ma découverte, lors de la fête.

— Violée à l'âge de douze ans et mère à treize ans. On la considérait comme une putain.

— C'est incroyable !

Le remords me rattrapa aussitôt. Il me sembla que j'avais trahi ma mère. Je fis promettre à Rickard de n'en parler à personne.

— Je ne veux pas qu'Anna le sache.

— Je ne comprends pas, dit-il.

Il promit néanmoins.

Ils se fiancèrent dès le mois d'août, car Anna devait retourner à l'université et Rickard partait pour la capitale, il avait été embauché par un grand quotidien.

— Alors comme ça, vous allez vous installer à Stockholm ?

— Je dois bien le suivre. Et ce sera aussi plus facile pour moi de trouver du travail là-bas.

Elle dit qu'elle était triste, mais je savais qu'elle mentait. Elle était contente à l'idée de ce déménagement et de la nouvelle vie qui l'attendait dans la grande ville inconnue. Contente aussi de s'éloigner de moi et de mon regard qui en voyait beaucoup trop.

— Il y a des trains, maman. En quelques heures, tu seras chez moi.

Arne et moi partagions la peur viscérale des natifs de Göteborg pour la capitale. Stockholm se trouvait sur la côte Est (du mauvais côté du pays, à nos yeux), et les Stockholmois — ceux que nous entendions à la radio et ceux qui débarquaient, l'été, dans notre archipel — nous semblaient à la fois arrogants et geignards.

Il nous fallut changer d'avis. Dès notre première visite, la peur s'évanouit. Les habitants étaient plutôt ordinaires, c'est-à-dire aimables. Et ils s'habillaient et se comportaient avec bien plus de simplicité que beaucoup de bourgeois de Göteborg. La ville était belle. Nous en avions entendu parler, bien sûr, mais ce fut un émerveillement de nous promener le long des quais avec Anna et de voir tous ces pêcheurs avec leurs étranges filets géants...

Mais je vais trop vite. Je n'ai rien dit du mariage, qui eut lieu chez nous, dans la maison au bord de la mer, et de ma rencontre avec Signe, la mère de Rickard, qui m'aida à comprendre bien des choses.

Nous n'avions pas regardé à la dépense. Comme le disait Arne : « Quand on n'a qu'une fille... » Mais j'ai presque tout oublié de la fête, sinon que je passai une semaine entière à faire la cuisine et que la maison se trouva soudain remplie de jeunes, de danse et de musique... Je me souviens seulement de Signe.

Cette fois, je vis immédiatement à qui elle ressemblait. Sous le maquillage, le parfum, le bavardage, la manière de parler de tout sauf des choses importantes, je reconnus les yeux bleus et le regard figé de la dame d'ivoire.

— Superficielle et bête, constata Arne après coup.

Pire que cela, pensai-je. Glaciale.

— Le garçon est comme de la cire entre ses mains, ajouta-t-il.

C'est le cas de beaucoup d'hommes, pensai-je. À haute voix, je dis :

— Il faut croire qu'il a eu un bon père.

Arne parut soulagé. J'avais raison, bien sûr ! Nous savions que son père était mort alors que Rickard avait douze ans, mais nous ignorions qu'il s'était suicidé.

J'eus une brève conversation avec Anna avant leur départ pour Paris en voyage de noces. Nous étions en train de ranger des bouteilles à la cave lorsqu'elle m'interrogea à brûle-pourpoint :

— Maman, comment as-tu trouvé la mère de Rickard ?

Pour une fois, je répondis sans détour :

— J'ai trouvé qu'elle... ressemblait à ta grand-mère.

— J'avais raison, alors. Merci pour ta franchise.

Mais je n'étais pas franche. Je ne dis pas à Anna qu'elle aussi ressemblait à sa grand-mère paternelle, pas par le caractère, mais par le rayonnement. J'avais bien vu que Rickard était éperdument amoureux d'elle et je songeai que l'amour est souvent le reflet d'un désir, d'un manque intérieur chez celui qui aime.

Après leur départ, j'essayai de calmer mon inquiétude : je voyais des fantômes, sans doute, les temps avaient changé, les jeunes gens d'aujourd'hui étaient différents, lucides...

Et puis Signe n'était tout de même pas aussi folle que ma belle-mère.

J'avais beaucoup réfléchi, au cours de leurs fiançailles. Pourquoi Rickard ne nous avait-il pas présentés à sa mère ? Avait-il honte de nous ? Non, ce n'était pas son genre. Et puis il ne venait pas d'un milieu extraordinaire, son père avait été représentant de commerce, il vendait du papier.

En fait, il avait honte de sa mère. J'avais bien vu à son regard, au cours du dîner de noces, qu'il était gêné et inquiet de ce que nous pourrions penser d'elle, de ses bavardages, de sa vanité. Mais j'avais compris au même moment qu'il ne l'avouerait jamais. Il ferait comme Arne, il continuerait à la défendre et à l'idéaliser.

Et j'étais bien placée pour savoir que les hommes qui n'ont pas vaincu leur mère se vengent sur leurs femmes, leurs épouses et leurs filles.

J'essayai de me dire que Rickard n'était pas brutal comme Arne. J'étais cependant inquiète. C'était une bonne chose qu'ils partent pour Stockholm.

Mais ce réconfort lui-même fut de courte durée. Un an plus tard, Signe quittait en effet son appartement de Johanneberg pour s'installer dans la même banlieue du nord de Stockholm que Rickard et Anna.

— Je n'ai que lui, dit-elle en m'informant de son projet au téléphone.

— Ne t'inquiète pas, maman, je saurai me défendre, m'assura Anna le lendemain.

Quinze jours plus tard, elle me rappelait, exaltée :

— Imagine-toi que Rickard lui a trouvé du travail à Södertälje. Elle va s'y installer.

— Quelle bonne nouvelle !

— Il comprend bien plus de choses qu'il ne veut l'admettre.

— C'est bien, mais ne lui laisse surtout pas voir que tu l'as deviné.

Cette réflexion nous fit rire, à la manière ancestrale des femmes.

J'avais toujours gardé le contact, au fil des ans, avec mes amies des halles. Lotta, malheureusement, nous avait quittées pour épouser un policier en Angleterre. Mais Aina, Greta et moi nous retrouvions tous les deux mois, dans l'appartement d'Aina en hiver, dans mon jardin en été. Nous nous amusions bien, nous faisions des concours de recettes nouvelles et inattendues.

Aina était femme au foyer, comme moi. Son mari, qui était employé à la poste, ne voulait pas qu'elle travaille. Elle n'aimait pas trop évoquer ses soucis personnels, mais à l'évidence elle s'ennuyait.

Elle avait beaucoup grossi. Puis elle maigrit de façon spectaculaire. Un jour de juillet — nous étions dans mon jardin, au milieu des roses —, elle m'apprit que c'était un cancer et qu'elle n'en avait plus pour longtemps. À ma grande honte, je ne trouvai aucune parole de réconfort. Je n'avais que des larmes.

Nous lui rendîmes visite deux fois à l'hôpital, au cours de l'automne.

Greta et moi nous voyions plus souvent qu'auparavant, comme si nous avions besoin l'une de l'autre. Nous parlions du vieillissement, ce phénomène incompréhensible. Greta avait fermé son salon de coiffure et travaillait à nouveau à la crémerie des halles.

— J'ai des problèmes au boulot, me confia-t-elle un jour. Ce n'est pas le corps qui me trahit, c'est la tête. Je mélange tout, je n'arrive plus à aligner deux chiffres.

Je me hâtai de répondre que la mémoire me jouait des tours, à moi aussi. Cela ne parut pas la consoler. Six mois passèrent, et je constatai malgré moi qu'elle devenait de plus en plus... incohérente. Le raisonnement le plus simple devenait un dédale dont elle ne retrouvait plus le fil. Un mois plus tard, elle était internée à l'hôpital psychiatrique.

Au mois d'août, Anna et Rickard vinrent passer des vacances avec nous. Nous avions décidé de partir à la voile jusqu'à Skagen, au Danemark. Ils étaient heureux, rayonnants. Dès le dîner de bienvenue, Anna déclara :

— Merci, pas de vin pour moi. Nous... attendons un enfant.

Je fondis en larmes et faillis m'évanouir, de joie et de peur.

— Maman ! s'exclama Anna. Ne le prends pas comme ça.

Je cherchai le regard d'Arne, vis qu'il comprenait. Et qu'il avait eu aussi peur que moi. Anna avait trouvé un poste de lectrice, à l'université.

— Ce n'est qu'un remplacement, de toute façon, dit-elle. Je ne pourrai pas garder ce travail.

— Tu vas devenir femme au foyer ?

J'essayai de contrôler le tremblement de ma voix, mais Rickard intervint avec véhémence :

— Jamais de la vie ! Écoutez plutôt.

Anna allait écrire un livre, une adaptation de sa thèse pour le grand public. Ils débordaient d'enthousiasme, l'un et l'autre.

— Rickard va m'aider.

— C'est merveilleux, Anna.

Intérieurement, je pensai : « Ça ne va pas rapporter un sou. »

L'enfant devait naître au début du mois de mars, et Anna me fit promettre de m'installer chez eux à ce moment-là.

Maria vint au monde à la date prévue. Cela peut paraître étrange, mais j'en fus aussi heureuse que Rickard, et qu'Anna elle-même. La première fois que je la pris dans mes bras, ce fut comme si on m'avait rendu un bien précieux, perdu depuis longtemps.

C'était une gamine incroyable, confiante et ensoleillée. Elle me regardait avec les yeux bleus limpides d'Anna et me souriait avec la bouche de Rickard. Pourtant elle me rappelait surtout... oui, ma mère. Une petite Hanna, pensai-je sans oser l'exprimer, bien sûr. Je savais bien à quel point Anna souffrait de s'entendre dire qu'elle ressemblait à sa grand-mère paternelle.

Ils avaient emménagé dans un appartement de trois pièces, clair et spacieux, meublé avec goût, dans le style sobre et dépouillé qu'affectionnait Anna. Dès mon arrivée, je constatai pourtant qu'une ombre pesait sur eux deux. Amère chez Anna, chargée d'angoisse chez Rickard.

Je pensais qu'ils seraient fous de joie, à cause du succès du livre d'Anna et de la naissance de la petite. Mais il s'était passé quelque chose. Je ne voulais pas poser de questions, je ne voulais même pas savoir de quoi il retournait.

— Ce n'est pas facile, dit Anna laconiquement.

— J'avais compris. Tu as envie de m'en parler ?

— Pas maintenant. Je veux seulement penser à la petite. Je veux qu'elle soit bien.

Ensuite — comme moi autrefois — elle devint si absorbée par le bébé que tout le reste passa au second plan. Je restai chez elle le temps que la petite prenne de bonnes habitudes de tétée, puis je repartis sans l'interroger davantage.

— Tu sais où me trouver, dis-je en la quittant.

— C'est une question de loyauté.

— Je comprends.

En réalité, j'avais compris depuis le début, dès le premier soir, en arrivant à Stockholm. Une ancienne conversation m'était revenue en mémoire. « On dit que c'est un tombeur, maman ! »

Dans le train qui me ramenait vers Göteborg, j'essayai de penser exclusivement au bonheur que me donnait Maria. Je savais que nous deviendrions amies, j'imaginais de longs étés avec elle au bord de la mer. Je lui montrerais tout, je lui raconterais des histoires, je lui apprendrais des chansons.

Pendant ce temps, les rails martelaient un autre refrain : « Au diable les hommes, au diable les hommes, au diable tous ces salauds d'hommes... »

Le mien m'attendait à la gare, de mauvaise humeur parce que j'étais partie trop longtemps.

— J'ai failli mourir de faim, déclara-t-il d'emblée.

Au diable, toi aussi.

— Tu n'as pas réussi à trouver le congélateur ?

J'avais préparé dix repas avant de partir, il suffisait de les réchauffer.

— Ce n'est pas la peine d'ironiser, dit-il.

Je ne répondis pas.

Il essayait simplement de me dire qu'il s'était senti très seul, m'expliqua-t-il. Je dus me raidir pour ne pas avoir pitié de lui. À la maison, je trouvai le forsythia sur le point de fleurir. On aurait dit un halo doré.

Mère tomba plusieurs fois malade au cours du printemps. Ragnar et moi dûmes la traîner de force chez un médecin.

C'était le cœur.

Il lui prescrivit des médicaments, qui finirent par avoir de l'effet.

Un soir, je m'attardai chez elle, et je m'aperçus que je venais de manquer le dernier bus. Je téléphonai à Arne pour le prévenir que je prendrais le tramway jusqu'à Kungsten. Il devait venir me chercher là-bas en voiture.

J'étais fatiguée bien sûr. Je faillis m'endormir dans le tram. À un moment donné, je levai les yeux. Il y avait un grand rétroviseur au-dessus du siège du conducteur. Je lui jetai un regard distrait et, tout à coup, je vis une femme qui ressemblait incroyablement à ma mère. Le même visage usé, le même regard triste... Je me retournai.

Le tram était vide.

Il me fallut un long moment pour comprendre que c'était mon propre reflet que je venais de voir. J'en fus si désolée que les larmes se mirent à ruisseler le long des vieilles joues, dans le miroir.

— Tu parais fatiguée, dit Arne quand je fus montée à côté de lui.

— Oui. Je ne m'en étais pas bien rendu compte, je crois. Je commence à me faire vieille, Arne.

— Mais non. Tu es aussi mignonne que toujours.

Alors je le dévisageai attentivement, à la lueur du tableau de bord. Et je le trouvai semblable à lui-même : jeune et beau.

Les yeux de l'amour mentent. Arne avait soixante-deux ans. Il était à trois ans de la retraite.

Il s'endormit comme à son habitude dès qu'il eut posé la tête sur l'oreiller. Moi, je ruminai ma découverte, je voulus me convaincre que j'avais mal vu. Je me glissai dans la salle de bains. Je restai longtemps devant le miroir, dans la lumière froide et révélatrice.

Je n'avais pas mal vu. La lèvre supérieure, tout en longueur comme celle de ma mère, était creusée de rides verticales. Le menton avait perdu sa fermeté, le regard était triste, des mèches grises parsemaient les cheveux auburn qui faisaient autrefois ma fierté. Cela n'avait rien d'étrange en soi. J'aurais soixante ans dans quelques mois.

La chose étrange, c'est que je ne m'étais aperçue de rien. Je n'avais rien senti, rien vu venir. À l'intérieur, j'étais restée aussi enfantine que toujours.

Mais le corps vieillissant, lui, ne mentait pas.

Je dus me retenir au lavabo ; les larmes coulaient et le visage dans le miroir vieillit encore un peu plus. « Tu sais siffler, Johanna ? » Non, plus maintenant.

Je retournai me coucher et finis par m'endormir en pleurant.

Le lendemain matin, Arne m'ordonna de rester au lit.

— Repose-toi, dit-il. Tu as bien un livre qui traîne ?

J'avais toujours des livres ; chaque semaine, j'en empruntais plusieurs à la bibliothèque. Mais ce jour-là, j'aurais été bien incapable de lire. Je passai la matinée à essayer de comprendre. Voilà : j'étais vieille, et je devais l'accepter.

Vieillir avec dignité.

Qu'est-ce que cela veut dire ? C'est idiot. À onze heures, je me levai, appelai le salon de coiffure et pris rendez-vous pour une coupe et une couleur. J'achetai aussi une crème « miracle » hors de prix et le premier rouge à lèvres de ma vie. En fin de journée, je fis une longue promenade sur les hauteurs.

L'exercice était bénéfique, disait-on.

Lorsque Arne rentra à la maison ce soir-là, il déclara que j'étais rayonnante et que cela faisait plaisir à voir, parce qu'il s'était inquiété. Il ne remarqua pas le rouge intense et uniforme de mes cheveux pas plus que la crème miracle dont je m'étais enduit le visage.

Je n'avais pas osé me servir du rouge à lèvres.

De toute façon, les artifices n'y changeaient rien.

Tu es vieille, Johanna.

Je tentai de me réconforter moi-même avec des pensées joyeuses. J'avais tout ce qu'une femme peut désirer : un mari honnête qui ne pouvait se passer de moi, une fille magnifique, une petite-fille adorable. Mon jardin, la mer, ma mère qui était encore en vie, de la famille, des amis.

Mais le cœur objectait aussitôt : mon mari ressemblait de plus en plus à sa mère, difficile, grincheux et exigeant. Ma fille était malheureuse, ma mère malade.

La petite Maria !

Oui.

Et le jardin ?

Je commençais à trouver qu'il me demandait beaucoup de travail. La mer ?

Oui, elle m'attirait toujours autant.

Mère ? Il m'était difficile de penser à elle. Elle avait choisi la vieillesse très tôt et elle n'avait jamais été jeune.

Par la suite, lorsque je me fus habituée à la pensée de l'âge, je me demandai si le choc que j'avais éprouvé ce soir-là dans le tramway pouvait cacher une angoisse de mort. Mais je ne le croyais pas. Je n'avais jamais pensé au vieillissement, alors que je pensais souvent à la mort. Chaque jour, depuis que j'étais enfant.

Elle avait cessé de me faire peur, depuis le décès de mon beau-père. Mais j'avais besoin de me représenter à fond ce que cela signifiait, de ne plus exister. Il m'arrivait carrément d'y aspirer, parfois.

Peut-être n'apprend-on pas à vieillir lorsqu'on s'efforce de s'habituer à la mort.

Anna téléphona en fin de semaine. Elle paraissait plus joyeuse et avait des nouvelles à m'annoncer. Rickard allait partir en Amérique pour un long reportage, et elle se demandait si elle pouvait passer l'été chez nous, avec Maria.

Et comment !

Je fus si contente que j'en oubliai de vieillir.

— Tu devrais peut-être en parler à papa, dit-elle.

— Tu comprends bien qu'il sera aussi heureux que moi.

— Je n'ai pas été très gentille avec lui.

— Ma chérie...

Arne était enchanté. Je lui suggérai de parler lui-même à Anna, ce qu'il fit. Elle était très attendue, dit-il, et il serait très content de voir la petite.

— On va partir à la voile. Tu verras qu'on en fera un vrai petit marin. Mais non, ce n'est pas trop tôt. Il n'est jamais trop tôt pour prendre de bonnes habitudes.

Je compris qu'Anna riait aux larmes.

Le samedi, il entreprit de repeindre sa vieille chambre de jeune fille au premier étage. Nous lui achetâmes un nouveau lit, Arne fabriqua un joli berceau pour Maria et bricola une table à langer. Nous nous offrîmes même le luxe d'un tapis neuf et je cousis des rideaux blancs pour la chambre.

— Quelle chance qu'on ait installé l'eau courante et les W.-C. pour papa, dit Arne.

Elles arrivèrent le 30 avril. En avion ! Arne était inquiet, il ne faisait pas confiance à ces machines volantes. Lorsque nous partîmes pour l'aéroport, il soufflait une vraie tempête, comme toujours à la veille de la Sainte-Walpurgis.

La peur d'Arne était contagieuse. Je m'agrippai à la balustrade au moment où l'avion de Stockholm atterrit en dansant dans un horrible bruit de freins. Rickard avait bien dit, au téléphone, que c'était un moyen de transport aussi sûr que le train. Et beaucoup plus confortable pour l'enfant.

Je me doutais qu'Arne serait heureux de voir la fillette, mais pas à ce point ! Il la prit dans ses bras, et on aurait cru qu'il était au paradis. Les bagages arrivèrent. Anna et moi dûmes tout porter jusqu'à la voiture, car il refusait de lâcher Maria.

— Tu ne me dis pas bonjour ? demanda Anna.

— Je n'ai pas le temps.

Nous rîmes encore plus lorsque Arne s'installa d'office sur la banquette arrière avec la petite et déclara : « Je te laisse le volant, Anna. »

Il nous fallut plus de temps que prévu pour traverser la ville, en raison du cortège des étudiants ingénieurs qui défilaient dans les rues.

— Arrêtons-nous, dit Anna. J'ai envie de regarder le carnaval, comme nous le faisions quand j'étais petite. Maman, tu peux t'occuper du bébé ?

— Allez-y toutes les deux, dit Arne. Je reste.

Cette journée ne fut qu'une longue fête. Les étudiants faisaient les pitres, et Anna et moi nous amusions comme deux gamines. De retour à la maison, je mis la dernière main au dîner tandis qu'Anna allaitait la petite. J'avais dressé la table à l'avance et préparé tous ses plats préférés.

Au dîner, Arne l'interrogea sur Rickard, et je vis une ombre passer sur son visage. Elle répondit qu'il était triste de devoir se séparer de Maria pour ce premier été, mais qu'il n'avait pu refuser la mission qu'on lui proposait. Une longue série de reportages sur les conflits raciaux aux États-Unis, précisa-t-elle, en souriant sans raison. C'était un sourire triste.

— Ces quelques mois seront vite passés, dit Arne pour la consoler. Entre-temps, vous devrez vous contenter de nous.

— Tu ne peux pas t'imaginer comme cela nous fait plaisir.

Je compris alors pour la première fois qu'elle envisageait le divorce. Elle accepta un verre de vin, le vida d'un trait. Je dus paraître anxieuse, car elle dit :

— Un seul verre, maman.

Le 1er mai, Arne mit le bateau à l'eau. Il avait gratté et repeint la coque. Nous avions eu un printemps chaud et précoce, et j'avais fini les travaux de jardinage. Anna n'avait pas apporté de poussette. Je descendis à la cave et trouvai son vieux landau. Il paraissait en bon état. Je le nettoyai et nous l'installâmes sous le cerisier en fleur.

— Je n'ai pas pu prendre grand-chose, dans l'avion, dit Anna. Une amie à moi doit venir la semaine prochaine, avec ma voiture et toutes nos affaires. Elle est très sympa, assistante sociale. Divorcée. Elle s'appelle Kristina Lundberg.

Elle se tut un instant avant de poursuivre :

— Elle aura ses deux petits garçons avec elle. Est-ce qu'ils pourront passer la nuit ici ?

Son humilité m'exaspéra.

— Tu sais très bien que tes amis ont toujours été les bienvenus.

— Je ne sais plus rien, maman. Et puis c'est trop, toute cette sollicitude, la chambre que vous avez si joliment aménagée et...

Elle fondit en larmes.

— Ma petite Anna. Nous parlerons de tout ça demain quand nous serons seules.

— Oui. Papa n'a pas besoin de savoir. Du moins pas tout de suite.

— Bien sûr.

Arne faillit avoir une crise cardiaque en voyant le landau.

— Mais Johanna, nom d'un chien ! tu n'as pas vu que les ressorts sont fichus et que les roues tiennent à peine ? Tu es complètement folle !

Il entreprit aussitôt de réparer l'engin. Cela lui demanda plus d'une heure, et il était absolument heureux tandis qu'il marmonnait entre ses dents : « Ah, les bonnes femmes ! »

La cuisine était inondée de soleil. Nous déshabillâmes la petite et la laissâmes gigoter toute nue sur la table que nous avions recouverte d'une couverture. Arne nous rejoignit et resta longtemps assis à la contempler.

— Quelle merveille, dit-il en la prenant dans ses bras.

Elle en profita pour lui faire pipi dessus, avec un grand sourire de délivrance.

Il continua de sourire. Puis il dit :

— Elle ressemble à Johanna. Et à Hanna. Tu as remarqué ?

— Oui, répondit Anna. Et j'en suis contente.

Le temps resta au beau fixe pendant toute la semaine. Le lundi, nous étions à nouveau assises sous le cerisier et j'appris enfin ce qui se passait. C'était pire que je ne le pensais.

Je n'avais rien à dire pour la consoler.

L'après-midi, nous partîmes nous promener sur les hauteurs avec Maria et je lui parlai de Ragnar. Anna n'en revenait pas.

— Ils se ressemblent, Ragnar et Rickard, dis-je. La même chaleur, le même humour et la même... insouciance.

Les yeux d'Anna avaient viré au bleu nuit.

— Tu as raison, dit-elle. Malheureusement, je ne ressemble pas à Lisa.

J'avais moi-même formulé cette pensée un an plus tôt.

La situation était désespérée.

Mais à la fin de la semaine, lorsque la première lettre d'Amérique arriva et que je vis Anna déchirer fiévreusement l'enveloppe et s'illuminer tout en lisant, je pensai qu'elle ne lui échapperait jamais.

Cet été-là, nous parlâmes beaucoup des hommes et de leur côté énigmatique. Je lui racontai qu'Arne m'avait battue alors que nous étions jeunes mariés. Je m'étais enfuie chez mère, qui s'était contentée de hausser les épaules.

— C'est comme ça que j'ai appris que mon merveilleux papa l'avait sérieusement tabassée à quelques reprises.

— Mais c'était une autre époque, dit Anna. Pourquoi es-tu retournée auprès d'Arne ?

— Je l'aime beaucoup, dis-je.

— Ça ne s'est jamais reproduit ?

— Non. Ragnar veillait sur moi comme un aigle. Je crois qu'il a menacé Arne d'appeler la police et aussi, de lui flanquer une raclée. Tu sais bien, il est beaucoup plus grand et plus costaud que lui.

Nous restâmes longtemps silencieuses. Elle devait penser la même chose que moi, que la violence était un langage que les hommes comprenaient.

— J'ai bien vu la manière dont il t'étouffait petit à petit, pendant toutes ces années, avec ses manières de tyran domestique. Je l'ai compris à douze ans déjà, quand tu as commencé à travailler.

On ne peut rien cacher aux enfants. J'aurais dû le savoir. Pourtant, j'en fus blessée.

— C'était avant tout une question d'argent, dis-je.

Je lui expliquai que je m'étais sentie comme une domestique, contrainte de mendier le moindre centime. Je ne lui dis pas que j'étais en passe de retomber dans la même situation, je ne voulais pas l'inquiéter. Mais elle comprit peut-être. En tout cas, elle comprit où je voulais en venir, car elle me dit qu'elle avait des ressources. Son livre lui rapportait de l'argent et on lui en avait commandé un autre.

— En plus, j'écris des articles pour les journaux et les magazines.

Nous parlâmes de nos belles-mères respectives.

— As-tu jamais songé au fait que le cas de grand-mère relevait de la psychiatrie ?

Sans doute oui, quelquefois. Mais à contrecœur. Je n'aimais pas cette façon moderne d'expliquer le mal par la maladie. Alors que nous rentrions le long de la plage, je lui demandai si ce genre de déséquilibre était héréditaire, à son avis. Elle pensait que non. Elle ajouta :

— Je n'aurais pas voulu être l'enfant de cette femme. Imagine un bout de chou comme celui-ci livré à tous les caprices...

Elle portait Maria dans un sac sur son ventre. Le sac kangourou, comme disait Arne.

Puis elle dit avec désespoir :

— Ça vaut aussi pour Rickard et le monstre froid qui lui tient lieu de mère.

Anna était une maman plus craintive et plus maladroite que je ne l'avais été. Ce n'était pas surprenant. J'avais trente-cinq ans au moment de sa naissance, Anna n'en avait que vingt-quatre. Et je ne m'inquiétais guère, car elle débordait de tendresse pour l'enfant. Un après-midi, Maria se mit à hurler. Elle avait mal digéré, c'était tout, mais Anna ne voulut rien entendre. Elle déambulait de long en large, folle d'inquiétude, la petite dans les bras. Je pris la relève pendant qu'elle parcourait tout l'annuaire à la recherche d'un pédiatre. Elle finit par en trouver un, qui lui répéta ce que j'avais déjà dit : pas de quoi s'inquiéter.

Arne survint au milieu de cette scène. Il caressa l'enfant avec ses grandes mains, la souleva contre son épaule et se mit à marcher de long en large, lui aussi, en répétant : « Du calme, mon bébé, du calme. » Deux minutes plus tard, Maria dormait d'un sommeil paisible.

Anna pleura de soulagement dans les bras de son père. Elle se souvenait, dit-elle, de l'effet que ça faisait, quand on était petite et qu'on avait peur et que papa posait ses mains sur vous...

Elle se remit à sangloter de plus belle, jusqu'au moment où Arne lui dit : « C'est toi qui l'effraies, en te mettant dans des états pareils. Calme-toi. »

Je ne dis rien. Pourtant je savais bien, moi, ce qui la faisait pleurer.

Kristina Lundberg arriva avec la voiture d'Anna, qui semblait contenir toute sa garde-robe. C'était une grande fille assez laide, avec un nez crochu de paysanne, des paupières lourdes et une bouche ironique. Ses deux petits garçons couraient comme de petits démons dans toute la maison et, ce qui était pire, le long des pontons, dans le port.

Ils étaient merveilleux, ces gamins.

La maman nous plut, elle aussi. On sentait qu'on pouvait se fier à elle. À part cela, elle était communiste. Le soir, dans la cuisine, elle se disputait avec Arne, à propos du réformisme socialiste et de la dictature du prolétariat. Ils élevaient souvent la voix, avec un plaisir évident l'un et l'autre. Pendant le week-end, Arne partit à la voile avec les petits garçons et leur mère, et nous eûmes droit à deux journées de calme, Anna, Maria et moi.

Lorsqu'ils revinrent le dimanche, Kristina prépara leurs bagages, car ils devaient rendre visite à ses parents quelque part dans le Västergötland.

— Je regrette que tu ne restes pas davantage, dis-je sincèrement.

— Moi aussi, dit-elle. Mais là, il s'agit d'amadouer la famille.

Elle paraissait triste et déterminée.

— Ce sera bien pour les garçons, ajouta-t-elle. Ma mère a plein de gens à son service. Elle a déjà engagé une jeune fille au pair, parce que les enfants vont rester là-bas tout l'été et maman ne veut pas se faire de souci.

Elle dut voir ma surprise car elle enchaîna :

— Anna ne t'a rien dit ? Mon père est propriétaire foncier. En plus de ça, il est comte, arrogant, borné, et obtus de façon générale.

Je me souviens nettement de cette scène, car je compris pour la première fois que notre vision est entièrement tributaire de nos préjugés. La paysanne se transforma sous mes yeux : le long nez recourbé et les paupières lourdes devinrent d'un coup aristocratiques.

Qu'elle était donc racée !

Les lettres d'Amérique continuaient d'affluer, Anna répondait et devenait peu à peu d'humeur plus légère. Je sentais se profiler une éclaircie. Juillet arriva et nous apporta de la pluie, comme d'habitude. J'étais souvent seule avec Maria, car Anna travaillait à son livre. J'entendais le crépitement régulier de la machine à écrire à l'étage. Je couchais Maria dans le landau, et nous nous promenions par tous les temps. Cela me fit du bien, je regagnais un peu de souplesse.

Anna ne trouvait pas que j'avais vieilli.

Il me revient soudain un autre souvenir, très net. Par un après-midi gris, alors que la pluie ruisselait le long des vitres, Anna me demanda à brûle-pourpoint :

— Et si on regardait les bijoux ?

Je me rends compte que j'ai négligé beaucoup de choses, dans ce récit. La famille norvégienne, par exemple. Tante Astrid était morte très vite, elle n'était même pas malade, à l'époque où les Allemands défilaient sur l'avenue Karl-Johan. Et devant le siège de la Gestapo, où le grossiste Henriksen avait disparu. Mère reçut une courte lettre de l'un de ses fils, moi une lettre plus longue de la femme de ce dernier, Ninne, la seule avec laquelle j'avais sympathisé au cours de notre visite à Oslo. La nouvelle nous attrista, mais mère n'était guère surprise. Elle avait toujours su qu'Astrid quitterait la vie lorsque celle-ci ne lui conviendrait plus.

Peu après, je reçus un coup de téléphone d'Oslo. Un avocat ! Il m'apprit qu'il existait un testament, et qu'Astrid Henriksen m'avait légué ses bijoux. Il ajouta qu'ils ne valaient sans doute pas grand-chose, mais que la famille norvégienne souhaitait les conserver pour des raisons sentimentales.

Je me mis en colère, répondis sèchement qu'il s'agissait de l'héritage de ma famille maternelle et que je souhaitais bien entendu récupérer ces bijoux. Puis je me précipitai chez mère, qui vivait encore à Haga à cette époque. Elle se fâcha tout rouge et se mit à hurler avant d'empoigner le téléphone. Ragnar arriva sur-le-champ, aussi furieux qu'elle. Il avait des relations dans tous les milieux, comme je l'ai déjà dit, et je me retrouvai bien vite dans le bureau d'un avoué, un vieux monsieur juif très aimable.

J'avais noté le nom du Norvégien. Peu de temps après, il nous envoya une copie du testament et un inventaire des bijoux.

— Vous avez de la chance, dit mon avocat. Ce Norvégien est un homme honnête.

Je continuai d'envoyer des colis de vivres aux cousins de Norvège. Mais je cessai de leur écrire.

J'oubliai bientôt toute l'affaire, qui était insignifiante comparée aux événements de ces années-là. Mais au cours de l'été 1945, mon avocat partit pour Oslo et revint avec un grand paquet enveloppé de papier brun qu'Arne et moi allâmes chercher dans son bureau, en échange d'un accusé de réception. Arne n'avait pas pris la chose au sérieux, lui non plus. Un soir d'automne, nous défîmes le paquet en présence de mère et de Ragnar. Il contenait un écrin bleu qui s'ouvrait à l'aide d'une clef dorée.

Nous découvrîmes des broches, des bagues, des colliers sertis de pierres rouges étincelantes, des bracelets, des boucles d'oreilles, et plusieurs barrettes anciennes de différentes formes. Grises. En étain ? En argent ? La petite Anna ouvrit de grands yeux. Mère affirma que l'écrin contenait bien plus que l'héritage familial ; Astrid avait dû acheter beaucoup de bijoux elle-même et en recevoir d'autres de Henriksen, au fil des ans. Ragnar dit qu'il fallait faire évaluer tout ça et Arne demanda où diable nous pourrions bien cacher le trésor.

Il y avait aussi quelques lourds anneaux d'or.

— Les bagues royales, dit Ragnar.

Il nous raconta alors qu'un paysan de la famille avait trouvé une grosse pièce d'or, un jour qu'il creusait la terre pour y planter des pieux. C'était Charles XII en personne qui avait perdu le ducat, car il avait bivouaqué autrefois dans le coin. Voilà du moins ce qu'affirmait le paysan. Il avait porté la pièce chez le forgeron, qui en avait fait deux alliances. Celles-ci avaient par la suite rejoint l'héritage familial.

— Je peux les toucher ?

Anna soupesa les bagues royales dans le creux de sa main, et son regard brillait autant que l'or.

Ragnar sourit à la fillette et évoqua tous les trésors cachés dans ce coin de terre pauvre. Lors de la construction de la route entre Ed et Nössemark, on avait trouvé un grand coffre d'argent rempli de pièces de monnaie du XVIIe siècle. Anna écarquilla les yeux.

— Les régions frontalières sont des régions de dispute, dit Ragnar. La rive occidentale du grand lac passait tantôt du côté norvégien, tantôt du côté suédois. Lorsque Charles XII s'est installé à Ed pour préparer sa campagne contre la Norvège, les riches ont enterré leurs trésors.

Mère souleva l'une des barrettes délicatement ouvragées pour l'examiner à la lumière, et nous apprîmes alors l'étrange histoire de l'orfèvre norvégien qui avait fui la ville de Bergen et s'était installé dans une métairie de Framgården.

— Autant dire au milieu de nulle part, précisa mère.

Mais il avait vécu là pendant de longues années avec sa femme et ses enfants et, dans la chambre transformée en atelier, il fabriquait des broches, des pendentifs et des barrettes en argent. De l'argent mêlé, on appelait ça.

— Comme vous voyez, il y a du métal bon marché là-dedans, dit-elle. C'est tout gris.

Je souhaitais offrir l'une des bagues royales à Lisa. Mais Ragnar s'y opposa. Il ne fallait pas disperser l'héritage familial. Si Lisa voulait un anneau d'or, il était bien capable de le lui offrir.

Arne rumina tout le week-end en se demandant comment dissimuler le trésor. Puis il acheta un coffre-fort résistant au feu et aménagea une cachette sous le sol en brique de la cave. Nous ne prîmes pas la peine de faire évaluer les bijoux ; nous ne voulions pas savoir. Nous préférions penser au trésor enfoui comme à une assurance supplémentaire, une sécurité en cas de malheur.

À présent, seize ans plus tard, Anna voulait revoir les bijoux. Ce n'était que justice.

— Après tout, c'est à toi qu'ils vont revenir. Mais tu devras patienter jusqu'au retour de papa, car je n'ai pas l'intention de cambrioler sa cachette.

— Mais ce sont tes bijoux !

— Je ne veux pas lui faire de peine sans raison. D'ailleurs je n'ai pas la moindre idée de la manière dont on l'ouvre.

— Mais maman...

L'ambiance était à la fête, ce soir-là. Nous descendîmes à la cave en file indienne. Anna portait Maria dans ses bras et Arne nous montra le chemin secret qui conduisait au coffre-fort.

— Comme ça vous saurez comment faire s'il m'arrivait quelque chose, dit-il.

Nous remontâmes le trésor à la cuisine. Maria écarquilla les yeux, comme Anna autrefois, devant les merveilles scintillantes étalées sur la table. Mais c'était surtout l'ambiance solennelle qui l'impressionnait, je crois. Anna prit un pendentif en émail vert pâle, partiellement doré et serti de petites pierres étincelantes.

— Art nouveau, dit-elle. Et je ne serais pas étonnée d'apprendre que ce sont des brillants.

— Tu es folle, dit Arne. Ce n'était qu'un poissonnier, après tout.

— Prends-le donc, s'il te plaît tant, dis-je.

Mais Anna répliqua, comme Ragnar autrefois :

— Il ne faut pas disperser l'héritage.

Le soleil revint à la fin du mois de juillet et, à la fin du mois d'août, Rickard revint d'Amérique. Il avait mûri. Le pli de sa bouche trahissait une profonde douleur, et il y avait un chagrin noir au fond de ses yeux. Nous nous parlâmes une seule fois en tête à tête.

— Tu ne peux pas me comprendre, Johanna ?

C'était un constat plus qu'une question, si bien que je n'eus pas à répondre. Il pencha la tête de côté et je vis alors pour la première fois qu'il ressemblait à un chat. Un beau matou délié, sûr de sa valeur et de sa grâce. De ceux qui filent au crépuscule et hurlent à l'amour dans les nuits de mars.

J'ai toujours eu des chats. Des mâles castrés.

Je rougis.

Cet homme-ci avait gardé toute sa sensualité intacte, et la pensée m'effleura qu'il était peut-être possible de le comprendre. Je me réprimandai intérieurement. Bêtises.

La maison me parut vide, après leur départ. Maria me manquait. Je pensais beaucoup à Anna et à ce qu'elle risquait de perdre. Quelque chose que je ne comprenais pas parce que je ne l'avais jamais possédé. Mais qui comptait peut-être plus que la sécurité.

Nous nous occupions beaucoup de notre maison au cours de ces années-là. Elle était vieille et avait perpétuellement besoin de réparations. Comme d'habitude, Arne se chargeait du travail lui-même, le soir et le week-end, en se faisant aider à l'occasion par deux camarades, un plombier et un électricien.

Dès qu'il fut à la retraite, il aménagea une pièce supplémentaire au grenier.

Dans la journée, je cousais des rideaux pour les fenêtres qui venaient d'être repeintes. L'influence d'Anna se faisait sentir et je n'achetai que des étoffes blanches toutes simples.

Quand je repense à cette époque, je me souviens surtout des rêves de la nuit. Du premier, en particulier. Je découvrais une porte dans la nouvelle chambre du grenier, je l'ouvrais et pénétrais dans un long couloir, étroit et effrayant. J'avançais à tâtons dans le noir, le passage se rétrécissait. Après un moment, j'aperçus un rayon de lumière : une porte entrebâillée. J'hésitai longtemps avant de frapper.

La voix qui me dit : « Entre » était familière comme si je l'avais entendue chaque jour depuis mille ans. Quel bonheur ! Je poussai la porte et découvris mon père assis, feuilletant un livre. La pièce était remplie de livres, entassés sur rayonnages, empilés à même le sol. Il avait un crayon jaune derrière l'oreille et un grand cahier posé à côté de lui. Une petite fille assise dans un coin me dévisageait de ses grands yeux sombres et brillants.

— C'est bien que tu sois venue, Johanna. Tu dois m'aider à chercher.

— Que cherchez-vous, père ?

Je me réveillai avant d'entendre la réponse. Je me redressai dans le lit, un peu effrayée, mais heureuse. Je me rappelai que la grande bibliothèque était dépourvue de toit. Elle s'ouvrait sur le ciel. Puis je pensai que ce rêve ne contenait rien de surprenant, rien que je ne sache depuis toujours.

Le rêve revint, sous des formes différentes, mais le message était toujours le même, tout comme la sensation familière. Une nuit, le couloir se transforma en un escalier étroit et la pièce où se tenait mon père en laboratoire où flottaient des odeurs âcres et fortifiantes. Il habitait là, me dit-il, et se livrait à des expériences chimiques. Il se montra une fois de plus content de ma venue et me demanda de l'aider.

Ces rêves m'obligeaient à faire le ménage. Le matin, quand je me réveillais et que les images refusaient de lâcher prise, il m'arrivait parfois de sortir les tapis et de laver toutes les vitres.

Ma maison ne devint jamais telle que je l'aurais souhaitée, jamais vraiment finie. Ce que je préférais, c'était la mer qui grondait de l'autre côté du mur du jardin. J'étais connue au village pour mes promenades le long de la grève, chaque jour, par n'importe quel temps. Ces errances m'apprirent au fil des ans beaucoup de choses sur la mer, sur ses rumeurs et ses odeurs changeantes dans la tempête ou le calme plat, dans la grisaille, le soleil, le brouillard... Mais je ne sais rien de ses intentions, rien du moins que je puisse exprimer en mots. Il m'arrive de penser qu'elle enveloppe tout, comme la présence de Dieu.

En écrivant cela, je pense à Sofia Johansson. J'avais en effet une nouvelle amie, aussi différente de Rakel qu'il est possible, une femme de pêcheur de l'ancien village.

Comme je l'ai déjà dit, les natifs du coin ne se mêlaient pas aux nouveaux venus. Mais Sofia avait un beau jardin. Un jour, je m'arrêtai pour contempler ses anémones, de grandes fleurs bleu nuit aux pupilles noires.

— J'admire le jardin, lui dis-je.

Elle me gratifia d'un sourire chaleureux.

— Si elle veut, je peux lui donner quelques bulbes.

Je rougis de plaisir en disant que je m'en occuperais bien.

— Je sais, dit-elle. J'ai vu son jardin.

Le lendemain, elle m'apporta quelques bulbes bruns et noueux et m'aida à trouver un endroit où ils se plairaient. Je l'invitai à prendre un café, il faisait beau et nous nous assîmes à l'abri du vent au pied du mur, parmi les roses. J'avais entre autres quelques rosiers à l'ancienne, à fleurs blanches, qui rampaient à même le sol, et qui semblaient l'enchanter particulièrement. Nous convînmes que je lui en donnerais un pied à l'automne.

— On pourrait peut-être se tutoyer, proposai-je.

Elle sourit à nouveau et, à compter de ce jour, il nous arriva souvent de nous retrouver, dans son jardin ou dans le mien. Nous parlions comme font les femmes, de toutes sortes de choses. Elle avait deux fils pêcheurs ; quant au mari, la mer l'avait emporté bien des années auparavant.

— C'est terrible, dis-je. Quel âge avaient les enfants ?

Ils avaient quitté l'école ; le bateau qui avait fait naufrage leur appartenait. Ils en avaient acheté un autre avec l'argent de l'assurance.

— Ils ne se plaisent pas à terre, mes fils, dit-elle.

Elle avait une fille aussi, qui vendait du poisson aux halles. Cela éveilla mon intérêt, je lui racontai que j'y avais moi-même travaillé longtemps, jusqu'à l'année précédente, en fait.

— Mais seulement le samedi.

Elle le savait, sa fille m'avait souvent vue là-bas et s'était étonnée.

— Pourquoi ?

— Tu viens d'un milieu distingué, il me semble.

— Quoi ?

Je lui parlai alors sans réfléchir de Haga, de ma mère, de mes frères et de mon père qui était mort quand j'étais petite. Mon histoire lui plut, et elle me raconta la sienne : l'enfance dans le village de pêche du Bohuslän où tout le monde, le père, les frères, les cousins et les voisins, trimait en mer, pour survivre. C'était un univers qui dépendait exclusivement des hommes, de leur force et de leur habileté. Mais je compris en l'écoutant qu'elle ne s'était jamais sentie inférieure sous prétexte qu'elle était une femme. Aucune trace de rage, chez elle.

— Puis j'ai été sauvée, conclut-elle, le regard brillant.

Je me sentis gênée mais n'osai pas l'interroger. Je pensai à part moi qu'elle était bien trop intelligente pour partager la foi naïve des pentecôtistes. J'étais vraiment pleine de préjugés...

Un printemps, la bourrasque se transforma en ouragan. La mer recouvrit les pontons et les maisons, détruisit les bateaux et descella les bouées. Par chance, nous n'avions pas encore mis le voilier à l'eau. Il était bien à l'abri sur ses tréteaux entre la maison et la falaise. Mais la bâche fut arrachée et disparut comme un immense oiseau noir vers l'intérieur des terres.

L'ouragan se déchaîna pendant trois jours. Lorsque enfin il poursuivit sa route, je fis le tour de mon jardin en pleurant. Le vieux pommier s'était brisé net. Mes rosiers baignaient dans l'eau salée que la tempête avait déversée par-dessus le mur. Soudain, une voisine surgit en criant :

— Tu as entendu la nouvelle ? Un bateau d'ici a été englouti, avec les hommes et tout...

J'allumai le poste, en tremblant de tout mon corps. C'était bien ce que j'avais redouté. Les fils de Sofia avaient disparu en mer. Alors je déterrai mes plus belles roses de Noël, descendis au vieux village et frappai à la porte de Sofia.

La maison était remplie de femmes qui priaient pour le salut des garçons. Sofia était très pâle et très frêle, mais elle ne pleurait pas. Moi, en revanche, je fondis en larmes en lui tendant les fleurs :

— Si je peux t'aider en quoi que ce soit...

— Ils sont auprès de Dieu maintenant, répondit-elle.

En rentrant chez moi, je pleurai de plus belle en pensant que Dieu était cruel, comme le disait toujours mère. À supposer qu'il existe. Mais je me sentais curieusement solennelle.

Je n'eus jamais l'occasion d'aider Sofia. Mais si elle n'avait pas été là, au cours de l'année où maman vint chez moi pour mourir, je crois bien que je n'aurais pas tenu le coup.

Chaque année, Arne et moi nous occupions de Maria et les choses se passaient exactement comme je l'avais rêvé. Nous avions le même rythme lent, l'enfant et moi, nous partions en promenade et découvrions sans cesse des merveilles surprenantes sur les hauteurs et le long de la grève. Du bois flotté, des galets aux formes étranges, des fleurs que nous n'avions jamais remarquées auparavant et dont nous recherchions le nom dans l'encyclopédie. Des vers de terre, des insectes... Une fois, nous fîmes un élevage de têtards à la maison, dans l'évier de la cave. Les têtards disparurent, et je ne lui racontai jamais la vérité, à savoir que le chat les avait mangés.

Maria adorait le chat.

Nous fêtions souvent Noël à Stockholm. Ça allait mieux entre Rickard et Anna, ils paraissaient plus calmes l'un et l'autre. Mais je n'osai pas poser de questions. Anna était à nouveau enceinte.

— Nous aurons une nouvelle fille en mai, dit Rickard.

— Comment sais-tu que ce sera une fille ? demanda Arne.

— Anna en est sûre. Et elles ont des pouvoirs étranges, les femmes de la famille du Dalsland.

Arne secoua la tête. Puis il leur raconta la prédiction d'Astrid, à propos des nazis qui défileraient à Oslo. Et c'était au milieu des années trente !

Nous décidâmes que Maria viendrait habiter chez nous au printemps. J'irais la chercher en train à Stockholm. Mais ce projet resta sans suite, car au début du mois de mars, ma mère s'installait chez moi pour mourir.

— Ça ne prendra pas beaucoup de temps, dit-elle.

Elle se trompait. Elle voulait mourir, mais son corps ne le voulait pas, et il était plus fort qu'elle.

Ce fut difficile. Mon amie l'infirmière de district venait trois fois par semaine, pansait les blessures de mère et m'aidait à changer les draps. Elle me prêta aussi un fauteuil roulant et un bassin. Le médecin finit par venir et nous prescrivit des somnifères. Ce fut un soulagement de pouvoir enfin dormir, la nuit. Arne se montrait fort et patient, comme toujours dans les moments de crise. Mais il ne pouvait pas faire grand-chose, car mère était horriblement gênée lorsqu'il m'aidait à la soulever.

C'était cela, le plus difficile : qu'elle fût si désespérément honteuse et terrifiée à l'idée de nous causer du souci.

— Tu dois souhaiter ma mort, dit-elle.

Ce n'était pas vrai, même dans les pires instants. J'éprouvais de la tendresse pour elle, une tendresse que je ne pouvais exprimer et qu'elle ne pouvait accueillir. Je nourrissais aussi une colère douloureuse, secrète, pour son existence pauvre et solitaire.

Vers la fin, elle ne trouvait de réconfort qu'auprès de Sofia Johansson, qui venait chaque jour, s'asseyait à son chevet et lui parlait de son Dieu bienveillant. Mère avait toujours été croyante, mais l'image qu'elle se faisait de la divinité était sinistre. À présent, elle écoutait les discours à propos de l'autre Dieu et en tirait une consolation.

— On est bien obligé de la croire, disait-elle. Il lui a pris son mari et ses fils, et elle dit qu'il les a rappelés à lui.

Sofia, pour sa part, affirmait qu'elle ne voulait convertir personne. Son objectif, c'était que je m'accorde une promenade en milieu de journée. Et peut-être un peu de repos, quand la nuit avait été rude.

À la fin du mois de mai, Anna nous rendit visite avec le bébé. Malin était très différente de Maria, moins gracieuse, plus grave, plus observatrice. Elle me rappelait Anna enfant.

Dès le premier soir, elle nous expliqua qu'elle avait demandé le divorce. On ne pouvait plus rien cacher, ni à Maria ni à Arne. Il faillit devenir fou lorsqu'elle évoqua rapidement l'autre femme, une journaliste. Rickard avait emménagé chez elle pendant la grossesse d'Anna. Elle-même était à l'hôpital à ce moment-là. Elle souffrait d'albuminurie, l'accouchement fut difficile.

Arne voulait se rendre à Stockholm sur-le-champ pour passer un savon à Rickard.

— Dans ce cas, il faudra que tu ailles à Hong Kong, répliqua Anna. C'est là qu'il travaille, ces temps-ci.

— Pauvre papa, dit Maria.

Cela me brisa le cœur.

Nous ne pouvions rien faire pour aider Anna, pas même nous occuper de Maria, ce qui aurait été la moindre des choses, en d'autres circonstances. Anna repartit pour Stockholm avec ses deux enfants afin de trouver un logement plus petit et un emploi à plein temps. Après leur départ, j'appelai Kristina Lundberg et lui demandai de me tenir au courant.

— Anna est tellement fière, dis-je Tellement fermée...

— Je sais, je lui téléphone en douce une fois par semaine. Mais ne t'inquiète pas. Elle est forte.

Arne partit en juin pour aider Anna à déménager. Elle avait trouvé un deux-pièces et une place à la crèche pour les deux petites. À son retour, Arne dit, comme Kristina :

— Elle est forte. Elle s'en sortira.

Mère mourut en octobre. Ce fut difficile, elle cria de douleur jusqu'à la fin.

Je dormis pendant deux jours d'affilée. Arne s'occupa d'organiser les funérailles. Lorsque je revins à la vie quotidienne, je me sentis soulagée. Pour elle, et pour moi. On l'enterra un vendredi. Ragnar fit un discours.

Deux jours plus tard, il mourait à son tour. Une balle perdue, au cours d'une chasse. Alors je tombai malade. Cela faisait un moment déjà que je saignais de l'intestin et que je me sentais faible. Mais là, je vomissais jour et nuit, je ne tenais plus sur mes jambes. Il fallut appeler le médecin. Une semaine plus tard, j'entrais à l'hôpital.

Ulcère. Opération.

Parfois, je me dis que je ne suis jamais redevenue moi-même.

Mais j'exagère.

Je veux dire simplement que, après la mort de mère et de Ragnar, je suis devenue vieille, définitivement vieille. Et cela m'était égal.

Ce récit lui-même ne me fait pas de bien. Je n'arrive pas à restituer la vérité. J'ai lu beaucoup de mémoires, au cours de ma vie, et je les ai toujours trouvés invraisemblables. Très vite, il me semble voir de quelle manière l'auteur trie parmi ses souvenirs et quel éclairage il choisit de leur donner. Pourquoi celui-là et pas un autre ? Une fois qu'on a découvert ça, on commence à soupçonner tout ce qui a été laissé dans l'ombre...

Et moi ? Je ne pense pas avoir effectué de tri, du moins pas consciemment. La mémoire s'est posée ici et là, comme si elle décidait elle-même.

Je crois qu'il me reste beaucoup de secrets. Mais je ne sais pas très bien lesquels. Il s'agit sans doute de choses tellement difficiles que je n'ose pas les voir.

Je me souviens maintenant du jour où Lisa me rendit visite à l'hôpital.

Ce devait être une semaine après l'opération. La vilaine blessure au ventre commençait à cicatriser, j'avais moins mal mais j'étais si fatiguée que je dormais jour et nuit.

Je m'étais inquiétée à l'idée de cette rencontre avec Lisa, je ne voulais pas voir sa douleur. Bon, je m'aperçois que je glisse sur la vérité, une fois de plus. En fait, je ne voulais pas voir la femme qui détenait le monopole de la douleur après la mort de Ragnar.

Elle était pâle, mais calme et pareille à elle-même. Je fondis en larmes.

— C'est tellement injuste, Lisa. Ragnar devait être immortel.

Elle me rit au nez.

— Enfantillages, Johanna.

J'éprouvai de la haine pour elle à cet instant. Mais elle poursuivit :

— Tu n'es jamais devenue adulte, quand il s'agissait de ton grand frère. Tu fermais les yeux pour mieux l'idolâtrer.

Alors je fermai littéralement les yeux. Elle a raison, me dis-je. Je ne suis jamais devenue adulte vis-à-vis des hommes. D'abord mon père, puis Ragnar. Puis Arne, qui me traitait comme une gamine ignorante. Comment avais-je pu permettre une chose pareille ? Et pourquoi savourais-je ma propre humiliation comme un bonbon doux amer ?

— Mais Ragnar était un homme magnifique, dis-je pour finir.

— Oui. Il a laissé un grand vide, qui commence à se remplir. De soulagement.

Devant ma mine horrifiée, elle ajouta, avec une véhémence qui ne lui ressemblait pas :

— Tu ne comprends pas ? Je ne devrai plus jamais rester éveillée la nuit à l'attendre, plus jamais me demander où il est et avec qui, plus jamais sentir son odeur quand il rentre. Plus jamais laver ses affreux caleçons pleins de taches. C'est fini, tout ça.

— Lisa, sois gentille...

— Oui, oui, dit-elle. On se calme.

Elle m'entretint pendant une demi-heure de ses projets d'avenir. Elle avait acheté un grand appartement dans l'immeuble en pierre de taille situé en face de sa boutique. Elle allait y emménager et transformer l'une des pièces en atelier de couture.

— Je vais élargir mes activités, dit-elle. Les garçons et moi, nous allons vendre l'entreprise de transports et racheter le grand magasin au coin de la rue, où Nilsson fabriquait ses vieilles fringues. On va en faire une boutique élégante. Ma belle-fille Anita est en train de dessiner notre première collection. La semaine prochaine nous partons à Paris, elle et moi, pour assister aux défilés de mode.

Je l'écoutai sans mot dire. C'était une Lisa différente et forte qui se tenait à mon chevet et je sentis que je la détestais. Elle crachait sur mon frère, oui. Mais surtout, elle était libre, contrairement à moi.

— Je me souviens du jour où Anna a téléphoné pour m'annoncer son divorce, dit-elle. Je l'ai félicitée du fond du cœur. Rickard Hård est un sorcier, un magicien. Comme Ragnar. Mon Dieu, Johanna, si seulement j'avais eu la force de divorcer pendant que j'étais encore jeune.

Une ombre de tristesse passa sur son visage. C'était la première fois, depuis le début de la visite.

En me quittant, elle dit :

— Ils ont ouvert une enquête à propos de l'accident. Il semblerait que le camarade qui a tiré soit innocent. Ragnar avait quitté l'affût et il se tenait juste derrière l'élan quand ça s'est produit. C'était très imprudent de sa part.

Après son départ, j'essayai de me protéger avec de mauvaises pensées. Je songeai à Anita, la belle-fille de Lisa, que je n'aimais guère. Styliste de formation, douée. Belle. Habituée à se servir, dans la vie, sans hésiter, presque effrontément. Je savais bien qui deviendrait la patronne, dans la nouvelle entreprise de Lisa, et j'espérais que l'aventure se terminerait mal.

La honte me submergea. Je me souvins des paroles de Ragnar : « Anita me fait penser à toi, dans ta jeunesse, quand tu t'occupais de la boutique de Nisse Nilsson. »

J'étais fiévreuse. On me donna des médicaments. Je m'endormis et me réveillai vers quatre heures du matin. La fièvre était tombée. J'avais à nouveau les idées claires et tout le temps du monde pour réfléchir aux paroles de Lisa. Je pensai à ma dépendance vis-à-vis des hommes. Je pensai aux magiciens, comme Ragnar et Rickard. Je pensai à Arne, qui n'avait rien d'un magicien et qui était plus puéril que moi, par bien des côtés. Cela ne m'empêchait pas de lui céder le pouvoir.

Je pensai à Ragnar, encore. Un suicide... ?

Arne me rendit visite dans l'après-midi. Soulagé. Il avait parlé au chef de service ; je pourrais quitter l'hôpital dans une semaine.

— La maison est vide sans toi, dit-il.

Anna lui avait téléphoné. Elle voulait savoir si j'aurais la force de m'occuper des enfants pendant l'été.

— Je t'aiderai de mon mieux, dit Arne. Je lui souris. Bien sûr qu'on s'occuperait des enfants. Et avec plaisir, en plus.

Je lui parlai de la visite de Lisa et de ses projets grandioses. Je lui répétai ce qu'elle avait dit à propos de l'enquête. Arne était au courant. On en avait parlé dans les journaux. Les mauvaises langues murmuraient que la firme de Ragnar était au bord de la faillite. En réalité, l'entreprise était saine et la veuve en tira un bon prix au moment de la vente.

— Crois-tu que c'était... un suicide ?

— Non. Si Ragnar avait voulu en finir, il n'aurait jamais choisi un moyen qui pouvait porter tort à un camarade. Je crois qu'il était fatigué et étourdi de chagrin après la mort de Hanna.

Ce fut un immense soulagement pour moi, car je compris immédiatement qu'Arne avait raison. Après coup, je réfléchis longuement à la force du lien qui avait uni la petite putain et son bâtard. Et au fait que personne ne l'avait compris.

Les années passaient, les enfants venaient et repartaient. Le plus difficile, quand on vieillit, ce n'est pas la fatigue, ni même la diminution physique. C'est que le temps se précipite soudain tellement vite qu'à la fin, il devient irréel. On a à peine le temps de fêter Noël que Pâques s'annonce déjà. On se réveille par un jour d'hiver limpide et froid et puis, brusquement, il fait chaud et c'est l'été. Entre les deux : rien. Un espace vide.

Les filles grandissaient. Le divorce ne semblait pas leur avoir porté préjudice. Rickard vivait dans le même immeuble, au dernier étage, prenait ses responsabilités de père et participait à leur vie quotidienne.

— Mais votre maman alors ?

— Elle est contente. On a beaucoup de copains qui ont des parents divorcés, mais chez nous, c'est différent. Papa et maman ne disent jamais du mal l'un de l'autre.

Puis Rickard revint, dans la vie d'Anna et dans la nôtre. Ils se remarièrent ! Je n'y comprenais rien, je m'inquiétais. Mais Anna était gaie comme un pinson lorsqu'elle nous annonça au téléphone qu'ils viendraient chez nous pour la Pentecôte. Rickard arriverait directement d'Italie et elle viendrait de Stockholm avec les enfants. C'était étrange de le revoir à nouveau, vieilli mais plus beau que jamais. Plus que jamais semblable à un chat.

Arne était encore plus désorienté que moi. Ils eurent une longue conversation à la cave, Rickard et lui, et Arne revint en disant qu'il comprenait mieux. Quoi ? Je ne l'appris jamais, mais je pensai à part moi : « Le magicien est de retour, avec ses effets de cape. »

Anna donna naissance à un troisième enfant, un garçon qui mourut très vite. À cette époque, je pouvais encore l'aider.

Les filles étaient déjà adultes lorsque la maladie prit furtivement possession de moi. Les gens croient souvent que cela commence par l'oubli, comme quand on va à la cuisine pour chercher quelque chose et qu'on ne se souvient plus quoi. Cela m'arrivait de plus en plus souvent. Je luttais de mon mieux en m'imposant des habitudes précises pour chaque tâche quotidienne : d'abord ceci, puis cela, puis... C'était comme un rituel, et ça fonctionnait, en gros, je m'occupais de moi et de la maison et je tenais tête à la peur.

Pendant quelques années.

Mais la maladie avait commencé plus tôt, en cela que je n'avais plus de... lien. Quand on me parlait, je n'entendais pas ce qui se disait, je voyais seulement le mouvement des lèvres. Et quand j'essayais de parler à mon tour, personne ne m'écoutait.

J'étais seule.

Arne ne cessait de s'expliquer. Anna ne cessait de courir. Mère était morte, Ragnar était mort, Sofia était auprès de Dieu. Greta était chez les fous et Lisa, je ne voulais pas la rencontrer.

Seules mes petites-filles avaient le temps et la faculté d'écouter. Je ne comprendrai jamais en vertu de quel privilège Anna a eu des enfants tellement plus gentilles qu'elle.

Mais les conversations avec Maria et Malin prirent fin à leur tour. À ce moment-là, j'étais seule depuis tant d'années que personne ne savait où me retrouver.

Mon dernier souvenir : ils se tenaient tous réunis autour de moi, les yeux dilatés d'effroi. Je voulais les consoler, mais les mots qui me restaient encore n'atteignaient pas mes lèvres. Puis ce fut l'hôpital, et la terreur d'être enfermée dans un lit-cage. Je secouais les barreaux pendant des nuits entières, je voulais m'échapper. Au début, Anna était à mes côtés, jour après jour. Elle pleurait. Elle avait cessé de courir. Un lien aurait été possible entre nous, maintenant, mais j'avais perdu toutes mes aptitudes.

C'était trop tard.

ANNA
Épilogue

Dehors, c'était une vraie nuit de mars, froide et humide. Des adolescents ivres chahutaient sur la place, au pied des immeubles. La musique à fond, les pneus qui hurlaient en dérapant sur l'asphalte mouillé devant le kiosque... Même les banlieues avaient cessé de dormir la nuit.

Anna s'attarda un moment à la fenêtre avant de fermer les rideaux, contempla la grande ville qui scintillait à l'horizon. Menaçante, lui sembla-t-il. Quelques semaines plus tôt, dans une rue de la capitale, un inconnu avait tiré sur le Premier ministre.

Elle ne voulait pas penser à Olof Palme.

Elle reprit le manuscrit de Johanna. Elle l'avait lu, à plusieurs reprises, émue et reconnaissante. Pourtant, elle était déçue, comme si elle avait souhaité autre chose. Je veux toujours autre chose, pensa-t-elle. À ma façon idiote, fuyante, je voulais... Quoi ?

Résoudre ton énigme.

Quelle naïveté ! Une vie ne se laisse pas déchiffrer. On peut en dresser une carte, à la rigueur. Puis on se retrouve plus désemparée que jamais, avec le sentiment d'avoir contribué à la confusion. Tu étais secrète, j'en ai toujours eu conscience. Cela affleure ici et là, dans ton récit. On l'entrevoit furtivement. À peine. Comme dans un rêve. Puis tu reprends ton rôle : pleine de sollicitude, ordonnatrice, compréhensible.

Je dois commencer par le plus simple, songea Anna, par ce que je crois avoir compris. Je vais écrire une lettre.

Elle alluma l'ordinateur.

Stockholm, mars 1986

Chère maman,

Cette nuit je vais t'écrire une lettre, te raconter des choses que je n'ai jamais osé te dire.

J'ai parcouru ton histoire, soigneusement. Pour moi, c'est un peu comme si tu étais descendue du ciel et que tu avais pris place dans une existence terrestre ordinaire.

Il n'y avait pourtant rien de céleste dans ta vie.

Bien sûr, tu n'étais pas davantage celle que je cherchais à humilier dans ma jeunesse, quand je t'accusais d'être ignorante et bardée de certitudes. Tu ne dis rien de cette époque, comme si elle ne t'avait pas blessée. Peut-être comprenais-tu que j'avais besoin de cette protection, de ce label universitaire stupide, que brandissaient tous les jeunes arrivistes inquiets de ma génération pour vaincre leurs parents et renier leurs origines.

Pendant un temps, j'ai cru que je t'avais confisqué le pouvoir, avec mes diplômes orgueilleux. Mais tu as repris ta place quand je suis devenue mère. Tu t'en souviens ? Maria hurlait de faim dans son berceau. C'était affreux, mais j'avais appris — dans un livre naturellement — que les bébés devaient être nourris à heure fixe. Tu me disais : « Enfin, ma petite Anna ! »

Il n'en fallait pas plus.

Il est tard, je t'écris dans le trouble, je suis seule et bouleversée. Oh maman, que tu es devenue faible, toi qui étais pourtant si solide. Tellement forte, et tellement brisée.

J'essayais de t'épargner en attirant sur moi les foudres de papa. Comme le font les enfants. Et toi, tu laissais faire. Ou alors tu ne voyais rien ? Il disait que je lui rappelais sa mère, blonde et dédaigneuse. Peut-être cela a-t-il contribué à reporter sur moi la charge qui pesait sur tes épaules ?

Je le défiais. J'étais beaucoup plus hargneuse que toi, plus semblable à lui de ce point de vue. À partir de l'adolescence, grâce au lycée, j'avais aussi bien plus de vocabulaire et bien plus de repartie que lui.

Méprisante ? Oui. Une question de classe sociale ? Oui, cela aussi. C'était intolérable, pour lui qui ne supportait pas la moindre critique. Quand il se sentait offensé, ce qui arrivait souvent, il fallait qu'il se décharge sur quelqu'un. Sur nous.

Il avait été beaucoup battu, enfant. Comme la plupart des gens de sa génération, il en parlait avec fierté. Il avait d'étranges lubies sadiques. Dans la mesure ou ni lui ni quiconque ne comprenaient qu'elles étaient de nature sexuelle, il pouvait leur donner libre cours.

Me haïssait-il ? Mon Dieu, il vit encore. Me hait-il ? Se peut-il que toute sa rage délirante soit dirigée contre moi aujourd'hui ? Est-ce la raison pour laquelle il m'est si difficile de lui téléphoner ? Et de lui rendre visite ?

Je simplifie. Il avait beaucoup de bons côtés. Toujours présent et rassurant dans les moments difficiles. Fidèle. Lui accordais-tu le droit de t'humilier parce qu'il te rappelait ton père ? Et que sais-tu, au fond, du meunier du Värmland, de sa noirceur et de ses beuveries ? Si j'ai bien compris, tu n'avais que lui. Une telle dépendance doit être bien inquiétante pour une enfant. Est-ce cette terreur que tu as reportée sur Arne ?

Et moi ? Je fais comme toi. Je me soumets, je laisse faire. Rickard est à Londres, correspondant du journal pour trois mois, un remplacement. Il y a une femme là-bas, il couche avec elle. Il croit que c'est moi qu'il cherche à atteindre, mon impassibilité, comme il dit. Mais c'est toujours elle, bien sûr, la banale et glaciale Signe de Johanneberg.

Elle est morte il y a cinq ans. Mais que signifie la mort pour celui qui n'a pas les pieds sur terre ? Et qu'advient-il d'un enfant lorsque la réalité première — sa mère — le trahit ?

Rickard plane, maman, c'est ça qui le rend irrésistible.

Au cours de ce travail, il m'est arrivé de penser que Hanna était la plus forte de nous trois. Elle vivait dans un monde cohérent, qui faisait sens pour elle. Elle était réaliste. Quand je pense à l'image qu'elle avait de Dieu, je m'étonne de son audace, de cette prise de position si personnelle, si têtue. Elle vivait selon sa croyance. Comme le dit ton père quelque part, elle était habituée aux injustices et ne les ruminait donc pas.

Contrairement à nous.

Elle était incapable de pleurer, et ça l'enrageait. Toi et moi, nous avons pleuré comme si nous avions eu à notre disposition un océan de larmes.

Ça n'a servi à rien.

Je n'hésite pas une seconde à affirmer que tu es meilleure, humainement, que moi. Tu as plus de cœur. Mais je suis plus forte, je ne me suis tout de même pas laissé réduire à une totale dépendance. Cela tient évidemment à l'époque, aux études, au fait que je gagne ma vie. Mais aussi au fait que j'ai puisé ma force chez une mère, non chez un père.

Quelle ne fut pas ma surprise le jour où je compris que tu m'enviais le divorce ! Je ne m'en serais jamais doutée. Tu disais qu'il ne devait pas se transformer en victoire, et moi, j'ai vite rechuté, je me suis agrippée une fois de plus.

L'indépendance n'existe peut-être pas.

Ton évocation de la sexualité m'attriste. Elle me fait mal pour toi, car il n'y a rien de meilleur, malgré tout. La sensualité a quelque chose de grandiose, d'une certaine manière elle enveloppe tout le reste.

C'est cela qui rend les infidélités de Rickard tellement insupportables.

Demain, j'enverrai une lettre à Londres : « Je n'ai pas l'intention de te reprendre... »

Vraiment ?

C'est le matin, maman, j'ai dormi quelques heures et je me sens plus calme. Moins lucide ? Je voudrais te dire quelque chose de simple et d'important. Ce que tu as reçu de ton père, je l'ai reçu de toi. Dans une certaine mesure, je l'ai transmis à Maria et à Malin, et parfois, j'ose penser qu'elles se respectent davantage que toi et moi. Elles ne sont peut-être pas heureuses (qu'est-ce que ça veut dire ?), mais elles ont leurs enfants et un certain respect d'elles-mêmes. Tu n'as jamais rencontré Stefan, l'ex de Malin, qui est aussi le papa de Lena. Mais il ressemble à Rickard. Et à oncle Ragnar.

Je relis une fois de plus ton récit. À la lumière dégrisante du petit matin. C'est étrange, cette manière qu'ont les enfants de savoir sans savoir. Car je savais bien, intuitivement, que j'avais des frères et sœurs.

Bon Dieu, comment as-tu tenu le coup ? Je sais quel effet ça fait, j'ai perdu un enfant et j'ai failli devenir folle. Littéralement. Je ne t'ai pas dit la vérité, à quel point j'ai frôlé la limite. Je ne voulais pas t'effrayer, sans doute.

L'épisode de la guerre me paraît si possible encore plus étrange. Jamais je n'avais songé à la manière dont elle a dû marquer mon enfance, à toute la terreur qui date sans doute de cette expérience. Pourtant je revois le pilote allemand qui flambait comme une torche dans le ciel au-dessus de nous, et papa qui arrivait et repartait, dans son uniforme, et qui me parlait du Mal. Et la revue étrangère achetée avec l'argent que j'avais reçu de Ragnar, je ne l'oublierai jamais.

Il y a aussi certaines choses que tu n'as pas vues. Elles concernent tes frères. Tu les considères comme des machos purs et simples. Mais c'était aussi par souci de vengeance qu'ils t'obligeaient à soigner leur gueule de bois, à cirer leurs chaussures et à écouter le récit ridicule de leurs prouesses sexuelles. Ils étaient jaloux de la fille qui était plus belle et plus douée qu'eux. Et qui bénéficiait de toute l'attention du père. Je le sais, parce que oncle August me l'a dit un jour : « C'était sa poupée, il aurait fait n'importe quoi pour elle. Nous, il ne nous voyait même pas. »

Tu pourrais objecter qu'ils bénéficiaient de l'attention de leur mère. Mais celle-ci ne valait pas grand-chose, à mon avis.

D'abord parce qu'elle était devenue un anachronisme vivant dès votre arrivée à Göteborg, inculte et primitive comme elle l'était. Mais aussi parce que sa sollicitude les étouffait.

Je ne sais pas, je tâtonne dans une jungle de préjugés et de psychologie à trois sous. Ce matin, je me suis réveillée au milieu d'un rêve. J'étais seule dans un wagon immobilisé quelque part sur une voie désaffectée. Il avait été détaché par erreur. Abandonné. Mais ce n'était pas effrayant, ni même inquiétant. Au contraire, il me semblait qu'on m'accordait un temps de réflexion, dans cet espace oublié.

La pensée me vient qu'il existe peut-être une voie principale que nous avons ratée.

L'amour.

Peut-être en sommes-nous prisonnières, l'une comme l'autre.

Je me souviens tout à coup d'un incident, il y a quelques années de cela, tu n'avais plus toute ta tête mais tu n'avais pas encore complètement disparu. Il te restait quelques mots et tu étais contente de me voir, tu me reconnaissais. Ensuite papa est tombé malade, il a fallu l'opérer. J'habitais seule dans votre maison et je faisais chaque jour la navette entre l'hôpital de Sahlgrenska et la clinique gériatrique où tu te trouvais. Chaque jour, il me disait la même chose :

— Tu n'as pas le temps de rester ici. Va donc voir maman.

Je répondais : « Très bien, j'y vais. » Il faisait un signe de la main, me regardait partir en souriant.

On l'a laissé sortir au bout d'une semaine. Je suis passée le prendre en voiture et nous sommes allés directement chez toi. Tu étais dans ton fauteuil roulant, en route vers la salle à manger. En le reconnaissant, tu as ouvert les bras comme un oiseau ouvre les ailes pour s'envoler et tu t'es écriée :

— Mais c'est toi !

Puis tu t'es tournée vers la fille qui poussait le fauteuil et tu as dit :

— Tu vas voir que je serai bientôt guérie.

Je me souviens de la jalousie que j'ai éprouvée à ce moment-là.

Pourquoi les hommes font-ils en sorte qu'il soit si difficile de les aimer ?

Encore une pensée : j'ai dit tout à l'heure que j'étais plus hargneuse que toi. Mais, étrangement, je ne suis jamais en colère contre Rickard. Toi, c'était le contraire, toute ton agressivité était dirigée contre Arne. Cela tenait-il à votre mauvaise entente sexuelle ? Au fait que l'amour n'était jamais... délivré ?

Qu'ai-je donc voulu retrouver, en entreprenant ce voyage à travers trois vies de femmes ? Un sentiment d'appartenance ?

Dans ce cas j'ai échoué. Il n'y avait pas d'appartenance. Ou peut-être était-elle impossible à découvrir, du moins de cette manière. Tout était beaucoup plus cohérent et contradictoire à la fois, bien plus grand, bien plus sombre que ne pouvait l'imaginer l'enfant.

Je ne sais même pas si je comprends mieux maintenant. Mais j'ai appris beaucoup de choses et je n'ai pas l'intention de suivre ton exemple, maman. Je ne vais pas abandonner sous prétexte que la vérité se désagrège en mille vérités éparses.

Anna s'apprêtait à conclure sa lettre lorsque la sonnerie du téléphone retentit. Surprise, elle consulta sa montre. Sept heures à peine, qui pouvait bien l'appeler si tôt un dimanche matin ?

Elle décrocha, pleine d'appréhension, et ne fut pas étonnée d'entendre la voix bouleversée de la dame qui s'occupait du ménage chez son père, à Göteborg.

— On l'a trouvé sans connaissance, on vient de le conduire à Sahlgrenska en ambulance.

Anna s'habilla, fit sa valise en emportant le strict minimum, appela l'hôpital. Il lui fallut un certain temps pour joindre le service des urgences. Un médecin fatigué lui annonça :

— Infarctus. Venez le plus vite possible, il n'en a plus pour longtemps.

Elle passa aussi un rapide coup de fil à Maria :

— Comme ça, tu sais où me trouver.

Elle prit un taxi jusqu'à Arlanda, réussit à obtenir une place dans l'avion pour Göteborg, atterrit à Landvetter, s'engouffra dans un autre taxi et se retrouva au chevet de son père peu avant dix heures. Il se trouvait dans une salle commune, inconscient, sous perfusion.

— Vous avez bien une chambre individuelle ?

Oui, ils étaient en train de la préparer et d'y installer un lit de camp où elle pourrait s'allonger.

Le médecin à la voix fatiguée arriva peu après et ausculta le vieux.

— Il y a des complications, dit-il. Pneumonie.

Le ton était interrogateur. Elle comprit, demanda :

— Il a une chance de guérir ?

— Non. Son cœur est à bout.

— Pas d'antibiotiques, alors ?

Il hocha la tête, ajouta qu'ils veilleraient à ce que le vieux ne souffre pas.

Elle resta assise, la tête vide, tandis que les heures passaient. Le cœur vide aussi, curieusement impassible. L'infirmière en chef passa dans l'après-midi en disant que le personnel le veillerait pendant une heure, le temps qu'elle aille se restaurer.

— Il y a une cafétéria dans le hall d'entrée, restez-y pour qu'on sache où vous trouver en cas de besoin.

Anna sentit alors à quel point elle était affamée.

On lui servit une fricassée de viande et de pommes de terre avec deux œufs sur le plat et des betteraves. Elle eut le temps d'appeler la clinique gériatrique pour signaler qu'elle ne rendrait pas visite à Johanna ce jour-là. Lorsqu'elle retourna dans la chambre et reprit la main de son père, la situation n'avait pas évolué. Vers sept heures, une infirmière lui annonça une communication de Londres.

Elle en éprouva un soulagement démesuré.

— Comment vas-tu, Anna ?

— Ça va te paraître bizarre mais... je m'ennuie, dit-elle, honteuse.

— Je prends l'avion demain matin. Je serai là vers midi.

— Merci.

— J'ai parlé à Maria. Elle va essayer de partir demain, mais elle a du mal à trouver quelqu'un pour garder la petite. Nous n'avons pas réussi à joindre Malin. Elle est au Danemark pour un séminaire quelconque.

Elle se rassit au chevet du vieux et fondit en larmes. Le sentiment de vide avait lâché prise, elle pouvait à nouveau sentir. Elle lui reprit la main, murmura :

— Tu as été un papa merveilleux.

C'est vrai, pensa-t-elle. Il était toujours là, et il prenait toujours mon parti.

Seule sa rage faisait obstacle. C'était de la colère, pas de la haine.

À deux heures et demie du matin, il commença à s'agiter. Elle était sur le point d'appeler l'infirmière de nuit lorsqu'elle comprit qu'il essayait de lui dire quelque chose. Ses lèvres desséchées remuaient, mais aucun mot ne les franchit.

Elle lui caressa la joue, murmura : « Je comprends, papa. »

Il la regarda droit dans les yeux. Puis il poussa un long soupir et cessa de respirer. Cela s'était passé très vite, de façon imperceptible. Avec une facilité irréelle.

Elle sonna. Devant la mine solennelle de l'infirmière de nuit, Anna comprit enfin qu'il était mort. Une douleur immobile et impuissante l'envahit. Elle comprit que c'était le chagrin et qu'il lui faudrait vivre longtemps en sa compagnie.

Sur le moment, elle fut incapable de pleurer.

Il y eut quelques longues minutes de silence. L'infirmière murmura qu'il y avait du café chaud dans la pièce de service, Anna pouvait y aller pendant qu'ils feraient la toilette mortuaire. Elle obéit comme une enfant, but le café et mangea la moitié d'une tartine.

On l'autorisa à retourner dans la chambre. Ils avaient tout rangé, allumé des bougies de part et d'autre du lit, posé un bouquet de fleurs sur la poitrine du mort.

Elle resta assise une heure auprès de lui, en essayant de comprendre ce qui s'était passé. À cinq heures du matin, elle appela Maria, lui raconta tout, ajouta qu'il n'était plus nécessaire de venir, à présent.

— Je te rappellerai dès que j'aurai pris mes dispositions pour l'enterrement.

Une brume argentée recouvrait la ville lorsqu'elle prit un taxi pour rejoindre la maison au bord de la mer. Les cornes de brume résonnaient entre les îlots.

L'employée de la commune avait effacé les traces de la nuit pénible où ils avaient trouvé le vieux inanimé. Anna allait d'une pièce à l'autre en pensant, comme tant de fois auparavant, que la maison avait perdu son âme depuis la disparition de maman. Il n'y avait plus de plantes vertes, plus de napperons ni de coussins. Il ne restait que cette espèce d'ordre pragmatique et inconfortable dont s'entourent les hommes lorsqu'ils sont seuls.

Il faisait froid aussi. Elle descendit à la cave, régla le thermostat de la chaudière, monta l'escalier jusqu'à sa chambre de jeune fille et prit une couverture dans l'armoire. Lorsqu'elle fut couchée, elle réfléchit aux détails pratiques et découvrit que c'était un réconfort.

Elle se réveilla à onze heures. La chaudière grondait à la cave et il faisait une chaleur presque insoutenable dans la maison. Elle ne baissa pas le chauffage ; en revanche, elle ouvrit toutes les fenêtres, pour aérer. Elle avait le dos et les bras endoloris par la longue nuit de veille, mais s'obligea à rester pragmatique : il faut que j'appelle l'aéroport pour qu'on prévienne Rickard de se rendre ici, pas à l'hôpital. Un bain chaud. Y a-t-il quelque chose à manger dans la cuisine ? Je dois faire des courses.

Elle prit un bain brûlant. La raideur de ses membres se dissipa peu à peu. Soudain, elle comprit qu'elle venait de prendre sa décision : elle ne repartirait pas. Elle resterait ici. Jusqu'à la fin du printemps, peut-être jusqu'à la fin de sa vie. Elle sortit dans le jardin. Mon jardin, se dit-elle pour la première fois. Elle eut honte en voyant à quel point il était négligé. Le soleil apparut. Dans la lumière froide du mois de mars, elle examina les rosiers à l'abandon qui n'avaient pas fleuri depuis des années, la pelouse qui s'était transformée en tapis de mousse et les mauvaises herbes qui envahissaient les massifs.

Puis elle entendit la voiture. L'instant d'après, elle était dans ses bras.

— Tu te promènes en peignoir par ce froid ? Et pieds nus dans les sabots !

— Il fait trop chaud à l'intérieur, dit-elle.

— Tu as mangé ?

— Non, il n'y a rien à manger ici.

— Tu es folle, petite fille.

L'instant d'après, elle était à nouveau dans le lit étroit du premier étage. Il lui baisait les yeux, embrassait ses seins. Le chagrin se volatilisa et elle pensa : voilà mon appartenance.

Un peu plus tard, lorsqu'il lui servit le café éventé qu'il avait réussi à dénicher dans la cuisine, elle songea que rien n'était simple, hormis précisément la « coucherie », comme disait Hanna.

Il ne l'interrogea pas sur la mort de son père, et elle lui en fut reconnaissante.

— Nous devons rendre visite à maman, dit-elle.

Il avait eu la bonne idée de louer une voiture à l'aéroport. Ils dressèrent la liste des formalités à accomplir. Rickard pourrait s'en occuper pendant qu'elle serait auprès de sa mère. Ensuite ils déjeuneraient en ville avant de passer aux pompes funèbres.

— Tu organises tout, comme toujours quand tu as peur, dit-il avec tendresse.

Lorsqu'il la déposa devant la clinique, elle eut un brusque accès de panique.

— Que vais-je lui dire ?

— La vérité.

— Viens avec moi, Rickard.

— Bien sûr.

Il gara la voiture. Puis il attendit pendant qu'Anna parlait avec l'infirmière en chef, qui était du même avis que lui.

— On verra bien si elle comprend quelque chose.

Johanna était loin, comme toujours, inaccessible. Ils la regardèrent un instant, Rickard lui prit la main et Anna se pencha vers elle et dit d'une voix très distincte :

— Maman, écoute-moi. Arne est mort cette nuit.

Y eut-il un tressaillement ? Non, je me fais des idées.

Mais lorsqu'ils l'eurent quittée, Rickard affirma que sa main avait réagi, il en avait la certitude.

Ils déjeunèrent de bonne heure dans le restaurant de poisson qui venait d'ouvrir du côté de Majnabbe et accomplirent diverses démarches avant de passer aux pompes funèbres. Tant de décisions à prendre, c'était incroyable ! Anna dit oui au cercueil de chêne, non à la croix dans l'annonce qui devait paraître dans le journal, oui aux faire-part, oui encore à l'achat d'une urne. Elle comprit soudain pourquoi les gens disaient que les soucis liés à l'enterrement tenaient le chagrin en respect tout au long de la première semaine.

Au retour, ils s'arrêtèrent dans l'ancien supermarché de maman pour faire le plein de provisions. Puis ils passèrent chez l'horticulteur où Anna acheta des fleurs pour la maison. Lorsqu'ils rentrèrent enfin, ils trouvèrent Malin assise sur les marches du perron. Anna sourit, Rickard poussa un cri de joie. Maria avait réussi à la joindre à Copenhague la veille au soir, un ami l'avait conduite jusqu'à Helsingör et elle avait obtenu une place sur le ferry.

— Mais regarde-toi, maman ! Tu t'es à nouveau repliée sur toi-même. Et si tu essayais de pleurer un peu ?

— Peux pas.

Anna, allongée dans le lit, serrait dans sa main froide la main chaude de Rickard. Elle était trop épuisée pour dormir, et elle sentait bien qu'il était inquiet.

— Un somnifère ? proposa-t-il.

— Non.

— Un whisky, alors ?

— D'accord.

Elle but comme un enfant boit de l'eau, et le calme revint avec une rapidité qui l'étonna elle-même. Je pourrais devenir alcoolique sans problème, dit-elle. Elle dut s'endormir tout de suite après et se réveilla en sentant l'odeur du café et en entendant les voix de Rickard et de Malin qui bavardaient en bas. Le soleil brillait. Il faut que je leur dise, pensa-t-elle en descendant l'escalier. Elle s'assit à la table de la cuisine, on lui servit une grande tasse de café brûlant. Elle y versa du lait et but une gorgée.

— J'ai pensé que j'allais rester ici... un moment. Quelqu'un doit rendre visite à maman, après tout.

— Ça me convient, répliqua Rickard. Göteborg est plus près de Londres que Stockholm.

— Tu seras isolée, dit Malin. Mais nous essaierons de venir le plus souvent possible.

— J'ai pensé à appeler Maria. Je pourrais lui demander de venir avec ma voiture et de m'apporter l'ordinateur, l'imprimante, toutes mes notes. Et mes vêtements.

Sans réfléchir, elle ajouta :

— Rien ne m'empêche de travailler ici, après tout.

Ses paroles restèrent suspendues dans le silence. Les mêmes mots, répétés tant de fois...

Alors elle posa la tête sur ses bras repliés et s'abandonna aux larmes.

— Je vais m'allonger un instant, dit-elle.

Elle se leva et prit un rouleau de Sopalin au passage.

— J'ai besoin d'être seule, ajouta-t-elle en voyant leur regard inquiet.

Elle resta longtemps recroquevillée dans sa vieille chambre. Les sanglots finirent par s'apaiser. Elle tremblait de froid.

Dieu qu'elle avait froid.

Elle fut réveillée une fois de plus par une bonne odeur. Jambon frit, pommes de terre, oignons. Elle se leva, les jambes tremblantes, se dirigea vers la salle de bains d'un pas mal assuré, se rinça le visage à l'eau froide. Elle se regarda dans le miroir et pensa qu'elle paraissait vieille et dévastée. Mais lorsqu'elle refit son apparition dans la cuisine, Rickard lui dit :

— C'est merveilleux, tu as retrouvé tes yeux.

— À la place de deux puits vides, renchérit Malin en souriant.

Anna lui rendit son sourire et sentit qu'il venait, oui, de l'intérieur.

— C'est une chance qu'il ait pu mourir, dit-elle.

— Oui, c'est une chance pour lui, et pour nous aussi. Tu devrais te dire qu'il a eu une longue vie bien remplie.

La remarque n'avait rien d'exceptionnel, mais Anna vivait depuis si longtemps dans le non-sens que les mots retrouvaient soudain tout leur poids. Chaque mot.

— Combien de temps pouvez-vous rester ?

— Au moins jusqu'à l'enterrement, répondirent-ils d'une seule voix.

— Crois-tu que tu pourrais t'occuper de vendre le bateau, Rickard ? Ce serait bien d'en être débarrassés. Et nous avons besoin d'argent liquide.

Rickard rédigea l'annonce et prit contact avec le journal local. Puis il disparut en direction du chantier naval et revint avec un homme qui fit résonner la coque, examina l'aménagement intérieur du bateau et fit une estimation raisonnable.

— À propos d'argent liquide, nous devrions peut-être passer en revue ses comptes et ses relevés de banque ?

— Très bien. Je vais te montrer sa cachette.

Le tiroir secret était encastré dans le mur de la garde-robe, derrière les sous-vêtements du vieux.

— Astucieux, dit Rickard admiratif. Mais qu'est-ce qui t'arrive ?

— Je viens de penser à quelque chose.

Elle se tourna vers sa fille :

— Malin, où sont mes fleurs ?

— À la cave. Tu les y as mises hier après-midi.

À la cave ! pensa-t-elle.

Malin et Anna nettoyèrent toutes les vitres de la maison, lavèrent et repassèrent les rideaux, achetèrent de nouveaux géraniums pour garnir les embrasures vides. Rickard conclut la vente du bateau, passa à la banque et trouva quelqu'un qui procéderait à l'inventaire — une femme placide qui fit le tour de la maison en estimant chaque objet à sa valeur minimale.

— À cause de l'impôt sur la succession, dit-elle.

Maria arriva dans l'après-midi du jeudi, avec les enfants. Anna manqua étouffer les petites sous ses baisers. Après le dîner, Rickard alla chercher l'ordinateur et l'imprimante dans le coffre.

— Il faudra qu'on t'aménage un bureau digne de ce nom, après l'enterrement.

Il vint beaucoup de monde aux funérailles, bien plus qu'ils ne l'auraient imaginé : des collègues, des membres du parti, des amis du club de voile. Et les quelques survivants de la vieille génération. La cérémonie comme la réception semblèrent complètement irréelles à Anna.

Elle était seule. Les jours passaient.

Elle consacrait chaque matinée à son livre. Le travail n'avançait guère, il ne lui venait que des pensées éparses. Parfois, elle songeait pendant des heures à la mère de Hanna, qui avait vu quatre enfants mourir de faim. Elle pensait aux fausses couches de Johanna, qui étaient curieusement au nombre de quatre. Pour sa part, elle n'avait perdu qu'un enfant, mais c'était assez pour savoir.

Un enfant ? Non. Deux. L'avortement... Comment maman l'avait-elle appris ? Et qui était donc cet enfant qui n'avait pas été autorisé à naître ? Un garçon ? Une fille ?

— Secoue-toi, dit-elle à voix haute. Ce n'est pas bien de pleurer sur le clavier de l'ordinateur.

Elle nota : « Dire que je n'ai jamais porté le deuil de cet enfant. »

Elle songea à la dame d'ivoire, la mère d'Arne, sa propre grand-mère. L'image qu'en donnait Johanna ne laissait aucune place à la moindre tentative de compréhension. C'était inhabituel : maman cherchait toujours à comprendre et à excuser. Elle devait haïr sa belle-mère, la tenir pour responsable de tout ce qu'il y avait de difficile et d'incompréhensible chez papa.

« Arne ressemble de plus en plus à sa mère », avait-elle l'habitude de dire, les dernières années. Je n'avais pas la force de l'écouter. « Anna ne cesse de courir », disait-elle aussi.

Y avait-il un sombre secret dans la vie de cette grand-mère, une honte qu'il fallait camoufler au moyen de cet orgueil insensé ?

Vers midi, elle avalait un bol de corn flakes et partait à la clinique pour nourrir sa mère. Les autres vieux ne lui faisaient plus peur. Comme tout ce à quoi on s'habitue, ils prenaient un caractère d'évidence. Elle fit la connaissance d'autres visiteurs : une petite femme fatiguée qui venait chaque jour nourrir son frère, un vieil homme qui traversait la ville, malgré sa mauvaise jambe, pour s'occuper de sa femme.

Des femmes, essentiellement, dont beaucoup avaient son âge.

Elles se saluaient, échangeaient quelques mots sur les malades et sur le printemps qui était si beau, soupiraient en évoquant la vieille femme seule de la cinq, qui ne devait plus en avoir pour longtemps.

Anna entretenait sa mère du jardin. Elle y travaillait chaque après-midi, s'efforçait de réparer les dégâts. Elle ne se posait plus la question de savoir si Johanna comprenait.

— Le pire, pouvait-elle dire, c'est la pelouse. J'ai arraché la mousse et acheté de l'engrais. J'attends qu'il pleuve pour ressemer.

Et, le lendemain :

— Les groseilliers ont l'air de reprendre des forces. Il faut dire que je les ai taillés sévèrement.

Un après-midi, elle put lui communiquer la bonne nouvelle :

— Les rosiers sont en boutons ! Tu vois, il suffisait de les tailler et de leur donner un peu de terreau et d'engrais.

« Tout redeviendra comme avant, maman. Je sème des fleurs d'été car les plantes vivaces ont toutes succombé. Sauf les pivoines. Les rouges sombres, tu sais bien.

Un jour, elle lui annonça :

— C'est presque prêt, maman. Et ce sera magnifique.

Lorsque le jardin fut enfin fini, Johanna mourut. Une nuit, dans son sommeil. Anna était auprès d'elle et lui tenait la main, comme elle l'avait fait pour son père.

En revenant à la maison au petit matin, elle se promena dans le jardin et ne ressentit aucun chagrin. Seulement une grande mélancolie.

Rickard et les filles l'aidèrent à organiser l'enterrement. Cette fois encore, il vint plus de gens qu'ils ne l'avaient escompté.

— Je reste encore un peu, dit Anna.

— Mais Anna !

— Mais maman !

Rickard, qui avait achevé sa mission londonienne et devait reprendre son poste à la rédaction de Stockholm, en fut attristé, elle le vit bien.

— Combien de temps ? demanda-t-il.

— Jusqu'à ce que les morts aient refroidi dans la terre.

En voyant son air effaré, elle comprit qu'elle s'était exprimée comme une folle. Ses parents avaient été incinérés l'un et l'autre, Rickard et elle s'étaient rendus ensemble au cimetière pour déposer les urnes dans le tombeau de Hanna — elle seule s'était préparée à la mort et avait acheté une concession à Göteborg, avec l'argent du moulin.

— Quelle drôle de façon de s'exprimer, dit Rickard.

— Oui. C'est illogique, je sais, mais je sens que c'est juste.

Elle tenta de s'expliquer :

— J'ai une vague idée que je vais apprendre... à ne plus m'inquiéter. M'habituer à laisser faire, à accepter. Tout, sans exception.

— Quoi, par exemple ?

La femme que tu as à Londres, pour ne citer qu'elle. Je me moque de savoir qui elle est, à quoi elle ressemble et ce qu'elle fait dans ta vie. Anna ne le dit pas à voix haute, mais la simple pensée que ce fût possible la remplit de jubilation, et elle éclata de rire.

— Anna, nous devons nous montrer réalistes ! J'ai déjà fait un dépôt de garantie pour les maisons de Roslagen.

Elle hocha la tête. En réalité, elle était surprise. Il n'avait pas reparlé des maisons depuis son départ pour l'Angleterre. Il n'y avait peut-être pas de femme à Londres.

— Laissez-moi un peu de temps, dit-elle.

Le mot de la fin revint à Malin :

— Je crois que tu as raison. Tu n'en as pas fini avec cette maison. Et à mon sens, tu n'en auras pas fini tant que tu n'auras pas terminé ce livre.

Il y avait un bonheur muet dans le fait d'être seule.

Lorsqu'elle eut fini de ratisser les feuilles de l'automne précédent, elle les rassembla en un grand tas et les regarda brûler longtemps. Solennelle, perdue dans un passé très lointain. Elle errait le long de la grève, courait parfois, escaladait les rochers, faisait rouler les galets au bas de la falaise, dans la mer.

— Tu parais heureuse, dit Rickard lorsqu'elle vint le chercher à l'aéroport, tard un vendredi soir.

C'était une question. Elle réfléchit longuement.

— Non, répondit-elle enfin, sans vraiment savoir ce qu'elle entendait par là.

« Je n'attends rien. »

Heureuse ? La question l'occupa un moment après qu'il fut reparti pour Stockholm. Jamais plus le bonheur, pensa-t-elle, non sans irritation. Jamais plus cette chose exquise, fragile et inquiète. Qui se brise toujours en mille morceaux. On se blesse, on pose un sparadrap, on se dit qu'on guérira.

Mais, comme le disait maman, tout laisse des traces.

Et les vieilles cicatrices se réveillent à l'approche de l'orage.

Maria était plus proche de la vérité lorsqu'elle constata, au cours d'une visite :

— Tu es devenue si enfantine, maman.

Malin proposa une autre interprétation :

— Ça y est, maman, tu es enfin libre ?

Ce n'était pas entièrement faux. Anna sourit :

— Je m'en approche peut-être. Pour l'instant, je me trouve dans le pays de Nulle Part. Où l'on n'a pas besoin de parler pour voir. Le mieux de tout, dans ce pays, c'est qu'il n'y a pas d'adjectifs. Cela fait tant d'années que je ne vois rien, ni les arbres, ni la mer, ni même Maria et toi et les enfants. À cause de ces foutus adjectifs qui bouchent toujours l'horizon.

Anna finirait bien par découvrir ce qui existait dans le pays de Nulle Part. Elle l'espérait. Mais elle n'était pas pressée, elle était prudente. Pas curieuse. Elle prendrait son temps. Pour l'instant elle n'était même pas prête à poser des questions, elle se contentait de s'arrêter devant les détails qui captaient son intérêt.

Des visages. Le sien, tout d'abord, reflété par le miroir. Le visage de la postière, celui du facteur et celui de l'enfant des voisins, tellement grave. Et celui de Birger, son unique visiteur, dont le sourire clair l'occupait beaucoup. L'ombre étrange de son regard ne l'effrayait plus. Il lui venait aussi des pensées. Anna accordait la plus grande attention aux intuitions qui lui traversaient l'esprit. Elles venaient rarement, par intermittence. Mais elles la surprenaient et la réjouissaient autant à chaque fois, comme les boutons du vieux rosier.

Lorsque les pommiers fleurirent et se mirent à bourdonner d'abeilles, Anna fit une nouvelle découverte. Elle pouvait cesser de penser, le bavardage intérieur s'était tu. Voilà : elle avait atteint l'état auquel elle aspirait depuis tant d'années, avec ses séances de méditation.

Les objets la fascinaient. Le bois flotté le long de la grève. Les galets, qui la ravissaient toujours, comme si elle les voyait pour la première fois. Un jour, elle trouva un galet poli aux veinures étranges, à l'arrondi très doux, dont la forme rappelait celle d'un fœtus. Alors elle s'assit et pleura longtemps. L'espace d'un instant, elle fut tentée de le rapporter à la maison. Puis elle changea d'avis et le rejeta dans les vagues.

Nous ne comprendrons jamais, pensa-t-elle. Mais les détails, les petites choses nous font signe.

En rentrant à la maison, elle trouva un homme et une femme qui l'attendaient devant la grille du jardin. Avec des fleurs, des roses de Noël en fin de floraison. Il lui semblait reconnaître vaguement le visage de la femme, ses larges pommettes, son regard ouvert.

— Nous ne nous sommes pas vues depuis longtemps, commença la femme. Je suis Ingeborg, la fille de Sofia. Nous voulions te présenter nos condoléances et te rendre ces roses que ta mère a offertes à la mienne quand mes frères ont disparu dans la tempête. Voici Rune, mon mari.

Anna lui tendit la main et sentit une poigne d'homme vigoureuse. Elle voulut les remercier et fondit en larmes.

— Comme c'est gentil, murmura-t-elle en fouillant ses poches à la recherche d'un mouchoir. Elle le trouva, mais s'interrompit dans son geste :

— Je pleure pour un rien ces temps-ci. Entrez donc. Je vais faire du café.

Ils s'installèrent à la cuisine pendant qu'Anna mettait de l'eau à bouillir et réchauffait quelques brioches à la cannelle.

— Si quelqu'un est familier du deuil, c'est bien toi, Ingeborg.

— Oui, c'est vrai. Le pire, c'est quand papa est parti. J'étais toute petite, je ne pouvais pas comprendre.

— Ta maman était un ange. Elle est venue ici chaque jour pendant l'agonie de grand-mère. Tu le savais ?

— Oui. Elle était contente de pouvoir se rendre utile.

— Ma mère récitait souvent la liste de ses morts : Un tel était mort, Un tel était mort et Sofia était auprès de Dieu, disait-elle.

Ce fut au tour d'Ingeborg de sortir son mouchoir. Rune, embarrassé, se redressa sur sa banquette et s'éclaircit la gorge.

— À vrai dire, nous ne sommes pas seulement venus pour exprimer nos condoléances.

— Rune, voyons !

Ingeborg interrompit son mari, et les deux femmes continuèrent leur conversation. Elles n'avaient jamais eu l'occasion de faire connaissance.

— Il y avait dix ans d'écart entre nous. C'est beaucoup, quand on est enfant.

— Je te trouvais si grande, dit Anna, si élégante ! Et puis tu travaillais aux halles, comme maman.

— Toi tu étais un peu à part, bien sûr, avec tes études.

Elles pouvaient en rire à présent. Elles sortirent au jardin, et les roses de Noël retrouvèrent leur lieu d'origine, dans une crevasse du grand rocher où s'était formée une poche de terre.

— Tu as fait des merveilles, dit Ingeborg.

— J'ai terminé le jardin juste avant la mort de maman.

— Savait-elle que ton père était... parti le premier ?

— Je crois que oui.

Elle leur fit visiter la maison. Rune dit que c'était un bien bel endroit et qu'ils devaient enfin en venir au fait.

— Voilà, dit-il, nous souhaiterions acheter la maison.

Les pensées se bousculèrent dans la tête d'Anna.

— Et un jour la réalité frappa à sa porte, murmura-t-elle.

Elle leur sourit, un grand sourire libéré.

— Je ne peux pas imaginer une meilleure solution, dit-elle. Que la fille et le... gendre de Sofia reprennent la maison et le jardin de maman.

Rune évoqua les prix de l'immobilier, précisa qu'ils avaient de quoi payer. Anna secoua la tête. L'important, à ses yeux, dit-elle, c'était qu'il n'y aurait pas de rénovations intempestives à coups de briques artificielles et autres lubies de nouveaux riches. Rune répliqua qu'il était menuisier et qu'il s'y connaissait en vieilles maisons, Anna sourit en disant qu'il lui rappelait son père et qu'ils seraient certainement heureux de vivre ici. Ingeborg répondit qu'elle rêvait de cette maison depuis qu'elle était petite, que c'était pour elle l'image même du bonheur, la belle maison, le jeune ménage et leur jolie petite fille.

Tiens, songea Anna avec étonnement. On pouvait aussi voir les choses ainsi. À voix haute, elle dit qu'elle devait en parler à son mari et à ses filles. Devant l'air inquiet de Rune, elle ajouta que Rickard serait ravi, et les filles aussi.

— Ils veulent que je rentre à la maison, dit-elle. Rickard doit venir ce week-end. On pourra régler tous les détails à ce moment-là. Je me fais du souci pour les meubles...

— Les beaux meubles en acajou ?

— C'est papa qui les a construits. Je ne voudrais pas jeter...

— Les jeter ! s'exclama Rune. Tu plaisantes ?

— Vous accepteriez d'en reprendre certains ? Je ne sais pas si nous aurons la place de...

— On garde tout, dit Rune avec chaleur.

Anna éclata de rire et dit que les meubles faisaient partie de la maison, après tout. Il n'y avait qu'un seul obstacle : elle devait finir son livre.

— Trois semaines. Je vous promets que j'y parviendrai en trois semaines.

Après leur départ, elle s'assit à son bureau et contempla fixement l'ordinateur. Elle n'avait pas écrit une ligne depuis la mort de maman.

— Il est temps, dit-elle à haute voix. Ce que j'ai trouvé, je ne le perdrai plus.

Elle appela Rickard et lui annonça la nouvelle. Elle pensait qu'il serait content, mais pas à ce point. Il poussa un cri de joie :

— Tu ne peux pas savoir comme tu me manques !

— Nous nous voyons samedi. Tu régleras tout avec Rune à ce moment-là.

— Je vais appeler un agent immobilier de Göteborg et m'enquérir des prix du marché. Comment va l'écriture ?

— Bien, à partir de maintenant.

Après avoir raccroché, elle resta longtemps debout près du téléphone. Elle comprit lentement. Il n'y avait pas de femme à Londres. Sans ces semaines de solitude, songea-t-elle, j'aurais pu devenir paranoïaque.

Le lendemain matin à sept heures, elle était à nouveau devant l'ordinateur. Il semblerait qu'on s'achemine vers un *happy end*, pensa-t-elle avec surprise. Malgré tout.

La vente prochaine l'obligeait à faire ce qu'elle avait repoussé jusque-là : ranger et trier toutes les affaires. Elle décida d'y consacrer les après-midi et commença par le grenier.

Elle s'aperçut que la maison avait plus de révélations à lui faire que le récit de Johanna. Tous ces livres, par exemple, qu'elle découvrit dans un vieux coffre de marin, tout cassés à force d'avoir été lus et relus. Maman les avait-elle gardés parce qu'elle n'avait pas le cœur de jeter des livres ? Avait-elle l'intention de les réparer ? Certains avaient été grossièrement raccommodés avec du ruban adhésif.

Toute sa vie, Johanna avait adoré les livres. Cette frénésie de lecture avait dû laisser des traces. Pourtant, songea Anna, elle en parle à peine, hormis une référence à Lagerlöf au début, et cette remarque un peu plus loin, comme en passant, qu'elle empruntait chaque semaine plusieurs livres à la bibliothèque.

Elle trouva de nombreux ouvrages de Strindberg. Ses œuvres complètes, pour autant qu'Anna pût en juger. En édition de poche. *Mariés* tombait en morceaux, il manquait plusieurs pages. Partout des phrases soulignées, ici et là des points d'exclamation rageurs. Mais ce fut *L'Idiot* de Dostoïevski qui fit la plus forte impression à Anna : un exemplaire relié, aux marges remplies d'annotations indéchiffrables. Elle les examina à la lumière. Chaque phrase soulignée était assortie de ces trois mots, de la main de Johanna : « Comme c'est vrai ! »

Elle trouva *Grand-mère* et *Notre Seigneur* de Hjalmar Bergman, *Kallocain* de Karin Boye, les poèmes de Harald Fors, Moa Martinson, tout cela en édition de poche et en piteux état.

C'était bien étrange.

Les auteurs prolétariens célèbres, Lo-Johansson, Harry Martinson, Vilhelm Moberg trônaient au salon, soigneusement reliés.

Pourquoi ne parlions-nous jamais des livres ? C'était malgré tout une passion que nous avions en commun.

Parce que tu n'osais pas !

Non, je ne veux pas qu'il en soit ainsi.

Parce que je n'écoutais pas ? Oui.

Tu ne m'intéressais pas en tant que personne, seulement en tant que mère. Les questions me sont venues quand tu es tombée malade, que tu as disparu et qu'il était trop tard.

Le lendemain après-midi, elle passa en revue la garde-robe de sa mère : des vêtements élégants, aux belles finitions, de bonne qualité. Comme Johanna elle-même. Un seul coffret, qui contenait uniquement des bijoux fantaisie. Elle n'aimait pas se pomponner, se rendre visible, provoquer.

Pourtant tu étais si belle, maman.

Elle trouva un tiroir rempli de vieilles photographies qu'elle n'avait jamais vues. Que tu étais jolie ! Et voilà Astrid, sans doute, qui prend la pose sur un pont, à Oslo. Le cœur battant, elle emporta les photos au rez-de-chaussée et s'assit dans le canapé du salon. Il y avait une photo d'Astrid et de Johanna ensemble, prise par Arne sans aucun doute. Comme elles se ressemblaient ! Si différentes de Hanna, l'une et l'autre. C'était là, dans la transition entre la lourdeur rivée à la terre et la légèreté du papillon que se cachait le secret. Le côté... céleste.

Anna hésita longuement devant ce mot.

N'en trouva pas de meilleur.

C'était un secret que vous partagiez, toutes les deux.

Tout au fond du grenier, elle découvrit un énorme paquet soigneusement emballé dans une vieille voile. Anna le dégagea à grand-peine et défit les cordes une à une.

C'était bien lui : le canapé du Värmland !

Rickard arriva le vendredi soir. Il paraissait rajeuni de dix ans et traversa la maison comme un ouragan. Tu as bien travaillé, Anna !

Ils dormirent à peine, cette nuit-là. Le pays sans pensées, songea Anna. Voilà, elle y était enfin arrivée.

La matinée du samedi fut entièrement consacrée aux tâches pratiques : triage des affaires, expéditions en voiture jusqu'à la décharge, qui était impressionnante, ultramoderne, conçue pour accueillir tout ou presque. Des garde-robes pour les vêtements, de grands containers pour les livres, un autre pour le papier, un autre encore pour les objets métalliques.

Rune et Ingeborg arrivèrent vers l'heure du déjeuner, comme convenu. Ils étaient intimidés à présent, comme si Rickard leur faisait peur. Lui aussi semblait hésiter.

— Je ne suis pas un homme d'affaires, commença-t-il. Mais j'ai contacté un agent immobilier, ici en ville, qui m'a donné une estimation vertigineuse. Un million, a-t-il dit.

— Ça me paraît correct, dit Rune.

— Non ! cria Anna. C'est indécent, Rickard.

— Bien sûr, c'est bien ce que je disais.

— C'est à cause du site, dit Rune. Vue sur la mer, un grand terrain...

— Huit cent mille, au grand maximum, dit Anna.

Rune perdit toute sa timidité.

— Nom d'un chien, je n'ai pas l'intention de tirer parti du fait que nous ayons affaire à des ahuris !

Tous quatre éclatèrent de rire.

— Nous avons un capital, intervint Ingeborg. Nous avons économisé l'argent de l'assurance, après le naufrage.

Pour Rune et Ingeborg, c'était tout naturel ; seuls Rickard et Anna baissèrent la tête.

— Je propose que nous scellions la transaction en buvant un coup, dit Rickard, qui n'en pouvait plus. Le reste, on pourra en discuter à la banque, lundi.

— Parfait, approuva Rune.

— Bonne bouteille, ajouta-t-il lorsque Rickard revint avec le whisky.

— Rickard, dit Anna après le départ des invités. Pourquoi ne m'as-tu rien dit au sujet du prix, hier soir ? Ou cette nuit ? Ou ce matin ?

— On était tellement bien, Anna. Je ne voulais pas de dispute.

— Tu as peur de moi ?

— Oui, de ton esprit de sérieux.

Anna sentit les larmes idiotes lui monter aux yeux. Mais Rickard se mit en colère et cria :

— Pourquoi ne pouvons-nous jamais être comme les autres ? On devrait être en train de pousser des cris de joie ! On est riches ! On devrait faire des projets, imagine un peu tout ce que nous allons pouvoir faire, dans nos deux maisons !

Anna éclata de rire.

— Tu as raison. C'est merveilleux. Et il n'y aura pas d'impôt sur la succession, parce que la maison est à mon nom depuis des années. Mais il reste une dette d'environ cent mille couronnes.

— Puisque tu es prête pour une fois à discuter des réalités de la vie, je peux te dire que j'ai obtenu quatre-vingt-dix mille couronnes pour le bateau. Sans compter les cinquante mille qui restaient sur le livret d'épargne de ton père.

Anna ouvrit de grands yeux.

— Lui qui se plaignait toujours de manquer d'argent ! Pourquoi ne m'as-tu rien dit ?

— Ma petite Anna, pourquoi ne m'as-tu jamais interrogé ?

Il a raison, pensa Anna. Une personne normale s'y serait intéressée. Il faut que je retrouve le chemin de la réalité.

— Un autre jardin m'attend, dit-elle.

— Oui, Anna.

Ils passèrent toute la soirée autour de la table de la cuisine, à dessiner des croquis et à faire des projets. Anna s'aperçut qu'il avait déjà réfléchi à la question.

— Nous allons construire une grande cuisine dans l'angle, côté nord. Une nouvelle maison, tu comprends ? Il y aura aussi de la place pour une salle de bains, une buanderie, une penderie, une réserve, etc.

— Mais l'eau courante ? La fosse septique ?

— J'ai parlé à un entrepreneur. Il y a des solutions techniques pour ce genre de problème. Bon, ensuite nous avons la galerie vitrée qui relie les deux maisons, je voudrais l'élargir comme ceci. Ça pourrait faire un jardin d'hiver, tu vois ?

Anna hocha la tête, les yeux brillants.

— J'y mettrai le canapé de grand-mère, dit-elle.

Ils étaient si excités qu'ils eurent du mal à s'endormir. Ce n'était pas plus mal, car le téléphone sonna vers minuit.

Anna se raidit d'effroi. Non ! murmura-t-elle. Rickard se leva pour aller répondre.

— Salut. Tu n'as pas honte ? Tu sais quelle heure il est ?

Qui ? s'interrogea Anna, mais avec calme. Il paraissait joyeux.

— Oui, ça devrait être possible. Attends une seconde, je vais demander à ma femme.

— C'est Sofie Rieslyn, cria-t-il dans l'escalier, elle arrive de Londres et elle voudrait passer pour nous montrer ses photos.

— Elle est la bienvenue, cria Anna en retour, aussi surprise qu'on peut l'être.

— J'ai oublié de t'interroger sur ton livre, dit-elle lorsqu'il revint dans la chambre. J'ai été si bizarre, ces derniers temps.

— C'est fini maintenant, Anna. Mais j'ai besoin de ton aide pour la mise en pages et pour... le style. Je voudrais que ce soit autre chose qu'un livre de reportage. Mais on pourra en reparler demain.

Quelle chance que j'aie fini mon manuscrit, pensa Anna après que Rickard se fut endormi. Mais comment ai-je pu oublier qu'il a accepté le poste à Londres parce qu'il voulait faire un livre sur la ville ?

Avec Sofie Rieslyn.

Au bord du sommeil, elle comprit que c'était la célèbre photographe qui lui avait fait peur. Paranoïa, pensa-t-elle. Attention, Anna.

— Elle ressemble à une corneille, dit Rickard le lendemain au petit déjeuner.

Anna pensait à l'organisation, comme toujours lorsqu'elle était nerveuse.

— Je vais faire le ménage dans la chambre de papa. Et je vais ranger tous mes papiers. Comme ça vous pourrez travailler dans le bureau et dans la salle à manger. Toi tu vas aux halles et tu achètes du turbot frais.

— À vos ordres, madame.

Elle ne ressemblait pas à une corneille, plutôt à un corbeau. Petite, le regard intense, scrutateur, les traits accusés, des mèches blanches dans ses cheveux noirs.

— Tu ne corresponds pas du tout aux photos que Rickard a faites de toi, dit-elle à Anna. Je vais en prendre d'autres.

— Méfie-toi, dit Rickard. Le record de vitesse de Sofie en matière de portrait est de quatre heures.

— Mais je veux bien, protesta Anna. Je voudrais enfin savoir à quoi je ressemble.

— Qui tu es, corrigea la photographe. On commence à s'intéresser à cette question quand on est en deuil.

Le déjeuner dominical fut long et paresseux. Sofie annonça qu'elle voulait se reposer.

— Je comprends, dit Rickard. Tu n'as pas beaucoup dormi, la nuit dernière.

D'habitude, Anna n'aimait pas l'humour grossier des journalistes. Mais aujourd'hui, elle put en rire, elle aussi, prendre part aux plaisanteries.

En fin d'après-midi, Sofie déballa ses photos. Rickard siffla de ravissement, avant de gémir :

— Comment veux-tu que j'écrive un texte pour accompagner des images pareilles ?

Anna faisait le tour des tables où s'étalaient les photos. Les autres mirent un certain temps à se rendre compte qu'elle était toute pâle.

Voilà quelqu'un qui savait, pensa-t-elle. Qui s'arrêtait devant les détails, le détail infime et révélateur.

— Ça ne va pas, Anna ? demanda Rickard.

Elle ne répondit pas, se tourna vers Sofie.

— Tu as toujours su ? murmura-t-elle.

— Je crois.

— Je viens juste de l'apprendre. En trois semaines, ici sur la plage.

— Bien, Anna. Tu ne le perdras plus. Tu sais, il suffit d'avoir vu une seule fois...

— Je comprends.

Après un long silence, Rickard déclara qu'un pauvre type ignare ne devait pas poser de questions.

— Tu vois bien que tu n'es pas si bête, répliqua Sofie, et Anna se joignit à son rire.

— Mauvaises femmes, dit Rickard.

Anna entreprit de le rassurer, comme elle en avait l'habitude :

— Je t'expliquerai plus tard, Rickard.

— Oh là ! protesta Sofie.

Anna rougit.

Sofie repartit le soir même pour Stockholm, où l'attendait son atelier trop longtemps négligé, dit-elle. « Nous nous reverrons », ajouta-t-elle et Anna comprit que c'était vrai. Elles se reverraient, Sofie et elle.

Le lundi, ils retrouvèrent Rune et Ingeborg à la banque, comme convenu. Le mardi, les filles arrivèrent de Stockholm. Ils s'entraidèrent pour ranger toute la maison. Malin voulait récupérer une commode et deux fauteuils. Maria, qui n'avait jamais pu résister aux livres, chargea le contenu de la bibliothèque dans sa voiture. Maria et Malin se partagèrent la vaisselle ancienne. Rickard prit une partie des outils dans la cave d'Arne.

— Et toi, maman ? Tu ne prends rien ?

— Si. Je veux le canapé du Värmland.

— Mon Dieu !

— Valeur sentimentale ?

— Si on veut.

Mercredi après-midi, tout était prêt. Ingeborg et Rune devaient passer prendre les clés le lendemain de bonne heure. Ensuite les voitures chargées à bloc prendraient la nationale 40 vers l'est, puis l'autoroute E4 en direction du nord.

Le long voyage du retour, pensa Anna.

Après un dîner léger de viande froide et de saumon, elle prit la parole :

— Écoutez-moi tous. Je vais vous raconter une histoire.

Les yeux des petites filles se mirent à briller, elles adoraient les histoires d'Anna. Mais Malin s'inquiéta.

— Pas d'effusions, maman, je t'en prie.

— Tiens-toi tranquille et ouvre tes oreilles.

Elle évoqua alors le vieux village à la frontière norvégienne, le torrent et le moulin, le meunier qui était arrivé un jour du Värmland et qui avait demandé la main de Hanna.

— La grand-mère de votre grand-mère, précisa-t-elle à l'intention des fillettes.

Elle leur parla de la grande ferme que l'ancêtre de Hanna avait reçue autrefois du roi en personne. Elle leur raconta les années de disette, les enfants qui mouraient de faim, la terre divisée en parcelles de plus en plus petites.

— À la mort du dernier grand propriétaire, la ferme valait encore pas mal d'argent. Sa fille fit le partage de la succession. Hanna hérita du moulin et des animaux de la ferme, ses frères des fermes plus petites. Mais il y avait une autre sœur, une fille qui ressemblait à un elfe et qui s'était mariée en Norvège. Ce fut à elle que revinrent tous les bijoux de la famille. Ils valaient autant que les autres parts d'héritage, disait-on.

Anna leur montra la photo d'Astrid, et la plus petite des fillettes dit :

— Elle ressemble à grand-mère Johanna.

— C'est incroyable que tu aies remarqué ça.

Anna poursuivit :

— Selon la tradition, les bijoux devaient se transmettre de mère en fille.

Ils retenaient tous leur souffle à présent.

— Mais Astrid n'avait pas de fille. Alors, elle décida de les donner à ma maman. C'était la guerre en Norvège au moment de sa mort. Au cours de l'été 1945, un avocat est venu ici. Je n'oublierai jamais ce jour. Maintenant, Rickard, il faut que tu choisisses de bons outils. Parce que nous allons chercher le trésor à la cave.

Les petites étaient toutes pâles d'excitation. Maria ouvrit des yeux ronds et Malin dut faire un effort pour conserver son air sceptique tandis qu'ils descendaient les marches de l'escalier conduisant à la cave.

— À toi de compter maintenant, dit Anna à la plus jeune de ses petites-filles. Seize pierres à partir du mur nord.

— Ici, dit la fillette.

— Bien, reste où tu es. Toi, Lena, compte quatre pierres à partir du mur ouest.

— Il y a un bac de bières, dit la fillette.

— Alors on le déplace.

Le sol de brique paraissait innocent et intact, mais Anna poursuivit :

— Maintenant, Rickard, tu vas enfoncer un ciseau entre les deux briques à l'endroit précis où se trouve Lena.

— C'est du mortier.

— Pas du tout, c'est de la pâte à modeler.

— Nom d'un chien, c'est vrai !

Il enleva la première brique, puis une deuxième, une troisième...

— Un coffre-fort ! s'exclama-t-il.

— Où est la clef ? cria Malin.

— C'est moi qui l'ai. Maintenant, on va transporter le coffre dans la cuisine.

Quelques instants plus tard ils étaient tous à nouveau réunis autour de la table et contemplaient le trésor scintillant répandu sous leurs yeux. Malin dit :

— Ce n'est pas croyable, qu'est-ce que ça peut valoir ?

Anna répondit que les bijoux n'avaient jamais été évalués, mais qu'à son avis, les grosses pierres rouges du collier étaient des rubis et que les broches étincelantes étaient en brillants.

— En fait, les plus précieux ne font pas partie de l'héritage originel. Ce sont des bijoux qu'Astrid a reçus ou achetés à Oslo. Son mari était devenu riche au fil des ans.

Puis elle souleva les deux lourds anneaux d'or et leur raconta l'histoire du ducat perdu par le roi guerrier. Le paysan qui l'avait trouvé en avait fait des bagues pour ses filles.

— Voilà, conclut-elle en éclatant de rire. L'histoire est finie.

— Il me reste une chose à ajouter. J'ai fait faire un double de la clef du coffre-fort, et maintenant je vais en remettre une à chacune de mes filles.

Maria et Malin acceptèrent les clefs, mais ne trouvèrent pas la force de dire merci.

— Sapristi ! Je crois bien qu'elles ont perdu leur langue ! dit Anna en imitant l'accent de sa grand-mère et en riant de plus belle.

Pour finir, Rickard déclara qu'il n'était pas étonné. Il avait toujours su que la famille de sa femme était pleine de mystère.

Ils partirent à l'aube. Ingeborg avait dit : « Vous serez toujours les bienvenus » et Anna l'avait remerciée, tout en pensant à part elle, comme Hanna, le jour où elle quitta la maison du moulin :

« Je ne remettrai jamais les pieds ici. »

Marianne Fredriksson par elle-même

Je suis née à Göteborg, sur la côte ouest de la Suède, le 28 mars 1927. Mon père construisait des bateaux sur un chantier naval, et ma mère nous gardait à la maison ma sœur et moi. Nous n'avions pas beaucoup d'argent — notre famille appartenait à la classe ouvrière — mais nous n'avons jamais manqué de rien.

Après le lycée, je suis entrée dans une école d'enseignement supérieur pour filles. Ce n'était pas facile, car j'étais la seule à être issue d'un milieu ouvrier. De surcroît, j'avais de bons résultats. À la maison, mes connaissances et les valeurs bourgeoises véhiculées par l'école heurtaient les idées socialistes et prolétaires de mes parents. Cependant, ceux-ci étaient fiers de moi et n'ont jamais envisagé de me faire quitter l'école.

À la fin de mes études, j'ai commencé à travailler comme journaliste au *Göteborg-Tidningen*. J'ai rencontré mon mari, qui était marin, et je l'ai accompagné au cours de ses voyages en mer. Nous nous sommes mariés à Gênes, en Italie, puis nous avons poursuivi notre route sur son navire en direction de l'Amérique du Sud.

Nous avons eu deux filles, et lorsqu'elles ont atteint respectivement l'âge de deux et six ans, nous nous sommes installés à Stockholm, où je vis toujours. Je suis devenue rédactrice en chef de *Allt i hemmet* (*Tout dans la maison*), et j'y suis restée quinze ans. Pendant cette période, j'ai également créé deux magazines, *Nous parents* et *Tout sur l'alimentation*, qui ont connu un grand succès. J'ai reçu de nombreux prix, y compris la récompense la plus importante qui soit décernée à un journaliste en Suède.

En 1974, je suis entrée au *Svenska Dagbladet*, l'un des deux principaux quotidiens suédois, où j'ai lancé la rubrique « Aujourd'hui ». On m'a donné carte blanche et j'ai pu inaugurer un nouveau style de journalisme, avec de grandes séries d'articles sur des sujets sociaux ou abordant des questions existentielles. La page « Aujourd'hui » continue de contribuer pour beaucoup au succès de ce journal.

J'ai écrit mon premier roman, *Le Livre d'Ève*, en 1980, alors que je traversais une crise « de la cinquantaine », et j'ai quitté le *Svenska Dagbladet* pour consacrer tout mon temps à la littérature.

À ce jour, j'ai publié dix romans et quelques ouvrages de non-fiction. Certains de mes livres ont été largement diffusés dans le monde, ce qui, bien sûr, m'apporte de grandes satisfactions.

Je pense que je ne prendrai jamais ma retraite. Le temps que je ne consacre pas à l'écriture, je le passe à répondre aux nombreuses lettres que je reçois, à réviser les traductions de mes livres ou à donner des interviews. Je lis énormément, toutes sortes de choses, et j'aime également beaucoup m'occuper de mon jardin.

Marianne Fredriksson

Question. *Peut-on dire que* Hanna et ses filles *est un roman autobiographique ?*

Oui, dans une certaine mesure, ce roman est le seul de mes livres dont le thème soit autobiographique : en effet, ma mère était atteinte de démence sénile. La description de la fille de Stockholm — Anna, la plus jeune, qui se rend auprès de sa mère à Göteborg et que celle-ci ne reconnaît pas — est tirée de mon expérience personnelle. Il y a une scène au début du livre où Anna trouve une photo de sa grand-mère maternelle. Qui es-tu ? songe-t-elle en la regardant. Cette interrogation a été mon point de départ... et un énorme travail de recherche a suivi. J'ai sillonné le Dalsland, j'ai visité tous les musées, épluché une multitude d'archives familiales, j'ai cherché partout, partout.

Je ne veux pas dire par là que la Hanna du livre est ma grand-mère. Ce n'est pas du tout le cas. Mais le destin d'une personne peut renvoyer l'image du destin de tous. Et l'univers de ma grand-mère était magique. Il était présent dans tous les récits de ma mère. Si vous y allez, vous pourrez le voir. C'est un paysage étrange, immensément beau.

Il faut dire que dans ces communautés paysannes, frappées par la pauvreté, les femmes étaient nécessaires. Elles avaient un rôle à jouer. C'est seulement à partir de l'évolution vers une vie bourgeoise, où les épouses sont restées à la maison, que les choses ont commencé à se gâter pour les femmes. Prenez les personnages féminins de ce grand écrivain suédois, August Strindberg : c'est à celles-là qu'il faisait référence, à ces bourgeoises qui hantaient les salons, sans autre tâche dans la vie que d'être des oiseaux décoratifs.

Mais en même temps, je dois admettre que, fouillant dans les vies de gens ordinaires, j'ai été frappée par le mépris, solidement ancré dans la société paysanne, à l'égard des femmes et entretenu par les femmes elles-mêmes. Je vais vous en donner un exemple. Ça s'est passé au XVIIIe siècle, cent ans avant l'époque d'Hanna, mais ça ne change pas grand-chose.

À Skåne, dans le sud de la Suède, les femmes ne valaient guère plus que des oies. Chaque année, pour le marquage des oies, les femmes se rassemblaient au marché. Pas seulement pour sélectionner les bêtes, mais également... pour pincer les seins des servantes et s'assurer qu'aucune d'elles n'était enceinte ou ne nourrissait déjà un enfant encombrant.

Mais un jour une fille courageuse refusa de laisser sa maîtresse la toucher. Ç'a fait un terrible esclandre, mais la servante a tenu bon et l'affaire a même été portée devant les tribunaux. Le jugement lui a donné raison. C'est une histoire fascinante, que j'aimerais bien mettre dans un de mes prochains livres.

Q. *Quel genre de pays était la Suède du temps de votre aïeule ?*

Étonnamment pauvre. Un tiers-monde. Moyenâgeux. Un vaste pays, en bordure de l'Europe, gigantesque mais faiblement peuplé. Des kilomètres et des kilomètres carrés de forêts de sapins entre une maison et la suivante.

Pendant des siècles, il ne s'y est jamais rien passé — c'était le royaume des prêtres — et puis soudain, en l'espace de trois générations, tout a changé pour les femmes. C'est très surprenant.

Nous tendons à avoir une vision excessivement romantique du « bon vieux temps ». Quelle bêtise ! Le monde de Hanna était petit, étriqué. On y pratiquait la « culture du ragot ». Et puis c'est venu tout d'un coup, en un laps de temps très court, les femmes ont tout acquis. Tout. Mais si l'égalité ne fonctionne pas aujourd'hui, c'est vraiment parce que les femmes n'usent pas de leurs droits.

C'est en partie un mythe que nous, les Suédois, aimons entretenir : les femmes de ce pays ont joué un rôle indépendant tout au long de l'histoire. Le servage n'existait pas, chez nous. Les paysans suédois ont toujours été libres. Nous avions une forme de représentation démocratique. Mais nous étions si misérablement pauvres.

Et puis, il y a le climat... Là aussi, j'ai peut-être une vision un peu trop romantique de l'Europe méridionale, mais ici, dans les pays nordiques, la terre ne produit rien. Il faut beaucoup de semence pour espérer voir pousser quoi que ce soit de comestible. Ici, tout est tellement plus dur. Les hommes ont survécu grâce à la boisson ; l'alcool leur permettait de tenir le coup. Mais les femmes ? Elles n'avaient aucun exutoire...

Pourtant, une chose nous distinguait du véritable tiers-monde : dès 1860, l'enseignement primaire a été rendu obligatoire. Hanna est allée à l'école, elle aussi, pendant au moins trois ou quatre ans. Broman, son mari, lisait les journaux.

Cela a fait une différence énorme, d'avoir une population éduquée. Grâce à cela, beaucoup d'Anglais sont venus chez nous : des gens de la marine marchande, des constructeurs, des pionniers. Ils ont construit des voies ferrées et des usines, creusé des mines, presque comme dans les colonies. Et comme l'industrialisation venait de l'ouest, la Norvège était en avance sur nous, et Göteborg en avance sur Stockholm.

Enfin, il y avait toujours l'Amérique comme porte de sortie. Beaucoup de Suédois, près d'un million, ont choisi cette route et ont pris le bateau pour aller « là-bas ». Les plus entreprenants.

Quel dommage, toute cette fuite de cerveaux ! Mais ce n'est pas spécifique à la Suède, ç'a été pareil pour beaucoup d'autres pays.

Q. *Comment votre roman a-t-il été accueilli en Suède ?*

De tous mes livres, *Hanna et ses filles* est celui qui a été le plus encensé par la critique. Mais même s'il a figuré en tête des best-sellers pendant plusieurs années, ce n'est pas celui qui s'est le mieux vendu. Celui qui a réalisé les meilleures ventes est *Simon et les chênes* (1985), qui est maintenant un classique et qui a été primé de nombreuses fois.

Bien sûr, *Hanna et ses filles* a touché beaucoup de gens, surtout à l'étranger. Dix mois après sa parution en Allemagne, il occupait encore la première place parmi les plus gros succès de librairie. Il a été publié également en Corée du Sud, au Japon — et partout, les gens disent la même chose : « nous nous reconnaissons... ».

Q. *Votre percée en littérature s'est faite d'une manière tardive et assez surprenante. Pouvez-vous nous en parler ? Quel a été votre premier livre ?*

À l'âge de 42 ans, j'ai traversé une crise existentielle. Sans que cela soit provoqué par des problèmes particuliers, ma vie a basculé. J'ai connu une angoisse indescriptible, insupportable. J'ai entrepris une analyse, pendant deux ans, à raison de deux séances par semaine. L'analyste était très habile et m'a obligée à toucher le fond. Après quoi, il n'y avait qu'une seule issue : remonter la pente. J'y suis parvenue.

Vers la fin de la thérapie, l'analyste m'a dit : « Vous êtes extrêmement intellectuelle, j'ai du mal à vous atteindre. Peut-être que vous devriez vous tourner vers la méditation. » C'est ce que j'ai fait. C'était comme si l'analyste avait ouvert des voies à mon subconscient, me préparant à un travail de méditation qui allait revêtir une importance considérable pour moi.

Je pense que tous ceux qui traversent une crise existentielle — tous ceux qui font le choix de ne pas s'y dérober — ont la possibilité de s'exprimer à travers la création artistique ou littéraire. Si vous avez le courage d'apprivoiser vos démons, d'apprendre à les connaître, à les affronter, autrement dit si vous avez le courage d'apprendre à connaître votre « ombre », alors vous pouvez donner libre cours à d'énormes forces créatrices.

Q. *Votre roman sur Hanna est une histoire aux accents féministes. Est-ce le genre que vous préférez et qui vous convient le mieux ?*

Non. Ça c'est le mythe qui m'entoure. En réalité, deux de mes livres sont centrés sur des personnages masculins. L'un se situe dans la Rome antique, et les femmes en sont quasi absentes. L'autre (*Simon et les Chênes*), est un roman destiné avant tout aux garçons. Quant au *Déluge*, il raconte l'histoire de Noé et de la construction de son arche.

La notion de féminisme est une question d'interprétation. Certaines personnes ont peut-être besoin de coller cette étiquette-là sur mes livres. J'écris pour moi. Et je suis une femme qui pense et qui ressent des émotions d'une manière qu'on pourrait qualifier de féminine... mais je crois que je sais également très bien exprimer les sentiments masculins.

Q. *Vos romans touchent à des sujets très divers. Quelle est votre méthode de travail ? Faites-vous beaucoup de recherches avant de commencer à écrire ?*

Entre le moment où s'ébauchent les premières idées de roman et l'écriture proprement dite, il s'écoule toujours un long temps. Cette période d'attente est très importante. Je me prépare, je recueille des informations, je les engrange. Et quand je suis absolument sûre de mon fait, une autre étape commence, celle où l'histoire se construit. Il faut attendre que ça vienne. C'est un processus qu'on ne peut pas accélérer.

Q. *Votre notice biographique est très succincte. Pouvez-vous nous en dire un peu plus sur vos vies publique et privée ?*

Je me suis toujours considérée comme une personne tout à fait ordinaire, et je vis en conséquence. C'est pourquoi je me sens si mal à l'aise et parfois perturbée à l'idée d'être devenue une figure publique en Suède. La vie publique et la vie privée sont deux mondes incompatibles, et parfois je me sens presque insociable. Je refuse d'aller dans les magasins. Je ne supporte pas de rencontrer tous ces gens qui m'abordent pour me remercier ou me demander un autographe, même s'ils sont toujours très amicaux. J'ai peut-être tort, mais j'ai tendance à faire une très grande séparation entre ces deux mondes, et à trop m'isoler. Mais, à la maison, je m'entoure de beaux objets que j'adore. J'accorde une importance excessive à l'esthétique. J'ai besoin d'avoir autour de moi de très belles choses.

À la réflexion, c'est un peu dommage d'être devenue comme ça, car les contacts avec autrui sont nécessaires.

Q. *Avez-vous beaucoup de souvenirs des femmes de votre famille ? Ce roman vous a-t-il aidée à vous pencher sur votre passé ?*

Non. Je n'avais que peu de rapports avec ma grand-mère maternelle. Quant à la mère de mon père, je peux même dire que je la haïssais : c'était une femme autoritaire, écrasante. En revanche, j'ai eu une mère merveilleuse. Une femme opprimée, bien sûr, mais une vraie mère, toujours là pour moi. Elle m'a laissé une foule de souvenirs. Je me rappelle tous ces moments où je me conduisais mal et où je venais me jeter dans ses bras pour tout lui raconter...

Un souvenir m'amuse particulièrement. Mes parents étaient socialistes et athées. Jusqu'à ce que j'entre à l'école, je n'avais jamais entendu parler de Dieu. Alors quel choc lorsque la maîtresse m'a dit que quelqu'un était là, au-dessus de moi, et observait toutes mes mauvaises actions (je ne comprenais même pas ce que ces deux mots recouvraient) !

Je suis allée trouver ma mère. Elle m'a prise sur ses genoux et m'a dit : « Certaines personnes croient, d'autres pas. » « Et s'il nous regarde en ce moment ? » Elle a ri, et m'a répondu : « Eh bien, je pense qu'il veillerait sur toute personne qui fait du mieux qu'elle peut dans la vie. » Quel soulagement !

Puis Pâques est arrivé et, avec tous les enfants de l'école, j'ai dû aller à l'église. Dans un sermon tonitruant, le pasteur a affirmé que la seule façon d'accéder à Dieu était de croire en Jésus, et que les mécréants brûleraient en enfer. Je me souviens de m'être dit que, dans ce cas-là, je brûlerais avec maman. Et mes problèmes avec la religion se sont arrêtés là.

Voilà le genre de force que ma mère m'a communiquée.

Q. À laquelle des trois femmes du roman vous identifiez-vous le plus ?

À Anna, la plus jeune. Elle vit à la même époque que moi, a le même bagage intellectuel...

Q. Laquelle préférez-vous ?

Oh, Hanna ! Sa présence est si forte. Elle est là, même la nuit, dans mes rêves. J'étais sidérée qu'il y ait une telle différence entre seulement trois générations. Bien sûr, je savais que la Suède était un pays sous-développé il y a encore un siècle à peine, mais d'en prendre conscience ainsi, de le constater de si près, à travers une « personne vivante »...

Q. *Et laquelle pensez-vous avoir le mieux réussie d'un point de vue littéraire ?*

Je ne les regarde pas de cette manière. Vous devez comprendre que tous ces personnages — fictifs — sont pour moi très réels, bien vivants, au moment où ils prennent corps par l'écriture. Alors vous me posez une question impossible, comme si vous me demandiez de choisir entre mes enfants. Quand je travaillais sur eux, ils m'étaient tous très proches.

Q. *Comment vous organisez-vous pour écrire ? Revenez-vous beaucoup sur vos textes ?*

En règle générale, je suis à ma table de travail de 9 h à 13 h environ. Si tout se passe bien, je peux écrire, au mieux, cinq pages dans la matinée. En été, j'imprime mes pages, je les fourre dans une poche et je vais me promener en forêt où, un stylo à la main, je retravaille mon texte. Quand je rentre à la maison, je fais les corrections. Jour après jour, ça se passe de la même manière.

Puis lorsque tout est terminé, j'entame la phase de révision. C'est un processus long et intellectuellement éprouvant. Je relis l'ensemble de mon livre et je le réécris.

Q. *Du journalisme à la fiction, la transition s'est-elle opérée de manière spontanée ? Votre travail journalistique vous a amenée à côtoyer beaucoup de gens, à entendre une multitude d'histoires, à découvrir de nombreuses facettes des êtres humains. Cela vous a-t-il aidée dans l'écriture de vos romans ?*

Je n'ai jamais été de ces journalistes qui ont toujours un manuscrit en souffrance au fond d'un tiroir de bureau. Je n'ai jamais rêvé de devenir un auteur. Cela étant, il est vrai que mon expérience de journaliste m'a beaucoup apporté, à tous les niveaux. Je suis très reconnaissante à la profession pour l'humour dont elle vous arme, cette capacité qu'elle nous donne à rire de nous-mêmes, êtres humains. Nous les journalistes ne prenons rien véritablement au sérieux. C'est un métier qui nous apprend à prendre de la distance.

Mais c'est aussi une profession qui élargit beaucoup notre vision du monde, nos connaissances. On rencontre beaucoup de gens formidables. J'ai eu la chance de travailler dans un environnement heureux, à une époque heureuse. Et, évidemment, on apprend à manier la langue. Quand j'ai commencé à écrire des livres, j'avais déjà cet outil bien en main.

Q. *Quels sont vos livres de chevet ? Qu'avez-vous lu récemment que vous auriez aimé avoir écrit vous-même ?*

Je lis toujours plusieurs livres en même temps... et parfois je lis le genre de choses qui m'inspire. Mais j'oublie toujours de prendre des notes. En ce moment, sur ma table de nuit, j'ai un roman norvégien, un livre de Ray Bradbury et un d'Elizabeth Marshall Thomas, ainsi qu'un petit dictionnaire suédois-anglais.

Q. *Les hommes, les personnages masculins de votre roman, exception faite du père de Johanna, ne sont pas à la hauteur. Pourquoi ?*

Je ne suis pas d'accord. Je pense qu'ils sont tous humains. Ils font ce qu'ils peuvent, compte tenu des circonstances. Prenez le mari d'Anna, le plus jeune, celui qui est infidèle. En quelques brèves scènes, je décris son enfance, sa mère, son père qui s'est suicidé quand il était encore petit garçon, sa peur des femmes. Il aime vraiment sa femme mais il sent qu'il doit la dominer et il agit en conséquence. Ce n'est pas un séducteur invétéré ; son comportement est dicté par son besoin de se venger de sa mère. Au demeurant, ce n'est pas un personnage antipathique.

Le père d'Anna est un homme de l'ancienne école. C'est à la fois un faible et un caractère fort. Cela va toujours de pair. Plus un homme est faible, plus il cherche à s'affirmer en tant que mâle, tout le monde le sait. Mais je ne porte pas de jugement sur lui. Il est un produit de son époque, comme tout le monde. Nous nous croyons libres, bien à tort. Nous sommes terriblement marqués par notre culture, notre époque et la division des rôles entre hommes et femmes.

Q. *Croyez-vous en la supériorité des femmes ? Les femmes dans votre roman sont toutes considérées à la lumière de leur liberté, de leur émancipation.*

S'il y a une différence biologique ? Oui, je le crois. Les femmes sont plus portées à l'introspection. Elles découvrent des choses en elles. Elles réfléchissent davantage — et elles trouvent des solutions plus spontanées. Par ailleurs, les femmes sont plus attachées à leur mère et à leur univers. Leur maturation est différente de celle des hommes.

Les hommes, quant à eux, sont plus enclins à la compétition et la rivalité, dès la plus tendre enfance. Pourquoi ? Parce que, très tôt, ils doivent trouver leur identité face à leur mère. C'est peut-être là l'une des plus grandes tragédies de notre temps : trop peu de pères s'occupent de leurs fils. Ces derniers, n'ayant personne à qui s'identifier, sombrent dans la confusion et la violence.

Mais il m'est impossible de porter des jugements de valeur. L'important est de respecter le caractère individuel de chacun. Et il faut reconnaître que les différences entre les sexes ont leurs avantages, ne serait-ce que parce qu'elles sont à l'origine de l'érotisme et de la passion.

Q. *Pensez-vous que les femmes sont les véritables garantes des valeurs qui sont transmises de génération en génération ?*

Oui, j'en suis persuadée. Tout au moins de nos jours. Avant, c'était différent. Les pères léguaient leur ferme à leur fils, et les femmes étaient totalement dépendantes du travail des hommes. Aujourd'hui, beaucoup de choses sont transmises par les femmes. Pour le meilleur et pour le pire.

Pourquoi le pire ? Parce que le rôle féminin recèle souvent de l'envie, de la rancœur, un sentiment d'infériorité... et tout cela engendre facilement de la malveillance.

En revanche, l'un des aspects positifs est que les femmes n'ont pas peur d'exprimer et d'assumer leurs émotions. Et, bien sûr, la maternité.

Q. *Avez-vous des enfants ?*

J'ai deux filles, et je suis grand-mère depuis vingt ans déjà.

Q. *Pensez-vous qu'il soit plus difficile d'être parent aujourd'hui ? Qui a le rôle le plus ingrat, le père ou la mère ?*

On ne peut pas comparer. Il y a une différence considérable — et parfaitement naturelle — ne serait-ce que dans la mesure où la femme porte l'enfant en elle pendant neuf mois, et qu'elle lui donne naissance dans la douleur.

Q. *Que pouvez-vous nous dire de l'amour ?*

L'amour existe. Lorsqu'une femme et un homme se rencontrent, ils savent tous deux, dès le premier instant, qu'il est en train de se produire quelque chose de sérieux et d'important. Oui, l'amour existe. C'est une force qui nous dépasse, à laquelle nous ne pouvons pas résister. Il nous touche au plus profond de nous-mêmes. C'est sans rapport avec l'apparence extérieure, la couleur des yeux ou la forme du nez.

La séduction est un mythe moderne qui rend les choses extrêmement difficiles pour les jeunes filles aujourd'hui. Elles reçoivent en permanence un double message — bien entendu, l'éducation joue un rôle fondamental dans ce domaine — les encourageant, d'une part à être indépendantes et fortes, d'autre part à être jolies et soumises.

Nous avons un grand besoin d'aimer et d'être aimés, mais il y a un monde entre l'amour et le fait de tomber amoureux. Je considère que tomber amoureux est un réflexe biologique naturel, qui relève, chez l'être humain, de l'instinct de reproduction. Ça ne dure pas. Mais quand ça dure — et c'est souvent le cas — la rencontre entre les deux individus peut évoluer vers une amitié profonde et un véritable amour entre deux personnes qui se savent uniques l'une pour l'autre.

Personnellement, je me suis mariée très jeune, avec, comme beaucoup de femmes, la conviction que je pourrais amener mon conjoint à changer. J'ai mis vingt ans à comprendre qu'on ne peut jamais changer les gens. À partir de là, mon mariage a pris une tournure différente : il est devenu plus calme, plus stable, fondé sur davantage de respect et d'amitié.

Voici ce que j'ai à dire de plus important : il faut veiller à ne pas confondre aimer et tomber amoureux. La séduction, le coup de foudre, ne durent jamais. C'est le message que je veux transmettre à toutes les jeunes filles. Apprenez à être solides, indépendantes, mais sans exagération. Osez vous affirmer, exigez vos droits. Ces termes peuvent sembler durs, mais l'amour est un échange entre deux partenaires, une collaboration réaliste.

Propos recueillis
par Catarina Baldo Zagadore

Aubin Imprimeur
LIGUGÉ, POITIERS

Cet ouvrage, composé
par Nord Compo (Villeneuve-d'Ascq),
a été imprimé sur du papier bouffant Libris
sans bois et sans acide
de la papeterie Arjo Wiggings
par Aubin Imprimeur (Ligugé-Poitiers)
et relié par la Nouvelle Reliure Industrielle (Auxerre)
pour France Loisirs

Achevé d'imprimer en novembre 1998
pour le compte de France Loisirs
123, bd de Grenelle, 75015 Paris
N° d'édition 30623 / N° d'impression L 57307
Dépôt légal, novembre 1998
Imprimé en France